우리시대 최고 작가들의
TV 드라마 작법 강의

# 드라마

D·R·A·M·A A·C·A·D·E·M·Y

# 아카데미

우리시대 최고 작가들의 TV 드라마 작법 강의

# 드라마 아카데미

2005년 6월 10일 1판 1쇄 찍음
2008년 12월 22일 1판 5쇄 펴냄

**지은이** | 김수현, 노희경, 이금주, 박찬성
**만든이** | 사단법인 한국방송작가협회
**펴낸이** | 박종일
**펴낸곳** | 도서출판 펜타그램

**주 소** | 서울시 마포구 서교동 463-28 공암빌딩 4층
**전 화** | 02-322-4124
**팩 스** | 02-3143-2854
**이메일** | cleanep@chol.com
**등 록** | 2004년 11월 10일 제313-2004-000259

**디자인** | 맑은엔터프라이즈(주)
**제 작** | 창영프로세스

우리시대 최고 작가들의 TV 드라마 작법 강의

# 드라마 아카데미

사단법인 한국방송작가협회 편

김수현 | 노희경 | 이금주 | 박찬성  지음

도서출판
펜타그램

# 책을 펴내며

TV 드라마 작가가 되겠다는 꿈은 누구나 꿀 수 있습니다.

누구는 할 수 있고 누구는 할 수 없는 그런 일이 아니기 때문입니다.

하지만 그렇다고 해서 아무나 드라마 작가가 되는 것은 결코 아닙니다.

누구나 꿈꿀 수 있는 것과 실제로 작가가 되는 것은 일치하지 않는다는 뜻입니다.

더욱이 뛰어난 작가, 좋은 작가가 되기란 참으로 쉽지가 않습니다.

어디 뛰어난 TV 드라마 작가가 되기 위한 왕도는 없을까.

모르긴 해도 지금까지 많은 드라마 작가 지망생들이 그 길을 찾아 헤맸을 것입니다.

그래서 시중에 나와 있는 여러 종류의 작법 책들을 섭렵했을 것이고,

여기저기 작가 지망생들을 가르치는 곳을 찾아 다녔을 지도 모르는 일입니다.

그럼에도 불구하고 역시 마땅한 해답은 찾기 어려웠으리라 짐작해봅니다.

작가란 재능을 갖고 태어나는 것이냐, 아니면 만들어지는 것이냐는 논란이 있을 정도로 교육이나 작법책으로 되는 부분도 있고 안 되는 부분도 있다는 한계를 인정합니다. 드라마란 빵 틀에서 구워내듯이 만들 수 있는 규격품을 뜻하는 것도 아닙니다.

그런데도 이미 나와 있는 드라마 작법 책들의 상당수는 주로 어떤 내용들을 담고 있습니까.

우리 한국방송작가협회 교육원은 그 동안 많은 방송작가들을 배출해내면서도 여러 가지 이유에서 따로 교재를 채택하지 않았습니다.

그러다가 이제야 비로소 그 오랜 작가양성 경험을 바탕으로 명실공히 업그레이드시

킨 새로운 드라마 작법 책을 내놓게 된 데는 커다란 의미가 있다고 생각합니다.

이번에 우리가 내는 TV 드라마 작법 책은 몇 가지 내세울 만한 특징을 가졌습니다.

우선 수 년간 우리 교육원에서 드라마 작가 지망생들을 열성적으로 가르치며 탄탄한 강의노트를 가진 작가들 가운데 가장 효과적인 방식으로 접근한 필진들을 동원했습니다.

그야말로 입문하려는 사람들에게 반드시 필요한 최소한의 기초이론과 실제 작품을 갖고 분석하며 가감첨삭을 해나가는 실질적인 작가수업을 단계별로 현실감 있게 담았습니다.

그리고 무엇보다 중요한 것은 이 시대 최고의 드라마 작가와 주목받는 젊은 작가가 특강을 통해 들려준 진솔한 체험의 메시지를 앞에다 실었다는 사실입니다.

좋은 드라마 작가가 되는 것은 한낱 글재주나 얄팍한 작법기술을 익히는 것만으로 가능하지 않습니다.

그보다 훨씬 더 소중하고 근본적인 문제, 즉 작가로서의 정신과 의식과 자세,

눈을 어떻게 뜨고 무엇을 쓸 것이냐가 인식의 출발점이 되어야 하기 때문입니다.

그런 점에서 우리는 이 책에 대해 나름대로 자부심을 갖고 있습니다.

아무쪼록 이 생생하고 색다른 한 권의 책이 TV 드라마 작가를 꿈꾸는 여러분의 길잡이로서 훌륭한 역할을 하게 되기를 진심으로 기원합니다.

필자 여러분과 출판 관계자 여러분께 진심으로 감사드립니다.

2005년 6월
사단법인 한국방송작가협회
이사장 박 정 란

# 차례

일러두기

보통 '장면'으로 번역하는 scene은 '신'이라고 쓰는 것이 맞는 표현이지만, 이 책에서는 방송 현장에서 실제 사용하는 발음인 '씬'이 더 자연스럽다는 판단에서 모두 '씬'으로 표현하였음. shot의 경우도 '숏'이 맞는 표기이지만 '샷'으로 표현하였음.

# 드라마 작가를 지망하는 사람들에게

### 제1부

김수현 │ 노희경

※ 이 글은 한국방송작가협회 교육원이 교육원 수강생들을 대상으로 실시한 김수현, 노희경 작가의 'TV 드라마 공개특강' 강의 내용을 녹취하여 정리한 것이다.

# 드라마는 인간에 대한 천착

김수현

　　저는 드라마 작가라는 타이틀을 붙이고 40년이 넘는 긴 세월동안 이 일을 하고 있는, 말하자면 이 분야에 있어서는 일종의 '노인' 입니다. 흔히 노인은 지혜자라는 말도 있듯이 제가 살아오면서 생각하고 결론지은 재산이 있습니다. 저는 인생을 '순간 순간의 선택' 이라고 생각합니다. 그것이 큰일이건 작은 일이건 간에.

　　그리고 드라마 작가를 목표로 하거나 아니거나를 불문하고 '나는 어떤 인간의 모습으로 나에게 주어진 삶을 살다가 갈 것인가' 에 대해 깊이, 열심히 생각해야 한다고 믿습니다. 나는 어떤 모양새의 인간이고 싶은가에 대해서 깊이 생각하고 원하고 노력하십시오.

그렇게 결정해서 그 쪽으로 매진하며 길게 살다보면 원하는 그 모습이 될 수 있고, 감히 저 자신은 그렇게 살아왔다고 여기면서 나름대로 자랑스럽고 옳았다고 믿고 있습니다.

그렇다고 이중구조의 인간이 되라는 얘기는 결코 아닙니다. 여기서 이중구조의 인간이란 자신의 내면에 있는 '실제의 나' 다르고 원하고 노력하고자 하는 자신이 다른 경우를 말하는데 저는 개인적으로 여러 개의 얼굴을 가진 사람을 혐오합니다. 실제로 저 자신은 하나의 얼굴밖에 없습니다.

남에게 보여지는 나를 의식한 치장이나 분장이 아닌 내 모습을 선택해 살아왔습니다. 남들이 나를 어떻게 볼 것인가는 생각할 필요가 없었습니다. 여기서 굳이 내 자신의 모습으로부터 얘기를 시작하는 것은 드라마라는 것이 어차피 인간을 들여다보고 인생을 이야기하는 것이기 때문입니다.

그리고 어쩔 수 없이 작가 자신의 생각이나 인생의 모습이 상당부분 작품에 투영되는 것이기에 가장 가까운 예를 들고자 할 따름입니다.

저는 드라마 작가로 데뷔할 때부터 싸우면서 일을 시작했습니다. 여기서 말하는 '싸움' 이란 다름이 아니라 '내가 수긍할 수 없는 어떤 일을 강요받았을 때' 결코 참지 않았다는 뜻입니다. 의견이 다를 때 즉각 즉각 얘기하는 바람에 어른들로부터 충고도 많이 받았지만 저는 지금까지 다른 사람에게 잘 보여야겠다는 인식은 하지 않았고, 내가 생각하는 나의 모습과 내가 원하는 나의 모습은 확실히 있었습니다.

'어떤 모습의 김수현이고 싶은가' 가 저의 유일한 허영이라면 허영이었습니다. 딱딱하고 재미없게 작가가 무슨 교양 선생 같은 소리냐고 하겠지만 적어도 저의 경우는 자신에게 엄격한 것으로부터 출발하고, 이것이 곧 작가로서의 자존심과도 결부되어 있다는 말을 하고 싶어서 꺼낸 얘기입니다.

## 자존심을 사수하라

저를 굳이 한 마디로 집약해서 말한다면 '자존심의 결사 사수' 입니다. 자존심만큼 자신에게 엄격함을 요구하는 것이 없기 때문에 '자존심을 사수하라'였습니다. 제대로 된 자존심을 사수한다는 것은 자기 자신에게 엄격하다는 것입니다.

자존심을 지키기 위해서는 그것에 맞게 자기 자신의 모습을 정리정돈하고, 그것에 맞는 능력을 갖춰야 합니다. 여기서 말하는 자존심이란 함께 일하는 사람들과 힘겨루기나 하는 지극히 졸렬하고 유치한 수준의 자존심이 아닙니다. 열등감이나 피해의식 없는 자존심을 뜻합니다.

제가 말하는 자존심에 있어 열등감은 불필요합니다. 열등감은 피해의식을 불러오고 피해의식은 아무런 쓸모없는 자존심을 부추기게 됩니다. 작가라면 적어도 자존심을 신주단지처럼 모시고 살 필요가 있습니다. 그렇게 되면 자존심에 부끄러운 일은 하지 않게 되겠죠.

우선 작품이 자존심에 비추어 부끄럽지 않아야 한다고 생각합니다. 작가라면 자기 작품이 자기 자존심에, 가족에게, 친구에게 부끄럽지 않아야 합니다. 작가로서 당당하게 살아왔고, 지금도 당당하고, 앞으로도 계속 당당하기 위해서 작품이 자기 자존심에 부끄럽지 않은 그런 작가가 제대로 된 작가입니다. 이득을 위해 타협하지 않고, 비열하거나 비겁하지 않고, 거짓말이나 속임수 쓰지 않고, 중상모략하지 않고, 양심의 소리에 따라 쓰는 작품이라면 충분히 작가로서의 자존심에 부끄럽지 않을 것입니다.

자존심에 비추어 부끄럽지 않은 캐릭터의 인물들이 드라마 속에 등장한다면 더욱 감동을 줄 것이고, 인물의 개성과 드라마의 창의성과 다양성이 살아날 것이며, 실제로 그런 경우를 우리는 얼마든지 볼 수가 있습니다.

대체로 자존심이 없는 드라마들을 보면 등장인물들의 인격장애 퍼레이드가 펼쳐집니다. 겨우 겨우 쪽지대본 내보내면서 시청률이 자존심이라고 믿고, 연출자가 죽으라면 죽는 시늉까지 하면서 작품에 대해 토의하자고 하면 밤중에라도 불려나가 끌려 다니는 작가들이 많습니다. 자존심이 없어서 콩쥐팥쥐에서 신데렐라로 이어지는 작품들이 줄줄이 등장하고, 전혀 지성과 능력과 실력이 보이지 않는 주인공들이 판을 치고, 그들이 벌이는 행태나 직업 또한 황당하고 허황하기만 하고 3각 4각, 심지어 5각 6각 관계가 꼬리에 꼬리를 물고 이어집니다.

자아 그렇다면 자존심을 사수하면서 작가로 활동할 수 있으려면 무엇을 해야 할까요?

## 작가의 재산은 책읽기

자존심을 사수하면서 작가로 활동할 수 있으려면 책을 읽으세요. 그것도 많이 읽으라고 권하고 싶습니다. 요즘 사람들 너무 너무 책을 안 읽습니다. 적어도 우리 세대의 작가나 우리 선배 작가들은 기본적인 틀이 다르다고 생각합니다. 그 이유는 간단합니다. 책을 많이 읽었기 때문입니다. 선배 작가들은 기초가 튼튼하고 작가 소양이 풍부하셨습니다. 그 역시 책을 많이 읽은 데서 비롯됐다고 믿습니다. 이것이 곧 작가로서의 밑천이고 재산입니다.

어떤 책을 읽느냐 하면 고전을 읽으세요. 동화에서부터 시작해 신화로 넘어가면 더욱 좋습니다. 모든 세계 문호들의 책을 섭렵하세요. 레마르크의 〈개선문〉, 〈까라마조프가의 형제들〉에 나오는 대위와 소년, 아버지가 모욕당하는 것, 셰익스피어의 그 무궁무진하고 화려 찬란한 어휘구사력, 우리나라 작가 이태준, 홍명희의 감성과 문장력은 또 어떻습니까? 좋은 책은 두 번 세 번 열심히 읽으세요.

그 다음에는 예컨대 1930년대부터의 현대문학을 훑는 식으로 모든 분야의 책을 다 읽으세요. 책이라고 생긴 것은 다 보세요. 드라마 작가로서의 작업에 필요한 책이 한정되어 있지 않습니다. 다양한 분야로 늘려갈수록 더욱 좋습니다. 다만 다이제스트는 보지 마세요. 이것저것 가리지 않고 읽으면서 여러분의 창고 숫자와 크기를 늘려가세요.

이것이 곧 작가로서의 내공입니다. 책을 읽으면서 그 속에 나오는 어느 장면이나 사건, 이름 등을 굳이 기억하려 하지 마세요. 집착하지 말고 잊으세요. 그렇다고 없어지지 않습니다. 연기처럼 내 창고에 스며들어 있습니다. 개괄적인 분위기와 냄새만 맡되 그것 속에 들어가 같이 살다 나오세요. 어차피 드라마란 인간탐구와 인생성찰, 그리고 인간연구가 아닙니까. 책을 안 읽으면 작가로서의 재산이 없는 것과 마찬가집니다.

모든 작가는 무궁무진하게 풀어낼 수 있는 창고가 준비되어 있어야 합니다. 기본소양을 갖추지 않고 작가가 되겠다고 하는 것은 대단히 오만한 짓입니다. 특히 수많은 불특정 다수의 대중을 상대로 하는 텔레비전 드라마에서 최소한의 기본적인 것을 갖추지 않고 쓰겠다고 덤비는 것은 명백한 사기행각입니다. 그런 속임수에 넘어갈 시청자는 어디에도 없습니다.

드라마 작가가 모든 인생을 다 경험하고 살 수는 없습니다. 그렇다면 우리는 간접경험을 직접경험인양 내 것으로 받아들여 소화시켜서 토해내는 작업을 해야 합니다. 고전으로 남아 있는 책들은 대개가 인간 본연의 문제를 천착합니다. 시대가 아무리 변하고 세상이 달라져도 인간은 변하지 않습니다.

우리들 인간의 본질은 같습니다. 드라마 작가는 시대가 어떻게 흘러가든 이 기본을 버리면 안 됩니다. 우리는 바로 그것을 붙들고 작업해야 합니다. 독서는 닫혀 있던 감성의 문을 열어주고 부족한 사고능력을 확장시켜주며 사물에 대한 이해능력을 깊게 만들어줍니다. 이 모든 것이 작가로서의 창작활동에 반드시 첫째가 되는 귀중한 재산입니다.

세상에는 공짜가 없습니다. 그래서 저는 부단히 노력합니다. 그리고 저는 지금까지 드라마 작가로서의 기본재산은 가지고 있었다고 감히 자부합니다. 책을 많이 봤고, 작가가 되고 나서도 끊임없이 책을 읽었으니까요. 어떻게 하면 잘 쓰고, 어떻게 하면 좋은 작가가 될 수 있는지에 대해 현 시점에서 당장 한 마디로 말하기는 어렵습니다. 그러나 분명한 것은 책을, 그것도 많이 읽으라는 것입니다.

## 균형 잡힌 가치관, 건강한 작가정신

TV 드라마 작가는 뒤틀리지 않은 스스로의 가치관을 확립할 필요가 있습니다. 균형 잡힌 성격을 갖춰야 합니다. 작가 나름의 가치관도 없이 작품을 쓰겠다면 작가가 아닙니다. 그리고 그 가치관이 비뚤어지거나 뒤틀려서는 안 됩니다. 세상과 인간을 꿰뚫어보고 결코 어느 한쪽으로도 치우치지 않는 가치관을 갖는 것이 작가로서의 첫걸음입니다.

그것은 대개 인간에 대한 애정으로부터 비롯됩니다. 인간에 대한 애정이 없이는 사람의 이야기를 쓰는 작가가 될 수 없듯이, 바로 그 인간에 대한 애정이 스스로 뒤틀리지 않는 가치관을 확립하도록 만들고 있습니다.

작가로서의 균형감각은 그래서 필요합니다. 균형 잡힌 성격에서 인물의 합리성과 작품의 타당성이 나옵니다. 그러기 위해선 무엇보다도 작가의 정신이 건강해야 합니다. 텔레비전 드라마라는 것이 궁극적으로 아름다움을 추구하는 것이고 인간의 삶을 긍정적으로 표현하는 특성이 있어서가 아니라, 어떤 경우든 작가의 정신은 건강해야 합니다. 그것이 곧 많은 사람들을 감동시키고 인생을 정확하게 볼 줄 아는 작가적 가치관을 확립하는 길이기 때문입니다.

그럼에도 불구하고 지금 우리가 접하는 드라마 가운데는 너무나 이상한 드라마가 많습니다. 작가의 가치관이 진혀 확립되어 있지 않은 경우, 작기의 가치관이 뒤틀린 경우, 균형감각을 잃어버린 경우, 급기야는 말이 안 되는 드라마들을 보게 됩니다. 도무지 발을 땅에 딛지 않은 그런 부평초 같은 작가들은 자존심이 아니라 오로지 시청률을 신주단지처럼 애지중지 모시고 숫자놀음에 일희일비하며 휘둘리게 되죠.

그 결과 많은 인격장애 드라마들이 양산되고 있는 것입니다. 스태프들이 일하는데 지장이 없는 좋은 대본을 제때 보내고, 자기 자신에게 부끄럽지 않은 대본을 쓰는 것이 아니라 고작 재벌 2세나 출생의 비밀 따위에 매달려 춤을 추다 보면 작가의 가치관은 찾아볼 길이 아득해집니다.

작가의 정신이 건강하면 절대로 재벌 2세나 출생의 비밀 등등의 함량미달과 이해하기 어려운 인물들의 양산 속에서 맴돌지 않습니다. 작가가 하는 일은 작가 자신과의 투쟁입니다. 적어도 저 자신은 그렇게 일을 해왔습니다. 연출자가 죽으라면 죽는 시늉하고, 대본 고치라면 고치면서 작가생활 하지 마세요.

재능과 실력과 능력을 갖추라는 뜻입니다. 저는 항상 시청자의 수준을 제 수준에 맞춰놓고 씁니다. '나 같은 사람이 본다'고 생각하고 씁니다. 작품은 곧 작가의 수준입니다. 그래서 저는 수준 높은 작품을 원합니다.

이런 것들은 작가 자신의 뒤틀리지 않는 가치관 확립에서만 가능하다고 봅니다. 균형 잡힌 성격과 작가정신의 건강성이 작가로서의 재능과 실력과 능력으로 나타나게 마련입니다. 작가가 작품을 쓴다는 것은 자신이 확립한 뒤틀리지 않은 가치관과 건강한 작가정신과의 끝없는 투쟁이란 점을 잊지 마시기 바랍니다.

## 전문적 이야기꾼 되기

TV 드라마는 수박 겉핥기나 주마간산이 아닙니다. 다시 말해서 대충 나열해 가는 것이 아니라고 말할 수 있습니다. 텔레비전 드라마는 등장인물들의 성격을 통한 일종의 심리전입니다. 드라마는 여러 가지 면에서 다큐멘터리와 다르지만 그 가운데 가장 뚜렷한 다른 점이 있다면 바로 이런 부분입니다. 심리변화를 표현하는 것이기 때문에 때로는 깊이 들어가 마음 속을 헤집고 다닙니다.

필요하다면 한 군데 계속 머무르면서 시청자를 꼭 붙들어 매기도 합니다. 한 시대의 흐름이나 한 집안의 흥망과 같은 가족사, 또는 한 사람의 일대기를 충실히 늘어놓았다고 해서 반드시 좋은 드라마라고 할 수 없는 이유가 여기에 있습니다. 그 중에서 어느 부분, 어떤 상황을 누구를 통해 어떻게 부각시키느냐가 관건입니다. 그러자면 드라마는 치밀하고 또 치밀해야 합니다.

엉성하게 작업하지 마십시오. 드라마는 '세공'으로 여겨야 합니다. 대충 큰 줄기만 따라가는 것이 아니라 아주 치밀하고 세밀하게 다듬는 것입니다. 보석의 컷팅처럼, 세밀한 공정으로 심리를 묘사하십시오. 그렇다고 해서 불필요한 군더더기를 붙이거나 쓸데없는 군살을 붙이는 것으로 행여 착각하거나 오해하지는 마십시오.

'세공'의 원리를 잘 생각해보면 알 수 있는 일입니다. 세공은 엉성하지 않고 치밀할 뿐, 결코 뜸들이거나 빙빙 돌려대지 않습니다. 곧바로 문제를 갖다 대면서 본론으로 직행하고, 잘라낼 부분은 과감하게 잘라내면서 치밀하게 연마해 나가는 작업입니다.

치밀하고 치밀하고 또 치밀하십시오. 이유 없이 비가 내리고 느닷없이 교통사고가 나서도 안 됩니다. 치밀한 세공인은 차갑고 영리한 머리를 갖고 있습니다. 치밀하다는 것은 자기 작품에 대한 책임과 깊이와 자신감이기도 합니다. 이것이 전문적인 이야기꾼의 자세입니다.

이야기꾼이 되십시오. 그것도 그냥 엉성한 이야기꾼이어서는 안 됩니다. 아주 전문적이고 뛰어난 이야기꾼일수록 좋습니다. 그러려면 물론 이야기꾼으로서의 재능을 갖춰야겠죠. 이야기꾼으로서의 재능은 무엇입니까? 어떤 걸 갖춰야 하는 걸까요?

우선 남보다 많은 사연을 갖고 있거나 관찰했거나 만들어낼 줄 알아야 합니다. 세상사람 어느 누구도 사연 없는 사람이 없듯이 숱한 사연을 생각해 내거나 꾸며댈 수 있는 재능이 반드시 요구됩니다.

이야기꾼이 되려면 인물들을 일단 입체적으로 만들어 놓으세요. 다시 말해 드라마 속 등장인물의 성격과 성장과정, 환경, 목표 등을 입체적으로 잘 만들어놓으면 그 인물들이 살아서 저절로 이야기가 술술 나옵니다. 그들이 각자 알아서 뜁니다.

드라마에 등장하는 어떤 인물도 드라마 이전의 인생을 생각해야 합니다. 누구든 거기까지 오는 데는 그냥 오지 않거든요. 입체적인 인물로 만들라는 것은 나오는 인물 모두가 드라마 시작 이전에 사람으로서 모든 것을 지닌 그런 인물이어야 한다는 뜻입니다. 그늘도 있고 양지도 있고, 영광도 있고 오욕도 있고, 슬픔도 있고 기쁨도 있고, 좌절도 있고 성공도 있고, 시련도 있고 배반도 있고, 결함도 있고 버릇도 있고, 어리석음도 있고 못 참기도 하고….

그 드라마에 나오기 위해 어느 날 갑자기 하늘에서 뚝 떨어졌거나 마치 땅에서 솟은 사람인양 만들어선 안 됩니다. 거기까지 오기까지 온갖 우여곡절이 있고 당연히 갖은 사연이 다 있어야죠.

이것이 드라마에 나오는 인물들의 특징입니다. 그리고 드라마에 나오는 인물의 모든 행위에 대해 보는 사람들이 납득할 수 있어야 합니다.

항상 '왜?' 라는 질문에 작가가 즉각 대답할 수 있어야 됩니다. 끊임없이 이 '왜, 왜' 는 되풀이되어야 합니다. 왜, 어떻게, 아니 어떻게… '왜' 가 없는 드라마는 드라마가 아닙니다. 어느 한 단면만 있고 부피가 없는 작업은 해서도 안 되며 곤란하다는 것입니다. 그러기 위해선 나오는 인물 모두에 대한 이해와 연민과 사랑이 있어야겠는데, 심지어 살인범한테까지도 그가 거기까지 오는데 과연 어떤 삶을 살았는가를 보여주는 배려가 곧 이야기꾼으로서의 재능으로 이어진다고 말할 수 있습니다.

나오는 인물 모두에 대한 이해와 연민, 애정이 없다면 드라마 작업을 포기하세요. 체온이 없고 향기가 사라진 그런 드라마밖에 나올 수 없기 때문입니다. 어떤 경우에도 그 뒤를 궁금해 하고, 이해하려 하고, 알려고 하는 노력이 있어야 합니다. 드라마 속에 등장시킨 인물들 모두가 그들이 해야 할 일, 할 수 있는 일, 할 법한 일을 찾아서만 놓으십시오. 그러면 드라마는 마치 물 흐르듯이 흘러가면서 때로는 긴장시키고 때로는 풀어주면서 스스로 완급을 조절해 갈 것입니다.

## '글' 쓰기가 아닌 '말' 쓰기

어떤 경우든 드라마 작가가 된다는 것은 기본적인 필력이 있어야 합니다.

작가는 '말 장사'가 아니라 '글 장사'라는 말이 있듯이, 말이 아닌 글을 팔아먹는 사람한테 기본적인 필력이 없다면 처음부터 그 사업은 망하는 사업이니까요.

작가는 입으로 하는 것이 아닙니다. 작가에 대한 모든 평가는 글에서 나오고, 작가의 자부심도 글이 지켜줍니다. 그런데 텔레비전 드라마의 글은 일반적인 글과는 다른 특징이 있다고 생각합니다. 글은 글이되 엄격한 의미에서 글이 아니라 말이기 때문입니다.

여기서 흔히 말하는 방송문장의 특성이 대두됩니다. 특히 드라마의 경우 거의 대부분이 말의 형태를 갖춘 대사로 이뤄지기 때문에 더욱 더 방송문장의 특성을 갖출 필요가 있습니다. 한번 지나가면 그만인 글, 일회성이 갖는 단점을 충분히 감안한 글이 될 수밖에 없습니다. 그러기 위해선 쉬워야 하고 짧아야 하고 다분히 시각적인 글이어야 합니다.

일상적인 대화의 리듬을 유지해야 하고 생활언어여야 합니다. 그리고 가장 중요한 것은 글이 아니라 말이라야 한다는 점입니다. 말의 묘미를 최대한 살리는 글이어야 합니다.

여기서 말하는 기본적인 필력이란 그런 필력을 말하는 것입니다. 형형색색의 미사여구로 꾸민 글은 우리가 일상에서 주고받는 말하고는 거리가 멀기 때문에 TV 드라마에서는 거의 무용지물입니다. 또 말이라고 해서 그저 콩 자루에서 콩을 마구 쏟아놓는 것같이 해서는 곤란합니다. 이야기의 진행과 감정과 마음이 실린 '말로 된 글'을 쓰는 재능이 필요한 것이죠.

글을 쓰는 것이 아니라 말을 쓰는 것입니다. 그것도 매력적이며 정확한 표현, 살아 숨쉬는 품위 있는 말을 구사할 줄 알아야 합니다. 기본적인 필력이 있어야 한다는 것은 그런 뜻입니다. 만약에 말로 된 글을 쓰기가 힘든 사람은 일찌감치 드라마가 아닌 다른 글 장사를 해보는 편이 한결 나을지도 모른다는 생각입니다.

방송 글은 좀 다릅니다. 글이 아니라 말, 즉 언어적 성격이 강하기 때문입니다. 글보다는 말의 묘미와 매력을 잘 살리는 쪽이 훨씬 더 유리하겠죠. 그러나 어떤 경우에든 거짓된 글은 단 한 줄도 쓰지 마세요. 어떤 글을 쓰든 작가에게 있어 그 원리는 다 해당됩니다. 이 역시 작가로서의 부끄러움과 자존심과 연결되는 아킬레스건입니다.


## 드라마는 '내용'이다

한 사람의 작가가 제대로 검증받으려면 평생이 걸린다고 생각하세요. 그러니까 겨우 작품 한 두 개로 교만하지 말고 늘 겸손해야 합니다.

한 두 작품 혹은 서 너 개 드라마가 잘 나갔다고 해서 대가연하거나 경거망동하지 마세요. 제대로 된 작가인가 아닌가의 평가에는 보다 오랜 세월이 필요합니다. 그리고 그것은 작가로서 기본재산이 얼마나 되느냐가 결정합니다.

드라마를 가지고 폼 잡지 말고 쓸 데 없는 짓 하지 마세요. 드라마는 어떤 경우든 내용이 있어야 합니다.

언젠가 어느 드라마가 제법 무리 없이 나간다 싶었는데 겨우 몇 회째인가에서 장난을 치더군요. 이야기가 궁해서 그런지 음악을 깔면서 화면만 흘리더라고요. 벌써 이야기가 궁해서가 아니라면 이런 것은 겉멋이고 폼 잡는 일입니다. 감각적이 아니라 유치한 짓입니다.

시청률과 작품의 질은 별개입니다. 시청자의 문화적 지능지수와 작품의 질은 왕왕 다를 수 있기 때문입니다.

예컨대 제가 쓴 드라마 〈완전한 사랑〉의 경우, 제가 갖고 있는 온갖 지능지수를 총동원해 썼기 때문에 저로서는 애착을 갖고 있습니다. 그렇지만 시청률 면에서는 결코 안전하지 못했고 역시 다르게 나왔습니다. 보편적이고 안정적인 가족 중심의 홈드라마보다 시청률이 떨어졌습니다. 죽음을 제대로 수용하지 못하는 시청자의 수준과 상관이 있다고 생각했습니다. 그러나 개의치 않았습니다. 저는 적어도 시청자의 수준을 의식하지는 않습니다. 일단 시청자 모두가 나만큼은 된다고 생각해버립니다. 오기가 아니라 작품은 이렇게 쓰는 것이 옳다고 믿습니다. 작가의 수준은 그런 것이 아닐까요.

굳이 원론적으로 말하자면 "이러면 시청률이 올라가겠지"로 나가서도 안 되겠지만, 그런다고 오르는 것이 시청률이 아닙니다. 시청률이 낮고 싶은 작가가 어딨겠습니까? 그러나 시청률에 신경 쓰지 마십시오. 결과적으로 그건 아무 것도 아닙니다.

'드라마니까' 라는 말에 저항하십시오.

"드라마니까 저렇지", "드라마는 다 쓰레기야"라는 말로 들리기 때문입니다. 드라마는 인간의 이야기를 심도 있게, 혹은 유쾌하게, 혹은 아름답게 그려내서, 보는 이들에게 휴식과 기쁨 혹은 감동을 주면서, 그들이 긍정적인 삶을 살아가도록 유도하고 활력을 주는 작업입니다. 어떤 이야기를 쓰든 결과적으로 좋은 영향을 줄 수 있어야 합니다. 예컨대 인생을 날로 먹는 풍조나 세태에 영합하기 위해 지나치게 과장되게 그리는 것 등은 악성 바이러스를 퍼뜨리는 일입니다.

작가는 생각이 멋있어야 됩니다. 시청자의 모든 지능지수를 높이는 작업이 드라마라고 믿고 하십시오. 이런 걸 우리가 사명감이라고까지 말할 거야 없지만 그런 믿음조차 없다면 일찌감치 작가를 걷어치우고 다른 일을 하면서 사는 게 마땅할 것입니다.

그리고 도무지 공동작업을 할 수 없는 작가가 되십시오. 드라마를 쓰는 것은 혼자 하는 일입니다. 구조적으로 혼자서 할 수밖에 없는 작업을 여럿이 모여서 합동으로 한다는 발상 자체가 무리입니다. 혼자서 작업할 수 있는 작가가 되십시오. 합동으로 하는 것은 모자이크에 지나지 않습니다.

드라마라는 것은 음악과 같이 흐름인데 어떻게 이 사람 저 사람이 함께 작업을 한다는 것인지 불가사의한 일입니다. 혼자 할 수 있는 일과 함께 할 수 있는 일은 따로 있습니다. 혼자서 하기 위해선 역시 그만한 실력을 갖춰야겠죠. 자칫 공은 나에게 과는 남에게 돌리는 그런 작업은 창작과는 거리가 멉니다. 창작이 아니라 조립이 되기 십상이면 순수한 의미의 작가의 작업이 아닙니다. 어떤 경우에도 자존심에 상처 내는 거래는 하지 마세요. 자존심을 내놓고 거래하지 않아도 되는 그런 작가가 되십시오. 그러려면 갖추어야 할 것이 많습니다.


## 다양한 캐릭터 창출이 성공의 열쇠

저는 비교적 단순하게 작품을 시작합니다. 시작은 간단하게, 아주 심플한 데서 출발합니다. 단순하다는 것은 명료한 것이기도 하죠. 예를 들자면 이렇습니다.

〈새엄마〉는 대가족 집안에 재취로 들어온 여자는 어떻게 살아갈까?

〈강남가족〉은 한없이 선량한 아버지와 착하고 생각이 건강한 자식들의 사는 이야기.

〈신부일기〉는 똑똑한 시골처녀가 서울로 시집오면 어떻게 될까?

〈사랑과 진실〉은 신분 바꿔치기.

〈사랑과 야망〉은 형제 이야기.

〈사랑이 뭐길래〉는 진보와 보수, 두 집안의 충돌.

〈은사시나무〉는 이 세상에 외롭고 불쌍하지 않은 사람은 없다.

〈부모님 전 상서〉는 옛날로 돌아가자.

다만 제가 작품을 쓸 때 가장 염두에 두는 것은 캐릭터를 만드는 일입니다. 캐릭터를 만드는 일이 가장 중요하다고 여기기 때문입니다.

캐릭터는 다양할수록 좋습니다. 이 세상 사람들 모두가 어디가 달라도 조금씩 다 다르듯이 캐릭터는 다양한 것이 지극히 자연스럽고 당연하기 때문입니다. 만약에 우리가 캐릭터 창출의 다양성에 실패한다면 그 작품은 이미 틀렸습니다. 다양한 캐릭터 창출을 위해선 끊임없고 날카로운 관찰력이 요구되겠죠. 대본을 쓸 때 컴퓨터 자판에 글자를 찍는다고 생각하지 마세요. 인물들이 그림으로 다 잡혀야 됩니다. 그래야 작업이 겉돌지 않습니다. 이것은 결국 다양한 캐릭터 창출에서만이 가능합니다.

제가 쓴 대본은 아무도 못 고칩니다. 애드립도 용납하지 않아요. 재미있는 사실은 굳이 제가 요구하지 않아도 남이 고칠 수가 없다는 것입니다. 제 작품은 누가 토씨 하나 고쳐도 말이 안 되기 때문입니다. 그래서 연기하는 배우들이 아예 손대는 것을 포기합니다. 배우가 왜 대본을 고칩니까. 작가는 어디까지나 난데. 배우는 내가 쓴 것을 최선을 다해 표현하는 역할을 해야 할 뿐입니다. 연출자도 안 됩니다. 연출자도 못 고칩니다. 연출자는 연출자지 작가가 아닙니다.

오케스트라에 비유하자면 연출사는 지휘자이지 작곡가는 아니지 않습니까. 근데 왜 남의 곡을 함부로 고치려고 덤비느냐구요. 이것은 결국 어떤 얘기입니까?

각자 자기의 역할 또는 자기가 하는 일에 충실하자도 되겠지만 근본적으로는 거기 나오는 인물들의 캐릭터 때문입니다. 말 한 마디 토씨 하나는 오로지 작가가 만든 캐릭터에 의해서 나오는 것이니까요. 흔히들 재미와 감동이라는 두 마리 토끼를 잡을 수 없느냐고 합니다. 둘 다 갖춘 드라마라면 얼마나 좋겠습니까? 드라마를 보는 동안 그 어떤 무엇인가의 끌어당기는 힘, 즉 흡인력이 없다면, 그것을 편의상 재미라고 해도 좋습니다.

그러나 분명한 것은 채널이 돌아가지 않게, 채널을 고정시킬 수 있는 흡인력이 없다면 감동도 없다는 겁니다. 드라마의 재미는 한 두 가지가 아닙니다. 추리는 추리대로, 법정드라마는 법정드라마대로, 멜로드라마는 또 그것대로. 그러면서 또 법정드라마의 재미와 홈드라마 또는 멜로드라마의 재미가 다릅니다. 실로 수백 가지의 재미가 있을 수 있겠죠.

저는 이 수많은 재미와 감동의 한 복판에 캐릭터의 다양성이 있다고 봅니다. 그래서 캐릭터 창출의 다양성을 중요하게 여기고, 그 캐릭터의 인물이 내뱉는 단어 하나 토씨 하나도 함부로 못 고치게 합니다. 어떻게 창출된 캐릭터이며, 그 캐릭터에 대해 작가는 어떤 책임을 져야 하는가를 분명하게 하기 위해서입니다.

## 드라마와 본질의 문제

드라마란 무엇인가? 드라마 작가가 끝까지 붙들고 매달려야 할 것은 무엇인가?

우리들 드라마 작가들이 천착해야 할 것은 건강하고 아름다운 인간을 지키는 것이라고 생각합니다. 지금까지 고전이라고 하는 작품들이 고전으로 남아 있는 이유가 뭐겠습니까? 그것은 본질에 대한 탐구였기에 두고두고 고전으로 남아 있습니다. 종교는 왜 몇 천년씩 존속되는가? 이 역시 본질 문제에 대한 가르침 때문이라고 말할 수 있습니다.

드라마도 마찬가지라고 생각합니다. 결국은 인간의 본질을 파고드는 작업이라고 말하고 싶습니다. 방송현실의 변화에 따라, 사회현실의 변화에 따라, 인간군상의 변화에 따라, 그때그때 드라마가 흔들려야 된다고 생각하지는 않습니다. 사회현실이 어떻든지 간에 드라마는 인간에 대한 천착이기 때문에 변할 이유가 없습니다.

더욱이 작가라면 시대가 망가질수록 망가지기 이전의 우리의 모습을 그려 줘야 할 의무가 있다고 생각합니다. 그런 점에서 제가 썼던 일련의 특집극들은 인간을 말하는 것에서 벗어난 적이 없었습니다.

풍조나 시류를 신경 쓰지 마세요. 좋은 대본이면 됩니다. 가끔 우리가 드라마에서 보게 되는 이른바 '엽기'라는 것이 왜 나올까요? 자극 때문에 나온 것이겠죠. 자극으로 한판 승부를 보자는 건 그만큼 자기 작품에 자신이 없기 때문입니다. 행여 그런 엽기적인 것으로 드라마 작가가 될 수 있지 않을까 하는 생각도 버리세요. 결코 되지도 않고 되어서도 안 되는 일입니다.

작가는 자기 작품에 대해 창피하지 않아야 합니다. 지능이 낮은 콩쥐팥쥐,

인생을 날로 먹자고 덤비는 신데렐라 같은 것을 써서 사람들에게 무엇을 줄 수 있을까요?

작가는 작가다워야 하고 작가처럼 생각할 줄 알아야 합니다. 본질을 파고들고 끝까지 본질에 매달려야 합니다.

드라마를 얕보지 마세요.

그것은 대단히 자존심 상하는 일입니다.

# 작가의식이 훌륭한 작가를 만든다

노희경

작가의 덕목 중 가장 중요한 것은 '솔직함'이라고 생각합니다. 솔직하다는 것은 모르면 모른다고 인정하는 것입니다.

저는 요즘 글을 쓰면서 내가 정말 이 말을 알고 하는 건지, 모르고 하는 건지, 아는 척을 하면서 하는 건지에 대해 고민을 제일 많이 합니다. 대부분의 답은 '모른다'입니다. 모르고 하는 말은 말장난에 불과합니다.

이럴 때 이것을 어떻게 극복할 것인가. 그러다가 택한 방법이 주위 사람들에게 물어보는 것이었습니다. 이것이 하나의 취재라면 취재겠죠. 모르면 끊임없이 물어보아야 합니다. 반론이 나올 때까지, "아하 그렇구나." 하고 이해할 수 있을 때까지 물어봐야 합니다.

작가는 내가 말하기보다는 남의 얘기를 많이 들어야 한다고 믿고 싶습니다. 남의 말을 들으면 채워집니다. 모른다는 것은 속이 텅 빈 것을 뜻합니다. 그 텅 빈 속을 남의 말이라도 들어서 채우십시오. 작가의 속이 비어 있다면 그만큼 부실한 작품을 쓸 수밖에 없으니까요. 드라마를 쓸 때도 말을 하고 들을 수 있는 용기가 필요합니다.

## 모르는 것을 솔직히 인정하라

대사를 써놓고 나 자신에게 자문했을 때 이것이 아는 척이고 누군가를 가르치려 하는 것이라 생각되면 지웁니다. 아깝더라도 대사를 지워버립니다. 그래서 그런지 갈수록 제 작품의 대사가 줄어드는 것 같습니다.

"아는 척 하지 마라." "대사는 필요 없다."

일찍이 어른들이 말씀하셨던 이 말의 의미를 이제 조금은 알 것 같습니다. 그런데도 저는 아직 다른 작가들과 비교해 대사가 많은 작가입니다. 예를 들자면 이런 식입니다.

학생들에게 "잘못 했지?"라고 지적하면 "네."라는 한 마디로 끝나지 않습니다.

"사실은 그런데 제가……."

이런 식으로 또 자기가 알고 있다는 것을 변명합니다. 알고 있는 것은 알고 있는 것이고, 이제는 모르는 부분에 대한 인정이 필요한 것입니다. 모르고 있었다는 것을 느끼는 순간 변명하지 말고 인정하고 고치면 됩니다. 대부분의 사람들이 변명하다가 세월 다 보냅니다.

그럼에도 불구하고 말 못하는 병에 걸린 건지, 정말 착한 건지도 구분을 못하는 것 같은 경우들도 더러 있어 보입니다.

뒤에서 아무리 얘기해봤자 아무도 듣지 않습니다. 앞에서 얘기하십시오. 모르고 했던 실수가 있다면 앞에서 솔직히 얘기하고 앞에서 인정하십시오.

누구나 실수할 수 있습니다. 드라마 한 편을 내보내고 나면 스스로 했던 실수들을 알게 되고, 그 다음 드라마에서는 고치게 됩니다. 아는 것이 없는 게 창피한 일이 아니라, 모르는 것을 아는 척 하는 것이 창피한 일입니다.

무조건 듣는 수밖에 없습니다. 그런데 사람들은 참 안 듣고 인정하려들지 않습니다. 그러면 작품이 발전할 수 없는데도 말입니다.

## 작가의식 없이 아무 것도 할 수 없다

저는 인과응보를 믿습니다. 결코 날로 먹으려고 하지 말라!

뭐든 대가 없이는 주어지지 않는다는 생각입니다. 작가가 된다는 것도 그만한 대가를 치르지 않고는 가능하지 않다는 뜻입니다.

작가의식도 그렇다고 생각합니다. 대가를 치른 만큼 작가의식도 생기고, 심지어 작가란 어떤 경우에도 작가의식 없이는 아무 것도 할 수 없다는 걸 깨닫는데까지도 나름대로 저는 비싼 대가를 치렀습니다. 작가의식을 강조하다보면 사람들은 거기에 대한 반발심으로 이렇게 물어옵니다.

"너는 돈 필요 없냐?"

곰곰이 생각해 보니 저는 밥을 먹으려고 드라마를 씁니다. 저는 밥이 참 신성합니다. 나에게 밥을 먹여주는 이 일을 함부로 할 수 없다는 결론을 내렸습니다.

그러면서 때로 잘난 척도 했습니다. 신성한 일에 잘난 척 하거나 자만한다는 것이 해가 된다는 것을 이즈음에야 비로소 알아가고 있습니다. 그래서 저는 많은 분들이 작가로 데뷔한 후에 길게 명맥을 이어가지 못하는 것을 이른바 '헝그리 정신'이 없어서라고 생각합니다.

자기가 벌어서 먹지 못하고 남의 돈으로 먹는 것을 창피하지 않게 여기는 생각들이 글을 상당히 방해한다고 봅니다. 이것도 하나의 작가의식이겠죠. 그것이 무엇이든 작가의식의 형성 없이는 작가되기가 어렵다는 말을 하고 싶었습니다.

저는 아주 어려서부터 글을 쓰겠다고 생각했습니다. 늘 배가 고팠지만 글을 쓴다고 생각하니까 배고픔이 저에게는 별로 서러운 일이 아니었습니다. 철이 없을 때라 그랬는지 갖가지 시련조차 글을 쓰는데 도움이 될 거라 생각도 했고요. 이런 저를 사람들은 허황되다고들 했습니다. 계속 읽고, 보고, 쓰고, 그야말로 헝그리 정신으로 살았습니다.

그러다가 어머니가 돌아가셨을 때 처음으로 멈춰야겠다 생각했습니다. 더이상은 말만 하는 인간이어서는 안 되겠다는 생각을 하게 된 것입니다. 어머니가 돌아가시고, 회사를 그만둔 후 1년 안에 데뷔를 못하면 그만두겠다고 결심했죠. 그게 제 인생의 터닝 포인트였습니다. 요즘 가끔 슬럼프에 빠질 때마다 두렵습니다. 또다시 누군가의 죽음을 담보로 해야 정신을 차릴 것인가 하는 생각 때문입니다. 저처럼 우매하게 깨닫지 마십시오.

작가의식이든 뭐든 저는 큰 대가를 치렀습니다.

글을 쓰고 나서부터 긍정적인 면이 많이 생겼습니다. 글을 쓴다는 것만으로도 세상은 저에게 참 많은 것들을 가르쳐줬습니다. 데뷔 9년차밖에 안 되지만 그 동안에 글은 저에게 참 많은 것을 주었습니다.

밥도 주었고, 꿈도 주었고, 아버지와의 화해도.

드라마 속 모든 나쁜 인물이 아버지였는데, 그 인물들을 이해하려 하다 보니 이제는 아버지도 밉지 않습니다. 이것들이 바로 글이 가져다 준 결과입니다. 드라마 속에 나오는 인물들을 이해해야 비로소 드라마가 된다는 반증이라고나 할까요. 그것은 또 긍정적으로 변해간다는 증거였고 긍정적이라야 된다는 메시지였습니다.

'작가'라는 모델 하나가 내 인생을 이렇게 만들었습니다. 돌이켜보면 제가 드라마 작가가 돼보겠다고 한국방송작가협회 교육원에 들어갔던 시절엔 참으로 막막했습니다. 만약 그때 제가 돈이 있었다면 아마도 열심히 하지 않았을 것 같습니다.

요즘 교육원에 배우겠다고 오는 사람들은 돈이 많아 보입니다. 그게 오히려 안타깝습니다. 사람은 배가 부르면 절실해 하지 않고 딴 생각을 하게 되는 편이거든요. 인생은 선택이란 걸 알았으면 좋겠습니다. 다 가질 수는 없는 노릇이니까요. 글을 쓴다는 것은 방구석에 처박혀야 하는 일인데 나가서 놀고 싶으면 되지 않겠죠. 한 가지를 선택해야 하는데 대부분 두 가지 이상을 다 갖고 싶어합니다.

작가를 해서 돈을 벌면서 이 일이 힘들다고들 합니다. 저는 솔직히 그런 얘기가 싫습니다. 친구들과 수다 떠는 시간에 누군가는 열심히 쓰고 있습니다. 친구들과 떠들고도 싶고, 어디 가서 자랑도 하고 싶고, 글도 잘 쓰고 싶고….

사람들은 욕심이 참 많습니다. 이런 걸 깨닫는데도 꽤 오랜 시간이 걸리고 월사금이 필요하겠죠. 그러나 이쯤 되면 긍정적이 되고 글이 긍정적으로 변할 것입니다. 그때 비로소 남을 조금이라도 감동시키는 드라마를 쓸 수 있지 않을까요.

## 머리가 아니라 마음으로 배워라

책에서 읽든, 자기가 직접 체험하든, 아니면 남이 살아가는 모습을 듣고 보았든, 사람은 누구나 이런 걸 통해 배우게 됩니다. 그 중에는 나쁜 학습도 있고 좋은 학습도 있습니다. 특히 작가는 이렇게 배운 것을 적용할 줄 알아야 합니다. 보면 뭐하고 들으면 뭐합니까. 실제로 적용하거나 써먹지 않는데.

남 신경 쓰지 말고 자기에게 적용하십시오. 배운 것을 자랑하지 말고 사용하세요. 배운 것은 사용하는데 의의가 있습니다. 흔히 "나이 3, 40대가 되면 알고 있는 지식이 평준화가 된다"는 말이 있습니다. 문제는 머리로 아는 것이 아니고 마음으로 아는가가 중요합니다.

작가는 마음으로 아는가가 핵심입니다. 그리고 검증하고 행동으로 옮기는 일이 중요합니다. 자기가 쓰는 작품의 등장인물 캐릭터를 만들고 그로 하여금 행동하게 만들어야 합니다. 이것이 진정한 의미에서의 배운 것의 사용법입니다.

직접체험도 있고 간접체험도 있지만 솔직히 저는 작가들이 쓰는 전부는 작가가 직접 체험했다고 보는 편입니다.

그 작가의 수준이 곧 그 작가가 쓴 작품의 수준인 것처럼 말입니다. 어떤 현상을 똑같이 경험하진 않더라도 적어도 그 느낌만은 경험했다고 생각합니다. 책이 되든 직접 간접의 체험이 되든, 배운 것은 작가에게 재산이며 글 장사의 밑천입니다. 재산이 많고 밑천이 든든할수록 오래가고 성공 확률이 높은 편입니다. 그것을 어떻게 적용 또는 사용하느냐, 또는 누구에게 어떻게 행동하게 만드느냐에 따라 각기 다른 드라마가 탄생합니다.

머리가 아닌 마음으로 배운 것을 적용 또는 사용하는 경우를 말합니다.

## 드라마의 '틀'에 대하여

드라마에 무슨 고정된 '틀'이 있다고 생각하지 마십시오. 그렇다고 기본도 모르면서 헤매도 된다고 말하고 싶지는 않습니다. 다만 드라마의 기본적인 메커니즘을 알고 난 후부터는 틀을 벗어날 필요가 있다는 것이죠.

드라마라는 저수지 안에서는 제 멋대로 놀았으면 합니다. 저수지 안에 사는 물고기라고 해서 먼 바다를 꿈꾸지 말라는 법도 없고, 남이 아침에 일어난다고 해서 같이 아침에 일어나야 할 의무가 있는 것도 아닙니다. 날개만 제대로 달았으면 훨훨 나는 것이 좋다는 뜻입니다.

제가 생각할 때 제 드라마는 '틀'에 맞지 않는 드라마로 보입니다. 그렇다고 해서 제 드라마가 틀을 벗어난 좋은 드라마라고 생각하지 않습니다. 틀에 맞지 않는 것과 틀을 벗어난 것은 엄연히 다르기 때문입니다. 그러나 이것은 어느 쪽이든 다양성과 창의성을 의미하기 때문에 관대해지고 싶습니다. 혹자는 저를 일컬어 인터넷이 만든 작가라고 합니다. 인정합니다.

또한 그것이 저에게 나쁜 영향을 주고 있다는 것도 인정합니다. 하지만 누가 뭐래도 괜찮다고 할 수 있는 것은 자신에게 관대하기 때문입니다. 자기에게 관대한 사람은 남에게도 관대합니다. 변명은 관대하지 않다는 증거입니다. 스스로에게 엄격해서 욕하고 자멸하지 마십시오.

글 쓰는 것은 참선과 같다고 생각합니다. 참선처럼 그냥 앉아서 글 쓰는 것만으로도 힘든데, 주변에서 "너 아직도 그 짓 하고 있냐"는 욕 듣기도 힘든데, 스스로한테까지 욕하지 마십시오. 나쁜 버릇이 있다면 지금부터라도 멈추고 안 하면 됩니다. 지금까지 쓰지 않았다면 지금부터 쓰면 됩니다.

'틀'에 맞지 않는 드라마 보다 '틀'을 깨거나 '틀'을 벗어난 드라마라면 더욱 좋겠습니다. 다시 말해서 다양한 창작성을 불어넣는다면 성공입니다. 그러기 위해선 먼저 생각의 틀을 깨거나 벗어나야겠죠. 창작의 세계에서야말로 고정관념처럼 무서운 적이 또 있겠습니까. 발상이 자유롭지 못하고 상상력이 고갈됐을 때, 생각의 냇물이 흐르지 않고 고여 있을 때, 그때는 아마도 드라마를 쓰는 작업을 중단하고 폐업 선언해야 할 것입니다.

## 영감과 모티브의 실체

영감이나 모티브라는 말은 언제나 참 애매합니다. 특히 한 작품을 끝내고 다음 작품을 시작할 때 영감이나 모티브를 어떻게 얻느냐고 묻는다면 더욱 더 애매모호해집니다. 사실은 순간적으로 떠오르는 게 훨씬 더 많습니다.

가령 저의 경우는 대부분 전작에서 잘못했던 것들로부터 영감과 모티브를 얻는 편이거든요. 말하자면 전작의 잘못된 것들을 수정해 가는 쪽으로, 반성하고 극복하려고 애쓰는 과정에서 나름대로 영감이나 모티브를 얻는다고나 할까요. 또는 전작을 보고 나타내는 반응 가운데서 새삼스럽게 얻어지는 것도 있고요.

예를 들면 한 때 저의 모든 작품에서 모든 나쁜 인물은 아버지로 묘사되곤 했는데, 그걸 본 아버지의 반응에서 또 다른 진리를 깨달은 것입니다. 인간은 정말 자기 자신에 대해서 모르고 있다는 사실입니다. 아버지의 행동을 드라마에 똑같이 썼는데, 정작 그걸 본 아버지는 "저런 나쁜 놈이 어디 있냐"고 했습니다.

그리고 먼저 나간 작품에 대한 아쉬움도 그렇습니다. 남의 평가 이전에 저 스스로가 깨닫는 편입니다. 〈꽃보다 아름다워〉를 쓰면서 잘난 척을 좀 많이 했습니다. 예컨대 그냥 봐도 되는데 자꾸만 말을 하고, 가르치려고 내레이션을 썼습니다. 물론 그때는 모르고 꼭 지나고 나서 안다는 게 탈이고 병이지만.

계속해서 고쳐보려고 애쓰고 있습니다만, 어쨌거나 이것도 저에게는 다음 작품의 영감이자 모티브가 될 수도 있다는 생각입니다. 개중에는 제가 쓴 대사 가운데 일부가 명 대사였다고 치켜세우는 경우도 있었습니다만, 사실은 그 대사조차도 하도 많이 고쳐 써서 처음에 뭘 썼는지 모를 때가 많습니다. 다만 그저 노력하면 된다고 믿고 주위 사람들로부터 좋은 얘길 많이 들으면서 계속 고민하고 노력하고 있을 뿐인데, 그 과정이 또 다른 영감과 모티브를 제공할 수도 있습니다.

소재나 이른바 아이디어도 마찬가지입니다. 책을 읽으면서 문득 떠오르는 생각들을 메모하기도 하고, 지나가다 본 사람의 뒷모습을 혼자 생각해보기도 하고…. 한 마디로 대중없습니다.

이런 것이 영감이고 모티브의 실체가 아닌가 생각해 봅니다.


## 인간에 대한 이해심은 드라마 작가의 기본

이해심이 있어야 합니다. 드라마 작가는 특히 이해심이 있어야 한다고 생각합니다. 용서는 강자가 약자에게 베푸는 선의이며 동정입니다. 그러나 이해심은 상대가 나와 똑같은 입장에서 나오는 것입니다. 싸우고 화해하는 과정에서 이해심이 넓어지기도 하고 시간이 해결해주는 부분도 많습니다. 그 어느 것이든 드라마 작가는 인간에 대한 이해심이 있어야 합니다.

드라마 작가로서의 기본을 다지는 데는 이해심이 필수라고 생각합니다. 인간에 대한 이해심은 인간에 대한 관심에서 출발합니다. 작가의 기본은 다른 말로 인간에 대한 관심을 갖는 것이기도 하죠. 특히 다른 분야의 작가라면 몰라도 드라마 작가는 냉소주의는 배격하세요. 세상이 냉소주의로 가고 있으니 드라마도 냉소주의로 가야지 하는 것은 틀린 생각입니다. 세상이 냉소주의로 흐를수록 거꾸로 작가는 따뜻해지는 것이 맞습니다. 자기의 시니컬한 삶을 작품에 녹여내는 것은 대단히 위험합니다.

"냉소주의로 흐르지 말자"도 드라마 작가의 기본이겠죠. 기본을 쌓는 데는 경험이 중요합니다. 그 경험을 쌓기 위해 해야 할 일들이 있습니다.

예컨대 책을 읽고 나면 반드시 독후감을 씁니다.

어렸을 때부터 해오던 습관이지만 '느낌'이라는 것은 상당히 중요합니다. 자기 느낌을 소중하게 생각하고 정리하는 작업을 하는 버릇은 경험을 쌓기 위한 좋은 버릇 가운데 하나입니다. 그리고 대화도 중요합니다. 상대가 무엇을 얘기하는지 이해할 때까지, 내가 전달하고자 하는 얘기가 제대로 전달될 때까지 대화하는 것입니다. 그래서 경우에 따라서는 누군가와 싸우고 화해하는 과정에서 얻는 것이 많다고 생각합니다. 상대는 내가 아는 걸 얘기하지 않습니다. 모르니까 얘기하는 것입니다. 내가 알고 있는 걸 얘기하는 거라고 착각하지 마십시오. 마음으로 들으면 다 새롭습니다. 이것이 또한 경험을 넓히고 쌓아가는 하나의 방법입니다. 직접이든 간접이든 경험은 작가의 기본에 필수적이기 때문입니다. 경험은 경험으로 끝나지 않고 반드시 관찰을 수반하게 마련입니다.

캐릭터는 만들어집니다. 그러기 위해선 무엇보다 관찰하는 게 중요하다고 생각합니다. 경험을 통해서, 주변을 통해서, 직접 간접의 체험을 통해서, 끊임없는 관찰 속에서 캐릭터는 만들어집니다.

그 중에서도 특히 중요한 것은 자기를 관찰하는 일입니다. 자기 자신을 들여다보십시오. 그 안에서 대부분의 캐릭터들은 다 나올 수 있습니다. 이런 걸 보면 내 자신이 마치 '천의 얼굴'을 가진 다중인격체처럼 느껴질 때도 있습니다. 그런 눈으로 봐서 그런지 남들을 봐도 그 사람들이 가진 것은 가만히 생각하면 모두 나에게도 있더라고요. 그래서 일단 나를 보게 되는가 봅니다. 평소에 남이 아닌 나를 부지런히 들여다보고 관찰하는 이유도 바로 여기에 있습니다. 어쨌거나 관찰은 작가에게 있어, 드라마에 있어 대단히 중요한 과정의 하나임에는 틀림이 없습니다.

## 작가는 타고나는가

드라마를 쓰면서 또 한 가지 빼놓을 수 없는 것은 오만이며 자만심입니다. 작품을 쓸 때 가장 염두에 두는 것 가운데 하나가 이런 부분이어야 한다고 생각됩니다. 저의 경우 잘난 척 하지 않으려는 노력만큼 큰 것이 없습니다. 다시 말해 모자라면 모자라는 대로 보여주자입니다.

그것이 잘난 척인지 아닌지는 누구보다도 자기 자신만은 압니다. 자기 자신에 대해 예민해질 필요가 있습니다. 지식과 상식에 빠지지 말고 느낌을 표현해야 합니다. 이것이 잘 안 되면 오만과 자만심에 빠지게 됩니다. 드라마는 지식과 상식을 전달하는 것이 아니라 느낌을 표현하고 감동을 불러일으키는 명실공히 정서적인 작업입니다.

가난하고 배고팠던 시절… 그땐 정말 돈이 없었습니다. 당시 일주일 용돈은 만 원 정도로 책은 헌책방에서 사고, 비디오 하나 사고, 차비 쓰고, 커피 한 잔 정도가 고작이었습니다. 감히 친구들과 모여 술을 먹는다는 것은 생각도 못했습니다. 그건 데뷔 후에도 한 동안 마찬가지였어요. 그러나 가난이 주는 재미도 있었죠. 돈을 벌어보니까 가난이 주는 숭고한 의미가 새삼 떠오르기도 했습니다. 가난을 즐기는 것도 좋지 않은가, 그냥 길거리에서 얘기도 하고. 근데 저는 제가 살아온 대로 쓴다고 어느 날 연출자가 지적했습니다.

"한 겨울인데 왜 자꾸 바깥으로 도나? 카페 좀 가자."

"나는 카페 잘 안 가는데…."

사실이 그랬어요. 내 드라마에는 카페 씬이 거의 없으니까요. 주로 길거리나 회사 계단 같은 데서 만나죠. 그랬더니 어느 날 한 선배가 말하더군요.

"네 드라마는 상당히 문제가 있어. 〈거짓말〉이란 작품에서 주인공은 중류 이상인데 왜 만날 그들이 먹는 건 떡볶이며 라면이냐?"

듣고 보니 그랬습니다. 이것도 오만이라면 오만이고 자만심이라면 자만심일 것입니다.

내가 사는 이 시대, 아니 다양한 인간에 대해서 얼마나 깊고 폭넓게 관찰했는가? 작가적인 시각으로, 순수의 눈을 뜨고 무엇을 바라보았는가?

제가 쓴 드라마 〈고독〉은 자타가 공인하는 망한 작품입니다.

〈고독〉을 쓰고 정말 많이 힘들었고, 내가 정말 잘난 척을 많이 했구나 싶어서 충격을 많이 받았습니다.

그 따위로 쓰면 망한다는 걸 철저히 가르쳐 준 작품입니다. 그 원인은 자만심에도 있었고 관찰 미흡 내지는 관심 부족에도 있었지 않았을까 생각합니다.

흔히 작가는 타고난다고 말하는 사람도 개중에는 있는 줄 압니다. 그러나 저는 노력이 우선이고 대부분 노력한다고 생각합니다. 노력은 하루 이틀 해서 되는 것이 아니겠죠. 아마도 작가로 죽을 때까지 해야 할 것입니다.

그동안 제가 타고났다고 생각했던 김수현 선생님도 항상 강의내용을 수첩에 빽빽이 적어오십니다. 저는 그렇게 못하는데 말입니다. 그렇게 책을 많이

도 읽고, 그렇게 노력하는데 좋은 작가가 안되려야 안 될 수 있겠는가 하고 새
삼 뼈저리게 느끼고 있습니다.

# 제2부

## 드라마
## 어떻게 쓸 것인가

이금주 |

# 01 드라마를 쓴다는 것

## 왜 드라마를 쓰려고 하는가?

드라마를 쓰고자 하는 계기는 사람마다 다 다를 것이다.

실제로 한국방송작가협회 교육원 수강들에게 질문해본 결과 대체로 서너 가지 정도로 나누어지는 것 같다.

그 중 하나가 드라마 작가라는 직업이 현실적으로 마음에 들어서이다. 무엇보다 수입이나 인지도 면에서 다른 직업보다 아주 괜찮은 것 같아서 드라마를 쓰고자 하는 것이다. 학력 우선인 타 직업에 비해 실력이 우선이라야 한다는 점에서, 화려한 이력서의 내용보다는 단 한편의 드라마로 승부를 가른다는 점에서 드라마는 커다란 매력이 되고도 남는 것이다. 물론 드라마 작가가 하는 일이 할 만한 것이긴 하지만 생각만큼 쉽지 않다든가 하는 점들은 나중에, 현장에서 본인이 직접 부딪쳐 보아야 깨달을 부분이므로 여기서는 생략하겠다.

다음으로는 어느 날 본 드라마가 너무도 감동적이었고, 자신도 저렇게 사람들에게 감동을 주는 훌륭한 작품을 쓰고 싶다는 생각을 하게 되어 시작하는 경우이다.

혹은 반대로 자신이 본 드라마가 너무 재미없어서 본인이 나서기로 작정을 하는 경우도 있다. 드라마의 내용이나 수준이 시간이 아까울 정도로 기대에 못 미칠 때, 누구나 저 정도라면 나도 쓸 수 있겠다고 생각한다. 최소한 저것보다는 더 나은 작품을 쓸 자신이 있다고 여겨져서 드라마를 쓰기로 작정하는 경우이다. 더 심하면, 너무 한심할 정도의 작품 수준에 화가 나서, 사명감을 느끼고 '보다 못해 나서기로 결심했다' 는 경우이다.

마지막으로 쓰고 싶은 이야기가 많아서이다. 자신이 가지고 있는 이야기들을 좋은 드라마로 만들어 사람들에게 보여주고 싶다는 생각을 하게 되는 경우이다. 실상 많은 사람들이 자신의 인생은 드라마라고 생각한다. 그리고 누구나 한 번쯤은 능력이 된다면 드라마를 써보고 싶다고 생각한다. 그렇다면 그 이유는 무엇일까?

## '드라마를 써보고 싶다' 란?

현실 생활 속에서 우리는 언제나 많은 상상을 한다. 이는 아마도 우리가 원하는 것들이 현실의 여건에서 실제로는 다 이루어질 수 없기 때문일 것이다. 여지없이 묵살 당한 꿈을 상상을 통해서라도 이루어 보고자 하는 것이며, 그렇기 때문에 드라마를 꿈꾸는 것일 수도 있다. 현실에서 이루지 못하는, 이렇게 저렇게 상상한 것들을 드라마라는 장르를 통해 드러내 보이고자 하는 것이다.

또는, 누구나 현실 속에서 자신의 내부에 남아돌고 쌓여 가는 무엇인가가 있게 마련이다. 쌓여 있는 그 무언가를 풀어주는 도구로 음악이나 책, 혹은 영화나 드라마를 선택하게 되는 것이다. 더 나아가 때로는 음악을 듣거나 책을 보거나 영화를 보는 대신 자신의 손으로 직접 작곡을 하고 글을 써보고자 생각하게 되는 것이다. 또 그 중 일부는 생각만이 아니라 실제로 직접 작품으로 창조하게 되는 것이다.

또 다른 중요한 하나는, 우리는 누구나 타인에게 자신의 존재를 알리고 이해받고 싶어한다는 것이다. 시를 쓰고, 피아노를 연주하고, 무용을 하는 등 우리가 하는 행위의 거의 모든 것이 이에 해당한다고 해도 무리가 아니다. 누구나 최소한 자신 이외의 또 다른 사람에 의해 이해받고 싶다는 욕망을 가지고 있으며, 이를 드라마를 통해 표현하려 하는 것이다. 즉 자신의 생각을, 자신 속에 있는 뜨거운 정열을 창작이라는 과정을 통해 여러 다양한 장르로 표출하여 세상에 알리고 싶고 이해받고 싶은 것이다.

TV 드라마는 특히 매체의 특성상 어떤 장르보다 대중에게 가까이 다가갈 수 있다는 장점이 있다. 내 생각을, 내가 말하고자 하는 바를, 가장 효과적으로 드러낼 수 있는 것이 드라마이기 때문이다.

드라마를 쓰게 하는 원동력이 되는 것으로, 위의 세 가지를 정리해 보았다. 그렇다면 쓰고 싶다고 생각하고 쓰기만 하면 다 되는 것인가? 물론 그건 아니다. 드라마는 단순한 물건 만들기가 아닌 창조적인 활동으로 이루어지는 작품이다. 당연히 매우 지적인 활동이다. 그러나 그것은 또한 우리가 제도 교육에서 받아온 지적 훈련과는 전혀 다른 그 무엇이다.

## 전혀 다른 그 무엇이란 대체 무엇인가?

다시 말하면, 바로 그 무엇이란 것이 드라마 쓰기라는 창조적인 활동 속에 들어 있어야 한다는 것이다.

그것은 바로 작가의 마음 속에 있는 내적 충동, 가슴 속의 뜨거운 정열을 가리킨다. 드라마를 쓴 사람의 마음 속에 그것을 쓰지 않고는 견딜 수 없었던 충동이 얼마나 강했는가를 말하는 것이다. 바로 그것이 작가가 열렬히 말하고자 하는 그 무엇이 되는 것이며, 그것이 작가의 작품 의도가 되는 것이다. 즉 어떤 드라마이든 그것이 사람의 마음을 움직이고 감동시켰다면 그 드라마를 쓴 사람의 성실하고 열렬한 마음이 그것을 본 사람의 마음에 직접 닿았다는 말이다.

간혹 어떤 드라마의 경우 작가의 사상이나 주장이 전혀 포함되지 않은 것처럼 보이는 것도 그러한 점이 부족한 탓일 수 있다. 물론 작가의 열렬한 마음이 바로 감동 가득한 훌륭한 작품으로 연결되는 것은 아니다. 중요한 것은 그것이 작품을 쓰는 원동력이 되고, 그것이 작품을 지탱해 주는 기둥이 되어 주어야 작품으로서의 가치를 지니게 된다는 것이다.

물론, 작가가 말하고자 하는 그 무엇이 정말 가치가 있는 것인가 하는 점은 또 다른 문제이다. 그 점은 다시 따로 다루어야 할 사항으로 '작가의식' 부분에서 다시 언급할 것이다.

드라마를 쓰고자 하는 사람은 무엇보다 드라마를 쓰지 않으면 안 될 내적인 충동, 말해야 할 가슴 속의 뜨거운 열정을 발견하는 것이 중요하며, 그것의 정체를 올바르게 파악해야 할 것이다. 그 밖의 것, 즉 어떻게 쓸 것인가는 그 다음의 문제인 것이다.

# 02 | 드라마 작법이란

**창작에 관한 기초 이론이 있을 수 있을까?**

드라마 작법은 수학 공식과는 다른, 창작에 관한 이론이다. 그렇다면 "인간의 창작 활동에 기초 이론이 있을 수 있을까?" 하는 의문이 제기될 수 있다.

단순한 물건 만들기나 피아노 연주, 꽃꽂이, 요리 등 다른 이론은 기본기를 익히고 착실하게 연습하면 누구나 어떤 일정수준까지 도달할 수 있다. 물론 꽃꽂이나 요리, 피아노 연주 같은 것도 기본적인 이론과 실기 훈련의 바탕 위에 자기 색깔을 입혀서 좀 더 새로운 것을 탄생시키기도 한다.

하지만 그래도 드라마라는 창작물과는 다르다. 손이 아닌, 인간의 머리와 가슴을 통해서 이루어지는 창작물이라는 점에서 철저한 훈련을 통해서도 해결할 수 없는 문제가 생기는 것이다.

이런 관점에서 보면 드라마에 정답이 없다는 것도 완전히 틀린 말은 아닐 것이다. 드라마뿐만 아니라 시, 소설. 희곡, 시나리오 등도 기본적인 글쓰기 이론이란 것이 있지만 그것에 완벽한 정답이 있을 수 없다는 점에서는 같다고 볼 수 있다.

모든 작가들이 반드시 이론을 의식하며 작품을 만들어내는 것은 물론 아니다. 오히려 상투성을 벗어나고자 노력하며, 나름대로 자신만의 개성적인 창작의 길을 찾고 있는 경우가 많다고 생각한다.

이 역시 창작이라는 말뜻 그대로, 글쓰기란 작가 자신만의 고유한 작업이며 새로운 탐구작업이기 때문이다. 즉, 작가란 나름대로 자신만의 창작의 비밀을 가지고 있는 것이다. 그러므로 엄밀한 의미에서 드라마 작법이란 선배 작가들의 창작의 비밀을 엿보고, 선배들이 걸었던 길을 뒤따라 가보는 것 이상이 될 수는 없다고 본다.

흔히 드라마 쓰기를 등산에 비유하곤 한다.

당신이 드라마라는 산에 오르기 위해 입구에 서 있다고 하자. 이 산에는 이미 등산로가 만들어져 있다. 하지만 처음부터 등산로가 있었던 것은 아니다. 누군가 맨 처음 그 산에 올랐던 사람이 있었을 것이고, 뒤이어 그 산에 올랐던 무수한 사람들로 인해 등산로가 생긴 것이다. 그 길은 아마도 제일 지름길이거나 오르기에 편안하거나 경치가 좋은 길일 것이다.

새로운 산행을 시작하는 초보자라면 이미 알려진 등산로로 시작하는 것이 안전할 것이다. 물론 정상까지 오르는 길이 단 하나만 있는 것은 아니다. 이미 여러 갈래의 길이 존재하고 있다. 그리고 현재도 무수한 사람들이 각기 나름대로 새로운 길로 오르고 있을 것이다.

당신도 그 산에 어느 정도 익숙해진 후에는 다른 길을 개척할 수 있을 것이다. 어디쯤에 위험한 절벽과 미끄러운 풀숲이 있는지 미리 알고 자신만의 새로운 길을 개척해도 늦지 않다. 이렇게 한다면 오히려 헛수고를 줄이는 방법이 될 것이다. 더욱이 드라마 쓰기는 창작이므로 같은 등산로를 따라간다고 해도 사실은 단 한 번뿐인 지극히 개인적이고 개성적인 산행이다.

또한 드라마를 쓰는 방법에 옳고 그르다는 표현은 잘못된 것일 수 있다. 창작이라는 것은 그 작업과 내용의 특성상 사람마다 다 다를 수밖에 없다. 철저하게 기초 작업에 공을 들인 후 실제로 대본 작업은 빨리 끝내는 경우도 있고, 아이디어부터 인물까지 머릿속에서 모든 작업을 마친 뒤, 일사천리로 대본 작업을 끝내는 작가도 있다. 그러므로 자신만의 개성적인 글쓰기 방법을 찾기까지는 많은 사람이 다니는 등산로가 다소 재미없거나 상투적으로 느껴질 수 있다.

결론적으로, 드라마 쓰기에 정답이 있는 것은 아니다. 작법이란 재미있게 쓰려고 노력하다 보니까 그 결과로 만들어진 것이라고 말할 수 있다.

즉 앞서 창작의 과정을 거친 선배들의 그동안의 여러 방법 중 가장 효과적이라고 생각해서 만들어놓은 것이 드라마 이론이다. 그러므로 정상까지의 지름길을 위해 드라마 이론의 무장이 필요한 것이다. 이미 선배들이 닦아놓은 길을 따라서 정상을 정복한 후, 새로운 자신만의 길을 만들어 보는 것이 쉬운 방법이라고 할 수 있다.

결국 자신만의 내밀한 창작의 방법은 자기 스스로 실전을 통해 터득해야 할 몫인 것이다. 누구나 자기 나름대로의 창작 노하우를 찾아내게 될 것이고 그때까지 우선은 기본적인 드라마 작법에 충실할 필요가 있는 것이다.

### 작법대로 따라만 하면 좋은 작품이 나오는 것인가?

자신에게는 대단히 특이하거나 멋진 체험이라고 여겨져서 막상 글로 써보지만 생각대로 훌륭한 작품이 되는 경우가 그렇게 많지는 않다. 작품을 감상할 때는 소비자의 입장이 되게 마련이다. 소비자의 입장에서는 드라마를 쓰는 것이 그다지 어려울 것이 없어 보인다. 집으로 배달된 상품의 최종 결과에만 관심을 가질 뿐, 그 상품을 만드는 과정에는 무관심하기 때문이다. 하지만 소비자가 만족해할 만한 수준의 최종 결과를 얻어내기 위해 그것을 만드는 사람은 수많은 난관과 시행착오를 극복해야 한다. 다시 말하자면 직접 드라마를 써 보면, 소비자의 입장에서 보던 것과는 너무나 달리, 실제로는 잘 써지지 않는다는 것이다.

훌륭한 비평가가 반드시 훌륭한 창작가가 되지는 않는다. 작품을 만들 때에는 생산자 입장이 되는 것으로, 막상 작품을 쓰다 보면 훌륭하기는커녕 완성 단계에까지 이르는 일조차도 쉬운 일이 아니라는 것을 점차 깨닫게 된다. 처음 시작은 아주 좋았으나 그 후를 어떻게 연결해가야 좋을지 전혀 떠오르지 않아 엉뚱한 곳에서 헤매기도 하고, 결국은 중간에서 오도 가도 못하는 경우도 생긴다. 별로 어렵지 않게 완성을 했다 하더라도 자기 자신에게만 감동적일 뿐 객관적으로 보았을 때는 그다지 새로운 것도 아니고 재미도 없는 경우가 대다수이다.

자신은 상당히 매력적인 작품이라고 여기는데 그 누구도 칭찬하지 않거나 공모전에 내어도 감감 무소식이 되는 것도 이 때문이다. 이때는 누군가 잘못을 지적해주어도 잘 받아들이지 않게 된다. 자신이 아직은 자기 작품을 객관적으로 볼 수 없다는 것을 인정하지 못하기 때문이다. 또는 무엇이 잘못되었는지 전혀 감을 잡을 수 없기도 하고, 잘못된 것은 알겠는데 어떻게 수정해야 할지 모르는 상태가 되기도 한다.

위에서 말했듯이 우리가 훌륭한 드라마라고 말하는 작품의 감동 여부가 단순한 극작법으로 결정되는 것은 아니다.

드라마 작법의 지도가 어려운 이유도 여기에 있다. 창작이라는 것이 인간의 가치관과 관련되어 있기 때문이다. 이것은 앞에서도 말했듯이, '무엇을 말하려고 하는가'와 '그것이 얼마나 가치를 지니고 있는 것인가'가 전혀 다르다는 이야기와 맥락을 같이 한다.

　이는 바로 '작가의 의식'이라는 문제와 관련된 것으로 다음은 작가의식에 대해 알아보도록 하겠다.

# 03 작가의식

## 작가의식이란 무엇인가?

작가의식이란 작가가 '무엇을 인생에서 최고의 가치라 여기고 있는가' 하는 것이라고 할 수 있다. 그것은 아무도 가르쳐 줄 수 없는 그 무엇으로, 작가 자신의 살아온 내력과 인생관에 의해서 이루어진다. 최고의 가치가 돈이냐 명예냐 가족 간의 사랑이냐 하는 기준은 작가 개인의 내밀한 부분으로서 누가 대신해 줄 수 없는 것이기 때문이다.

예를 들어, 당신이 길에서 큰 돈이 든 가방을 주웠고, 조금 떨어진 앞에 쓰러진 사람을 발견했다고 하자. 캄캄한 밤에 아무도 보는 사람이 없는 곳이었다면?

이런 똑같은 상황을 놓고서도 각자의 삶의 태도와 가치관에 따라 반응이 다를 수 있는 것이다. 삶을 대하는 작가의 태도, 살아가는 데 있어서 무엇을 가장 중요하게 여기고 있는가 하는 것이, 창작품에 그대로 드러난다는 이야기다. 이는 창작기술 지도의 한계를 초월하는 것으로, 곧 작가의식이라는 문제에 부딪치게 되는 것이다.

작법을 공부하는 과정에서는 그룹으로 모여 작품을 같이 토론하며 서로 도움을 주고받기도 하지만, 막상 노트북 화면을 앞에 두고 자판을 두드려야 할 때는 아무도 도와주지 않는다. 작가는 오로지 혼자서, 절대고독 속에서 눈에 보이지 않는 사회와 맞닥뜨려야 한다. 스토리는 작법 공부만으로도 제법 그럴 듯하게 꾸려낼 수 있으나 그 드라마가 감동에 덧붙여 훌륭한 작품으로 완성도를 갖추는 데는 작가의 의식이 커다란 몫을 차지하게 된다는 것이다.

## 좋은 드라마라고 말하는 작품은 무엇인가?

첫째는 재미있어야 한다.

이는 작품 속에서 힘을 전달해 주어야 한다는 것과 같은 맥락이다. 계속 볼 수 있게 만드는 힘, 이것이 없으면 아무리 좋은 드라마라고 우겨도 소용없지 않겠는가?

둘째는 우리가 주제라고 말하는, 작품의 의미가 감동을 주어야 한다.

인간의 욕망이 부딪치는 억압적인 현실 속에서 서로 고통을 나누고 사랑하며 살아가는 모습, 인간의 진실하고 희망적인 모습을 탐구하고 보여주어야 하지 않겠는가?

강한 주제를 가진 작품이란 드라마 안에서 주인공의 목표와 그것을 이루고자 하는 행위가 그것을 막는 장애물과의 사이에서 벌어지는 이야기가 강한 폭발력을 가지고 끝을 맺게 되는 경우이다.

그러나 아무리 폭발력이 강하더라도 목표를 향한 주인공의 행위가 인간적으로 얼마나 가치가 있는가를 무시해서는 안 된다. 그리고 그 행위가 의미하고 주장하고 있는 것이 시청자의 공감과 지지를 불러일으키는 것인가가 또한 중요한 관건이 된다.

이 중요한 의미와 주장은 작가의 가치관과 철학에서 나오는 것이다. 그리고 무엇보다 중요한 것은, 작가가 무엇을 위해 살아가는 것이 가장 인간다운 것이라고 여기는가 하는 가치의 선택이 창작 기술의 한계를 초월한다는 점이다.

작가가 아무리 강한 소신과 주관으로 작품의 주제를 설정했다고 해도 그것이 잘못된 가치관의 결과물이라면 어찌할 것인가?

작가의식의 중요성을 말하고자 하는 것이다. 이는 또한 작가의 직업적 사명을 말하는 것일 수 있다. 얽힌 실타래처럼 복잡하고 억압적인 현실 속에서도 작가는 살아간다는 사실에 희망을 부여해 주어야 한다. 고통에 동참하는 마음으로 미래를 만들어 가는 사람들에게 힘을 실어주는 일이 작가가 할 사명 아니겠는가? 작품을 통해 인간을 위해서 인간이 살아가는 길을 제시해주고 안내해 주는 것이 작가가 할 일인 것이다.

결론적으로 가치의 선택에 관한 한, 작가 스스로 모든 책임을 지고 오로지 홀로 결단하는 것 외에 방법이 없다는 것이다.

결국 작가는 자신의 작품으로 말하는 것이다. 그러므로 드라마를 발표하는 작가는 적어도 사회에 대해 그 정도의 책임을 질 각오를 해야 한다. 이것이 또한 당신이 작가가 되고자 하는 이유이기도 하지 않은가?

# 04 TV 드라마란

## ■■■ 드라마 대본은 치밀하게 계산된 설계도

TV 드라마는 가상현실을 영상을 통해 극적인 구조로 들려주는 이야기이다. 드라마는 등장인물을 통해 어떤 사실과 정보를 시청자에게 전한다. 이 극적인 가상현실에 참여한 시청자들은 줄거리를 따라가며 울기도 하고 웃기도 하는 것이다.

즉 드라마 대본이란 시청자들로 하여금 허구의 세계를 유사체험시키기 위하여 치밀하게 계산된 설계도라고 할 수 있다.

앞에서 말했듯 드라마는 극적인 구조의 맥락에서 말과 영상으로 전달되는 이야기이다. 그러므로 TV 드라마는 본질적으로는 영화와 같으면서 다르기도 하다.

시나리오와 TV 드라마 극본의 근본적인 차이는 드라마 자체에서는 발견할 수 없다. 다른 것은 그 표현의 수단과 방법인 것이다. TV 드라마는 영화와 같은 종족이라고 생각하면 된다. 영화적이면서 영화가 아니고, 연극적이면서 연극도 아닌 것이다.

특히 제작에 있어서 TV 드라마는 영화에 비해서 많은 환경적 제약과 기술적인 한계를 가지고 있다. 제작비나 제작 조건에서부터 커다란 제약을 받고 있는 TV 드라마는 영화와는 비교가 되지 않을 정도로 열악한 상황에서 만들어진다. 물론 최근에는 영화 못지 않은 투자와 노력으로 제작되는 드라마가 늘고 있지만, 아직까지는 영화에 비해 열세에 있다고 해서 크게 틀린 말은 아닐 것이다.

드라마는 보통 스튜디오 안에 짜여진 몇 개의 세트와 카메라로 만들어진다. 야외 촬영이 많은 것도 있지만, 영화보다는 공간적 시간적 제약이 많다고 할 수 있다. 스튜디오 드라마의 특성상 플롯에서 시간과 장소의 단일화가 불가피하고, 화면의 구성도 영화와는 차이가 있다. 그러므로 영화와는 달리 대사에 치중할 수밖에 없고, 대사에 일상성을 더 많이 부여할 수밖에 없는 것이다.


## 영화와 TV 드라마

TV 드라마의 이해를 좀 더 돕기 위해 영화 등 다른 장르와 비교해 보겠다.

보는 사람의 태도에 있어서도 영화와 TV는 완전히 다르다. 영화는 TV 드라마보다 보는 사람의 태도가 훨씬 적극적이다.

보통 영화를 한 편 보기 위해서는 미리 적당한 시간을 내고, 같이 볼 상대를 정하고, 약속을 하고, 예매를 하거나 미리 표를 사서 상영 시간에 맞추어 밥을 먹고, 커피를 사들고 들어가기도 한다. 관람을 위한 사전 준비과정과, 물심양면으로 투자한 것이 있기 때문에 영화 관람객은 스토리가 다소 지루하다고 해서 자리를 박차고 나오지는 않는다.

본격적으로 재미있는 이야기에 들어가기 전에 도입이 다소 길다고 해도 웬

만하면 참아준다. 바꾸어 말하자면 충분한 사전 포석 후에 본론으로 들어가는 전개방식이 가능하다는 이야기다.

TV 드라마는 영화와는 달리 대부분 시간이 남으니까 본다는 입장이다. 게다가 요즘 시청자들은 지상파 채널에 케이블까지, 수십 개의 선택권을 가지고 있다. 그것도 편안하게 소파에 앉아 리모컨으로 여기저기 입맛에 따라 채널을 바꿔가며 보는 상황이다.

영화는 정해진 시간 동안 캄캄한 실내에서, 정해진 자리에서 보게 되지만, TV 드라마는 집안에서 시청해야 하기 때문에 수많은 방해요소를 안고 있다. 드라마를 보는 도중 전화가 걸려오기도 하고 손님을 맞이해야 할 상황에 처하기도 한다. 그러므로 드라마는 도입부에서 얼마나 빨리 시청자의 관심을 끄는가가 관건이다. 도입 부분의 장황한 설명이 '금기사항'이 되고 있는 이유가 여기에 있다.

주제와 소재 면에서도 TV 드라마는 영화와 차이가 있다. 영화관의 스크린은 관객을 화면으로 강하게 끌어들이는 요소가 드라마보다 훨씬 강하다. 그러므로 주제와 소재 면에서도 영화는 굳이 현실성 여부에 집착할 필요가 없다. 추리물, 심리 스릴러, 황당한 이야기 등 소재나 주제의 제약을 거의 받지 않는다. 〈미션 임파서블〉이나 〈해리 포터〉는 영화로는 가능하지만 TV 드라마의 소재로서는 적합하지 않다는 이야기이다.

테마에서도 영화는 스크린 안에서 관객과의 대화를 직접 시도한다. 극장 안의 관객은 이미 작가의 페이스에 말려 들어가 있는 상태이므로 다소 난해하거나 억지스럽더라도 용인하게 된다.

그러나 TV 드라마는 영화보다 훨씬 현실적인 속성을 갖고 있다. 또한 영화와는 달리 일방적이어서는 안된다는 제약이 있다. 시청자는 거실에 앉아 TV

화면을 마주하면서 일상적인 대화를 즐기고 싶어한다고 생각하면 된다. 그러므로 TV 드라마의 소재는 영화보다 현실적이어야 한다. 난해하고 추상적인 소재보다는 사실성이 강한 이야기를 선택해야 비로소 드라마가 힘을 발휘하게 된다. 물론 현실적인 소재와 사회성 있는 테마라고 하더라도 대중에게 다양한 문제의식을 제공해야 한다. 또한 드라마는 복잡한 현실을 정리해준다기보다는 단순하게 보이는 현실을 복잡한 시선으로 들여다보는 것이라 할 수 있다. 그러므로 드라마 안에서 '디테일'을 얼마나 살리는가 또한 매우 중요한 부분이 아닐 수 없다.

화면의 크기와 음향에서도 비교할 수 없다. 아무리 대작이라고 해도 TV 화면은 '스펙터클'한 초대형 화면까지 소화해내기 힘들다. 즉 TV 화면이 영화관의 스크린과는 다르다는 점도 커다란 차이점이라고 이해해야 한다. 영화 〈스타워즈〉나 〈반지의 제왕〉을 스크린으로 보았을 때와 TV 화면으로 보았을 때를 비교해 보라.

영화와 TV 드라마를 단적으로 단행본과 주간지에 비유하기도 한다. 같은 활자를 사용했어도 단행본은 주간지에 비해 오래 간직된다.

단행본은 도서관이나 서재에 보관되지만 주간지는 대개 그날 읽고 곧 버려진다. 신문이나 주간지가 그날 그날의 현실을 대변하듯 드라마도 시대와 현실을 반영하는 데 있어서 영화보다 더 민감하다. 그리고 영화보다 더 빨리 잊혀진다.

이는 영상을 생산적 기능과 소비적 기능으로 나누어 파악하는 시각이라고도 할 수 있다. TV를 영상의 방대한 소비량에 의해 주간지적 존재로 본 것이며, 영화는 TV 드라마보다 현실을 좀 더 깊게 인식하고 축약 전달함으로써 생산적 기능이 높은 매체로 규정하고 있는 셈이다.

## 문학과 영상

시, 소설, 희곡 등의 문학은 글자로 묘사된다. 그러므로 문학 작품 속의 문자는 상징성을 지니고 있다.

"그 여자가 떠났다. 도저히 극복하기 힘든 갈망이 나를 괴롭혔다."라는 문장이 있다고 하자. 독자는 똑같은 문장을 읽게 되지만 제각기 다른 영상을 그리게 된다. 이는 독자 개개인이 저마다 다른 경험과 감성을 가지고 있기 때문이다. 즉 그 고유의 바탕 위에 그들 자신만의 상상의 날개를 펴게 되고 각기 다른 인상을 갖게 되는 것이다. 곧 문자는 상상의 세계로 인도하는 하나의 초대장이며, 문학은 관념인 것이다. 영상은 그림으로 묘사된다. 여기서의 그림은 추상이 아닌 구상(具象)이다.

드라마에 등장하는 인물은 구체적이고 명확하다. 드라마에서 받은 인상은 보통 그 역을 맡아 하는 연기자에 의해서 결정된다. 또한 드라마는 시각적 이미지나 외부적 세부묘사로, 즉 영상으로 전달되는 이야기다. 그러므로 문학 작품을 영화나 TV 드라마로 영상화시킨다는 것은 곧 관념을 구체화, 시각화시키는 작업이라 할 수 있다.

"그 여자가 떠났다. 도저히 극복하기 힘든 갈망이 나를 괴롭혔다."라는 문장을 TV 드라마로 만들기 위해서는 구체적인 상황을 만들어 영상으로 표현해야 한다.

특정 장소에 연기자를 등장시켜 무언가 상황에 맞는 대사와 행위를 하도록 만들어 그것을 영상화해야 하는 복잡한 과정을 거치게 된다. 이러한 문학과 영상의 차이 때문에 문학 작품의 영상화에는 소재의 선택, 압축, 극화에 있어서 많은 제약과 어려움이 따른다.

## 소설과 희곡

소설은 상황설명문과 대사로 이루어진다. 소설은 등장인물의 감정이나 심리묘사를 상황설명문과 대사로 표현하고 있다.

소설은 주로 인물의 내면세계와 생활을 다루고 있으며 이를 상황설명문을 통해 주관적으로 끌고갈 수 있다. 등장인물의 정신세계 안에 존재하는 생각과 느낌, 기억 등은 소설 안에서 인물이 극적인 행동을 하도록 이끌고 있다.

희곡은 대사와 지문으로 이루어진다. 연극의 대본인 희곡은 대사를 통해 무대 위에서 말과 지문으로 전해진다. 연극에서 지문은 등장인물의 동작을 표현하고 있다. 그리고 행동은 극적인 언어, 즉 대사로 표현된다. 등장인물들은 대사를 통해 주로 자신의 삶의 기억과 사건들에 대해 말한다.

소설에서는 "그는 실연의 슬픔으로 죽을 것만 같았다."와 같은 상황설명문으로 등장인물의 심리를 묘사하거나 감정을 표현할 수 있다. 그러나 연극에서는 설명문에 해당하는 지문에 묘사된 동작 즉 몸짓 이외의 것은 표현되지 않는다. '실연의 슬픔으로 죽을 것만 같은 상태'인 등장인물의 심리상태를 무엇인가 배우의 동작으로 표출시켜야 하는 것이다.


## 소설가와 드라마 작가

소설가는 신과 같은 입장에서 등장인물에 대해 직접적인 동정이나 반감을 표시할 수 있다. 사건에 관해서도 마찬가지다. 소설가는 자기만의 고유한 관점으로 얼마든지 이야기를 전개시킬 수 있다.

그리고 소설가는 수많은 '개인'을 위해서 글을 쓴다. 소설은 한 번에 한 사람에 의해서만 읽혀진다. 소설책은 수천 수만 권의 책으로 찍어지지만 그것을 사서 읽는 독자는 개개인으로 일대일의 상대인 것이다.

드라마 작가는 소설가처럼 등장인물의 생각과 감정을 직접적으로 묘사할 수 없다. 오로지 등장인물들의 대사와 연기를 통해서만 시청자의 감정에 영향을 끼칠 수 있다. 소설의 문자를 시각과 청각 언어를 통해 표현하고 있는 것이다. 등장인물의 내레이션이나 해설자를 써서 작가의 주관적인 관점을 대변하게 할 수도 있으나 한계가 있다. 그리고 이 방식은 드라마의 본래적 기능이 아니라고 할 수 있다.

드라마 작가는 수많은 대중을 위해 글을 쓴다. 소설이 한 사람 한 사람 개개인을 대상으로 하는 것이라면 드라마는 대규모 집단을 상대로 하는 것이다. 그러므로 소설보다 훨씬 현실적이고, 보다 동시대적인 소재나 주제가 요구된다. 드라마 작가가 항상 대중감정(Mass Emotionalism)을 잘 파악하고 있어야 하는 이유가 여기에 있다.

방송매체에 대한 이해

■■■■ 방송매체에 대한 기본적이고 이론적인 이해는 시중의 다른 책에서
도 깊이 있게 다루어지고 있으므로 여기서는 드라마 현장과 직접 관련이 있는
현실적이고 구체적인 문제만을 간단하게 언급하려고 한다.

드라마 작법을 배우는 목적이 자신의 작품이 TV 화면을 통해 방영되는 것
이라면, 대본이 드라마화하는 과정을 거쳐야 함은 두말할 필요가 없는 일이
다. 처음 자신의 작품이 제작되고 방송 활동을 시작하는 경우에 미리 알고 있
어야 할 현실적인 대목을 몇 가지 짚고 넘어가고자 한다.

첫째로 드라마는 소설이나 시, 희곡 등 다른 문학작품과 달라 혼자만의 작
업이 아니라는 점이다. 소설이나 시 등은 오로지 혼자서 모든 것을 다 결정하
고 쓰고 책임져야 한다. 즉 완벽하게 혼자 시작해서 혼자 끝낼 수밖에 없다.

그러나 드라마는 작품 이외에도 같이 일하는 PD와의 호흡, 그 외의 인간관
계와 상황 대처 능력 등도 필요하다.

무엇보다 중요한 것은, 작가는 같이 일해야 할 PD와 제작사인 방송사를 작
품으로 설득하고 감동시켜야 한다는 것이다.

당신의 작품에 대해 혼자 재미있어 하고, 혼자 감동해서는 아무 소용이 없

다. 당신의 작품이 드라마로 제작되어 TV 화면에 방영되지 않는다면 그것은 아무 소용이 없는 것이다. 그러므로 자신의 대본을 놓고 PD의 의견을 받아들이거나 반대로 그들에게 자신의 생각을 납득시켜야 할 경우도 생길 것이다. 결과적으로 다른 어떤 것이 아닌, 작품 그 자체로 설득해야 한다는 것을 잊지 말아야 한다.

두 번째로 드라마 대본은 양으로도 엄청난 중노동이라는 사실이다. 단막극은 대개 70분 정도이고, 특집도 60분 2부나 3부로 양이 많지 않지만, 미니시리즈나 시추에이션, 일일연속극, 주말극 등은 소화해야 할 원고매수가 결코 만만치 않은 작업량이다. 대본을 아무리 많이 앞서 준비한다고 해도 드라마 제작과정의 특성상 어느 순간부터는 시간에 쫓기는 경우가 대부분이다. 그렇지 않다고 해도 몇 달씩, 정해진 시간 안에 맞추어 원고를 제공해야 한다는 부담감은 상상보다 크다는 것을 알고 있어야 한다.

세 번째로 드라마는 시청률 부담에서 벗어날 수 없다는 점이다. 드라마는 TV 프로그램 중 가장 많은 시청자를 가진 프로그램이다. 모든 프로그램이 매일 매분별로 시청률 조사가 이루어지고 있는데 이는 광고와 연관이 되어 있다. 드라마는 시청률의 영향을 가장 많이 받고 있으며, 그래서 작가 역시 이 시청률을 외면할 수 없음은 물론이다.

물론 훌륭한 작품이 꼭 시청률이 높은 건 아니다. 말도 안 된다고 욕을 하면서도 계속 시청하는 드라마가 많지 않은가. 왜 보느냐고 물으면, 어디까지 가는지 보려고 그런다고도 한다. 결국 시청률에는 여러 가지 변수가 작용할 수 있는 것이다. 그런 탓에 내외부적인 시청률의 압박에 흔들려 작품이 이상하게 변질되는 경우도 종종 있게 마련이다.

# 06 TV 드라마의 제작과정

■■■ **한 편의 드라마가 방영되기까지**

 앞에서도 잠깐 언급했지만 드라마 쓰기는 문학작품과는 다르다. 드라마 제작에 참여한 경험이 있는 사람이면 모르지만 처음 드라마를 쓰는 경우, 이 점을 혼동하는 경향이 있다. 우리는 별 생각 없이 드라마를 보고 있지만 한 편의 드라마가 방영되기까지는 여러 가지 복잡한 과정을 거치게 된다. 이 과정을 알고 있다면 여러모로 많은 도움이 되리라고 생각한다.

 여기서는 한 편의 단막극이 시작부터 완성되기까지를 정리해보고자 한다. 먼저 알아둘 것은, 여기서의 제작과정은 가장 흔하고 일반적인 통상의 경우라는 것을 먼저 염두에 두어야 할 것이다. 작가와 연출자, 연기자, 촬영 일정, 방송사 내부사정 등 상황에 따라 변수가 많은 것이 드라마 제작이다.

## (1) 기획

 작품을 기획하는 단계로 이때는 이미 PD에게 드라마가 방영될 일정이 잡혀 있다. 단막극의 경우 대개 두 달 정도의 시간이 있는데 PD는 자신이 제작할 드라마의 대본을 찾게 된다. 같이 일하고 싶은 작가에게 연락을 해서 무슨 좋은 이야기가 없는지를 타진하기도 하고, 시놉시스를 건네받기도 한다. 혹은 PD 본인이 하고 싶은 이야기가 있는 경우, 이것을 작가에게 청탁하는 일도 있다. 어떤 경우든 PD와 작가가 만나게 되고, 가지고 있는 소재나 주제, 이야기의 방향에 관해 서로 조율을 하게 된다. 서로 합의점이 찾아지면 작가는 대본 작업에 들어가게 된다. 미리 시놉시스가 작성된 상태가 아니라면 작가는 시놉시스를 먼저 써서 PD에게 넘겨주고 대본 작업에 들어가게 된다. 대개 초고를 쓰는 기간은 2주 정도가 보통이며, 상황에 따라 기간이 길거나 짧아지기도 한다.

### (2) 기획안

작가가 초고를 쓸 동안 PD는 자신이 연출하게 될 작품의 기획안을 방송사에 제출하게 된다. 또한 작가의 시놉시스를 가지고 출연자의 숫자나 예산 등 대강의 제작 조건 등을 미리 설계한다.

### (3) 작가 1차 원고 탈고

작가의 원고가 나오게 되면, PD와 작가는 초고를 놓고 의견을 조율하게 된다. 경우에 따라 PD가 보기에 문제가 있거나 보완하는 것이 낫겠다고 생각하는 부분에 대해 이야기하고 수정할 것을 협의하게 된다. 이 부분 역시 여러 다양한 경우가 있으므로 한마디로 말하기는 어렵다. 대본의 길이가 너무 길거나 짧다는 정도, 또는 한 두 씬 정도의 간단한 수정 보완 작업이 필요한 경우가 될 수도 있고 대폭 수정이 될 경우도 있다. 경우에 따라서는 컨셉만 놓고 완전히 새로 쓰다시피 하는 일도 있을 수 있는데, 어디까지를 수용하느냐 하는 것은 순전히 작가 자신이 판단할 부분이다.

작가가 자기 생각 없이 PD의 말이라고 무조건 받아들여 여러 번 수정을 하다보면 작품이 죽도 밥도 안 되는 일이 허다하기 때문이다. 그렇다고 내 작품은 절대로 단 한 글자도 고칠 수 없다고 우기는 것도 작품의 완성도 여부를 떠나 현실적으로 무리가 있다. 특히 처음 일을 시작하게 되는 경우는 더 그렇다. 초보 작가일수록 자신의 작품을 객관적으로 평가하기 어렵기 때문이다.

그리고 드라마의 특성상 나 혼자만의 생각이 다 옳다고 우길 수 없는 부분도 있다. 더구나 대본으로 끝내는 것이 아니라 영상으로 옮겨져 대중에게 보여져야 하는 것이기 때문에 PD가 이해할 수 없다면 어떻게 그 장면을 촬영하겠는가. 정답은 하나다. 작품으로 설득할 수밖에 없다.

이 시점에서 PD와 작가는 주요 배역도 협의하게 된다. 그러나 절대적인 것은 아니다. 누구를 여자 주인공으로 생각하고 있느냐는 정도라고 할 수 있다. 대본 작업시 작가는 대충 배우의 이미지를 떠올리며 쓰게 되기 때문이다. 작가의 이미지대로 원하는 배우가 출연하면 좋겠지만 현실적으로 어렵다. 심은하를 주인공으로 했으면 좋겠다고 작가가 우긴다고 바로 출연이 결정되는 것이 아닌 것과 같다. PD 역시 작가가 원하는 배우를 우선 캐스팅하려고 하겠지만 어디까지나 배역 결정은 연출자가 해야 할 부분이라고 봐야 한다.


### (4) 작가 2차 원고 작업

작가는 1차 원고 대본을 놓고 PD와 조율한 부분을 수정, 보완하는 작업을 하게 된다. 2차 원고 작업으로 작가의 대본이 완고(完稿)가 되는 때가 많지만, 실제로는 그렇지 않은 경우도 있다.

앞에서도 언급했지만 가장 문제가 되는 것은 여러 번 수정 작업을 거치게 되는 경우이다. 점점 좋아질 수도 있지만 반대로 개악이 되어 최악의 상황에는 다른 작품으로 교체되고 마는 때도 있기 때문이다.

PD는 대본에 관해 '찍는 입장'에서 분석하고 말할 뿐이다. 작가가 그대로 다 받아들여서는 안 된다는 것이다. 결국, 어떻게 받아들여 얼마나 잘 소화시켜 완성도를 높이느냐 하는 것은 작가의 몫이고 작가가 책임져야 할 부분이라고 할 수 있다.

이런 경우에 가장 주의할 대목은 작가가 자신의 작품에 대해 누구보다 잘 알아야 한다는 점이다. 인물, 주제, 내용 등 모든 것에 대한 충분한 파악이 되어 있으면 당연히 작품 전체에 대한 장악력을 가지고 있게 된다. 그래야 자신의 대본을 놓고 PD와 이야기할 때 당당한 자세로 의견을 교환하고 조율할 수 있게 된다는 것이다. 작가는 자신의 작품에 대해 모든 것을 책임질 수 있다는 자신감을 가질 때 완성도 높은 작품을 탄생시킬 수 있다.

초고 수정 기간은 1차 원고 때보다 훨씬 짧게 마련이며 이 역시 상황에 따라 다르다.

### (5) 배역 캐스팅과 헌팅

작가가 초고를 수정하는 2차 원고를 쓸 동안 PD는 초고를 놓고 주요 배역을 캐스팅하는 작업에 돌입한다. 또한 자신이 촬영하게 될 공간 중 중요한 장소를 헌팅하는 작업도 병행한다.

헌팅(Hunting)의 원래의 뜻은 자료 수집을 위해서 직접 현장취재를 하는 것을 의미하는데 여기서는 연출자가 자신이 촬영할 장소를 미리 답사하는 것을 말한다. 작가도 현장 답사를 하지만 연출자의 목적과는 다르다. 작가는 대본 작업 전에 소재를 찾기 위해서나 확인하기 위해 직접 현장을 다녀오지만, 연출자는 특정 장소가 대본상의 이미지와 일치하는지를 직접 눈으로 확인할 필요가 있기 때문이다.

### (6) 작가 원고 탈고

작가의 2차 원고가 완고로 끝나면 여기서부터는 작가의 몫은 끝이다. 대본이 연출자의 손으로 넘어간 이상 이제는 시청자의 입장에서 기다릴 뿐이다.

### (7) 배역 결정과 제작비 조정

PD는 이제부터 본격적인 작업에 들어간다. 완고를 놓고 주요 배역뿐만 아니라 조연급까지 전 배역을 결정해야 한다. 또한 제작될 사항을 점검하고 제작비를 조정하는 작업도 하게 된다.

### (8) 제작

PD는 캐스팅과 제작비 조정 작업이 끝나면 본격적으로 촬영에 들어가기 위한 사전 작업에 돌입하게 된다. 필요한 경우는 2차 헌팅을 가기도 하고, 대본을 놓고 시간, 장소 등에 적합한 씬을 뽑아 촬영 일정을 짜게 된다.

### (9) 연기자 연습

출연할 연기자가 다 모여 대본을 놓고 연습을 하게 된다. 모두 모여 있는 상태이므로 전체 촬영 시간의 안배도 이 때 이루어진다. 배우들 각자의 시간에 따라 촬영 일정이나 시간을 조정하는 것이다.

### (10) 콘티 작성

콘티(Conty)는 PD 스스로 작성하는 실질적인 촬영을 위한 대본(Shooting

Script)이다. 촬영의 지침이 되는 세부 사항을 기록한 촬영 전 최종단계의 청사진으로 이 촬영대본 상에는 실제촬영에 필요한 모든 사항이 기입된다.

장면의 번호, 컷의 유형, 화면의 크기, 촬영 각도와 위치와 움직임, 시간, 장소, 지속시간, 구도, 출연진, 의상, 소품, 액션, 대사, 제스처, 음악, 음향효과, 장면전환 등이 모두 명세화되어 있다. 그러나 콘티 작성에는 일정한 기준이 없고 관행이나 연출자의 성향에 따라 매우 다양하다.

### (11) 촬영

본격적인 촬영이 시작되면 PD는 현장 상황과 일정에 따라 촬영을 하게 된다. 촬영기간 역시 상황에 따라 다르지만 특집이 아닌 경우 단막극은 2~3주일을 넘지 않는 것이 최근의 실정이다. 단막극이 70분이고 영화가 100분이라고 한다면, 촬영기간이 영화에 비해 지극히 짧다는 것도 알아둘 필요가 있다.

### (12) 1차 편집

러쉬(Rush)를 연결하는 것을 말한다. 러쉬는 촬영을 통해 감광된 음화를 현상한 후 편집에 사용하기 위해 인화한 양화를 가리키는데, 작업용 필름의 명칭이라고 이해하면 된다. 이 작업을 가편집(Rough Cut)이라고도 한다. 편집의 첫 번째 단계로 촬영과 현상을 거친 필름을 이야기하는 순서에 따라 대강 연결하는 것을 말한다. 이때 스크립터는 녹음을 기록한다.

### (13) 2차 편집

1차 편집에 이어 작품의 완성도를 위해 2차 편집 과정을 거치게 된다.

### (14) 보충 촬영

2차 편집이 끝나면 사실 편집이 완성되었다고 볼 수 있는데, 간혹 보충 촬영을 하기도 한다. 촬영한 씬이 문제가 있거나 마음에 안 든다든지, 혹은 부족한 부분이 있는 경우에 완벽을 위해 재촬영하기도 한다.

### (15) 편집 완성

드디어 방영 시간에 맞추어 편집이 완성된다.

### (16) 녹음

더빙(Dubbing)이라고도 한다. 성우나 연기자가 촬영이 끝나 편집된 화면을 보면서 입을 맞춰 대사를 삽입하는 작업이다. 동시녹음의 경우에도 재촬영이 어렵거나 특수효과를 위해 더빙으로 처리될 때가 있다.

### (17) 음악, 효과 믹싱

믹싱(Mixing)은 원래 대사, 음악, 음향효과 등 여러 개 음대(Music and Effect Track)를 단일한 음대로 합성시키는 과정을 말한다. 여기서는 주제 음악을 포함한 음악이나 효과음을 결합시키는 것을 말한다.

이처럼 드라마는 여러 복잡한 과정을 거쳐서 제작된다. 물론 작가의 입장에서는 대본만 넘겨주면 끝나는 일이라고 생각할 수 있다. 그러나 앞서 말한 것처럼 그러기까지 여러 가지 다양한 상황이 벌어질 수 있기 때문에 '나 몰라라' 할 수는 없는 일이다. 기획단계에서 PD가 대본을 구하게 되는 과정도 여러 가지일 수 있다. 이미 완성된 대본을 먼저 보게 되고, 수정 작업부터 들어가는 경우도 있고. 동시에 두 작가와 일을 벌이는 경우도 있으므로 정답은 없다고 할 수 있다. 어쨌든 작가의 입장에서도 이러한 제작 과정을 알고 있는 것이 여러 가지로 도움이 되리라 생각한다.

■ 우리는 보통 일상생활에서도 '드라마'란 말을 사용하고 있다. 흔히 사람들은 "그 일 정말 드라마네." "그거 정말이야? 드라마 아냐?" "내 인생은 드라마 그 자체다."라고 말한다.

즉 드라마라는 말은 일상의 모든 일에 다 사용하는 건 아니다. 자신이나 주변의 어떤 특별한, '극적인' 상황이나 사건에 대해서 '드라마다'라고 말한다. 이는 어이없는 사건이나 예상치 못한 상황의 돌출과 역전 같은 것으로서 사실이 아니라 과장했거나 거짓말 같이 여겨질 때 사용되고 있다.

원래 'Drama(劇, 演劇)'는 '행동하다', '나타내다'라는 뜻의 희랍어 'Dran'에서 유래되었다고 한다. 여기서의 행동(Action)은 단순한 혹은 우연한 행동이 아니다. 우연한 행동이 아닌 무언가를 나타내려는 행동, 즉 뚜렷한 동기와 목적을 가진 행위, 무엇인가 하려는 의도가 담긴 행동을 뜻한다. 그런 행동 속에는 당연히 어떤 감정이 포함되어 있다. 무엇인가를 나타내려는 행위는 바로 스토리를 가진 의식적인 행위가 되며 이것이 드라마의 원형이 되고 있다.

예를 들어 어느 날 어떤 남자가 여자를 대로에서 살해했다고 한다면 그 남자가 정신이상자가 아닌 이상 그 남자의 행위에는 어떤 동기와 목적이 분명

있다는 것이다. 드라마에서라면 그 남자의 행위는 바로 스토리가 되는 행위가 된다는 것이다

드라마란 단적으로 말하면 누가(Who, 주인공) 무엇(What, 초목표)을 한다는 것이다. 그것은 언제(When, 시대) 어디서(Where, 환경) 왜(Why, 동기) 어떻게 되는지(How, 결말)와 같은 요소와 맞물려 현재 우리가 살고 있는 사회에 대한 하나의 호소를 낳는다.

'드라마란 인물 또는 자연 등의 갈등에 의해서 자기(작자)가 호소하고 싶은 것(추상)을 구체화 하는 일)이다.

드라마란 결국 작가 스스로 자신이 상상으로 만들어낸 세계 속에서 그 속의 등장인물이 되어 보는 것이다. 즉 자신이 주인공이 되어 연기하는 것이다. 이방인, 즉 타인으로 되는 것. 드라마란 바로 인간을 그린다는 것이다. 드라마란, 주인공의 자유로운 의지가 그것을 방해하고 억압하는 환경과 정면으로 대결하여, 그 사이에서 양자와는 전혀 다른 새로운 행위를 예상치 못한 형태로 출발시키는 것이다. 드라마란 결국 갈등인 것이다.

또 하나 드라마의 본질은 재미있다는 것이다. 재미의 비밀에 관해 가와베 가즈토의 〈드라마란 무엇인가〉에 있는 설명을 보면 다음과 같다.

"재미의 비밀은 정(正) 반(反) 합(合)이라는 드라마의 메커니즘에서 바로 합(合:극적 행위)이 눈앞에 펼쳐지는 순간에 있다. 반(反:환경, 사회틀)의 억압이 강하면 강할수록 정(正:주인공)의 반항도 그만큼 강하고 폭발력도 강해진다. 극적 행위의 출발은 가능하면 갑작스럽고 순발력이 있을수록 좋으며, 과감하게 의표를 찌르며 대담하게 예상을 뒤엎는 것일수록 바람직하고, 가슴이 후련해지는 통렬한 카타르시스를 가진 것일수록 좋다. '이야기를 재미있게 하기 위해서는 족쇄(足鎖:환경의 힘)를 강하게 하라', 또는 '인물끼리 큰 싸움을 시켜라' 와 같은 말들은 이러한 것을 암시해준다."

또한 드라마는 배우의 행동을 통해서 보여진다. 드라마는 의도적인 목적을 가지고 꾸며낸 극적인 이야기를, 배우의 행동을 통해 영상화시킨 것이다. 이는 다른 문학 작품과의 차이점이기도 하다.

등장인물의 대사는 행동을 설명하고, 행동 그 자체이기도 하며, 이야기를 진전시킨다. 이야기가 등장인물의 대사와 행동을 통해서 생생하게 묘사됨으로써 시청자는 드라마에 등장한 인물들의 분노, 공포, 동정 등의 감정을 따라가게 된다. 또한 드라마의 내용을 사실처럼 여기게 되며 한층 더 재미를 느낄 수 있게 되는 것이다. 즉 등장인물의 행동을 통해 시청자를 이야기 속에 몰입시키고 사실과 같은 강렬한 충격을 주는 것이다.

마지막으로 드라마의 본질은 카타르시스에 있다. 드라마는 카타르시스를 만들기 위해 시청자를 극적 세계에 참가시켜 거기서 긴장시키거나 흥분시키거나 울리기도 한다. 즉 드라마를 통해 감정해소를 하게 된다는 것이다. 울고 싶은 심경일 때 그다지 슬프지도 않은 장면을 보면서 마구 눈물을 흘리기도 하는 경험을 기억하면 이해되리라 생각한다.

드라마는 현실에서 벗어난 액자그림이다. 그 안에 관객을 어떻게 끌어들일지, 그리고 어떻게 픽션을 진실로 유사체험시킬지를 목적으로 하고 있다. 극중 체험을 통해서 근심, 걱정, 불안 등 개인적인 현재의 욕구불만 상태를 잠시 잊게 해주거나 욕구를 채워주기도 하는 것이다.

최근의 드라마에도 흔히 나오는 신데렐라 이야기가 대표적인 경우다. 실제로는 일어나기 어렵지만 누구나 꿈꾸는 상황이 드라마 속에서는 펼쳐지고 있다. 가난하고 보잘것없는 여주인공 앞에 백마 탄 왕자로 등장한 재벌 2세, 성격도 인간성도 아주 좋은 완벽한 인물이거나 문제가 많은 인물임에도 불구하고 여주인공에게는 천사다. 게다가 또 다른 지고지순한 남자도 여주인공을 사랑하고 있다. 말도 안 된다고 욕하면서도 시청자는 보고 있지 않은가. 이는 바로 드라마의 극중 인물을 통해 대리만족을 하고 있기 때문이다.

결국 드라마는 허구의 세계를 보여주는 행위이고, 보여주되 재미있게 잘 만들어 보여주는 것이 좋은 드라마라고 할 수 있다. 드라마는 당연히 재미있어야 한다. 그리고 시청자가 몰입할 수 있도록 만들어져야 한다. 그러나 재미만으로는 무엇인가 부족하다. 좋은 드라마란 재미있으면서 재미 이상의 것을 주어야 한다. 그것이 바로 감동이다. 작가의 주제의식이 살아 있고 그것이 드라마를 통해 감동으로 연결될 수 있도록 해야 하는 것이다.

곧 재미와 감동을 동시에 줄 수 있는 드라마가 될 수 있도록 해야 하고, 이를 위해 드라마 작법이 필요한 것이기도 하다.

### 갈등의 5가지 방식

드라마의 본질은 갈등이다. 드라마가 인간을 그리고 있는 것이라면, 우리의 삶이 바로 갈등 그 자체인 것이다. 갈등이 없다면 극적인 상황이 일어날 수 없으며 곧 드라마가 될 수 없다는 말이다. 그러므로 이 부분은 따로 떼어내어 소개하고자 한다.

갈등이란 주인공의 의지가 반대에 부딪칠 때의 상황을 말하는 것으로, 그 유형은 아주 다양하다. 갈등의 유형이란 상상할 수 있는 모든 드라마적 상황들의 이론적인 모델을 제공해 줄 수는 있겠지만 아직 완벽하다고 말할 수 있는 것은 없다. 아마도 인간의 삶이 그만큼 어렵고 복잡한 것이기 때문이기도 할 것이다. 그중에서 대표적인 두 가지 유형을 소개하고자 한다.

갈등은 크게 5가지 방식으로 분류되고 있다.

### (1) 개인 대 개인의 갈등

상대적 갈등(Relational Conflict), 즉 두 등장인물 간의 갈등으로 가장 보편적인 갈등 상황이다. 반대되는 의지를 가진 두 인물이 경제적인 이유, 사랑, 도덕적 정치적인 이유 등으로 서로 대립하는 것으로 대부분의 드라마가 이 방식으로 진행된다. 한 여자를 두고 두 남자가 벌이는 갈등이 이에 해당한다.

### (2) 자신 대 자신의 갈등

내적 갈등(Inner Conflict)이라고 할 수 있다. 한 인물 안에서 벌어지는 내면적인 갈등 상황이다. 한 인간 내면의 선과 악의 갈등, 애정과 의무 사이에서의 갈등 등 한 인물이 도덕적인 문제나 현실적인 상황 안에서 대립하는 것이다. 한 여자가 조건이 다른 두 남자를 놓고 누구를 선택해야 할지 고민하는 상황이 이에 해당한다. 둑아내   냄편

### (3) 개인 대 사회의 갈등

사회적 갈등(Social Conflict)이라고도 한다. 개인과 집단(Group), 또는 사회와의 이해관계에 따른 갈등 상황이다. 여기서의 사회란 가족이나 정부, 관습이나 법과 제도, 부조리한 세상 등을 예로 들 수 있는데, 직장에서 성추행을 당한 여주인공이 회사나 사람들의 편견과 싸우는 이야기라면 바로 이에 해당한다.

### (4) 인간 대 자연의 갈등

상황적인 갈등(Situational Conflict)으로 인간이 가뭄, 홍수, 화산폭발 등의 자연재해와 벌이는 갈등이 이에 해당한다.

### (5) 인간 대 초자연적 힘과의 갈등

절대적 갈등(Cosmic Conflict)이라고도 한다. 인간과 초자연적인 힘과의 갈등을 말한다. 등장인물과 신이나 악마 같은 직접 모습을 드러내지 않는 절대적인 힘 사이에서 발생하는 갈등이 이에 해당한다.

이처럼 갈등을 다섯 가지로 분류해보았지만 사실은 하나의 드라마가 한 가지 갈등만으로 지속되는 경우보다는 그렇지 않은 경우가 더 많다. 중심이 되는 갈등이 있고 또 다른 부수적인 갈등이 뒤엉켜 전개되거나 한꺼번에 여러 가지 갈등이 뒤섞여 주종을 분간하기 어려울 때도 있다.

인간 대 자연의 갈등도 처음에는 인간이 자연재해로 인해 극한 상황에 처해지고 그로 인해 벌어지는 사투이지만 보통은 거기서만 끝나지 않는다. 화산폭발이라는 자연재해를 두고 벌어지는 인간의 갈등을 기본으로 설정해 놓고, 어느 지점부터는 그러한 상황을 두고 인간 대 인간, 인간 대 집단이 벌이는 또 다른 종류의 갈등으로 복잡하게 파생되는 것이 보통이다.

## 36 시추에이션

프랑스의 조르주 폴티(Georges Polti)는 희곡, 소설 등 고금의 명저 1,200편을 분석하여 극적인 갈등의 국면을 36가지로 분류했다. (표 참조)

이 부분은 시중에 나와 있는 〈TV 드라마 시나리오 작법〉에 있는 내용을 인용 정리해 본 것이다. 그런데 번역상의 문제인지(원전은 구할 수 없었음) 혼란스러운 것도 있었다. 13번 육친끼리의 증오와 14번 육친끼리의 싸움, 25번 간통과 26번 애욕의 죄 등은 그 차이를 명확하게 구별하기 어려웠다. 분류제목

| | | | |
|---|---|---|---|
| 1) 탄원(歎願) | · 셰익스피어 〈존 왕〉<br>· 그레고리 부인 〈달이 뜨다〉 | 15) 살인적 간통<br>(姦通) | · 아르피에리 〈아가멤논〉<br>· 졸라 〈테레에즈 라캉〉 |
| 2) 구제(救濟) | · 세르반테스 〈돈키호테〉<br>· 셰익스피어 〈베니스의 상인〉 | 16) 발광(發狂) | · 셰익스피어 〈맥베스〉〈햄릿〉 |
| 3) 복수(復讐) | · 르블랑 〈아르센 뤼팽〉<br>· 뒤마 〈몬테크리스토 백작〉 | 17) 얕은 생각 | · 입센 〈들오리〉<br>· 볼테르 〈삼손〉 |
| 4) 육친(肉親)간<br>의 복수 | · 셰익스피어 〈햄릿〉 | 18) 모르고 저지르<br>는 애욕(愛慾) | · 소포클레스 〈오이디푸스 왕〉<br>· 입센 〈유령〉 |
| 5) 도주(逃走) | · 존 포드 〈남자의 적〉<br>· 몰리에르 〈동 쥐앙〉 | 19) 모르고 육친<br>을 살해함 | · 위고 〈루크레티아 보르지어〉 |
| 6) 재난(災難) | · 셰익스피어의<br>〈헨리 6세〉〈리어왕〉 | 20) 이상(理想)을 위<br>한 자기희생 | · 톨스토이 〈부활〉 |
| 7) 잔혹(殘酷)<br>또는 불운(不運) | · 마테를링크<br>〈마레에느 아가씨〉 | 21) 육친(肉親)을<br>위한 자기희생 | · 스트린드베르히 〈희생〉 |
| 8) 반항(反抗) | · 쉴러 〈빌헬름 텔〉<br>· 롤랑 〈7월 14일〉 | 22) 애욕을 위한<br>모든 희생 | · 졸라 〈나나〉 〈선술집〉<br>· 와일드 〈살로메〉 |
| 9) 대담한 기획<br>(企劃) | · 셰익스피어 〈헨리 5세〉<br>· 바그너 〈파르시바르〉 | 23) 사랑하는 자<br>의 희생 | · 소포클레스 〈이피게니아〉<br>· 위고 〈93년〉 |
| 10) 유괴(誘拐) | · 괴테<br>〈타우리시스의 이피게니아〉 | 24) 강한 자와 약<br>한 자의 싸움 | · 쉴러 〈마리아 스튜알트〉 |
| 11) 수수께끼 | · 포우 〈도둑맞은 편지〉<br>· 셰익스피어 〈베니스의 상인〉 | 25) 간통(姦通) | · 셰익스피어 〈헨리 8세〉<br>· 플로베르 〈보바리 부인〉<br>· 모파상 〈여자의 일생〉 |
| 12) 획득(獲得) | · 비샤카다타의 〈대신의 반지〉<br>· 메타스타아죠 〈무인도〉 | 26) 애욕(愛慾)의 죄 | · 쉴러 〈돈 카를로스〉<br>· 도스토예프스키 〈카라마조프의 형제들〉 |
| 13) 육친간의<br>증오(憎惡) | · 바이런 〈카인〉 | 27) 사랑하는 자의 불명<br>예(不名譽)의 발견 | · 뒤마 〈춘희〉<br>· 입센 〈인형의 집〉 |
| 14) 육친간의 싸움 | · 모파상 〈피엘과 쟝〉<br>· 도스토예프스키 〈카라마조프의 형제들〉 | 28) 사랑의<br>장해(障害) | · 셰익스피어<br>〈로미오와 줄리엣〉 |

| | | | |
|---|---|---|---|
| 29) 적에 대한 애착(愛着) | · 셰익스피어 〈로미오와 줄리엣〉 | 33) 잘못된 판단 (判斷) | · 셰익스피어 〈헨리 5세〉 |
| 30) 야망(野望) | · 셰익스피어 〈줄리어스 시저〉 〈맥베스〉 | 34) 회한(悔恨) | · 도스토예프스키 〈죄와 벌〉 |
| 31) 신(神)과의 싸움 | · 단세니 〈여관의 하룻밤〉 | 35) 잃어버린 자 (者)의 발견 | · 셰익스피어 〈겨울밤 이야기〉 |
| 32) 잘못된 질투 (嫉妬) | · 셰익스피어 〈오셀로〉 〈공연한 소동〉 | 36) 사랑하는 자를 잃음 | · 싱 〈바다로 달려가는 사람들〉 |

자체도 한자어라 이해하기 쉽지 않을 수도 있다. 그러나 극적 분류라는 점에서 아직은 이보다 더 상세하게 나와 있는 것은 없는 것으로 보인다. 그러므로 갈등국면을 이해하는 데는 도움이 되리라 생각한다.

예를 든 책들은 정리과정에서 익히 알려져 있는 것들로 선별했으나, 현재 구해보기 어려운 것들도 있다. 책을 읽지 않고 극적 국면의 분류 제목만 보아도 이해할 수 있겠지만, 우리가 익히 들어서 알고 있고 구할 수 있는 책들은 고전을 공부한다는 생각으로 읽어보면 여러 가지로 도움이 될 것이다.

또한 앞에서도 언급했지만 드라마에서는 여기서 분류하고 있는 한 가지의 갈등 국면만 적용되는 것이 아니다. 여러 가지 극적 국면이 혼합되어 있는 경우가 많다. 위에서 예를 든 〈로미오와 줄리엣〉은 3번 복수, 28번 사랑의 장해, 29번 적에 대한 애착, 33번 잘못된 판단 등이 같이 조립되어 있다.

그리고 이 36가지 극적 경우 안에 갈등의 모든 것이 다 들어 있다고 할 수는 없으며, 현 시대상황에 적용하기에는 낡은 느낌이 들 수도 있다. 하지만 이는 극적 국면 자체의 변화보다는 시대적 상황의 변화, 또는 표현하는 방식의 변화가 이유일 수도 있을 것이다.

드라마는 본질적으로 갈등이다. 갈등구조가 탄탄한 드라마라야 감동과 재미를 동시에 충족시킬 수 있다. 드라마 창작과정에서 갈등의 설정에 어려움을 겪게 될 때 위의 5가지 분류와 36가지 경우가 도움이 될 수 있을 것이다.

# 09 드라마의 구성원리

## ■ 드라마 구성단계의 이해

드라마의 구성단계는 이야기가 단계적으로 축적되는 과정으로서, 이야기가 발전되어 가는 과정을 효과적으로 전달하기 위해 필수불가결한 것이라고 할 수 있다.

구성단계는 여러 가지가 있는데 대표적으로 시작-중간-결말의 3단계설과 발단-발전(전개)-위기 · 절정-파국-결말의 5단계설이 있다.

아리스토텔레스(시학 7장)는 시초, 중간, 종말로 구분했는데 이것을 3막구조설(3幕構造說), 또는 3단계설(3段階說)이라고 부른다.

독일의 프라이타그(Gustav Frytarg, 1816-1895)는 〈희곡의 기술(Technic des Drama)〉에서 아리스토텔레스의 3단계설을 발전시켜 극의 구조를 다섯 개의 지점으로 나누었다.

극의 흐름을 상승하고 하강하는 피라미드 구조로 파악하여 제시한 이론으로 이것을 3부5관점설(3部5觀點說)이라고 부르기도 한다. (그림 1 참조)

드라마는 흥분할 수 있는 요인에 따라 도입에서 정점까지는 상승하고 거기서 파국에 이르기까지는 하강한다.

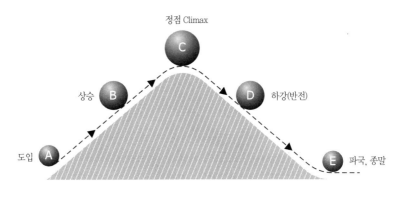

그림 1. 프라이타그의 3부5관점설

프라이타그의 이론은 지금까지도 거의 그대로 수용되고 있다. 이론서마다 다소 차이는 있으나 피라미드 구조를 약간 수정한 형태로 이름만 달리할 뿐 내용면에서는 크게 다르지 않다. 대부분 3단계설과 5단계설을 절충한 구조인데, 발단에서 갈등, 위기를 거쳐 서서히 상승하고 정점에서 결말까지는 급속히 하강하는 5단계의 구조를 가지고 있다.

또는 시작, 중간, 결말의 3막 구성으로 나누지만, 갈등과 위기를 하나의 흐름으로 묶어 기(발단), 승(전개), 전(클라이맥스), 결(에필로그)의 4단계의 구조로 보기도 한다.

그림 2에서는 이것을 모두 한눈에 파악할 수 있도록 했다.

가와베 가즈토는 〈드라마란 무엇인가〉에서 발단, 전개, 클라이맥스, 에필로

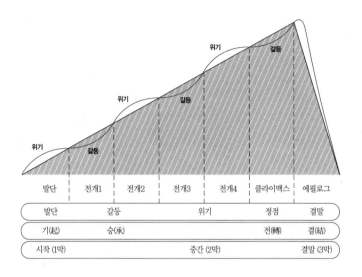

그림 2. 드라마의 구성단계

그의 4단계 구조를 시퀀스별로 나누어 전개부분을 넷으로 분류하고 있다.

첫 번째 시퀀스를 발단, 두 번째부터 다섯 번째 시퀀스를 각기 전개 1, 2, 3, 4로 6번째 시퀀스를 클라이맥스로, 일곱 번째 시퀀스를 에필로그로 나누고 있다.

위에서도 언급했듯이 드라마의 구성은 이론상 큰 차이가 없으나 이해가 쉽도록 하기 위해 편의상 기(발단), 승(전개), 전(클라이맥스), 결(에필로그)의 4단계로 설명토록 하겠다. 우선 씬과 시퀀스에 대한 설명을 하고 시작하겠다.

씬(Scene)은 드라마를 구성하는 단위 중의 하나로 같은 장소, 같은 시간 안에서 이루어지는 일련의 동작이나 대사를 의미한다. 즉 이야기를 보여주는 공간이자 장소이다.

사이드 필드는 〈시나리오란 무엇인가〉에서 "씬의 목적은 이야기를 앞으로 진행시키는 데 있다."고 말하고 있다.

즉 모든 씬은 시청자에게 필요한 이야기를 전하고 있으며, 이 씬들이 연속됨으로써 이야기가 앞으로 나아가게 된다는 것이다.

시퀀스(Sequence)란 드라마의 구성단위로 일련의 씬이 모여서 하나의 시퀀스가 된다. 드라마의 기본 소재인 행동은, 주인공의 목표를 향한 자유로운 의사가 환경이나 사회적인 틀의 장애 사이에서 갈등하다 그 장애를 뛰어넘으려는 행위와 그 결과로 나타난다. 하나의 에피소드를 이루는 이야기는 장소나 액션, 시간의 연속성을 통해 이루어지는데, 바로 이 이야기가 시작되고 끝나는 독립된 구성단위를 시퀀스라고 한다. 즉 이것은 주인공이 이야기의 흐름 속에서 한 단락으로 구분지을 수 있는 행위이자 사건으로, 장편소설의 장(章)과 같은 것이다.

보통 70분 단막용 TV 드라마는 5~7개의 시퀀스로 이루어진다. 시퀀스의 수에 관해서 수학공식처럼 정해진 규칙이 있는 것은 아니어서 드라마의 흐름이나 소재에 따라, 극적 구성의 방식에 따라 얼마든지 다를 수 있고 예외도 많지만, 이 정도가 통상적으로 적용되고 있는 수라고 볼 수 있다.


### 기(起) — 제1시퀀스, 발단부

기(起)는 드라마가 시작되는 시점으로, 드라마 진행에 필요한 환경(배경), 인물(성격), 사건(행동)을 소개하게 된다. 가능한 한 짧은 시간에 간결한 사건으로 인물과 환경과 앞으로 일어날 사건을 암시해주어야 한다. 주인공이 드라마 시작부터 끝까지 일관되게 목표를 향해 행동을 시작하는 극히 중요한 부분이다. 여기서 잘못되면 드라마는 방향을 잃게 되고 알 수 없는 이야기가 되고 만다. 또한 여기서 가장 중요한 것은 <u>주인공이 극적인 행동을 시작하게 되는 근본원인을 제시해야 한다는 사실</u>이다.

발단 부분 중에서도 첫 장면은 중요한 역할을 담당한다. 퍼스트 씬의 정확한 정의는 이름 그대로 첫 장면 하나만을 지적하기도 하지만 일반적으로는 발단부의 서두를 의미한다.

퍼스트 씬은 드라마의 방향을 암시한다. 퍼스트 씬으로 드라마의 인물을 소개하고, 환경을 보여주고 주제를 암시하기도 한다. 시청자는 퍼스트 씬으로 드라마의 분위기를 파악하고 계속 볼 것인지 아닌지를 판단한다. 퍼스트 씬을 봄으로써 누가 주인공인지 어느 나라 어느 도시인지, 그리고 무슨 일이 벌어질 것인지를 감잡게 된다. 첫 장면만으로도 이 드라마가 멜로드라마인지, 추리물인지를 파악하게 되는 것이다. 그러므로 퍼스트 씬은 라스트씬과 더불어 드라마의 가장 중요한 부분으로 이를 어떻게 할 것인가로 많은 작가들이 고심을 하게 된다.


## 승(承) – 제2, 제3, 제4, 제5시퀀스

전체 분량의 80~90%를 차지하는 곳이다. 사건이 발전되고 축적되는 곳으로 드라마의 대부분을 차지한다고 보아도 과언이 아니다. 몇 가지의 갈등이나 사건이 뒤엉켜 스토리가 점차 발전해가며 드라마를 진행시켜 가는 부분이다. 몇 번의 위기를 거쳐 클라이맥스까지 가게 되는데, 위기의 설정은 짧고 강력하게 하여 클라이맥스까지 힘있게 끌고 가야 한다.

시퀀스가 2, 3, 4, 5 순서로 뒤로 갈수록, 주인공의 극적 행위는 긴장과 극적인 분위기를 더욱 고조시키게 된다. 또한 시퀀스도 점차 길이가 짧아지며 호흡도 빨라진다. 정상인 클라이맥스를 향해 드라마를 점차 고조시켜 가는 마지막 고갯길이라 할 수 있다. 만일 그렇지 않으면 전개 부분이 재미가 없게 되며 그것은 바로 드라마 전체가 재미없게 되는 결과가 되고 만다. 그리고 위기는 클라이맥스와는 달리 여러 개가 있을 수 있는데 그것은 작품의 내용이나 색깔, 구성방식에 따라 달라진다.

## 전(轉) – 제6시퀀스

클라이맥스는 갈등에서 시작된 논리적인 귀결로 작가가 말하고자 하는 것이 시청자에게 알려지는 곳이다. 여기서는 주요 등장인물이 한곳에 모이고, 전쟁이나 전투 드라마라면 마지막 대격전이 벌어지는 통쾌한 스펙터클이 전개되는 부분이다. 멜로드라마라면 비련의 주인공이 살인이나 자살로 끝을 맺게 되는, 드라마 전편의 결정적인 포인트가 되는 곳으로 시청자는 이 부분에서 가슴이 후련해지고 카타르시스를 느끼게 된다. 즉 테마를 느끼게 하는 곳으로 산의 정상에 해당하는 장소이다.

그러나 절정의 설정을 부자연스럽게 해서는 안 된다. 논리적으로 설정된 절정은 합리적으로 결말에 이르게 된다. 절정은 당연히 오고야 말 상황에 맞게 설정되었을 때 가장 자연스러운 것이다. 그래야 관객은 공감하게 되고 작품의 주제의식을 이해할 수 있게 된다. 무엇보다 주제는 말로 설명하는 것이 아니고 감동으로 전해줄 수 있는 것이라야 한다. 이것이 제대로 안되면 무엇을 말하는지 알 수 없는 드라마가 되어 감동이 없게 된다.

## 결(結) – 제7시퀀스

종결 부분(라스트)이다. 이야기의 해결 부분으로 효과적인 끝맺음은 이야기를 완벽하게 이해하게끔 만들어준다. 모순이 해소되고 대폭발이 끝난 후 찾아오는 일종의 고요한 균형 상태인 이곳은, 하나의 결말이자 새로운 드라마로의 출발점이기도 하다. 되도록 급속히 끝내야 하며 테마를 정착시키고 여운을 남겨야 한다. 여기가 잘못되면 깔끔하지 못한 작품이 된다.

결말은 긍정적 결말(Happy Ending)과 부정적 결말(Unhappy Ending), 긍정도 부정도 아닌 애매모호한 결말, 즉 새로운 시작을 암시하는 결말(Open Ending)이 있다. 또는 일종의 트릭 수법으로 서프라이즈 엔딩(Surprise Ending)을 사용하기도 한다. 에필로그는 매우 짧거나 아예 생략되기도 한다.

# 10 발상에서 구성까지 - 어디서 시작할 것인가

## 드라마 극본이 만들어지는 과정

드라마는 쓰고 싶다고 생각해서 바로 쓸 수 있는 것이 아니다. 나름대로 기막힌 아이디어나 쓰고 싶은 이야깃거리를 가지고 있다고 해도, 막상 실제 쓰려고 하면 마음먹은대로 되지 않는다.

드라마 한 편을 직접 완성한다는 것은 체계적인 과정이다. 여러 단계를 거치면서 개선되고 완성되는 것이다. TV 드라마 극본이 만들어지는 과정은 다음과 같다.

| | |
|---|---|
| **1단계** | 극적 모티브(Motive : 動機, 着想)가 생긴다. |
| **2단계** | 모티브로부터 테마(Theme : 主題)가 정해진다. |
| **3단계** | 테마에 소재(素材)를 수집한다. |
| **4단계** | 소재가 정리되어 스토리(Story : 줄거리)로 빚어진다. |
| **5단계** | 스토리가 플롯(Plot)의 형태로 짜여진다. |

이외에도 드라마가 완성되는 과정을 단계적으로 정리해보면 다음과 같다.

· 소재(모티브) ▶ 주제 ▶ 줄거리 (스토리 – Plot) ▶ 구성

· 주제 ▶ 소재 ▶ 스토리 ▶ 플롯 ▶ 구성

이상의 것을 기본적인 순서로 생각할 수 있다. 의식을 했건 안 했건 어떤 경우에도 최소한 이 과정은 거쳐야 드라마 한편이 완성된다.

물론 꼭 이 순서대로라야 한다는 것은 아니다. 실제의 창작 과정에서는 주제부터 떠올리고 소재를 찾기도 하고, 어디선가 들었거나 갑자기 생각난 줄거리에서 주제를 추출해내기도 하고, 또는 인상적으로 떠오른 어느 한 장면에서 시작되기도 하므로 결코 절대적인 원칙이 있다고는 할 수 없다. 작품에 따라, 작가의 창작 상황에 따라 순서가 바뀌기도 하고 혼합되어 있기도 하므로 이론적 단계에만 지나치게 구애받을 필요는 없다.

이 점을 염두에 두고 시작해 보도록 하겠다.


## 소재(Subject Matter)

그러면 어디서부터 시작해야 하는가?

등장인물에서?

내가 겪었던 특별한 경험에서?

누군가 겪었던 사건이나 경험을 전해 듣고서?

신문, 잡지 등의 기사를 보고 나서?

성서나 희랍신화, 전설 등에서 아이디어가 떠올라서?

어느 날 문득, 혹은 우연히 영감이 떠올라서?

그러면 줄거리에서?

물론 어떤 것도 다 가능하다. 아주 흔한 일상의 모든 것이 모티브의 대상이

된다. 드라마란 바로 인간을 그리는 것으로, 그런 관점에서 보면 당신이 무엇을 써야 할 것인가를 고민하지 않아도 된다.

소재는 우리 주변에 얼마든지 널려 있다. 소재에 대한 이해를 돕기 위해 다시 한 번 명확하게 짚고 넘어가는 것이 좋을 것 같다. 이상섭의 〈문학비평용어사전〉에서는 소재를 다음과 같이 설명하고 있다.

"소재(素材, subject matter)는 주제를 예증하기 위한, 또는 구현하기 위한 재료이다. '실존은 본질에 앞선다'는 실존철학의 관념을 구현하기 위하여서 두 젊은 남녀의 연애 이야기를 이용할 수도 있고, 아버지와 아들의 세대 차이로 인한 갈등을 이용할 수도 있다. 문학에 있어서 소재는 구체적인 인간적 정황(情況)인 것이다."

소재에 대한 부연 설명을 하면, 대개 극적인 모티브(Motive : 동기, 착상)가 드라마의 출발점이 되는 경우가 많다. 위에서처럼 착상의 계기가 되는 인물이나 사회적인 사건을 접하기도 하고 여행이나 관찰을 통해 혹은 잡지나 소설, 희곡, 시를 읽고서 등 모든 것이 소재가 될 수 있다.

그러나 중요한 것은 소재를 선택하는 안목이다. 무조건 기발하고 특이한 소재가 아니라 작품의 핵심적인 내용을 표현해 주는 효과적인 소재라야 한다. 현재의 시대상황을 적나라하게 보여주는 소재이거나 작가가 정말로 쓰고 싶다는 열정을 느낄 수 있는 소재라야 한다.

예를 들어 사고로 갑자기 당신의 고모가 죽었다고 하자. '고모의 죽음'이란 돌발적 사건을 통해 충격을 받은 얼마 후 문득 고모란 인물에 대해 생각하게 되고, 그 고모란 인물의 특별한 매력이 새삼 당신을 사로잡을 수 있다. 즉 고모가 드라마의 출발점이 될 수 있는 것이다. 그러나 그것은 오로지 출발점일 뿐이다.

다시 말해, 우리는 일상적인 생활 속에서, 삶의 순간순간에, 얼마든지 드라마의 모티브를 포착할 수 있는 것이다. 내가 겪었던 경험이나 들었던 이야기 등 모든 것에서 받은 인상이나 관찰이 어느 순간 드라마의 시작이 될 수도 있다는 것이다. 드라마가 극적인 것이라고는 하나 이 세상에 없는 희한한 이야기가 드라마는 아닌 것이다.

그러므로 당신은 주변의 평범한 사건이나 이야기 속에서 드라마가 될 수 있는 출발점을 찾아낼 수 있어야 한다.

또한 성서나 희랍 신화, 전설뿐만 아니라 고전 명작에서도 영감을 받거나 아이디어를 빌려올 수 있다. 이 세상에서 완전하게 새롭고 독창적인 것은 없다고 할 수 있다. 단순한 모방의 차원에 머무르지 않고 보다 차원 높고 완전한 것으로 승화시킬 수 있다면 아이디어가 훌륭한 작품이 될 수도 있는 것이다. 현대판 〈로미오와 줄리엣〉, 〈콩쥐팥쥐〉 드라마가 지금도 계속해서 만들어지고 있지 않은가. 너무나 반복해서 사용하는 설정이라 식상하다고 욕하면서도 시청자는 여전히 그것을 보고 있지 않은가.

중요한 것은, 특별하고 기이한 아이디어나 영감이 아니다. 이것만으로는 충분치 않다. 아이디어나 영감을 극적으로 발전시켜야 한다. 이야기 구축을 위해서는 등장인물과 상황을 창조해 드라마화해야 하며, 작품을 통해서 하고자 하는 말을 전달할 수 있도록 해야 한다는 것을 잊지 말아야 한다.

그리고 무엇보다도 일상의 매사를 새로운 시각과 관점으로 보려는 노력이 필요하다. 이를 위해서는 인생에 대한 작가의 폭넓은 사고력과 이해력, 직관력 등이 필요하다.

그러면 앞에서 예를 든 '고모의 죽음'에 관해 계속해 보겠다. 당신이 '고모의 죽음'이 모티브가 되어 고모의 일생을 되짚어보게 되었다고 하자. 고모의 삶이 정말로 드라마틱하며 일생 그 자체가 바로 드라마의 줄거리다 싶어 드라마로 쓰기로 작정할 수 있다.

고모를 주인공으로 그 일생을 그대로 옮겨놓으면 드라마가 되는 것일까? 답은 '그렇지 않다'이다.

이런 경우, 당신이 알고 있는 그 '사실'에 묶여서 제대로 극화하지 못하는 경우가 많다. 너무나 익히 알고 있는 '실제의 사실'에 발목 잡혀 효과적으로 극화시키지 못한 나머지 당신 혼자만 재미있을 뿐이다. 대개는 장황하기만 하고 극적인 가치가 떨어지는 빈약한 스토리이기 십상이다.

결국 소재의 취사선택이란 점에서 볼 때, 모든 것이 다 소재가 될 수는 있으나 모든 것을 다 소재로 선택할 수는 없다. 불필요할 때는 과감히 버릴 줄도 알아야 하며, 필요한 것을 선택할 수 있어야 한다.

즉 작가 자신이 잘 쓸 수 있는 소재라야 한다는 것이다. 당신이 요리를 하려고 한다면 제일 잘하는 요리 재료를 골라잡아야 한다는 이야기이다. 욕심으로 이름만 들어본 근사한 요리의 재료를 고른다면 실패가 뻔하지 않겠는가. 더욱이 처음 요리를 하는 마당에야.

어찌됐든 당신은 이러한 많은 드라마의 소재 중 하나를 골라 들었다. 이제 시작할 차례다. 그러면 실제로 어디서 출발해야 하는가?

드라마는 분명한 주제와 등장인물, 행동이 있어야 한다. 그중에서도 '주제' – 이것이 출발점이다.


## 주제(Theme, Subject)

드라마는 엄밀한 의미로 말하자면 주제에서 출발해야 한다. 주제는 작가가 작품을 통해서 전달하고자 하는 '무엇'이다. 그 '무엇'이 없으면 아무리 재미 있는 '이야깃거리'가 있다고 해도 좋은 드라마가 될 수 없다.

따라서 주제는 작가의 인생관, 가치관과 관계가 있다. 이상섭의 〈문학비평 용어사전〉에서는 주제를 다음과 같이 설명하고 있다.

"주제는 도덕적 명제('사람은 서로 도와가며 살아야 한다')일 수도 있고 철학적 관 념('실존은 본질에 앞선다')일 수도 있고, 현실에 대한 묘사('사람은 정치적 동물이 다')일 수도 있다."

주제란 "도대체 작가는 무엇을 말하고 싶은가?"이다. 또한 "무엇에 관한 이 야기인가?"하는 것을 명확히 해야 한다는 것이다. 이처럼 작가는 자신의 드라 마를 통해서 시청자에게 하고자 하는 이야기를 간단명료하게 표현할 수 있어 야 한다.

흔히 주제를 물으면 '어머니', '사랑', '죽음', 혹은 '선악에 관한 이야기', '가족에 관한 이야기', '불륜에 관한 이야기' 이런 식으로 답한다. 시놉시스 에도 주제 부분에 이런 식의 표현이 많다. 그러나 이런 주제는 너무 막연하다. 이런 경우는 대개 실제 스토리도 극적 구성이 제대로 되어있지 않다. '어머 니', '사랑', '죽음'이라는 명사는 관념어에 지나지 않는다. 최소한 '어머니는 강하다'라고 관념이 명확하게 표현되어야 한다. 드라마는 언어가 아닌 영상 으로 표현되는 것이기 때문에 상징적인 의미를 갖기 어렵다. 그러므로 주제가 불분명하면 내용도 인상적이지 못하게 된다.

결국, 주제는 이야기의 요지로서 단순하면서도 선명해야 하며, 한마디로 "무엇에 관한 이야기인가?"이다.

결론적으로, 인간의 모든 사상이 드라마의 주제로 가능하다고 말할 수 있다. 그러나 그 안에서 무엇을 고를 것인가 하는 기준은 시청자에게 무엇이 필요한 것인가 하는 기준으로, 당연히 그것은 사회적인 문제와도 연결된다.

그리고 중요한 것은, 주제가 작가의 가치관과 밀접한 관계가 있지만 주제가 바로 작가의 사상이 되어야 하는 것은 아니라는 것이다. 작품 속에 자연스럽게 스며있어 작가의 사상적 일면을 엿볼 수 있도록 해야 한다.

결국 자신이 쓰려고 하는 것에 대한 아이디어와 구체적인 내용이 있어야 한다. 누가 주인공이고, 무슨 일이 일어나는가가 있어야 한다는 것이다. 자신이 쓰려고 하는 드라마에 대해 줄거리와 중심인물, 이것을 중심으로 몇 줄의 문장으로 분명하게 말할 수 있어야 하는 것이다. 당신의 드라마에 관해 묻는 상대방에게 누구에 관한 것이며 무슨 이야기인가 하는 줄거리에 초점을 맞추어 명료하게 답할 수 있어야 한다. 그렇지 못한 상태에서 쓴 드라마는 무언가 통일된 힘이 느껴지지 않는다. 무엇을 말하는 것인지 알 수 없는 작품이 되고 만다.

그렇다면 자신이 가지고 있는 모티브나 아이디어에서 어떻게 하나의 주제를 찾아낼 것인가? 위에서 예를 든 '고모의 죽음'에서 드라마의 출발을 시도했다고 하자. 모티브는 고모의 죽음이지만, 그 고모의 성격이나 일생에서 극적인 요소와 매력을 느꼈던 것임이 분명하다.

당신이 알고 있는 고모의 일생을 간단하게 요약해보겠다. 학벌, 미모 등 모든 것을 다 갖춘, 성격도 쾌활한 고모는 역시 완벽해 보이는 고모부와 일남 일녀를 낳고 남들이 부러워할 정도로 잘 살고 있었다. 그런데 어느 날 바람이 난 것이다. 남들이 흔히 말하는 불륜을 저지르게 되고 고모부와 이혼을 하게 된 것이다. 외도의 상대 남자는 고모부보다 여러 가지로 훨씬 못 미치는 사람이었고, 그 남자와도 재혼해서 살다가 또 이혼하고 혼자 외롭고 가난하게 주변의 냉대와 무시 속에서 살다가 자동차 사고로 갑자기 죽었다. 이것이 겉으로 드러난 스토리이다. 삼류 잡지에도 실리지 않을 통속적인 이야기이다.

이 흔한 이야기가 드라마가 될 수 있겠는가? 당신은 그럼에도 불구하고 이 이야기를 해야 할 이유를 찾아내야만 한다. 그렇지 않다면 당신은 삼류 작품 거리도 안 되는 소재를 가지고 드라마를 집필하겠다고 시도하고 있는 것이 된다. 물이 간 생선으로 매운탕을 만들겠다고 조리대 앞에 선 것과도 같다는 사실을 깨달아야 한다. 그런 실수를 하지 않으려면 고모의 일생에서 당신은 무엇을 이야기하려고 하는지를 우선 찾아야 한다.

다른 사람들은 고모의 인생과 죽음에 조소와 동정을 보내는 정도로 끝내고 말지만 당신은 그 속에서 인생의 숨은 진실을 밝혀낼 수 있어야 한다. 보통 사람들은 간단하게 무시하고 넘어갔지만 당신은 작가의 사명인 인생과 사물에 대한 통찰력으로 쓰레기통 안에서 빛나는 보석을 하나 찾아낼 수도 있는 것이다.

이 시점에서 당신은 극적인 행동을 하는 등장인물의 관점에서 드라마의 중심이 되는 주제를 알아내야 한다.

외부적으로는 단순한 바람이었고, 그 결과 막 사춘기에 접어들던 자식들은 문제아가 되기도 하는 등 가장 큰 피해자로 남게 되었다. 남들이 보기에는 바람이 나 인생을 망친 어리석고 불행한 한 여자의 이야기일 뿐이지만, 그러나 당신은 따뜻한 연민으로 고모의 불행한 삶의 뒷면을, 그 인생의 굴곡마다 생긴 응어리를 섬세하게 포착하여 숨은 진실을 재조명하려는 것이다.

한마디로, 가정을 지키지 못한 아내로 인해 나머지 가족이 겪는 아픔이 당신이 쓰려고 하는 드라마의 초점이 될 수 있다. 또 하나는, 비록 손가락질을 받는 행위였지만 그럴 수밖에 없었던 한 여자의 주체성 찾기에 초점을 맞출 수도 있는 것이다.

즉 누구의 이야기인가를 결정해야 하는 것이다. 가족의 이야기인지, 한 여자의 이야기인지를 확실히 하고 시작해야 한다. 그러기 위해서는 당신은 무엇에 관해 쓰는가? 그것을 상세히 써 보라.

처음에는 장황해져 한 두 페이지 분량이 될 지도 모른다. 그것을 주제, 행동, 인물에 초점을 맞춰 몇 문장으로 요약하라.

특히 초보자인 경우 이 부분은 생각보다 힘들어 피해가고 싶어하는 경우가 많다. 그러나 주제는 극적 줄거리를 이끌어 가는 행동과 인물을 구성하는 과정에서 작가가 따를 수 있는 지침이므로 힘들어도 반드시 정리해야 한다.

결론적으로 당신은 가정의 중요성이란 관점에서 불륜을 이야기하려는 것인지, 여자의 정체성 찾기에 초점을 맞추어 불륜을 이야기하려고 하는지를 결정해야 한다.

그러나 이것은 어디까지나 이론상의 순서로서 위에서도 언급했지만 실제 작업에서는 상황에 따라 달라진다는 사실에 다시 한 번 유의해야 한다. 소재에서 주제를 끌어내기도 하고 주제부터 정하고 그에 맞는 소재가 생겨나기도 하며 줄거리에서 주제를 발견하기도 한다. 이는 사실 어느 것이 먼저라고 말할 수 있는 성질이 아니며 상황에 따라 자연스레 이루어진다.

이렇다보니 처음 드라마를 쓰는 경우, 이론상으로는 알 것 같은데 막상 시작하려고 하면 어디서부터 손을 대야 할지 엄두를 못내는 상황에 처하기도 한다. 대개는 소재와 주제가 마구 뒤엉켜 있거나, 너무 많은 이야깃거리를 놓고 어떤 것을 선택해야 할지 모르는 경우이다.

그러나 언뜻 보면 이 두 경우가 다른 것 같지만 사실은 같은 맥락이다. 실은 많은 소재 중 하나를 고른다는 것 자체가 '주제'와 상관이 있는 것이다.

사실은 '어떤 이야기거리를 가지고 무슨 이야기를 하는가' 하는 것이 드라마의 모든 것이라고 해도 과언이 아니다. 그러나 처음 드라마를 쓰는 경우, 이 부분을 무시하거나 아니면 너무 어렵게 생각한다.

그래서 복습의 의미로 다시 한 번 짚고 넘어가고자 한다.


## 소재와 주제의식

예를 들어, 만약에 당신이 드라마 한 편을 쓰기 위해 무엇을 쓸 것인가를 생각했다고 하자. 당신은 그동안 겪거나 들었던 이야기 중 드라마의 소재가 될 만한 것들을 적어보았다.

① 고모의 죽음

② 첫사랑

③ 부부싸움

만약 위의 세 가지가 소재로 떠올랐다면, 무슨 기준으로 골라야 할 것인가?

① 어떤 것이 나을까?

② 어느 것이 편할까?

소재를 골라잡게 될 때 당신은 어떤 소재를 골라야 좋은 드라마, 감동 있는 드라마가 될 가능성이 높을 것인가 하는 것과, 어떤 것이 쓰기에 쉽고 편할까 하는 생각에 부딪치게 된다.

당신의 선택은? 당연히 당신은 쓰기엔 어렵더라도 좋은 드라마가 될 소재를 골랐을 것이다.

'고모의 죽음'을 소재로 선택했다고 하자. 그렇다고 해도 세 가지 중에 하필 왜 '고모의 죽음'인가? 왜 이 소재가 제일 감동 있는 드라마가 될 것이라고 생각했을까? 하는 의문을 가질 수 있다.

왜일까? 여기에 '주제'의 문제가 대두된다. 당신이 '소재'를 선택할 때, 이미 당신의 '주제의식'이 표출되고 있는 것이다. 당신이 미처 의식하지는 못하고 있지만 이미 훈련된 당신의 미의식(美意識)이 드라마를 통해 무슨 말을 할 것이며, 어떤 감동을 줄 수 있을까를 잠재적으로 생각하고 있는 것이다. 훈련된 미의식이란 개개인의 훈련된 의식을 말한다.

당신이 백마강에 서 있다고 하자. 백마강 낙화암에 선 순간 '의자왕', '삼천 궁녀', '백제'를 머리에 떠올리며 감회 서린 눈길로 바라볼 것이다. 이는 당신의 역사공부가 전제된 의식이다.

만약, 역사적 지식이 전혀 없는 사람이나 외국인이 그 자리에 서있다면 그냥 '아름답다'는 말로 끝날 장소이다. 그냥 즉물적으로 바라볼 풍경을 당신의 역사 지식이 포개져서 같은 장소라도 미(美)의 내용이 달라지는 것이다. 즉 우리의 다양한 지식이나 인생체험 등이 같은 사물이라도 보는 사람에 따라 다른 의미를 가지게 하는 것이다.

훈련된 미의식은 또한 같은 장소에 가도 다른 소재와 주제를 끌어내게 해준다. 필자가 직접 들었던 이야기를 예로 들어보겠다.

소설가 일곱이 백두산을 올랐다. 중국을 통해 백두산을 다녀온 그들은 백두산을 소재로 소설을 써야 하는 숙제를 받은 상태였다. 후에 그들은 소설을 발표했다. 어떤 사람은 일제 강점기를 배경으로 광복군 이야기를 했고, 다른 사람은 조선족 이야기를, 또 다른 사람은 '맨 처음 백두산에 올라가 천지를 본 사람은 누구였을까' 하는 이야기를 했다고 한다. 일곱 명 중 누구도 같은 이야기를 한 사람은 없었다. 물론 미리 교통정리를 했던 건 아니었을 것이다. 그런데 광복군 이야기를 쓴 소설가는 과거에 소위 운동권이었던 사람이었고,

조선족 이야기를 쓴 사람은 역사학 공부를 했던 사람이었고, 천지를 맨 처음 누가 발견했는가에 관한 이야기를 쓴 소설가는 원래부터 호기심이 많은 사람이었다.

어떻게 이렇게 다를 수 있을까? 그들의 세계관이 다 다르기 때문이다. 세계관에는 그들의 살아온 환경, 교육 등 모든 것이 포함되어 있는 것으로서 누구도 간섭할 수 없는 것이다. 세계관은 주제의식과도 같다.

결국, 당신이 드라마거리를 골랐을 때, 이미 무엇을 말해야 한다는 의식이 있는 것이다. 이때 이미 주제가 정해진다고 보아도 무리가 아니다. 당신의 주제의식이 표출된 것이다.

그런 다음에 할 일은 주제를 확장하는 일이다. 그러기 위해서는 주제에 대한 구체적이고 확실한 방향설정을 해놓아야 한다. 자료 조사는 이를 위해 필수적인 과정이다

## 자료 조사

주제는 밖으로 드러나는 게 아니고 작품 속에 녹아 있어야 한다. 억지로 주입시키려 해서는 안 된다. 그러면 홍보용 작품이 되고 만다. 그러므로 작가가 말하고자 하는 바는 어디까지나 작품을 통해서 자연스럽게 스며 나와야 한다. 즉 드라마의 주제는 화면 속의 배우의 움직임을 통하여 구체적인 상황으로 나타나게 되는 것이다. 당신은 누가 주인공이고, 무엇에 관한 이야기인가를 결정했다. 다음에 할 일은 주인공을 움직이도록 하는 것이다.

드라마는 극적 줄거리, 즉 전개의 과정을 따른다. 방향성을 갖고 항상 해결을 향해 나아가야 한다. 그러기 위해서는 등장인물에 초점을 맞추어, 등장인

물의 행동을 통해 스토리를 구체적으로 진전시켜 나가야 한다. 그러나 주인공이 어떤 행동을 하며 무슨 일이 벌어지는가를 보여주기 위해서는 좀 더 준비가 필요하다.

이를 위해서는 당신이 설정한 주제와 인물을 위해 자료를 모아야 한다. 비록 주제를 설정했다고는 하나 아직은 단순한 아이디어 수준에서 크게 벗어나지 않은 단계일 뿐이다. 좀 더 줄거리를 구체화하고, 확실한 초점과 방향을 위해 구체적인 자료가 필요하다.

무엇을 조사할 것인가. 당연히 내가 정한 주제와 아이디어에 관한 자료를 수집해야 할 것이다. 당신이 쓰려고 하는 이야기에 나오는 세상에 대해 면밀히 연구해야 한다. 드라마 속의 특별한 사회, 조직, 또는 사건 등에 대해서 막연한 지식만으로는 이야기를 끌고 가기 어렵다. 최소한 시청자만큼은 알고 써야 하는 것이 기본이며 시청자가 미처 모르고 있던 부분까지 보여줄 수 있어야 공감대를 확보할 수 있을 것이다. 당신이 쓸 이야기 속의 전문적인 부분이나 확인을 해야 할 사항은 확실하게 점검을 해야 한다. 그렇지 않을 경우 자칫 잘못된 정보로 인해 드라마를 망치고 마는 경우도 생길 수 있기 때문이다.

그렇다면 어떻게 정보를 수집할 것인가? 도서관에서 자신이 쓰려고 하는 이야기와 관련된 활자화된 자료들을 활용할 수 있다. 신문이나 잡지 등의 기사부터, 모든 서적을 조사할 수 있다. 만일 당신이 역사 드라마를 쓰고자 한다면 도서관을 뒤져 문헌적인 사료(史料)를 조사하는 것은 꼭 필요한 과정인 것이다. 또한 전문가의 도움이 필요한 경우도 있다. 만일 당신이 쓰는 작품의 등장인물이 말기 암 환자이거나 양육권 싸움을 벌이고 있다고 하자. 그런 경우 당신은 필히 의사나 변호사를 만나 전문적인 사항을 물어봐야 할 부분이 있을 것이다. 막연한 추측만으로 쓰려고 했다가는 낭패를 면하기 어렵다.

비슷한 실제 사례 조사를 위해 직접 경험자를 만나 정보를 얻을 수도 있다. 당신이 쓰려고 하는 드라마 속의 등장인물과 같은 직업에 종사하는 사람을 만나서 체험담을 듣는다면 훨씬 구체적이고 생생한 정보를 얻게 될 것이다. 또는 당신이 직접 현장 체험을 할 수도 있다. 등장인물과 관계가 있는 장소에 가서 자세하게 살펴보는 것도 필요한 과정이다. 주인공 직업이 카레이서라면 그 현장에 가서 직접 그 상황을 관찰할 수 있다는 것이다. 좀 더 철저히 하자면 당신이 직접 카레이서를 경험해 볼 수도 있을 것이다.

그래서 선배들도 자료 조사를 위해 '발로 뛰어라' 라고 말한다. 자료조사는 단순한 조사로 그치는 것이 아니다. 그것은 바로 드라마 스토리에 직접적인 영향을 끼친다. 말로 전해 듣는 것과는 또 다르다. 드라마는 극적인 스토리를 영상을 통해 구체화시키는 것이므로 현장의 때문은 생활상이 생생하게 드러날 때 살아있는 영상으로서 힘을 발휘할 수 있는 것이다.

그래서 실제로 자신의 작품 속 주인공을 보험설계사로 설정했던 어느 작가는 직접 보험설계사가 되어 모든 교육을 받고 실습까지 한 경우도 있다. 또 다른 경우로, 자신의 작품 배경을 댄스스포츠 교습소로 설정한 어떤 남학생은 직접 교습소 학생이 되어 열심히 배우러 다니고 있었다. 당연히 취재만으로는 나올 수 없는 생생한 현장감이 작품 곳곳에 나타날 것임에 틀림없다.

물론 매사를 다 경험해서 쓸 수는 없다. 다만 이 정도 수준으로 열심히 연구하고 자료를 모으면 드라마를 쓰는 데 훨씬 많은 도움이 된다는 것이다. 당신이 공부하고 모은 자료가 다 드라마에 쓰이지는 않는다. 그러나 어느 정도는 당신의 드라마를 쓰는 데 꼭 필요한, 그리고 그것이 어떤 때는 아주 결정적인 재료가 될 것이다. 그리고 무엇보다도 당신은 우선 드라마를 쓰기 시작하는데 자신감을 얻게 될 것이다.

다음은 여러 과정을 통해 광범위하게 수집한 다양한 자료들을 철저하게 분석 검토해서 취사선택의 과정을 거치는 일이다. 당신의 작품에서 필요한 부분과 버려야 할 부분을 골라야 하는데 생각보다 쉽지 않다는 것을 체험하게 될 것이다. 특히 버린다는 것이 더 어렵다. 그러나 버리기 아까워 움켜쥐고 있다 보면 자료에 치여 사족이 더 많게 되기도 한다. 그러므로 핵심적 주장에서 벗어나는 것은 과감히 버려야 한다.

그렇다면 그 다음에 할 일은? 드라마가 인물 또는 자연 등의 갈등에 의해서 작가가 호소하고 싶은 것을 구체화하는 일이라고 한다면, 이는 바로 인간을 그린다는 것이다. 다시 말하면 등장인물과 그 인물의 행동에 초점을 맞추어야 한다는 것이다.

이쯤에서 당신은 다시 한 번 재정비할 필요가 있다. 당신은 모티브에서 주제를 찾고, 아이디어에 필요한 자료를 조사하였다. 이제는 등장인물을 만들 차례다. 당신의 드라마에 등장하는 인물이 제대로 행동하기 위해서는 그 인물이 필요로 하는 것이 무엇인지를 설정해야 한다.

## 등장인물 만들기

### (1) 등장인물이란

드라마는 인간을 그리는 것이며 갈등이다. 드라마 속에서 일어나는 사건에는 언제나 등장인물의 현재 행동의 이유나 동기가 숨어 있다. 현재의 갈등은 과거에 뿌리를 두고 있는 경우가 대부분이며, 그 갈등의 주역인 등장인물의 삶과도 깊은 연관을 맺고 있는 것이다.

과거의 이력이란, 말 그대로 여태까지 살아온 과거의 행동, 또는 삶을 말하는 것으로 여기서는 등장인물의 전기(傳記)라고 말할 수 있다.

드라마의 가장 주축이 되는 갈등과 사건은 결국 등장인물에게서 일어나는 일이다. 그러므로 당신의 드라마에 등장하는 인물이 어떤 사람인가에 따라 드라마의 성패가 좌우된다고 말할 수 있다. 드라마 속의 등장인물이 왜 저런 행동을 하고 있는지 이해할 수 없다면 시청자 입장에서는 감정이입이 되지 않게 되며 이럴 경우 좋은 작품이 되기 어렵다. 즉 좋은 작품을 위해서는 좋은 등장인물을 창조해야 하는 것이 필수적인 일이다.

### (2) 어떻게 등장인물을 창조할 것인가

이를 위해서는 자신의 작품 속 등장인물에 대한 충분한 이해가 필요하다. 무슨 이야기인가는 이미 앞에서 정해졌다. 그러면 그것에 맞추어 필요한 등장인물은 누구이며, 그중에서도 누가 주인공인지, 즉 누구에 관한 이야기인지를 결정해야 한다.

그런 다음 당신의 등장인물에게 정황을 설정해줘야 한다. 등장인물에게 과거의 이력과 현재의 배경을 만들어 주어야 한다. 등장인물의 전기는 말 그대로 드라마가 시작되기 전까지의 등장인물이 살아온 내력으로 대본에 구체적으로 드러나지는 않는다.

그러나 당신은 등장인물에게 공간적 시간적 환경을 만들어 주어야 한다. 어느 나라 어느 지방에서 태어났으며, 이름은 무엇이며, 부모는 어떤 사람이며, 어떤 환경에서 자랐는지, 어떤 학교를 다녔으며, 어느 직장에서 근무하였는지를 정해야 한다. 이는 허구의 인물을 구체적으로 살려내기 위한 필수적인 과정이다. 그러므로 당신은 등장인물의 배경인 사회적인 테두리를 만들어내야 하는 것이다.

다음은 등장인물이 살아온 과거 행동의 궤적을 만들어야 한다. 어린 시절은 어땠는가? 어떻게 자라왔으며 친구 관계는? 첫사랑은 누구였으며, 어떤 직업들을 거쳤으며 그의 성격은? 취향은? 가치관은? 재산은? 현재는 무엇을 하고 있으며 애인은 있는지, 있다면 어떻게 만났으며 어떤 관계인지, 바라는 바가 무엇인지를 창조해야 한다.

드라마가 시작되기 전까지의 중요한 등장인물의 전기를 만들어 보라. 너무 어렵게 생각할 것은 없다. 그 인물들에게 인생을 부여하라. 그들의 취미는? 가장 좋아하고 싫어하는 것은? 현재 가장 다급한 일은? 과거는 행복했는지, 그러면 현재는? 등장시킨 인물들에게 당신의 상상을 통해 하나씩 살을 붙여 나가 삶을 창조하라. 마치 실존해 있는 인물처럼 구체적으로 그려나가라.

그러한 과정을 통해 당신은 등장인물에게 생명력을 부여하게 된다. 그의 성격이 사교적인지, 내성적인지, 다혈질인지, 까다로운지를 설정해야 한다. 그래야 드라마 전개 부분에서 그의 행동으로 드러내 보여줄 수 있게 된다. 똑같은 상황이 벌어져도 성격에 따라 반응은 각양각색이다.

자동차 접촉 사고가 났다고 치자. 먼저 사과부터 하거나 상대방의 안위를 묻는 사람이 있는가 하면, 자기가 잘못했음에도 불구하고 화부터 내며 큰 목소리를 내는 사람도 있다. 극적인 상황 안에서 보여지는 등장인물들의 행동을 보고 우리는 착한 사람이라고 하기도 하고, 이기적인 사람이라고도 한다. 드라마는 인물의 행동을 통해 성격과 개성을 보여주는 것이므로 '그런 행동이 나올 수밖에 없는' 성격을 설정해주어야 하는 것이다.

이렇게 처음에는 단순했던 등장인물에게 숨결을 불어넣고 필요한 삶을 부여해 가는 동안 드라마를 쓰게 될 당신에게도 실제로 살아있는 인물이 되는 것이다. 이런 과정이 잘 이루어져 당신이 등장인물에 대해 많이 알게 될수록 앞으로 전개될 상황에서도 유리하다. 인물이 어떻게 움직여갈지를 아는 만큼 특정 상황에서 어떤 행동으로 어떻게 대처할지도 알게 되는 것이다.

### (3) 등장인물에게 어떤 과거를 부여할 것인가?

드라마는 주인공이 자신이 설정한 목표를 추구하는 일관된 행위를 기본 골격으로 하여 구성된다.

그리고 드라마는 이야기의 시작부터 중간, 결말까지 등장인물의 행로를 나타내 보여주는 과정이다. 시청자는 드라마 속 인물의 움직임을 따라가며 같은 감정을 경험하게 된다. 등장인물의 갈등에 동참하고, 희로애락을 따라가다 보면 클라이맥스에 이르게 되고 감동을 받게 되는 것이다.

즉 주인공의 행동이 바로 줄거리가 되는 것으로, 등장인물이 어떤 행동을 하느냐에 따라 이야기의 진전 과정이 달라진다. 그런데 인물의 행동은 그냥 일어나는 것이 아니다. 등장인물은 자신의 필요에 의해, 목적을 위해서 움직이고 있다. 그러므로 등장인물이 그러한 행동을 하기까지, 그럴만한 여러 가지 배경과 전후 사정이 있을 수밖에 없는 것이다.

드라마는 곧 갈등이라고 했다. 확실한 장애물이 곧 드라마의 갈등이 되는 것이다. 주인공이 앞에 가로놓인 장애물을 뛰어넘어 자신의 목표를 달성하기까지의 과정이 바로 드라마의 스토리가 되는 것이다. 그러므로 드라마가 극적인 긴장감을 갖기 위해서는 주인공이 너무 쉽게 목표를 달성하도록 해서는 안 된다. 목표까지 가는 길이 너무 쉽지 않도록 적당한 길목에 장애물을 만들어내야 한다. 치밀한 계산 아래 시청자가 눈치채지 못하도록. 그렇지 않으면 한 마디로 재미없는 드라마가 되고 마는 것이다.

드라마 〈허준〉을 보면, 주인공 허준의 일관된 목표는 '어의'가 되는 것이다.

그러니까 주인공 허준이 어의가 되기까지의 지난한 과정이 바로 그 드라마의 스토리인 것이다. 만약 주인공 허준이 너무 쉽게 어의가 되어버린다면 드라마는 극적인 긴장감이 없는 재미없는 드라마가 되고 말 것이다. 더구나 단막극도 아닌데 누가 수 십 회씩 되는 분량을 참아가며 보겠는가. 실제로 드라마 속에서도 허준이 어의가 되기까지 수많은 장애물이 설정되어 있다. 그의 과거의 이력과 현재의 배경, 신분, 적대감을 가진 경쟁자 등. 그것들이 바로 드라마의 우여곡절을 만드는 원동력이 되는 것이다. 작가는 주인공이 그것을 하나하나 극복해 가는 과정에 시청자가 같이 동참하며 공감하도록 이야기를 끌어가고 있다. 미리 다 계산해서 적절하게 장치해놓는 역할을 하는 것이다. 시청자는 드라마의 우여곡절이 작가의 설정이고 고도의 계산이라는 것을 의식하고 보지는 않는다. 자기도 모르게 주인공에게 감정이입이 되어 그의 인생에 동참하게 되는 것이다.

그러므로 이 부분에서 당신은 자신의 등장인물이 성취하고자 하는 것이 무엇인지를 확실하게 결정해야 한다. 즉 주인공이 목표하는 바를 확실하게 설정하는 것이 필수적인 요소이다. 그래야 그와 상반되는 확실한 장애물을 설치할 수 있기 때문이다.

등장인물의 전기가 되는 과거의 이력과, 드라마의 시작부터 결말이 되는 현재는 서로 밀접한 관계를 이루고 있다. 그들의 현재의 삶과, 드라마의 스토리가 되는 앞으로 일어날 삶의 양상은 과거의 결과물이라고도 말할 수 있는 것이다. 그러므로 등장인물이 누구이며 무엇을 하고 있으며 현재 어떤 삶을 살고 있는가 하는 점은 드라마의 가장 중요한 요소가 된다.

앞에서 들었던 '고모의 죽음'의 예를 다시 보면, 고모가 맏딸인가, 막내인가, 외동딸인가, 몇남 몇녀의 몇째 딸인가 하는 것을 결정해야 한다. 즉 이는 어린 시절을 어떻게 보냈는가를 규정하게 된다. 사랑을 듬뿍 받고 자랐는지 미운 오리새끼였는지를. 도시에서 살았는지 시골 출신인지, 대졸인지 중졸인지, 첫사랑은 누구이며 연애는 언제 하였는지, 현재의 남편과는 어떻게 결혼했는지를 정해야 한다. 고모가 과거에 어떤 삶을 살아왔는가 하는 점이 현재의 사건에 결정적인 영향을 끼칠 수 있기 때문이다.

그러므로 당신은 등장인물의 시간적, 공간적 환경을 만들어 주어야 한다. 그리고 당신의 드라마가 가능한 극적인 긴장감을 갖도록 서로 대립된 장애물을 설치해 놓아야 한다.

결론적으로 당신이 드라마를 쓰기 위해서는 개인적인 인물표가 필요하다. 주인공들 각자의 이력서, 인생 역정을 자세히 쓰다보면 스토리가 저절로 만들어지고 문제점도 스스로 찾아낼 수 있다. 이것은 방송사에 보여줄 것이 아니다. 작가 자신만이 책상 앞에 붙여두고 작품이 완성될 때까지 보게 될 것이다.


## 줄거리 만들기

### (1) 스토리

소재에서 작품의 주제가 정해지고 거기에 따른 자료조사와 등장인물 만들기가 끝나면 작가는 이것을 토대로 하여 하나의 스토리를 만들게 된다.

그런데 스토리 만들기에 관해 말하기 전에 스토리와 이야기, 줄거리에 관해 짚고 넘어가야 할 것 같다. 여러 책에서 스토리, 이야기, 줄거리, 이 세 단어를 뒤섞어 쓰고 있어 혼란스러워하는 경우가 많아 간단히 정리를 하고 넘어가는 것이 이해에 도움이 되리라 생각한다.

빠트리스 파비스의 〈연극학 사전〉을 보면 다음과 같이 설명하고 있다.

**이야기** (영) plot, fable. "한 작품의 서술요소를 구성하는 일련의 사건들"(로베르 사전)을 지시한다....(중략) 이야기를 ① 작품이 구성되기 이전의 재료로 간주하거나 ② 서술체의 서술구조로 간주하는 두 가지 개념이 대립되어 있음을 알 수 있다.

**줄거리** (영) history, story. 줄거리, 또는 '이야기된 줄거리'는 제시형식과는 무관하게 보고된 에피소드들의 합이다. (동의어: 첫 번째 의미의 이야기). 줄거리는 또한 하나의 텍스트나 하나의 공연이 시간, 역사성과의 관계를 이야기하는 방식을 의미한다.

그러나 위의 설명대로라면 일부분은 같은 의미이고 일부분은 다르다. 사실 이론적으로 엄밀하게 따지면 더 복잡한 이해를 필요로 한다.

이해를 좀 더 쉽게 하기 위해 신기남의 〈새 우리말 큰 사전〉의 뜻을 보면 다음과 같다.

**줄거리** ② 사물의 기본 골자.
**이야기** ① 어떤 사물 또는 현상에 관하여 일정한 줄거리를 잡아 하는 말이나 글.
　　　　 ② 옛날이야기.
**스토리**(story) ① 이야기 ② 역사, 내력, 일화 ③ 소설, 특히 단편소설 ④ 소설, 각
　　　　　　　 본, 영화 등의 내용과 줄거리.

위에서 보듯 우리는 줄거리, 이야기, 스토리 이 세 단어를 통상 같은 의미로 사용하고 있다는 것을 알 수 있다. 결국 같은 의미라고 생각해도 틀리지 않는다는 결론이다.

드라마의 줄거리도 신문기사의 줄거리와 마찬가지로 누가(Who), 언제(When), 어디서(Where), 무엇을 (What), 왜(Why), 어떻게(How)라는 육하원칙의 요소를 지녀야 한다.

그러나 드라마는 이외에도 인물(성격), 사건(행동), 환경(배경)이라는 세 가지 조건이 전제되어야 한다. 이 세 가지 조건이 갖추어지지 않으면 그 어떤 작은 이야기도 성립되지 않는다.

| 누가 (Who) | 성격의 주체인 인물 |
| 언제(When), 어디서(Where) | 배경에 해당하는 환경 |
| 무엇을(What), 어떻게(How) | 행동했다는 사건 |

즉 인물, 사건, 환경의 세 요소가 있어야 스토리의 형태를 갖추게 되는 것이다. 그런데 이 요소들만으로 완전한 스토리를 만들 수 있는 것은 아니다. 스토리 전개는 당신이 만든 주인공과 환경 사이에서 일어나는 갈등과 그로 인한 행위에 의해서 생겨나는 것이다. 또한 스토리는 인물이나 사건의 단순한 나열이 아니다. 스토리를 쓴다는 것은 당신이 상상적인 환경, 즉 가상현실 속에서 주인공이 되어 살아가는 것을 말한다.

가상현실 속의 인물이나 사건은 논리적인 인과관계와 순서를 필요로 하므로 이를 위해 적절하고 유기적인 연결을 필요로 한다. 즉 억지스럽지 않도록 이야기를 끌고 가도록 해야 한다. 그러나 이것만으로는 아직 당신의 스토리는 전개되는 사건 하나하나와 유기적인 연관관계를 맺지 못하고 있다. 이제는 스토리를 플롯으로 발전시켜야 한다.

### (2) 스토리의 플롯(Plot)화

플롯 역시 스토리와 혼동되어 이해되는 부분이 많다. 그러므로 확실한 이해를 하고 넘어가는 것이 좋겠다. 빠트리스 파비스의 〈연극학 사전〉에서는 플롯을 다음과 같이 설명하고 있다.

> **플롯** (영) plot, story, intrigue (불) intrigue ('얽히게 하다'를 의미하는 라틴어 'intricare'에서 유래. 이탈리어로는 'intrigo')
> ① 극작품(소설 또는 영화)의 복잡화를 구성하는 극행동들(삽화들)의 집합.
> ② 불어의 'intrigue'는 영어로는 'story'보다 'plot'에 훨씬 가까운 개념이다. 'plot'과 마찬가지로, 'intrigue'는 사건들의 인과율을 강조한다. 반면에 'story (줄거리)'는 사건들을 시간적인 순서에 따라 고려한다.

영어 사전을 보면 plot은 줄거리, 구성 외에도 음모, 계획, 책략의 의미도 있다. 즉 어떤 이야기를 재미있게 꾸미거나 만든다는 뜻이다. 어쨌든 이 시점에서의 스토리는 아직 기초적인 단계이다. 당신이 가지고 있는 많은 아이디어 조각들의 연결 고리를 찾아내 질서를 부여해야 한다. 플롯은 정황과 에피소드, 흥미와 성격들의 조합을 의미한다. 플롯은 결국 줄거리를 복잡하게 만드는 기술이다. 다시 정리하면, 당신이 가지고 있는 스토리는 아직 사건의 도식적인 나열에 불과하다. 이 단순한 줄거리에 창조성을 부여해야 한다는 것이다.

"그 남자는 여자를 만났다. 남자는 여자를 죽였다."라는 단순한 사건의 나열에 극적인 요건을 가미시켜 이야기로 꾸며야 한다.

"그 남자는 여자를 만났다. 여자가 결별을 요구하자 그 남자는 여자를 칼로 찔렀다."라고 하면, '여자가 결별을 요구하자'는 원인인 왜(Why)에 해당한다. 즉 '여자가 결별을 요구하자'라는 수식어에 의해 단순한 사건의 나열이 이야기로 꾸며지게 되는데 이런 기능을 플롯이라고 한다. 스토리의 요소인 인물, 환경, 사건에 '왜?'가 가미되는 것이다.

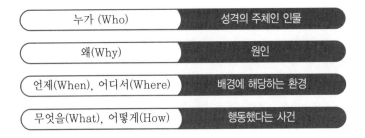

| 누가 (Who) | 성격의 주체인 인물 |
| 왜(Why) | 원인 |
| 언제(When), 어디서(Where) | 배경에 해당하는 환경 |
| 무엇을(What), 어떻게(How) | 행동했다는 사건 |

　결국 왜 그런 사건이 일어나게 되었는가 하는 사건의 원인을 염두에 두고 줄거리를 꾸며야 한다는 것이다.

　또한 플롯화 과정은 이야기의 내용을 일정한 방향으로 정리하고 배열함으로써 작가의 주장을 일관성 있게 전달할 수 있도록 짜여져야 한다.

　이 부분은 엄밀하게 구분하면 줄거리(Story)와 구성(Construction)의 중간에 해당하는 것으로 '누구와 누구를 어떻게 만나게 하느냐?' '어떤 사건을 어디에 두느냐?' 하는 것을 최초로 결정하는 단계로서 작가의 작의가 강하게 드러나는 단계다. 즉 사건의 나열을 단순한 구성보다는 보다 긴박감 있게 쌓아 올리는 일이다.

　다시 말하면, story란 한 작품에 묘사된 사건의 연대기적인 전개과정이다. 스토리는 1-2-3-4의 시간대 순으로 이야기가 전개된다. 이것을 극적인 구성으로는 4-1-2-3의 순서로 이야기를 꾸밀 수 있다는 것이다.

　플롯을 스토리와 따로 떼어 구분하여 설명하지만 그렇게 되면 다음 단계의 구성(構成)과 혼동되기 때문에 여기서는 줄거리의 마지막 단계의 의미로 스토리의 플롯화 과정도 같이 포함시켰다. 그 이유는, 뒤에 나올 시놉시스에서의 줄거리와도 관련이 있기 때문이다. 시놉시스 상의 줄거리는 단순한 스토리가 아니라 플롯화된 스토리를 말하기 때문이다.

마지막 이해를 돕기 위해 신봉승이 쓴 〈TV 드라마·시나리오 작법〉의 한 구절을 인용해 본다.

"결국 플로트는 스토리보다 한 단계 발전한 것이며, 구성보다는 구체적이 아닌 줄거리를 의미한다고 하겠다."

### 구성(Construction)

드라마의 구성은 플롯으로 만들어진 이야기가 단계적으로 축적되는 과정이다. 단순한 사건 나열의 스토리를 시작, 중간, 결말이 있는 드라마적인 형태로 구성하는 일이다. 즉 플롯을 보다 세분화하고 구체화시킨 것으로 건축의 설계도에 해당된다. 곧 구성은 이야기를 지탱하는 척추이며 드라마의 성격을 결정짓는 중대한 창작단계이다.

그런데 스토리(Story)가 플롯(Plot)과 구분하기 어려운만큼 컨스트럭션(Construction) 역시 플롯과 엄밀하게 구분하기 어렵다. 이유는 플롯의 결정이 구성의 결정이 되기도 하기 때문이다.

구성의 의미를 좀 더 자세하게 들여다 보자. 컨스트럭션과 같은 의미인 구조(Structure)의 어근 'struct'는 '모으다(to put together)'를 의미한다. 구조란 부분과 전체의 관계이며 모든 것을 하나로 묶어주는 힘이다. 최대의 극적 가치를 갖도록 드라마의 형태와 형식을 만드는 도구이다. 결국 구조는 드라마의 가장 중요한 요소로서, 골격이자 척추이며 기초인 것이다.

드라마는 극적 구조의 정황(Context)인 시작, 중간, 결말로 전달되는 이야기이다. 극적 구조란 극적 해결로 이끄는 일, 에피소드, 연관된 사건들의 배열이라고 볼 수 있다.

그런데 구조가 왜 중요하다는 것인가? 이유는, 당신의 이야기를 극적 형식으로 만들어주는 도구이기 때문이다.

이야기는 인물, 줄거리, 행동, 대사, 씬, 시퀀스, 일, 사건 등 부분들로 구성되어 있다. 드라마를 쓰기 위해서는 하나의 전체로서 이야기에 접근해야 한다. 곧 위의 모든 것들을 하나로 묶어야 한다.

좋은 드라마는 항상 극적인 행동을 향해서 강하게 나아가고 있으며, 해결을 향해서 한 걸음 한 걸음씩 전진하게 돼 있다. 다시 말해, 목적지가 있고 시작이 있고 끝이 있다는 것이다.

이것이 바로 구조의 목적이다. 일정한 형태와 형식을 갖추어야 하며 시작, 중간, 결말로 완성되는 하나의 '전체'를 만들어야 한다는 이야기다.

또한 구성의 열쇠는 클라이맥스 속에 숨겨져 있다고 해도 과언이 아니다. 구성이 제대로 되어 있지 않은 드라마는 자칫 줄거리를 찾아 헤매는 모습을 보이기 쉽다. 방향도 발전도 없다. 상황만 있을 뿐 극적 행동의 뚜렷한 줄거리가 없는 대본은 단조롭고 지루하며 효과적이지 못하다.

결국 플롯화된 스토리를 구성하는 것은 완성된 드라마를 전제로 하는 것과 같다고 보아도 무방하다. 그러므로 플롯보다는 훨씬 정교하고 치밀할 필요가 있다. 한마디로 구성은 드라마의 골격이 되는 기본 설계이며 드라마를 창작할 때 결코 빠뜨려서는 안 되는 과정이다.

## (1) 구성표 만들기

구성표는 구성상의 플랜을 구체화시킨 것으로, 수많은 씬의 흐름을 한눈에 알 수 있도록 간략하게 메모해 두는 것이다. 이는 영상을 좀 더 상상하기 쉽게 하고 작품 전체를 관통하는 기초 작업이다.

구성표를 짜는 방법에 원칙이 있는 것은 아니다. 드라마 전체의 골격을 염두에 두면서 플롯으로 짜여진 스토리를 분해하여 시퀀스(Sequence, 같은 생각들이 연속적으로 모여진 몇 개 장면들의 집합이며 장면은 시나리오의 가장 중요한 개별적 요소이다. 한편의 드라마는 몇 개의 장면들이 모인 여러 개의 시퀀스가 모여서 완성된 것이다.)로 나누고 이것을 다시 씬(Scene, 장면)으로 세분하면서 발전 순서대로 배열하고 매 씬마다 그 특징과 내용을 간략하게 그려놓아야 한다. 즉 씬을 차례로 기록하는 작업이다.

일반적인 방법은 상자식과 노트식이 있다.

## (2) 상자식 메모법

상자식 구성은 상자짓기라고도 하는데 각 시퀀스에 배치되는 이야기의 내용과 의미, 인물과 주요 대사 등을 몇 개의 상자같이 단락지어 테두리 속에 메모하여 전체의 구성을 정리하는데 쓰인다. 즉 기승전결 시퀀스별로 네모난 상자의 모양에다 위의 분류해놓은 사건이나 스토리를 적어나가는 것으로 전체적인 흐름을 조절하는데 좋다.

다음은 가와베 가즈토의 〈시나리오 창작연습 12강〉에 나오는 〈로미오와 줄리엣〉을 '상자짓기 메모'한 예이다.

**1** 양가의 심한 대립과 항쟁. ─────
그런 가운데 로미오와 줄리엣이 만난다.

**2** 서로의 사랑을 확인하고 ─────
비밀리에 결혼식을 올린다.

**3** 로미오가 줄리엣의 사촌오빠 디볼트를 죽이고 ─────
추방된다.

**4** 두 사람은 몰래 만나지만 ─────
다시 서로 갈라져 헤어지게 된다.

**5** 줄리엣의 아버지가 패리스 백작과의 결혼을 강요한다. ─────
어떻게 해서든 회피하려고 줄리엣은 가사(假死)상태에 빠지는
약을 먹는다.

**6** 줄리엣이 죽었다고 전해들은 로미오가 줄리엣의 묘지에 들어선다. ─────
패리스 백작과의 결투.
연인들 잇달아 죽는다.

**7** 대공(大公)에 의한 양가의 화해 주선. ─────
양가의 화해.

①은 발단이고 ②③④⑤는 전개 1, 2, 3, 4에 해당하고 ⑥은 클라이맥스이고
⑦은 결말이다. 시퀀스별로 나누어 큰 사건만 메모해 놓은 것으로 스토리의
흐름을 한눈에 볼 수 있다. 이것은 전체적인 틀에 불과하며, 시퀀스 별로 구분
한 이야기의 덩어리를 다시 세분화하여 순서대로 배열할 필요가 있다. 우선
전체적인 골격을 생각하면서 이미 만들어진 시퀀스를 처음부터 끝까지 다시
세세히 나누고 구체적인 장면의 특징과 내용을 간략하게 적어놓아야 한다.

①의 발단부를 구성 메모해 보면 다음과 같을 것이다.

| 발단 | · 길거리에서의 싸움. (몽테규가와 케퓨렛가의 불화) |
|---|---|
| | · 케퓨렛가의 가면무도회장 – 로미오, 몰래 들어가 줄리엣을 만남. |
| | · 줄리엣의 집 정원 – 숨어 들어간 로미오, 줄리엣에게 사랑을 고백한다. |
| | · 로미오의 집 – 줄리엣과 결혼을 결심한다. |
| | · 성당 – 로미오, 로렌스 신부에게 비밀 결혼식을 부탁한다. |

## (3) 노트식 메모법

노트식은 상자식과 기본은 다르지 않다. 단지 이것을 노트에 적어 그 노트에 하나하나 써내려 가는 방식으로, 그 장면 하나 하나의 순서와 각 장면에서 벌어지는 사건의 순서를 예정한다.

그러다 보면 자연스레 시퀀스도 정해진다.

다시 이것을 좀더 확실하고 구체적인 씬으로 세분화하여 씬 번호를 적고 각 장면에서 벌어지는 사건을 일목요연하게 노트에 적어두고 작품을 써 가면 노트식 메모법이 되는 것이다.

① 광장 : 길거리에서의 양가 싸움.

② 동 광장 : 로미오 등장.

③ 가면무도회장 : 로미오 가면을 쓰고 몰래 등장. 줄리엣을 만남.

④ 정원 : 로미오 줄리엣 집 정원에 숨어듦.

⑤ 줄리엣 방 : 줄리엣, 창밖의 로미오 발견함.

노트식이 상자식보다는 처음부터 상세하게 씬으로 나누어지게 되는데, 결과적으로는 마찬가지이다. 어떤 방식이든 구성표를 작성하면 도입에서 전개부에 이르기까지의 과정이 소상하게 묘사되므로 드라마의 흐름을 한눈에 알 수 있게 된다.

실제로 구성표를 작성해보면 단번에 되지는 않는다. 전체 흐름대로 시퀀스별로 큰 틀을 먼저 만들게 되는데 매 장면마다 강조해야 될 사항이나 착안점을 그때그때 써넣게 된다. 장면에 대한 정경이나 사건의 진행 상황 또는 간간이 인상적인 대사가 떠오르면 짧게 메모해 놓기도 한다.

그 외에도 카드식, 두루마리식 등 작가의 개성이나 습성에 따라 다양한 모양의 구성표가 있을 수 있으나 형식상의 차이일 뿐 내용상으로는 크게 다르지 않다. 그러므로 각자가 편리한 방법을 선택해서 사용하면 된다.

구성표가 완성되었다. 이제는 본격적인 대본 작업에 들어갈 차례이다.

그런데 실제로 드라마를 구성표 순서대로 써 가다보면 문제가 생기게 된다. 작성해놓은 구성표가 실제로 작업할 때와는 차이가 난다는 사실이다. 순서만 달라지는 것이 아니라 전혀 다른 발상이 떠오르거나 하는 대폭 수정을 해야 하는 경우도 생긴다. 수정하는 쪽이 더 낫겠다는 확신이 들면 수정하는 것이 좋을 것이다. 구성표는 어디까지나 계획표이고 설계도이기 때문에 실제 상황에서 더 좋은 아이디어가 떠오를 수 있고, 필요하면 수정할 수 있는 것이다. 너무 구성표에 얽매일 필요는 없다.

그렇다고 해서 구성표가 전혀 필요 없다는 것은 아니다. 집을 지을 때 설계도는 기초 작업이자 필수이자 상식이다. 머릿속으로만 생각할 것이 아니라 구체적으로 작성하고 시작해야 한다. 구성표는 작품 전체의 흐름을 관통하는 기둥이므로 작품의 완성도를 높이는 데 필수적인 것이다.

# 11 시놉시스란

**시놉시스는 드라마의 구체적 설계도**

한마디로 기획서이다. 작품에 대한 전체의 간략한 요약이자 소개서로 작품의 주제와 왜 이 작품을 쓰고자 하는지, 그리고 무슨 이야기인지를 소개하고 있다.

즉 작가 자신이 쓰려고 하는 드라마의 개요를 의미한다. 그러나 줄거리보다 큰 개념이다. 시놉시스는 기획의 목표와 세일즈 포인트를 나타내는 기획 및 집필의도, 등장인물과 성격 설명, 그리고 구체적으로 어떤 내용인가를 나타내는 전체 줄거리 정도로 구성되어 있다.

시놉시스는 꼭 필요한 것인가? 처음 드라마를 쓰는 경우, 시놉시스 작성을 소홀히 하는 경향이 있다. 그 이유 중 하나는 대본을 잘 쓰면 되지 그게 뭐가 그리 중요하냐는 생각으로 최선을 다하지 않는 경우다. 또는 시놉시스를 잘 쓰는 것이 생각보다 쉽지 않은 까닭이다. 이 역시도 나중에 대본으로 만회하면 된다고 생각한다. 이 모두 시놉시스의 중요성을 제대로 인식하지 못하고 있기 때문이다.

대개 방송사에서는 원고 청탁을 할 때 시놉시스부터 보기를 원한다. 드라마 제작시 방송사에서는 기획 초기의 단계에서 작가에게 시놉시스를 요구한다. 대본부터 보자고 하지는 않는다. 단막극일 경우는 매수가 많지 않지만 미니시리즈나 연속극은 엄청난 양이다.

혹시 대본이 있다고 해도 예외적인 경우일 것이다. 기획을 하는 입장에서는 검토해야 할 시놉시스가 한 두 개가 아닌 마당에 그것을 무슨 수로 다 읽어 보겠는가. 일반 회사에서 일을 추진할 때 기획서부터 받아서 검토하는 것과 마찬가지이다. 제작진들은, 무슨 이야기를, 어떤 의도로, 누구를 주인공으로 하여, 어떤 식으로 끌고 나갈 것인가를 한눈에 보여주는 작품의 설계도부터 보기를 원한다. 담당 PD는 이 시놉시스를 검토 분석하여 제작이 가능한지의 여부를 따져본다.

시놉시스가 짧다고는 하지만 드라마 한 편의 모든 핵심 요소가 다 들어 있어야 한다. 소재와 주제의 참신성과 시의성, 주제를 끌어내는 뛰어난 구성력 등 짧은 시놉시스 안에 작가가 보여줄 수 있는 최대한의 것을 축약해야 한다. 시놉시스 선에서 그들이 만족을 해야 원고 청탁을 받을 수 있다는 이야기다.

물론, 이런 과정 없이 작가가 대본을 다 써놓고 제작진에게 보여주는 경우도 있다. 이런 경우에도 대본을 보기 전에 시놉시스를 볼 수 있도록 첨부하여 제출하는 것이 관례가 되고 있다.

공모를 하는 경우에는 이 시놉시스가 더더욱 중요하다. 단막극이라 하여도 응모편수가 엄청난 까닭에 심사하는 사람들이 읽어야 할 분량은 짐작 이상이다. 그 많은 작품을 처음부터 끝까지 다 읽는다고 누가 보장할 수 있겠는가.

응모 작품을 펼쳐들면 시놉시스를 먼저 읽고 내용과 흥미도, 작품의 수준을 추측하게 된다. 이때 심사위원은 작품의 개략을 알게 되는데, 이때 "재미있을 것 같다" "흥미 있다" "그저 그런 내용이네" 등의 반응을 갖게 되는 것이다. 시놉시스는 바로 작품을 읽을 마음의 준비를 하고 본격적으로 대본을 읽도록 하는 역할을 한다. 어쩌면 대본을 읽기도 전에 시놉시스에 의해서 작품의 가능성 여부가 결정날 수도 있다는 이야기이다. 물론 시놉시스보다 대본이 훨씬 우수한 경우도 있지만 이미 흥미가 반감된 상태로 대본을 읽게 된다면 응모자의 입장에서는 큰 손해인 것이다.

이런 이유가 아니더라도 시놉시스 작성은 드라마의 구체적 설계도이기 때문에 작품을 쓰는 본인에게도 중요하고 필수적인 작업이다.

어떠한 경우든 작가는 자신이 쓰고자 하는 작품의 내용을 가장 명확하면서도 간결하게, 설득력 있게 작성할 수 있어야 한다. 간혹 대본을 먼저 써놓고 나중에 시놉시스를 쓰기도 하는데, 가능하면 대본 작업에 들어가기 전에 미리 작성해 놓고 시작하는 것이 좋다. 그래야 실제 대본을 쓰게 될 때 작품의 의도가 무엇이고, 전달하고자 하는 메시지는 무엇인지를 작가 스스로 분명하게 인식하게 되고 작품 전반에 걸쳐 일관된 내용을 명료하게 전달할 수 있기 때문이다.

시놉시스를 쓸 때 주의해야 할 점을 정리해보면 다음과 같다.

① 읽는 사람이 결정을 내리는데 필요한 모든 정보를 전달할 뿐 아니라 강력한 설득력을 지니고 있어야 한다.
② 간결하고 정확하며 쉽게 이해할 수 있는 문장이어야 한다.
③ 시놉시스는 그 자체로 완전한 작품이어야 한다.

다음은 제목, 주제, 기획 및 집필의도, 등장인물, 줄거리 순으로 형식을 갖춘 단막극의 시놉시스를 분석해 본다.

## 제목

제목은 한마디로 드라마의 주제를 알려주는 상표이다. 세상의 모든 상품에는 이름이 있다. 흔히 먹는 아이스크림에도 무수한 이름이 있지 않은가. 사실 똑같은 아이스크림이지만 맛이나 모양, 내용물의 차이에 따라 다 다른 이름을 달고 있다. 비비빅, 호두바, 수박바, 찰떡 아이스 등등……. 요즘은 상품명의 가치가 한층 더 중요시되고 있다. 상품의 이름만 짓는 회사가 따로 있지 않은가. 당연히 그 회사도 이름이 있다. 그 상품을 잘 대표하며 잘 팔릴 수 있는 이름을 짓기 위해 머리를 짜내고 거금을 투자한다. 매력적인 이름 덕에 물건이 더 잘 팔리는 경우는 허다하다.

드라마도 물건이고 상품이다. 가능하면 매력적인 이름을 지어야 함은 당연하다. 제목은 한마디로 내가 쓰고자 하는 드라마의 얼굴이자 이름이다. 첫인상이 좋아야 한 번 더 관심을 가지고 보게 되는 것이다.

제목은 작가가 이 드라마를 통해 무엇을 말하고자 하는가 하는 것을 간단하게 한 마디나 한 단어로 나타낸 것이다. 또한 제목은 드라마의 내용을 정확하게 반영할 수 있는 것이어야 한다.

〈완전한 사랑〉, 〈엄마의 바다〉, 〈형제의 강〉, 〈불멸의 이순신〉. 제목만 보아도 무슨 내용인지 짐작이 가고도 남지 않는가.

물론 긴 제목도 얼마든지 있을 수 있다. 그리고 간혹 제목만 보아서는 무슨 내용인지 아리송한 경우도 있고, 다의적이라 얼른 납득하기 어려운 것도 있다. 그러나 그것도 궁금증을 유발한다는 최소한의 목적은 달성하고 있다.

결론적으로 기능상 제목은 상표의 역할을 확실하게 해야 한다는 것이다. 가능한 한 매력적이면서도 확실한 제목을 짓는 것도 작가의 능력에 해당한다.

## 주제

주제에 관해서는 앞에서도 다루었지만 중요한 부분이므로 다시 한 번 요점만 정리하도록 하겠다. 문제는 주제에 관해서도 많은 집필자들이 너무 쉽게 생각하거나 막연하게 대충 넘어가는 경우가 많다는 것이다.

중요한 것은 자신의 작품의 주제가 무엇인지 확실하게 알고 있어야 한다는 것이다. 무엇보다도 행동과 인물의 관점에서 당신의 이야기가 무엇에 관한 것인가를 자신 있게 말할 수 있어야 한다. 주제가 무엇인지 물으면 의외로 많은 사람들이 추상적이거나 관념적인 언어로 말하고 있다. 그것도 장황하게. 그런 경우 대개 길고 멋있고 그럴듯하게 주제에 관해 말하고 있는데 한마디로 정의를 하라고 하면 이내 횡설수설이 되고 만다. 이는 거의 다 주제가 제대로 소화되지 않았기 때문이다. 자신의 작품에서 주된 화제가 되는 것이 무엇인지, 작품을 통해서 무엇을 말하고 무엇을 전달하려고 하는가를 막연히 설정해놓고 실제로 대본 작업에 들어가면 좋은 작품이 나오기 어렵다. 주제가 애매모호한 작품을 낳기 십상이다.

결국 주제란 왜 이 드라마를 쓰는가를 한마디로 요약한 것이다. 즉 이 드라마의 모럴이자 작품이 전하고자 하는 메시지이다. 주제는 일반적이면서도 무언가 있는 것 같은 내용을 짧은 한 줄의 문장으로 표현할 수 있어야 한다. 명확하면서도 호기심을 자아낼 수 있도록, 묘사적인 단어와 문구를 써서 표현력 있게 요약해야 한다.

쉬운 것 같으면서도 어렵다고 느껴질 수도 있다. 그러나 어찌됐든 주제는 되도록 간단히 한 줄로 쓰는 것이 좋다.

"어머니는 강하다."

"전쟁은 죄악이다."

"가족은 희망이다."

"인생의 아름다움은 불확실성에 있다."

위의 예는 너무 단순하고 일반적이라는 느낌이 들 수도 있지만 그 정도로 선명해야 한다는 것이다. 그래야 작가가 자신의 작품을 쓸 때 길을 잃지 않게 된다. 물론 노련한 기성작가라면 굳이 이렇게까지 하지 않아도 길을 잃지 않겠지만 초보자인 경우는 더더욱 주제를 선명하게 하고 써야 한다. 이 주제가 작품 안에 녹아서 드라마로 묘사되고 이야기되어야 하는 건 당연지사다.

## 기획 및 집필 의도

### (1) 기획 의도

기획 의도는 말 그대로 이 기획서가 성취하려는 목표를 밝히는 부분이다. 그러므로 작가가 이루고자 하는 것을 명확하게 밝혀야 한다. 중요한 두 가지 사항은 다음과 같다.

① 그 기획의 기본 이념, 세일즈 포인트, 달성목표 등을 정확하게 써야 한다.

② 이 기획서를 읽는 사람으로 하여금 이 기획서의 주인이 되게 자극하고, 작가가 원하는 것과 똑같은 것을 원하도록 해야 한다. 방송사가 왜 이 드라마를 제작해야 하며 어떤 이득이 있는지를 작가가 밝히는 대목으로 제작진을 설득하는 부분이다.

결국, 기획의도는 주제를 조금 더 발전시켜서 설명하되, 작의와 중복되지 않게 간결하게 써야 한다. 주제가 한 줄이라면 기획 의도는 두세 줄을 넘지 않는 것이 좋다.

## (2) 작의(作意)

작가의도, 집필의도라고 한다. 여기서는 다음의 두 가지를 염두에 두어야 한다.

① 기획의도를 상세히 밝힌다.

② 논리적 근거를 확실하게 전달해야 한다.

앞의 기획 의도를 보완하고 장점을 부각시켜서 읽는 사람의 동의를 얻어내기 위한 부분이다. 또한 작가의 주장이 제기되며 설득하는 부분이다. 이 작품이 할 수 있고, 할 것에 관해 설명해야 하며, 꼭 이 작품을 제작해야 할 이유를 밝혀야 한다.

작의란 왜 이 글을 쓰는가 하는, 작가가 하고 싶은 이야기를 분명히 밝힌다는 점에서, 결국 주제와 같다고 할 수 있다. 다만 주제를 조금 더 풀어서 쓰는 것이다. 작가의 입장 설명, 작가 자신의 철학, 시각, 작품의 경향, 목적이 뚜렷이 전개되어야 한다. 특히 작가의 개성과 세상을 보는 눈을 드러내 주어야 한다. 시놉시스를 읽는 사람에게 무언가 다르다는 인식을 심어 준다면 일단은 성공적이라 할 수 있다.

쉬운 예로 사극의 경우를 살펴보겠다. 당신이 만일 사극을 쓰려 한다고 하자. 그렇다면 그 사극의 집필 의도에는 당신의 역사관, 시대관이 들어가야 한다. 만약에 당신이 〈장희빈〉을 다시 쓰고자 한다고 하자. 그럴 수 있다. 그러나 〈장희빈〉은 벌써 여러 번 제작되었다. 그렇다면 당신이 왜 또 다시 〈장희빈〉을 쓰려고 하는가, 그럴 수밖에 없는 이유를 밝혀야 한다. 여러 번 제작 방송되었음에도 불구하고 다시 또 방송사가 제작하고 싶다는 생각이 들도록 당신은 논리적으로 제작진을 설득해야 한다. 그러기 위해서는 주인공을 이미숙에서 김혜수로 바꾸면 된다고 설득할 수는 없다. 이것이 역사극인 만큼 당신은 역사를 재해석하거나 재조명할 필요가 있을 것이다. 당신의 역사관과 철학으로 최소한 주인공인 장희빈을 재해석해야 하는 것이다. 단순히 요부나 질투의 화신으로 그렸던 이전의 〈장희빈〉과는 달리, 자신의 인생을 스스로 개척한 여자로 새롭게 조명하여 재탄생시킬 필요가 있다는 것이다. 제작진들로 하여금 당신의 독특하면서도 논리 정연한 철학에 설득당하도록 만들어야 한다. 그래서 제작진들이 당신의 작품을 제작하는 데 동의할 수 있도록 해야 한다.

이상의 설명을 다시 한 번 정리하면 다음과 같다.

① 작품의 매력 포인트를 최대한 살려라. 나의 이 작품 기획이 반박할 여지 없는 시의적절한 것으로 최고의 것이 될 것이라는 주장을 논리적으로 설명할 수 있어야 한다.

② 이 작품이 드라마화된다면 어떤 일이 일어나는지, 왜 그런 결과가 일어나리라고 확신하는지, 왜 그것에 찬성해야 하는지를 설명해야 한다.

③ 어떤 사람의 어떤 이야기를 엮어가면서 작가가 어떤 의도로 쓰려고 하는지를 보여야 한다.

④ 어려운 문장 수식은 피하라. 현학적이거나 장황한 표현은 금물이다. 주장하는 바를 객관적으로 나타낼 수 있는 문장이라야 한다.

단막극의 경우에는 위의 두 가지를 합쳐 기획 및 집필 의도로 쓰고 있는 경우가 많다. 이 경우도 열 줄을 넘지 않는 것이 좋다.


## 등장인물

인물표, 혹은 인물 관계도라고도 한다. 등장인물은 인물을 소개하는 부분으로 대본 내용의 흐름을 빨리 파악하게 하기 위한 것이다. 다음의 두 가지를 염두에 두면 된다.

① 등장인물은 주인공과 관련 있는 순서로, 꼭 나와야 될 인물만 써야 한다.

② 등장인물에 대한 설명은 되도록 간략하게 한다.

이름과 관계, 특징적인 성격이나 꼭 밝혀둘 특이한 성격 외에 인물 표현은 단순화시켜야 한다. 너무 상세하고 장황한 묘사는 흥미를 반감시키기 때문이다. 줄거리나 대본을 읽는 사람이 내용 파악을 쉽게 하도록 하면 되는 것이다. 그러므로 주인공이나 특이한 사람 외에 너무 상세한 설명은 피하는 것이 좋다. 특히 '발상에서 구성까지'의 과정에서 배운 '인물 이력서'와는 다르다. 이 부분을 혼동하는 경우가 있는데, 인물 이력서는 작가가 드라마를 쓰기 위해 필요한 것이므로 이곳에다 상세하게 다 밝힐 필요는 없다. 인물 이력서는 작가 본인이 작품을 쓰기 위한 기초 작업이므로 대본 작업시 책상 앞에 붙여 놓고 참고하면 된다.

등장인물은 주인공, 조연, 단역 순으로 써야 한다. 무언가 있을 것 같은 생략의 묘미를 살리도록 하라. 즉 여운을 두고 생략하라. 너무 상세하게 쓰지 말라. 그러나 나이, 직업, 학력. 지위, 관계, 특이사항 정도는 나와야 한다.

인물이 많이 등장하는 역사극이나 여러 세대가 등장해 인물을 익히는데 복잡한 경우에는 인물도표를 그리는 것도 큰 도움이 될 것이다.


## 줄거리

시놉시스 작성 과정 중 가장 어려운 부분이 줄거리이다. 처음 시놉시스를 작성하는 경우 이 부분을 혼란스러워 하는 일이 많은데, 여기서의 줄거리는 앞에서도 잠깐 언급했지만 우리가 말하는 스토리와는 차이가 있다. 단순한 스토리는 얘기의 흐름일 뿐, 극적인 요건이 포함되어 있지 않기 때문이다. 시놉시스의 줄거리를 작성하는데 주목해야 할 부분을 정리하면 다음과 같다.

① 드라마 전체의 기승전결이 일목요연하게 드러나 있어야 한다. 시놉시스의 줄거리는 별로 길지 않다. 두세 장이 넘지 않는 줄거리만으로도 무슨 내용인지 확연하게 알 수 있도록 작성해야 한다.

② 그 안에는 당연히 중요한 갈등과 사건과 주제가 간결하고 힘있게 포함되어 있어야 한다. 이를 위해서는 자신이 가지고 있는 스토리를 어떤 식으로 끌고 갈 것인가에 대한 치밀한 연구가 필요하다. 자신의 이야기를 어떤 방식으로, 어떻게 펼쳐 보여야 극적인 재미와 감동을 더할 수 있을 것인가에 대한 노력과 그에 맞는 구성력이 필요한 것이다.

즉 단순한 스토리를 플롯화시켜 놓아야만 완성된 줄거리가 된다. 스토리에 극적인 요건을 더한 것을 플롯이라고 한다면, 극적 요건이 더해진 이야기를 어떻게 배열해 놓을 것인가를 연구해야 한다.

③ '방송 문장'으로 써야 한다. 시놉시스의 줄거리에서 중요한 것은 문장력이다. 시놉시스의 줄거리는 소설이 아니다. 장황하고 세부적인 묘사보다는 간결, 정확하게 절제된 표현을 필요로 한다. 무엇보다 일목요연하고, 육하원칙에 의한 서술이 필요하다.

또한 작가 특유의 수준높은 문장력과 재치가 엿보여야 한다. 무언가 좀 다른 재미있는 표현이 필요하며 너무 규격화된 문장은 피하는 것이 좋다. 드러나지 않은 알맹이가 숨어 있는 듯한 함축과 매력이 필요하다.

즉 근사한 포장술, 읽게 만드는 기술이 필요한 것이다. 그러기 위해서는 생략법과 트릭이 필요하며 그같은 문장력으로 주인공의 성격을 강하게 드러내야 한다.

작가 특유의 스토리 운반 방법이 필요하다는 것과도 같다. 장황한 스토리는 별로 의미가 없다. 드라마틱하게 스토리를 운반해야 하며, 작가적 발상이 나와야 한다. 그러기 위해서는 곧이곧대로 쓰는 것은 재미없다. 더 이상 진전되기 힘든 상황부터 시작해도 되며, 사건의 특이한 이야기가 줄거리에 나와줘야 한다. 즉 매력을 느낄 수 있도록, 강조하고자 하는 점을 뚜렷이 부각시키고, 새로운 시도임을 드러내 보여야 한다.

시놉시스 작성 과정에서 처음 줄거리를 쓰는 경우, 대개 다음 두 가지 점에 실수하는 경우가 많다.

하나는 줄거리가 너무 긴 경우이다. 아예 인물 이력서까지 상세하게 줄거리에 포함시켜 쓰다 보니 줄거리의 반이 인물의 배경이 되고 있다. 그러다 보니 정작 줄거리는 한참 후에 시작되고 있으며, 실제로 본격적인 줄거리는 얼마 안 되고 알맹이도 부실한 경우이다. 또는 줄거리를 기승전결 형식으로 구성하여 서술하고 있지만, 너무 '시시콜콜'인 경우이다. 세세한 장면까지 풀어서 쓰다 보면 단막극임에도 줄거리만 서너 페이지가 넘게 된다. 읽는 사람도 지루해지고 이야기의 흐름을 한눈에 읽어내기 어렵게 된다.

다음은 너무 짧은 경우이다. 줄거리를 반 페이지 정도 간신히 넘기고는 '그리고…'에서 끝내는 사람들도 꽤 많다. 그 정도로도 작가가 하고 싶은 말을 다 하고 있고, 읽는 사람도 충분히 작품의 완성도를 유추할 수 있다면 다행이지만 그런 경우는 드물다.

거의 대부분 스토리 구성상의 전개1이나 2 부분에서 줄거리가 끝나고 있다. 줄거리를 쓰다가 마는 꼴이다. 이런 경우 이유를 물어보면 답은 대개 "다 쓰면 대본 볼 때 재미없을 거 같아서" "흥미를 유발하기 위해서"라고 말한다. 그렇다면 시놉시스에는 안 써도 좋으니까 전개3, 4 부분과 클라이맥스를 말해보라면 대개 말을 못한다. 실은 제대로 스토리가 만들어지지 않았기 때문이다.

혹은 클라이맥스는 있는데 전개3, 4가 없는 경우도 많다. 즉 전체 줄거리에 대한 구체적이면서도 충분한 사건과 구성이 제대로 마련되지 않은 상태로 줄거리를 쓰기 때문이다. 지금은 생각이 안 나서 이 정도로 하고 나중에 풀겠다고 하지만 이런 상태로 대본 작업에 들어가면 딱 그 지점에 막혀서 오도가도 못하거나 지리멸렬 상태로 끝나는 경우가 대부분이다.

결국 시놉시스의 줄거리는 드라마로 제대로 구성이 된 스토리라야 하며, 재미있게 써야 한다. 단막극이라면 A4용지 두 페이지 정도지만 그 안에 이 모든 것을 다 담아야 한다는 점에서 생각보다 어렵다. 그러기 위해서는 압축된 내용이면서도 완성된 작품의 이미지를 떠올리게 하여야 한다.

무엇보다도 중요한 것은 줄거리를 읽는 사람에게 이것을 꼭 드라마로 만들어보고 싶다는 생각이 들도록 해야 한다는 점이다. 만일 공모를 위해 대본 앞에 붙여놓은 경우라면 시놉시스의 줄거리를 읽은 심사위원이 대본을 읽고 싶어지도록 만들어야 한다는 것이다.

이제 시놉시스 작성은 끝났다. 우여곡절 끝에 완성은 시켰지만 이것으로 끝내면 안 된다. 시작 부분에서 언급했지만 시놉시스는 매우 중요하므로 작성 자체를 귀찮게 여기거나 소홀히 하는 일은 본 작품 집필에도 도움이 안 된다.

시놉시스도 수정하고 보완하는 과정을 통해 완성도를 높여야 한다. 주제가 모호한 것은 아닌지, 인물 창조나 구체적인 스토리 구성이 제대로 되어 있는지 등을 여러 각도로 점검해야 한다.

물론 시놉시스가 제대로 안된 상태에서 대본 작업에 들어가는 경우도 있다. 하지만 '시놉시스는 별로인데 대본은 굉장히 훌륭한 경우'는 본 기억이 없다.

시놉시스란 말 그대로 자기 작품의 개요이다.

작가가 자기 작품에 대해 간결하고 명확하게 설명하지 못한다면 대본에서도 그 점이 여실히 드러나고 마는 것이다. 마지막으로 아래의 글을 끝으로 시놉시스에 관한 설명을 끝내려고 한다.

"자신의 제안을 한 문장으로 말할 수 없다면, 그 아이디어가 잘못된 것이거나 잘 알지 못하는 것이다." (할리우드 제작자 로버트 코스버그)

아래에 시놉시스의 실례로 한국방송작가협회 교육원 신인상 수상작품집에 실린 두 편을 옮겨 보았다. 두 편이 각기 다른 개성이 엿보이고, 각기 다른 장단점도 가지고 있으므로 비교해 보는 것도 좋을 것이다.

## 시놉시스 I · 차지아

### 1. 제목
춘양목 향기

### 2. 주제
사람의 쉼터는 사람이다.

### 3. 작의
우리는 모두 어딘가로 뛰고 있다. 강박적으로 급하게 달리는 중이다. 숨이 턱에 차서도 멈출 수 없다. 달리기를 멈추었을 때 느끼는 불안과 자괴스러움을 견딜 수 없어서이다. 때문에, 한 때 '느림'을 각성하자는 움직임이 일각에서 유행처럼 번지기도 했다. 우리가 버려두고 급하게 멀어져버린 우리 삶 본연의 소중한 것을 다시 되짚어 보자는 의도에서 시작되었다. 이 이야기는.

## 4. 등장인물

병오(24, 33) : 남자, 창호 장인 임귀철 문하의 소목장. 낙천적이고 다감하다. 타인
        을 배려할 줄 알며 한결같은 성품의 소유자.

승균(24, 33) : 남자, 유통업체 사장, 병오의 초등학교 동창. 차갑고 이지적이다. 불
        우한 가정사로 마음의 상처를 입고 돌발적인 행동을 보이기도 하고
        아내에게 폭력을 행사하기도 한다.

인혜(24, 33) : 여자, 수예점 운영, 병오의 초등학교 동창. 승균과의 결혼에 실패한
        바 있다. 총기 있고 사려 깊은 성격. 차분하고 조근조근한 반면 똑부
        러지는 일면이 있다.

임귀철(70) : 승균의 아버지, 창호 장인. 심지가 굳고 담백하다. 내색하지는 않지만
        주위 사람에 대한 배려가 깊다.

임연자(61) : 승균의 고모, 주부. 호들갑스럽고 속물스럽다. 승균에 대한 애정이 남
        다르다.

임수민(5) : 인혜와 승균의 딸. 늦되고 숫기가 없다.

김경호(35) : 승균의 고종사촌형, 연자의 아들, 농협 대출계 대리.

어린 병오(13), 어린 승균(13), 어린 인혜(13), 그 외 인혜모, 인혜부, 동석, 남자아
이 1, 2, 여자아이1, 2, 동네아낙, 여관주인… 등 다수.


## 5. 줄거리

병오는 승균의 집에서 기숙하며 승균의 아버지 임귀철의 문하에서 창호 제작 일을
배우며 자란다. 병오의 어머니는 남편이 죽자 아들을 귀철의 집에 도제로 들여보내
고 읍내에 자리한 여관에서 허드렛일을 한다. 승균의 어머니는 승균이 세 살 나던 해
에 집을 나가고, 승균은 마음에 큰 상처를 품고 성장한다. 인혜의 아버지는 술주정뀰
으로 생계를 돌보지 않을 뿐더러 갖은 패악으로 가족들을 괴롭힌다.

병오는 매일 인혜와 등교길을 함께 한다. 빈혈로 몸이 약한 인혜를 챙기려는 의도에
서다. 가방도 들어주고 청소도 대신 해주는 등, 인혜에 대한 병오의 보살핌은 각별하
다. 어느 날 학교 담벼락에 '주인혜와 정병오는 신랑 각시다' 라는 낙서가 쓰이고 아이
들은 병오와 인혜를 놀린다. 아이들은 병오와 승균 중 누가 더 인혜의 신랑감으로 타

당한지를 놓고 입씨름을 하게 되고 병오와 승균은 달리기 시합을 벌인다. 달리기 시합을 벌이던 중 인혜가 빈혈로 쓰러지자 병오는 인혜를 업고 읍내의원으로 향한다. 승균은 달리기에 열중하느라 이를 알아채지 못하고 뒤늦게 텅 빈 운동장에 남는다.

병오와 인혜는 고등학교를 졸업하고 고향에 남고 승균은 서울의 일류대에 합격하여 유학길에 오른다. 인혜와 병오가 사랑을 키우던 중 병오의 어머니가 화재로 죽고 은행원인 인혜는 서울로 발령을 받아 떠난다. 이후 인혜는 승균과 결혼을 하게 되고 수민을 낳은 뒤 파경을 맞는다. 병오는 고향으로 돌아와 읍내에 수예점을 연 인혜의 곁에 자리하게 되고 둘은 조금씩 서로에게 애틋해진다.

승균은 유통회사를 차린 뒤 고군분투하지만 자금 사정이 열악해 어려움을 겪게 되고 고향의 선산과 땅을 담보로 대출을 받을 양으로 귀향한다. 이에 인혜를 사이에 두고 승균과 병오는 갈등을 빚게 되고 승균이 작업실이 들어앉은 땅을 담보로 대출을 받으려 한다는 것을 안 귀철은 대노한다. 귀철이 승균이 사업을 시작할 당시 종자돈으로 들어간 돈이 병오 어머니가 죽기 전까지 허드렛일로 벌어놓은 것이었다는 사실을 밝히자 승균은 충격에 휩싸이게 된다.


시놉시스 Ⅱ │ 김효은 ━━━━━━━━━━━━━━━━━━━━━━

### 1. 제목
가을에도 사랑은 시작된다

### 2. 주제
부모님에 대한 사랑은 물질적인 것이 아니라 진정한 이해다.

### 3. 작의
UN 기준에 의하면 우리나라도 고령화 사회로 접어들었다. 그 추세로 요즘 각종 매스컴에서 중장년층의 재혼 문제를 심심찮게 보도하고 있다. 재혼이 왜 사회적 문제로 대두되어야만 했을까? 그것은 개방화의 선두주자인 젊은 세대들이 그들의(중장년층) 아름다운 사랑을 주책이다 망령이다 심지어 정신이상으로까지 치부하고 외면하는 데서 비롯되었다.

나이를 막론하고 사람은 누구나 사랑하고 행복할 권리와 자유가 있다!

그렇다면 우린, 사랑이란 미명 하에 그들의(중장년층) 기본권을 박탈하고 있는 건 아닐까? 재혼 전문 커플매니저로 맹활약중인 여주인공과 그 가족을 통해서 재혼 문제와 가족 간의 사랑과 이해를 재미있고 진솔하게 그려보고자 한다.

### 4. 등장인물

강민영(여/29) : 커플매니저. 애교 많고 활동적인 성격으로 다소 이기적이다.

한상우(남/32) : 민영 남편. 회사원. 쾌활하고 다정다감하다. 한편으로 고지식한 면도 있다.

한대섭(남/57) : 상우 부. 수제화점 운영. 5년 전 아내와 사별했다. 수더분한 성격.

박지숙(여/47) : 오 여사가 운영하는 식당 종업원으로 대섭과 사랑에 빠진다.

최여사(여/51) : 민영 모. 자식들 몰래 5살 연하와 동거한다. 자궁암으로 자궁을 드러냈다.

최유미(여/27) : 커플매니저. 일에 대해서는 적극적이다. 민영과 사사건건 대립한다.

그 외 오여사(여/55 식당 운영), 한정아(여/25 대섭 딸), 강민구(남/28 민영 동생), 차교수(남/47 최여사 애인), 복네(여/59 식당종업원), 나경(여/2 민영 딸)…

### 5. 줄거리

그래, 결심했어!! 시아버님을 모실 바에는 차라리 재혼을 시키겠어!

민영은 재혼 전문 커플매니저로 맹활약중이다. 그러던 어느 날 시누이(정아)가 찾아와 유학을 결심했다며 시아버지(대섭)를 모실 것을 요구한다. 어쩔 수 없는 상황에 놓인 민영은 고민 끝에 대섭을 재혼시키기로 작심한다. 회원 중에서 조금 수다스럽지만 성격 좋고 식당을 운영해 금전적 여유도 있으며 나이도 엇비슷한 오여사와의 데이트를 주선한다.

사실 민영은 중장년층의 재혼에 편견이 있다. 그렇지만 자신의 자유를 얻기 위해서 대섭의 재혼이 잘 성사되기만을 바랄 뿐이다.

데이트가 있는 날, 오여사는 개인적인 사정으로 식당 종업원인 지숙을 대신 보낸다. 대섭은 며느리 민영의 필사적인 권유에 못 이겨 결국 맞선 자리에 나간다. 그런데 젊을 때나 가능하다고 믿었던 감정들이 쏟아지고 첫눈에 지숙에게 반한다. 민영이 준 오페라 티켓(오여사의 취미가 오페라 감상이다)으로 극장을 찾은 대섭과 지숙은 서로를 의식하며 음악에 도취해보려고 애쓰지만 끝내 머리를 맞대고 나란히 잠에 빠진다. 저녁을 먹으면서 많은 이야기를 나눈 대섭과 지숙은 서로에게 호감을 느끼는데….

**만남에도 4단계가 있다. 대섭과 지숙, 사랑에 빠지다!!**

두 번이나 남자에게 버림받았던 지숙은 남자를 안 믿는다. 하지만 이번엔 다른 기분이 든다. 대섭의 손 때문이다. 구두를 만드느라 상처로 거칠고 투박하지만 진실된 손이기 때문이다. 만남의 4단계를 주장하는 민영은 대섭에게 적극적인 태도를 보이라며 오여사가 운영하는 식당의 위치를 알려준다. 식당으로 찾아간 대섭은 지숙에 대해서 모든 것을 알게 되지만 오히려 애틋한 마음만 깊어진다. 처음 지숙을 만났을 때 대섭은 지숙의 신발을 봤다. 인생살이가 묻어나는 신발을 보며 대섭은 지숙을 편안하게 지켜주고 싶었던 것이다. 그렇게 대섭과 지숙의 신나는 데이트가(무도장, 자전거 하이킹, 커플 핸드폰…) 시작되고….

**충격1** 작전대로 결혼을 추진하던 민영, 그런데 상대방이 오여사가 아닌 다른 여자라니!!

자신의 작전대로 일이 척척 진행된다고 믿는 민영은 대섭의 결혼을 추진하기 시작하는데…. 어느 날, 파출소의 연락을 받고 민영과 상우는 달려간다. 황당하게도 대섭이 폭력을 휘둘러서 구속된 것이다. 다름 아닌 지숙의 전 동거인의 아들과 몸싸움을 벌인 것이다. 그제야 대섭이 사귀는 사람이 오여사가 아닌 지숙인 것을 안 민영은 아연실색한다.

돈도 집안도 볼 것 없는데다가 대섭보다 10살이나 아래인 지숙과의 재혼 선언에 민영은 결사 반대한다. 애초에 민영의 본심을 눈치챘던 정아는 민영을 탓하고 사건은 점점 부풀어져 급기야 폭발 직전의 상우는 민영에게 이혼을 선언하는데…….

한편, 맞벌이하는 민영 내외 때문에 외손녀 나경을 돌보는 최여사도 사랑에 빠졌다. 민영 몰래 주말 동거를 하면서 사랑을 키워 가는데…….

## 충격2  엄마의 주말 동거!! 상대는 다름 아닌 차교수!!

회사에서 최대의 라이벌이자 적수, 최유미. 최유미는 자신이 담당한 회원들을 모두 100% 솔로탈출에 성공시킬 정도로 유능한 여성이다. 그래서 유미는 고객들에게 당연히 인기도 좋다. 가끔 유미를 찾아와 상담하던 차교수는 현재 여자쪽 가족들 몰래 동거 중이며 독신으로 외롭게 오래 살았기 때문에 이젠 자신의 아이를 갖고 싶다며 고민을 털어놓는다.

매번 회의 때마다 유미와 사사건건 의견 차이를 벌리던 민영은 상우와 이혼 문제로 신경이 극도로 날카로워져 있다. 그런데 유미가 전 직장에서 촬영했던 커플이벤트 비디오를 보던 민영은 충격에 정신이 없다. 비디오에서 최여사(민영 모)와 차교수가 커플이 되어 다정한 포즈로 나오고 있기 때문이다. 차교수의 동거녀가 다름 아닌 최여사였던 것이다.

민영은 최여사를 다그치며 몰아붙이지만 오히려 최여사는 차교수를 사랑한다고 외친다. "니들보다 더 미치도록 사람이 그립구 보고 싶다. 사랑하고 싶어!"

진정 그들을 사랑하는 길은 과연 무엇일까??

대섭과 상우, 그리고 최여사 문제로 민영은 혼란에 빠진다. 무엇이 진정 그들을 사랑하는 길인지 민영은 이해하기가 힘들고 점점 더 미로 속으로 빠져든다. 그런 민영에게 유미는 자신의 슬픈 과거사를(이혼과 재혼, 엄마의 슬픈 사랑) 이야기하는데…….

새벽녘 민영은 심한 복통으로 병원 응급실로 실려 간다. 걱정으로 초췌해진 상우의 모습을 보며 민영은 사랑을 다시 확인하게 되고 또 자신의 어리석은 행동을 돌아보는 계기가 된다.

민영이네 가족이 대섭의 집으로 들어가는 날, 대섭과 지숙이 신혼여행에서 돌아온다. 대섭은 지숙에게 한 가족이 된 의미로 직접 손으로 만든 구두를 선물한다. 따스한 겨울 햇살 아래 행복한 가족의 모습이 그려지면서…….

# 12 드라마 따라 쓰기

발상에서 구성까지, 그리고 시놉시스 작성까지 다 끝났다. 이제 대본 작업에 들어갈 차례다. 여기까지 왔다면 이제 반 이상 온 거나 마찬가지다.

그러나 아직도 미처 따라 오지 못하고 어느 길목에선가 엉거주춤 서있는 사람도 있을 것이다. 사실 책 한 권 읽었다고 드라마 쓰는 법을 다 터득할 수 있다면 누군들 작가가 못 되겠는가. 하지만 이론과 실전은 달라서 이론은 알겠는데 구체적인 작업에 들어가면 생각처럼 잘 되지 않는 것도 사실이다.

그래서 발상에서 구성, 시놉시스, 대본 쓰기까지 구체적인 실례를 들어 하나씩 짚어 가면서 좀 더 이해를 돕도록 하려고 한다.

책은 읽었으나 아직도 시작을 하지 못하고 있다면 지금부터 다시 시도해보기 바란다. 지금부터 MBC 베스트극장 단막극으로 방영되었던 작품 〈약속〉을 시작부터 끝까지 따라가 볼 작정이다.

## 이 작품은 어느 날 우연히 본 신문의 기사에서 출발했다

기획기사였는데 TV에서도 뉴스로 여러 번 나왔고 특집기사로도 다루었던 내용이었다. 부모에게 버려지는 아이들 이야기였다. 요즘은 보육원에 맡겨지는 아이들이 많아졌다는 기사로, 예전처럼 부모가 없어서보다는 이혼이나 생활고가 더 많은 원인이라는 내용이었다. 부모나 양쪽 중 한편에 의해 직접 맡겨지는 경우도 많으며 형편이 나아지면 찾으러 오겠다는 약속을 하고 간다는 것이다. 그러나 그 약속을 지키는 부모는 거의 없으며 이로 인해 상처받는 아이들에 초점을 맞추고 있었다.

무심코 그 기사를 읽던 나는 무언가 마음에 걸리는 것이 있었다. 그것이 무언지 알 수 없었지만, 드라마 소재가 될 수 있다는 막연한 예감에 그 기사를 잘라서 스크랩해 놓았다.

계속 그 기사가 마음에 걸렸다. 부모의 약속을 믿고 하염없이 부모를 기다리는 아이들의 영상이 머릿속에서 떠나지 않았다. 아이들의 애타고 상처받은 마음이 그대로 전해지는 듯도 했다. 한달쯤 후 어느 날 나는 이 기사를 모티브로 드라마를 써야겠다고 결심했다. 그러나 막상 쓰려고 하니 어디서부터 시작해야 할지 알 수 없었다. 하지만 이상하게 내가 꼭 써야 할 의무가 있는 것처럼 느껴졌다. 나는 며칠을 그 생각에만 매달렸다.

사실 누구나 다 아는 이야기 아닌가. 이런 비슷한 기사는 다른 신문에도 나왔고, TV에서도 다루었던 것이다. 잘해봐야 본전이고, 잘못하면 뻔하고 칙칙한 이야기로 끝날 공산이 크다. 포기해 버릴 것인가? 그럼에도 나는 꼭 쓰고 싶었다. 그러나 출구가 막힌 것처럼 더 이상 나아갈 길이 안 보였다.

## 그래서 나는 생각의 방향을 바꾸었다

내가 왜 이 이야기를 하고 싶어하는지를 먼저 생각하기로 했다. 그래서 처음에 그 기사를 읽었을 때의 느낌에 매달렸다.

처음 그 기사를 보고는 그 부모들에게 무조건 화가 났다. 어찌하여 자기 자식을 보육원에 버릴 수 있는가. 같은 부모 입장에서 이해가 안 갔다. 그러나 이내 같은 이유로 이해할 수 있었다. 오죽하면, 오죽하면 부모가 자식을 고아원에 맡기겠는가. 이유가 다들 있었을 것이다. 수많은 외국 입양 사례에서 보여지듯 말 못할 사정들이 있지 않겠는가.

그러면 그러한 부모의 사정을 다루고 싶은 것인가? 그것은 아니었다. 너무 뻔할 공산이 크다. 그렇다면 내가 이 드라마를 통해서 말하고 싶은 것은 무엇인가?

분명 이 소재는 이야기가 있고, 좋은 드라마가 될 수도 있다는 감(感)뿐이지 아직도 솔직히 그것이 무엇인지는 알 수 없었다. 단지 내가 지금 할 수 있는 일은 이 이야기를 통해서 내가 무엇을 말하려고 하느냐를 찾는 것이었다. 거기서 길이 막혔다. 그런데 어느 순간 내가 잘못 생각하고 있다는 것을 알았다. 내가 무엇을 말하고자 하는가를 내 입장에서 생각할 게 아니라는 사실이었다.

중요한 것은 시청자였다. 시청자가 보고 싶은 것이 무엇인가였다. 그 지점에 나는 매달렸다. 기획기사에서처럼 부모가 자식을 버리면 안 된다든지, 자식을 찾으러 오기로 한 약속을 지켜야 한다는 이야기를 내가 또 할 이유가 있는가? 그건 이미 다 알고 있는 이야기이다. 그런 것 외에 무언가 다른 것을 보여주어야 한다는 결론이 내려졌다.

시청자는 좀 다른 것을 원한다는 것이다. 뻔한 것 말고 좀 다른 무언가를 이야기해야 한다는 사실까지는 왔다. 그러면 이 세상에 없는 다른 사례가 있는가? 단연 없다. 그렇다면 지금 있는 사실을 좀 다른 시각으로 볼 필요가 있다고 생각했다. 미처 깨닫지 못하거나 간과한 부분을 조명해야 한다는 결론을 내렸다.

그렇다면 그것은? 기사에서는 자식을 버리고 찾으러 오지 않는 95%의 부모에 관해 이야기하고 있다면, 내가 할 부분은 나머지 5%의 이야기라는 생각이 들었다. 분명히 자식을 찾으러 오는 부모도 있지 않은가? 그것은 우리 모두 바라는 바이다. 시청자도 그것을 보고 싶지 않을까? 그것이란 바로 희망인 것이다.

"희망을 말해야 한다."

그것이 내가 내린 결론이었다. 소재 자체는 어둡고 무거운 이야기일 수밖에 없지만 그 속에서도 희망을 잃지 않고 다시 자식을 찾으러 오는 부모의 이야기를 해야 한다고 생각했다. 아무리 어렵고 힘든 일이 닥치더라도, 서로에 대한 사랑만 있다면 모든 것을 참을 수 있다.

내가 할 이야기는 가족 간의 사랑이다. 희망만 잃지 않는다면 비록 지금은 헤어지더라도, 분명히 다시 합칠 수 있다는 것에 초점을 맞추어야 한다고 결론을 내렸다. 가족 간의 사랑은 모든 것을 이기는 힘이고 희망이다. 신문의 기사에서 출발해서 드디어 나는 주제를 추출해낸 것이다.

나는 신문 기사에서 소재를 얻었고 주제까지 확정하였다. 누가 주인공이고 무슨 이야기인가를 결정했다. 그러나 여기서의 주인공은 아직 확실하고 구체적인 인물은 아니다. 다만 무슨 이유인지는 모르지만 자식을 고아원에 맡기게 되는 부모라는 정도의 인물이다. 그리고 주제는 가족 간의 사랑만 있다면 어떤 어려움도 이겨낼 수 있다는 것으로 정한 상태이다.

## 이제는 본격적으로 내가 정한 주제를 확장할 필요가 있다

그러기 위해서 나는 이와 관련이 있는 구체적인 자료 수집에 들어갔다. 내가 본 기획기사 비슷한 기사를 찾아보기도 하고, 잡지들을 뒤적이기도 하고, 도서관에 가서 위탁모 등 입양 관련 서적과 이혼 사례집 등도 보았다. 주변에 그런 사례가 없는지도 찾아보았다. 뚜렷하게 이것이다 싶은 아이디어나 구체적인 사례는 많지 않았다. 단지 기사 내용처럼 요즈음은 부모들도 이기적이 되어 서로 아이를 맡지 않으려 하는 경우가 많으며, 무책임하다는 정도의 수준이었다. 어쨌든 소재에서 주제를 정하고 자료 조사까지 마친 것이다.

## 이제는 가장 중요한 등장인물 만들기이다

앞에서 말한 대로 주인공은 설정했으나 이제부터가 진짜다. 실제로 구체적인 인물을 설정하고 창조까지 해야 하는 시간이다.

우선 자식을 보육원에 맡기는 부와 모가 있고 자식이 있다. 그러면 아버지와 어머니는 몇 살이 좋겠는가? 아이들은?

설정이 덜 어려운 아이들부터 시작했다. 하나보다는 둘이 좋을 것 같다. 드라마적 상황이 일어나기 쉬운 설정이다. 보육원에 맡겨져서 찾으러오는 부모를 기다리는 아이들. 나이는 초등학교 4학년과 1학년 정도면 좋을 것 같다. 스스로 찾아 나설 수 있는 나이면 덜 애절하다. 위로 큰 아이는 남자아이로, 아래는 여자아이로 설정했다. 누나와 남동생보다는 의젓하려고 애쓰는 오빠와 여동생이 훨씬 더 그림이 될 것 같았다.

실제로는 여기에 정리한 것보다 복잡하고 많은 생각을 거친 뒤 결정한 사항은 아래와 같다. 간략하게 적어보았다.

아들 : 이름은 상민

초등학교 4학년이다. 3개월 전부터 고아원에 맡겨졌다.

이유는 다 모르겠고 갑자기 가난해졌다는 것만은 알겠다. 그리고 자신이 여동생 정민을 돌봐야 한다는 사실도. 무지 속상하고 화도 나지만, 엄마 아빠가 더 속상해하시는 걸 알기 때문에 참고 있다. 다른 건 다 몰라도 엄마 아빠가 우리를 사랑하고 있고, 가능한 한 빨리 함께 살기 위해 애쓰고 있다는 것은 알고 있다.

딸 : 이름은 정민

초등학교 1학년이다. 무조건 이 상황을 이해할 수 없다. 억지로, 할 수 없이 참고 있다. 오빠가 참으라고 하니까 참는 거다. 엄마 아빠도 없는 보육원에서 유일한 기둥이 오빠라 참아주는 건데 어떤 때는 너무 어른인 척한다. 어쨌든 한 달에 한 번 엄마 아빠 만나는 일요일이 유일한 낙이다. 어서 빨리 엄마 아빠하고 같이 예전처럼 집에서 다 모여 같이 살고 싶다.

그러면 부모는? 나이는 그 정도의 아이를 가졌다면 30대 중반에서 말 사이일 것이다. 사정은? 아이를 왜 맡길 수밖에 없게 됐는지 사정을 먼저 만들어야 했다. 이 드라마의 가장 근간이 되는 것이기 때문이다.

그러면 우선 부부의 사이는? 이 드라마의 주제에 맞게 이혼이나 별거는 제외시켰다. 자세한 사정은 아직 만들지 못했지만 일단 부부 사이에 문제가 있어서는 아닌 걸로 했다. 그렇다면 남은 것은 물질적인 형편으로 갔다. 부부가, 가족이 서로 사랑하지만 헤어질 수밖에 없는 사정은 졸지에 거리에 나앉을 수밖에 없는 이유라야 했다. 그러기 위해서는 가장인 아버지를 먼저 만들어야 했다.

이 부분도 실제로 정리한 이력서는 꽤 길지만 간략하게 적었다.

남편 : 이름은 한수

나이는 40세. 학력과 직업은? 수준을 너무 높여도 너무 낮추어도 안 될 것 같다. 우리의 이야기라야 한다. 학력은 대졸. 지방 소도시 출신. 전직은 은행원. 성실하고 욕심부리지 않는 성격이다. 대출 받아 서울 위성 도시의 25평 아파트를 장만해 5년 정도 살았었다. 소시민으로 별문제 없었다. IMF 이후 구조 조정 바람이 거세게 불 무렵, 한수에게 뜻밖의 날벼락이 떨어졌다. 공장을 하던 사촌형이 부도로 문을 닫게 되었다. 일 년 전에 사촌형이 사정하는 바람에 무리하게 대출을 해주었던 한수는 책임을 지고 퇴사하게 되었고, 그의 보증을 서주었던 친형까지 다 집을 넘기게 되었다.

아내 : 이름은 은혜

나이는 37세. 고졸. 한수와는 동향이다. 고향에는 크게 넉넉지 않은 결혼한 언니가 엄마를 모시고 살고 있다. 한수와는 같은 성당에서 만났다. 결혼 전에는 작은 중소기업 사무실에서 일하며 어머니와 살았다. 한수와 결혼 후 서울로 올라오게 되었고 전업주부로 살았다. 착하고 따뜻하고 배려 깊은 성격이다. 부자는 아니었지만 그녀가 바라는 행복한 가정을 꾸리며 살고 있다고 생각했다. 어느 날 갑자기 거리 한복판에 내팽개쳐진 상황이라 아직도 적응이 안 된다. 그러나 더 깊은 절망에 빠져 있는 남편에게 짐이 될까봐 애써 의연한 척하고 있다. 현재는 대형 한식당에서 숙식을 해결하며 일하고 있다.

그 외에 한수의 형 준수와 형수 지숙 등의 인물도 간단한 이력을 만들었으나 여기서는 생략하도록 하겠다. 등장인물 만들기도 끝났다.

## 이제는 스토리를 만들 차례이다

위의 등장인물인 한수와 은혜의 이력서에 나오는 내용은 드라마가 전개될 시점 이전의 상황이다. 이 두 사람이 어떻게 살아왔고 어떤 연유로 아이들을 보육원에 맡겼는지는 처음에는 스토리 부분에 포함되는 내용이다.

처음으로 만든 스토리는 플롯화가 덜 된 비교적 단순한 구조의 장황한 스토리였다. 그러나 여기서는 지면관계상 가능한 짧게 정리했다.

삼년 전 공장을 운영하던 사촌형에게 은행 대출을 해주었던 한수는 공장이 부도가 나자 대출 책임을 지고 회사에서 물러나게 되고 살던 아파트까지 날리게 된다. 그로 인해 그의 형 준수까지 집을 처분하게 된다.

한수는 간신히 다세대 연립 전세금을 마련해 살게 되었지만 그마저 집주인의 사기에 넘어가게 된다. 은혜는 그동안 언니의 도움도 받았지만 더는 기댈 데도 없고, 그리고 싶지도 않다. 그나마 단칸 집까지 넘어가 버리고 길거리에 나앉게 되었다는 사실이 믿어지지 않는다.

오갈 데 없어진 한수와 은혜는 아이들을 당분간 보육원에 맡기게 된다. 한수는 부천의 공장에서 숙식을 해결하며 일을 하게 된다. 아내와 아이들에게 너무 미안하다. 빨리 돈을 모아 봉고라도 하나 장만해 아이들하고 살게 되는 게 그의 목표이다. 현재는 한 달에 한 번씩 아내와 함께 아이들을 만나러 가는 것이 큰 낙이다.

은혜는 아이들은 보육원에 맡기게 되고 남편과도 헤어져 있는 이 악몽 같은 상황에서 빨리 벗어나고 싶지만 능력이 없다. 간신히 대형 갈비집에서 숙식을 해결하며 일하게 된다. 한 달에 한 번 남편을 만나 아이들과 지내고 저녁에 보육원으로 데려다 주고 온다. 남편과도 그날 하루는 같이 지내고 헤어지지만 정말 힘들고 슬프다. 이제 만 석 달째, 월세방도 보증금이 있어야 한다. 빨리 돈을 모아 아이들과 같이 살 방을 마련하는 것이 급선무다. 그러나 은혜는 설상가상 임신했다는 사실을 알게 되고 절망한다. 남편 한수가 빨리 돈을 벌게 되기를 희망하지만 한눈에도 힘들어하는 게 보인다.

은혜는 어느 날 전셋집을 경매에 넘기고 숨어버린 집주인의 행방을 찾게 되어 가보지만 주인은 뻔뻔하기 그지없고… 그냥 빈손으로 돌아온다.

은혜는 남편이 일하고 있는 공장에 전화를 해보지만 문을 닫은 지 오래되었다는 사실만 알게 될 뿐이다.

아이들을 만나기로 한 전날 밤. 건설현장에서 일하는 한수는 만화방에서 잠을 자는데, 가진 돈을 몽땅 도둑맞는다. 아이들과의 약속을 지키기 위해 돈이 필요해진 한수는 하루 종일 돈을 마련하기 위해 동분서주한다. 일하던 공장의 밀린 임금을 받기 위해 찾아가 보기도 하고, 친한 친구도 찾지만 소득 없이 돌아서게 된다. 마지못해 형의 집에까지 가보지만 비참한 꼴만 당하게 된다.

은혜와 아이들은 한수를 기다리지만 아무리 기다려도 나타나지 않는다. 한수는 아이들과의 약속을 지키지 못한다.

그날 밤. 한수는 은혜가 일하는 음식점으로 찾아간다. 자책감과 자격지심으로 가득 찬 한수는 은혜에게 그만 헤어지자는 말을 한다. 은혜는 그런 한수를 슬픈 눈으로 바라보며 말한다.

이상이 처음 생각했던 스토리이다. 아직은 플롯으로 덜 짜여진 대강의 줄거리일 뿐이다. 이것을 이제 좀 더 극적 상황을 부여하여 기승전결이 있는 스토리로 만들어야 한다.

## 스토리를 플롯화해야 하는 것이다

우선 할 일은 시작을 어디서부터 해야 하는가였다. 현재의 스토리대로라면 한수가 은행에서 그만두게 되는 상황이나, 아니면 그나마 살던 다세대 단칸집에서 빈손으로 나오게 되는 상황부터 시작해야 한다.

그러나 주제에 빨리 접근하기 위해서는 너무 서두가 길다는 생각이 들었다. 다음은 아이들을 보육원에 맡기는 부분이었다. 가슴 아픈 부분이라 처음에는 괜찮다는 생각이 들었으나 곧 이것도 포기했다. 너무 직접적이라 꺼려졌다. 그리고 좀 더 내가 하고자 하는 이야기에 빨리 부딪치게 하고 싶었다.

그래서 내린 결정이 이미 아이들을 맡긴 상태에서 시작하기로 했다. 가족이 헤어진 지 석 달째 되는 날로, 그러니까 세 번째로 온 가족이 만나는 날로부터 이야기를 시작하기로 했다.

다음은 전체적인 스토리 전개 방식의 문제였다. 내가 이 드라마에서 가장 중점적으로 다루고 싶은 것은 가족 간의 사랑이었다. 그 중에서도 부부의 시점에서 각자의 입장을 그려보고 싶었다.

서로에 대한 이해와 신뢰가 사랑을 지탱하게 해주는 기둥이 된다고 생각했기 때문에, 시청자들이 서로 각자 상대방의 입장이 되어 생각해 볼 수 있도록 하고 싶었다. 그래서 고심한 결과, 앞의 반은 아내의 시각에서, 뒷부분 반은 남편의 시각에서 드라마를 전개하기로 했다.

이것을 기반으로 하여 스토리를 다시 구축했다. 플롯화가 덜 된 비교적 단순한 구조의 장황한 스토리에다 '왜?' 라는 사정과 극적인 상황을 더 부여하였다. 그 결과가 시놉시스에 실린 줄거리다. 즉 플롯화된 줄거리는 시놉시스에 실었으므로 여기서는 생략하였다. 그리고 구성표는 실제의 작업에서는 대개 시놉시스를 만든 후에, 집필 전에 작성하게 되는데 여기서는 생략하도록 하겠다. 아래의 시놉시스는 4부작용으로 작성했던 것으로, 여기서는 70분 단막극의 1, 2부 줄거리만 실었다.

MBC 베스트극장 단막극으로 방영되었던 작품
# 〈약속〉의 시놉시스 | 이금주

### 1. 제목
약속

### 2. 주제
가족 간의 사랑은 모든 것을 이기는 힘이고 희망이다.

### 3. 작의
이 드라마에서는 희망을 이야기하려고 한다.

최근의 경제 한파로 부부의 결속력이 무너지고 이혼과 가출, 부모 있는 고아 등 가정해체 현상이 심화되고 있는 것이 요즘의 실정이다. 경제력의 상실로 어쩔 수 없이 해체된 한 가족의 이야기를 통해, 어떤 상황에서도 가족 간의 믿음과 사랑만 있다면 희망을 가질 수 있다는 것을 이야기하고 싶었다. 아내, 남편, 아이들, 그리고 가족의 이야기 식으로 30분짜리 옴니버스 네 개로 꾸몄다.

### 4. 등장인물
한수(40) : 은행원 출신으로 착하고 법 없이 살 사람이다. 사촌형에게 대출을 해주었으나 부도가 나는 바람에 이년 전에 해직됨. 살고 있던 다세대 주택이 경매에 부쳐지는 바람에 한 푼도 못 건지게 되고, 그나마 친구에게 어렵게 돈을 빌려 중국 상인을 상대로 보따리 장사를 시작했으나 사기를 당하는 바람에 현재 건설 노무자로 일하고 있음.

    은혜(37) : 한수 처. 고졸. 갈비집에서 일함.

    상민(10) : 아들. 초4. 정민과 보육원에 맡겨져 있음.

    정민(7) : 딸. 초1.

    준수(48) : 한수 형

    지숙(48) : 준수 처

    원장(50대) : 수녀

    안사장(40대 중반) : 갈비집 주인

    그 외 문숙(40대), 집주인(50대), 주인 딸(30), 정씨(40대), 한씨(30대말)

## 5. 줄거리

### 1부 - 아내의 이야기

    어쩔 수 없이 아이들을 보육원에 맡긴 채 헤어져 산 지 석 달이 되는 은혜는 식당에서 일을 하며 한 달에 한 번 아이들을 만나고 있다.

    아이들을 만나는 날, 공원에서 단란한 한때를 보내지만 마음은 착잡하기 그지없다. 아이들을 보육원에 돌려보내고 은혜는 남편 한수와 여인숙에서 하룻밤을 지내지만 다음날 아침 각기 헤어진다. 지쳐있고 슬퍼 보이는 남편을 보며 은혜는 슬픔과 짜증 등 복잡한 심경이 되지만 연민의 감정이 더 앞선다.

    은혜는 어느 날 전셋집을 경매에 넘기고 숨어버린 집주인의 행방을 찾게 되어 가보지만 주인은 뻔뻔하기 그지없고… 은혜는 주인여자에게 살의를 느낀다.

    게다가 은혜는 임신을 했음을 알게 되고, 암담한 현실에 절망한다. 은혜는 남편이 일하고 있는 공장에 전화를 해보지만 문을 닫은 지 오래되었다는 사실만 알게 될 뿐이다. 은혜는 임신 중절을 하기 위해 병원을 찾지만 차마 결정을 못하고 돌아선다.

    어느 날 한수가 찾아오고, 지방으로 내려갈 것이라는 이야기를 듣게 된다. 은혜는 초췌한 한수를 보면서 너무 마음이 아프고, 임신 얘기는 꺼내지도 못한다.

한 달 후 은혜는 상민과 정민을 만나러 보육원으로 간다. 은혜와 아이들은 한수를 기다리지만 아무리 기다려도 나타나지 않는다. 그날 저녁 늦게 은혜는 기다리던 한수의 전화를 받는데, 한수는 지방으로 더 좋은 일자리를 찾아 떠나게 됐다는 이야기를 하며 다음 달에 꼭 만나기를 약속하는데…….

### 2부 - 남편의 이야기

한 달 후, 아이들을 만나기로 한 전날 밤.

노역장의 일당을 받은 한수는 그날로 일거리가 없어졌음을 알게 된다. 그러나 다음 날 아이들을 만날 희망으로 간만에 마음을 풀고 술도 한잔 마시게 된다. 그러나 만화방 신세를 지고 있는 한수는 가진 돈을 도둑맞는다.

아이들과의 약속을 지키기 위해 돈이 필요해진 한수는 못 받은 임금을 받으러 공장으로 찾아가나 기계까지 다 넘어간 것만 확인한다. 이번에는 친한 친구를 찾았으나 말도 못 꺼내고 돌아서게 되고, 마지못해 찾아간 형의 집에서는 더욱 더 비참함만 맛본다. 자신을 기다리고 있을 아내와 아이들을 생각하며 한수는 다급해진다. 급기야 한수는 남이 흘린 지갑을 알면서도 집어 들게 되고, 도둑으로 몰릴 뻔한다.

한수는 아이들과의 약속을 지키기 위해 종일 고군분투했으나 때는 이미 늦어 해질 녘이 되고 만다. 이미 닫혀버린 보육원 문 앞, 한수는 오래 서있다. 그의 손에는 정민에게 주기 위해 길에서 산 천 원짜리 장난감 인형이 들려 있다. 인형을 주머니에 집어넣고 돌아서는 그의 어깨가 한없이 내려앉는 것 같다.

그날 밤. 한수는 은혜가 일하는 음식점으로 찾아간다. 그러나 은혜도 아이들을 만나러가지 못했음을 알게 된다. 한수는 은혜의 마음이 변했다고 생각하고 다른 좋은 남자 있으면 가도 좋다고 말한다. 은혜는 그런 한수를 슬픈 눈으로 바라보며 마지못해 말한다. 중절 수술을 하러 가느라 아이들과의 약속을 못 지켰다고.

# 13 대본 쓰는 법

시놉시스가 완성되고, 구성표까지 만들어졌다면 이제는 실제로 대본을 쓸 차례다. 작가는 자신이 말하고자 하는 스토리를 이제는 영상으로 표현할 수 있도록 작업할 차례이다. 여기서 중요한 것은, 드라마에 필요한 것은 기막힌 문장력이 아니라 뛰어난 영상 표현력이라는 사실이다. TV 드라마 극본은 같은 상황이라도 다른 문학작품과는 표현하는 방법이 완연히 다르다. 어디까지나 TV 화면의 영상으로 모든 것을 전달해야 한다는 점을 잊지 말아야 한다. 드라마 극본은 장소에 해당하는 장면과 장면의 정황이나 동작을 설명하는 지문, 연기자의 말인 대사, 그리고 촬영 기법상 필요한 기호, 이 4가지로 이루어진다. 여기서는 꼭 필요한 장면, 지문, 대사에 관해서만 이야기하겠다.

## 씬(Scene)

장면, 또는 장소를 말한다. 일반적으로 샷과 시퀀스의 중간 길이에 해당하며 통계적으로는 90분 작품의 경우 약 120개 내외의 씬으로 이루어져 있다고 보는 것이 통례지만 작품에 따라 수치의 변화가 심하다.

씬에는 장면 설정과 시간 지정이 있다. 장면 설정은 작가가 이야기를 하고자 하는 장소로, 어디인지를 구체적으로 써야 한다. 역 광장인지, 사무실인지, 거실인지를 명확하게 지정해주어야 한다. 시간 지정은 씬이 벌어지는 때로, 언제인지를 밝혀야 한다. 낮인지 밤인지 새벽인지 늦은 오후인지를 지정해주어야 한다. 씬의 설정기준에 대해서는 혼돈스러운 부분이 꽤 있는데 가와베 가즈토는 〈드라마란 무엇인가〉에서 다음과 같이 설명하고 있다.

"씬의 설정 기준은 보통 '카메라를 이동하는데 그다지 힘과 시간이 안 드는 범위'라는 것이 일단 기준이 된다."

즉 장소와 시간이 바뀌면 새로운 씬이 된다고 보는 것이다. 구체적인 예를 들면 같은 집안이라도 거실에서 안방으로, 다시 욕실로 옮겨가면 씬이 3개가 된다.

그러나 같은 장소라도 넓어서 장소를 구분해 찍어야 한다면 각기 다른 씬으로 나누어야 한다. 같은 거실이라도 원룸이나 좁은 아파트의 경우는, 등장인물이 각기 부엌과 거실에 있거나 한 인물이 옮겨간다고 해도 카메라의 위치만 바꾸면 촬영이 가능하므로 그냥 한 씬으로 설정해도 된다. 하지만 주방과 거실이 떨어진 아파트나 단독주택이라면, 두 인물이 각기 떨어져 있는 상태에서 대사를 한다든지, 한 인물이 거실에서 주방으로 장소를 옮긴다면 씬을 나누어야 한다는 것이다.

그러나 어떤 때는 씬의 설정이 상당히 애매한 경우도 있는데, 어디서 무엇을 하는 어떤 상황인지만 명확하게 대본으로 알 수 있다면 너무 얽매일 필요는 없다. 그 다음은 연출자가 알아서 할 것이다. 중요한 것은 씬 안에서 언제 어디서 누가 어떻게 움직이고 대사를 하고 있는가 하는 것을 명확하게 이해할 수 있어야 한다는 점이다. 별 것 아닌 것 같지만 초보자의 경우, 대본을 읽는 사람에 대한 배려를 하지 못해 작가 혼자만 이해하는 상황을 그려놓기도 한다.

## 지문

지문은 희곡에서 나온 것으로 무대 장치나 배우의 움직임을 설명하는 것이다. 드라마 극본 역시 지문을 필요로 하는데 대사의 기능을 보조하는 것이라고 볼 수 있다. 연극에서의 무대 대신 드라마에서는 장면의 배경이나 정경이 나오므로 대본에서도 이를 설명하고 있다. 지문은 또한 인물의 동작이나 행위나 심리 상태를 묘사하게 되는데 이때는 대사와는 달리 시각적인 표현이 요구된다. 한마디로 대본은 촬영을 위한 안내서의 역할을 하게 된다. 따라서 지문은 연기자와 연출자, 촬영 스태프들에게 언제, 어떤 장소인지, 어떤 소품이 필요한지 등 작업의 내용을 알려주는 것이다.

지문을 쓸 때의 주의사항은 어디서, 누가, 무엇을, 어떻게 하고 있는가를 확실히 하고 써야 한다. 그리고 꼭 필요한 것만, 간결한 어휘로 정확하게 표현해야 한다. 지문을 쓸 때에 여러 가지 잘못이 발생하는데 그중에서 대표적인 두 가지만 짚어보면 다음과 같다.

### (1) 과잉지문

동작에 대한 과잉묘사로 연기자의 동작이나 심리상태에 대한 디테일한 요구나 지시사항은 불필요하다. 대본의 흐름을 통해 충분히 이해할 수 있는 부분이므로 오히려 해가 될 소지가 크다. 특히 과도한 심리묘사는 걸림돌이 될 소지가 크다. 대본 안에 그려진 인물 묘사와 극적인 상황만으로도 연기자와 연출자에게 충분히 작가의 의도를 표현해 줄 수 있어야 한다.

정경이나 영상에 관한 문학적인 묘사를 장황하게 하는 경우가 있는데 이 역시 크게 의미가 없다. 소도구, 의상, 음악 등도 작품 안에 꼭 필요한 경우 외에는 너무 구체적인 지적은 피하는 것이 좋다. 촬영 기법에 관한 지시를 시시콜콜 하고 있는 경우도 마찬가지다. 이 부분은 연출자의 몫이므로 언급할 필요 없다.

### (2) 과소지문

과잉지문과는 반대로 작품의 흐름이나 내용상 꼭 필요한 것은 정확하게 명시해야 하는데 그렇지 못한 경우이다. 장소나 인물간의 관계, 중요한 소도구, 연기자의 동작 등 작가가 작품 내용을 확실하게 알리기 위해 꼭 필요한 부분은 확실하게 지적해야 한다. 예를 들어 남자 주인공이 여자 주인공의 뺨을 때렸다고 하자. 내용의 흐름상 뺨을 맞은 여자 주인공이 마주 때리거나 울면서 뛰어가야 하는데, 갑자기 미친 듯이 웃으면서 고맙다고 한다면 지문에 여자 주인공의 동작을 확실히 써줄 필요가 있다.

또 다른 실제의 예로, 남자 주인공이 여주인공에게 장미꽃다발을 주는 장면이 있었다. 작가는 그냥 장미꽃다발이라고만 썼다. 작가가 생각한 장미꽃다발은 화려하고 커다란 것이었다. 그러나 화면에 등장한 것은 볼품 없이 빈약한 것이었다. 작가는 작품의 앞뒤 내용을 보면 바보가 아니라면 어떻게 그런 장미꽃다발을 준비할 수 있느냐고 화를 냈지만 이미 엎질러진 물이다. PD도 촬영을 하는 순간에 알았지만 다시 준비하기에는 여건이 도저히 안 되어 그냥 진행할 수밖에 없었다고 했다. 차라리 대본에 '장미꽃 백송이 화려하게' 정도로 지문을 썼다면 그런 실수는 없었을 것이다.

## 대사(Dialogue)

드라마는 대부분 대사로 이루어진다. 대사는 드라마 속의 등장인물이 하는 말로 80% 정도를 차지한다. 그러므로 시청자는 대사를 통해 드라마의 모든 내용을 파악하게 된다.

그런데 여기서 먼저 짚고 넘어가야 할 것은 대사와 대화는 다르다는 것이다. 드라마 속의 등장인물의 대사는 우리가 일상에서 하는 대화와는 달리 어떤 목적을 가진 행위를 동반하고 있다. 드라마는 곧 행동이며, 대사는 행동의 수단으로서 가장 큰 역할을 하고 있다. 즉 대사는 작가의 치밀하게 계산되고 의도된 목적 아래 극적인 역할을 다하고자 하는 것이다.

극작법 이론가인 프라이타그는 대사의 기능을 세 가지로 나누고 있다.

① 사실을 알린다.

② 인물의 심리, 감정을 나타낸다.

③ 스토리를 진전시킨다.

첫째는, 사실과 정보를 전달한다는 것이다. 시청자는 등장인물들이 주고받는 대사를 통해 그들의 직업이나 나이, 성격, 현재의 상황 등을 알게 된다. 여기서 중요한 것은, 대사는 등장인물들이 서로에게 말하는 것이지만 한편으로는 시청자에게도 말하고 있다는 사실을 염두에 두어야 한다는 점이다. 시청자에게 알려줘야 할 것이라면, 등장인물이 이미 알고 있는 내용이라 해도 대사를 통해 말하게 해야 한다. 이야기의 흐름상 시청자에게 미리 정보를 제공하여 내용의 이해를 돕기 위해 의도적인 대사를 하게 하는 경우도 있는 것이다.

둘째로, 대사로 등장인물의 감정 상태를 드러내며 미묘한 심리를 예리하고 생생하게 묘사한다는 것이다. 대사는 행동이다. 작가는 언어를 사용하지만 그 표현의 기본 소재는 행동인 것이다. 언어는 행동의 수단으로 쓰이기도 한다. 화가 나거나 속이 상한 등장인물이 '행동으로 표현하고 싶지만 참고 있다'는 점을 대사로써 대신하기도 한다. 즉 행동의 수단으로서 사용된 것이 언어이다. 화가 나서 상대방을 때리고 싶지만 속을 뒤집는 의도적인 말로 대신 표현할 수 있는 것이다. 다시 말하면 대사 속에는 등장인물의 심리와 감정이 그대로 담겨져 있을 뿐 아니라 갈등도 그대로 드러나는 것이다.

　세 번째로, 대사는 이야기를 앞으로 발전시킨다는 것이다. 드라마 속에서 등장인물들은 대사로써 움직인다. 대사 한마디가 모두 스토리와 연관되어 있어야 한다. 대사는 항상 예리하고 긴장되어야 하며, 등장인물에게 적극적으로 작용하여 극적인 충돌을 만들어 내거나 그것을 발전시켜야 한다. 예를 들어 회사 일로 스트레스가 쌓여 폭발 직전인 아버지가 집에 돌아와 성적이 떨어진 아들에게 상처 주는 말을 했다고 하자. 그러면 아들은 집을 뛰쳐나가게 되고, 비행 청소년이 되어 급기야 살인을 저지르게까지 될 수도 있는 것이다. 아버지의 신경질적인 대사 한마디가 아들에게는 칼날보다 깊은 상처를 줄 수 있는 것이고 결과적으로 사건을 발전시키는 결정적인 역할을 하고 있는 것이다. 이는 곧 스토리의 진전을 의미한다.

　단, 지나치게 설명적이거나 초점을 잃은 대사는 불필요한 이야기를 끌어들여 의외의 방향으로 진전돼 길을 잃기 쉽다.

　이 외에 몇 가지 주의할 대목을 정리해보면 다음과 같다.


### (1) 과잉대사

　가장 많이 실수하는 경우인데 테마가 확실치 않고 목적이 분명치 않을 때 일어난다. 대사는 간단명료해야 한다. 불필요한 말을 길게 늘어놓으면 안 된다. 치밀하게 계산된 것이면서 세련된 것이어야 한다. 그러기 위해서는 간단하고 테마를 명확하게 알 수 있도록 선별해서 사용해야 한다.

여기서 유념해야 할 부분은 드라마는 현실 자체는 아니라는 점이다. 현실에서의 대화와 가장 큰 차이점은 등장인물이 누구에게 말하는가이다. 곧 상대방뿐만 아니라 시청자에게도 들려주기 위한 말이라는 것을 잊지 말아야 한다.

결국 등장인물의 대사는 그 시점에서 가장 적확한 대사라야 한다. 한 가지 목적만 있어야 한다. 이는 곧 그 상황에 맞는 대사는 하나밖에 없다고 생각해야 하며, 필요한 내용을 정확하게 전달할 수 있는 것을 선택해야 한다는 것이다. 쓸데없는 대사나 반복, 장황함을 피해야 한다. 그렇지 않으면 드라마의 감동을 약화시킨다. 훌륭한 대사는 침묵에 의해서 말하는 것이라고 했다. 생략과 비약, 여백을 활용할 줄 알아야 한다. 드라마와 관계 없는 것은 과감하게 생략해야 한다.

### (2) 과소대사

꼭 필요한 부분의 대사를 생략하고 넘어가거나 지문으로 대체하는 경우인데 이렇게 되면 설명 부족이 된다. 인물간의 관계나 사건의 정황 등을 대사로써 파악할 수 있어야 하는데, 대사 부족으로 내용 파악에 어려움을 느끼게 된다. 이럴 경우 대본을 읽는 일 자체가 피곤하고 지루해지므로 이 점을 유념할 필요가 있다.

### (3) 설명대사

상황이나 동작을 설명하는 대사를 말한다. 드라마 내용이나 등장인물의 심리상태 등을 대사로만 다 진행시키려는 경우로 자칫 지루해지기 쉽다. 상황을 그대로 설명하는 것만이 대사는 아니다. 스토리 내용을 비약시킬 수 있어야 하고 강조할 때는 강조해서 드라마적인 대사가 되어야 한다. 즉 매력 있는 대사라야 한다.

### (4) 성격이 없는 대사

대사는 인물의 성격과도 밀접한 관계를 가지고 있다. 즉 성격의 한 단면을 대사로 보여주어야 한다. 이를 위해서는 작가가 자신이 쓴 대사를 그 인물이 되어 직접 연기해볼 필요가 있다. 곧 대화를 생생한 대사로 꾸미기 위해서다. 실제의 대화와는 다르다. 일상 회화를 그대로 가져오는 것이 대사는 아니다. 성격과 심리가 드러나야 한다. 말하는 사람의 신분과 성격에 맞게 구사되어야 하며 그 속에 심리와 감정이 담겨 있어야 한다.

### (5) 문장체 대사

문어체 대사를 말한다. 소설이나 연극에 나오는 대사와는 다르다는 것을 잊지 말아야 한다. 드라마의 대사는 리얼리티가 생명이다. 문학적인 미사여구나 현학적이고 관념적인 대사보다는 삶의 현장에서 묻어나는 질박하고 적나라한 대사가 더 호소력을 발휘한다. 이는 곧 살아있는 인간이 내뱉는 말이어야 한다는 것과도 같다. 생활감이 있고 감정이 있는 대사라야 하며 현장감이 있어야 한다.

이 외에도 여러 가지 문제 유형이 있을 수 있다. 결론적으로, 드라마의 대사는 가능하면 압축되고 간결한 화법이라야 하며, 동시에 대사 자체로서도 매력을 지녀야 한다는 점을 명심해야 한다.

# 14 드라마 구성의 실제

## ▮▮ 도입부(발단, 起)

발단은 이야기의 시작 부분으로 사건, 인물, 환경을 소개하고 있다. 짧은 시간 안에 극적인 사건의 원인을 제시하고, 주요 등장인물을 소개하며, 앞으로 일어날 이야기의 장소와 환경과 시기를 소개한다.

즉 이야기의 도입부이자 설정 부분으로, 처음 몇 분이 중요하다. 시작 5분에서 늦어도 10분 안에 다음의 세 가지를 알려주어야 한다.

① 누가 주인공인가?

② 무엇에 관한 이야기인가?

③ 극적인 배경과 상황은 어떤 것인가?

뿐만 아니라 주제의 방향과 드라마의 색깔까지도 알 수 있어야 한다. 드라마 시작 5분만 보고도 코미디인지, 드라마인지, 추리물인지 알 수 있어야 하는 것이다.

### (1) 어디서, 어떻게 시작할 것인가?

예전과 달리 케이블 TV 등 다양한 채널권을 갖고 있는 시청자는 기다려주지 않는다. 더구나 영화처럼 극장에 앉아 있는 것도 아니다. 돈과 시간을 투자해서, 한정된 공간에서 보고 있는 것이 아니므로 TV 시청자는 영화 관객보다 훨씬 더 조급하다. 공모작품을 심사하는 심사위원도 물론이다. 작품이 한두 편이 아니므로 응모한 모든 대본을 끝까지 다 읽는다고 보기는 어렵다. 대개 시놉시스를 읽으면서 이미 50%는 재미있다 없다가 정해진다. 뒤이어 대본을 읽기 시작한다고 치자. 처음 다섯 페이지까지는 재미없지만 여섯 페이지부터는 너무나 재미있다고 해도 때를 놓치기 십상이다. 그 정도 되면 맨 뒤 결말부분을 슬며시 펼쳐보고 던져버리게 될 수도 있다는 것이다.

이야기를 시작하기 전에 준비과정으로 제일 먼저 해야 할 것은 다음의 두 가지를 확실하게 입력해두는 일이다.

① 테마를 확실하게 작가의 마음 속에 입력하는 것이다.

　내 작품 속에서 말하고자 하는 바가 무엇인지를 확실하게 하고 시작해야 한다. 이는 산의 정상이 어디인지를 알아야 방향을 바로 잡고 첫걸음을 옮길 수 있는 것과 마찬가지이다.

② 이미 설정해놓은 내 작품 속의 등장인물과 장소와 시대배경 등을 좀 더 구체적으로 입력해 놓는다.

그러면 어디서 시작할 것인가? 어떤 것을 생각해야 할 것인가? 쓰고자 하는 드라마의 스토리 중 어디서부터 시작해야 하는가는 어느 작가든 고심하는 부분이다. 앞에서 예로 들었던 갑작스런 사고로 인한 '고모의 죽음'을 드라마로 하겠다면, 이제는 어느 시점에서부터 이야기를 시작해야 할지, 그리고 그 중에서도 어떤 이야기로 시작할지를 선택해야 하는 것이다. 고모의 출생에서 시작할 것인지, 첫사랑부터인지 아니면 결혼전날 밤부터인지를 선택해야 한다.

이를 위해 제일 먼저 할 일은 ① 내가 설정한 테마에 상반되는 것, 즉 안티테제를 생각해야 한다. 왜냐하면 드라마는 항상 대립 혹은 갈등에서 시작되기 때문이다.

다음은 ② 어디서 끝내야 할지를 알아야 한다는 것이다. 끝을 알아야 처음도 시작할 수 있다. 즉 도입을 설정하기 위해서는 결말을 알아야 한다는 것이다. 이에 대해 린다 시거는 〈시나리오 거듭나기〉에서 다음과 같이 말한다.

"설정 부분에서는 클라이맥스에 가서 나올 답의 질문을 미리 던져놓는 작업을 해야 한다. 문제점이나 해결책이 필요한 상황이 소개되면서 스토리 속에서 시청자에게 질문을 해오는 것이다. 어떻게 하면 좋겠는가를."

또한 사이드 필드는 〈시나리오란 무엇인가〉에서 "시작과 결말은 동전의 양면과 같다."고 했다. 어떤 결말인지를 알고 있어야 그에 맞춰 도입을 쓸 수 있다는 이야기로, 클라이맥스로부터 역산해서 쓴다고 보면 된다. 이는 이야기의 방향을 확실히 알고 있어야 그 지점을 향해 사건을 몰아갈 수 있다는 것과 같다. 즉 그래야 가장 적절한 것으로 드라마를 시작할 수 있는 것이다.

어떻게 시작할 것인가? 중요한 것은 이러한 인물, 환경, 사건의 소개가 동시에, 가장 효과적으로 이루어져야 한다는 것이다.

극적인 상황을 보여줄 가장 매력적인 방법을 찾아야 한다. 주인공이 앞으로 극복해야 될 문제를 암시하며 가장 시각적이고 흥미로운 방법으로 도입부부터 시청자를 사로잡아 끌고 가야 한다. 이에 대해 린다 시거는 〈시나리오 거듭나기〉에서 "이미지에서 시작하라(Begin with an Image)."고 말하고 있다.

"훌륭한 영화들은 설정 부분을 비주얼 이미지에서 시작한다. 장소(Place)나 분위기(Mood), 질감(Texture), 때로는 테마에 관한 강렬한 인상을 전달하도록 시각화(視覺

化)를 시도하는 것이다."

눈이 귀보다 빠르기 때문에 대사보다는 이미지가 더 정보전달에 효과적이라는 것이다. 장소와 스타일, 느낌 등의 정보를 인상적인 이미지로 창조하여 시청자에게 가능한 많은 이야기를 전달할 수 있도록 해야 한다.

다음은 등장인물을 소개할 차례이다. 당연히 가능한 한 빨리 갈등을 시작해야 한다. 도입부에서 상황 묘사나 인물 소개에 너무 시간을 허비하면 시작부터 긴장감을 잃어버리게 된다. 그래서 사건을 터뜨리고 난 후 사건의 수습 과정을 보여주며 상황 설명과 인물 소개를 하는 충격요법을 많이 쓴다. 그런 연유로 첫 시퀀스에 주인공이 소매치기를 당하면서 쫓고 쫓기는 추격전이 벌어지기도 하고, 남녀 주인공의 자동차가 접촉사고를 일으켜 한바탕 싸움이 벌어지는 것으로 시작하기도 하는 것이다.

즉, 주인공이 강한 모순과 장애물에 부딪치게 하는 것이다. 주인공은 그 충격으로 클라이맥스까지 갈 수 있는 강한 행동 목표를 갖게 되며 결말까지 이르게 된다. 좀 더 상세한 이해를 돕기 위해 가와베 가즈토의 〈시나리오 창작 연습 12강〉의 발단부를 쓰는 비결을 예로 들어보겠다.

① 모두(冒頭)에 주인공의 관통행위의 원인이 되는 사회 환경이나 사건에 부딪치게 할 것.

② 주인공이 그 배경, 혹은 사건에 억압되거나 흔들릴 것.

③ 그 결과 주인공이 그 억압을 물리치기 위한 행동을 개시할 것.

이것을 변증법적 논리에 적용시켜 보면, 주인공(正,테제)에 대해 이것을 억압하는 환경의 힘(反, 안티테제)이 가해져 거기에 주인공의 새로운 행동(合, 진테제)을 낳는다 – 라는 식으로 正+反=合의 구조가 성립된다.

테제(These, 正)는 주인공을 의미하며 안티 테제(Anti These, 反)는 환경의 힘, 즉 주인공의 행위를 반대하는 조건을 말한다. 환경의 힘, 주인공을 반대하는 조건이란 바로 장애물을 말한다. 앞의 예로 〈로미오와 줄리엣〉의 발단을 설명을 하면, 극의 시작은 몽테규가와 캐퓰렛가의 결투(反)이다. 그 소동 속에 로미오(正)가 등장해서 주인공을 둘러싼 인간관계가 잇달아 소개된다. 이어 캐퓰렛가의 가면무도회에 참가해 줄리엣을 만나게 되고 서로 원수지간인 것을 알면서도 깊게 사랑하게 된다(合)는 것이다.

즉 한편의 드라마란 인간의 행동을 매개로 하나의 문제(正과 反의 모순)를 제시하고 클라이맥스에서 그 해결책을 도출해 내는 것이다. 그러므로 발단부를 쓸 때 그 해결책을 어느 정도는 갖고 있어야 한다. 문제를 제시하고 그 해결책을 찾아내는 일이 바로 작가가 할 일이기 때문이다.

그러면 이제 첫 씬을 쓸 차례이다. 드라마의 첫 씬은 사람의 첫인상과도 같다. 그만큼 도입부 중에서도 첫 씬의 중요성이 크다.

### (2) 퍼스트 씬(First Scene)

작가가 가장 고심하는 부분이 바로 이 퍼스트 씬의 설정이다. 퍼스트 씬은 작품의 얼굴로서 전체적인 이미지를 결정짓는다. 처음 사람을 만날 때 첫인상이 중요하듯 드라마도 마찬가지다. 첫 장면부터 호감과 매력이 느껴져야 기대감을 가지고 계속 보게 되는 것이다. 뿐만 아니라 첫 씬은 작품의 성격과 스타일을 제시한다는 점에서도 중요한 의미를 지닌다.

아라이 하지메는 〈시나리오 기초기술〉에서 퍼스트 씬에서 고려해야 할 것을 네 가지로 보고 있다.

① 시대, 정세, 장소, 인물을 명확히 해야 한다.

② 경향을 확실히 해야 한다.

③ 매력이 있어야만 한다.

④ 가장 적절한 것부터 시작해야 한다.

첫째로 시대, 정세, 장소, 인물을 명확히 해야 한다는 것은 드라마가 일어나는 때와 장소, 주인공에 대한 소개가 인상적으로 이루어져야 한다는 것과도 같다.

다음은 코믹인지 멜로드라마인지를 확실하게 보여주어야 한다는 것이다. 즉 어떤 성격의 드라마인지를 알 수 있도록 해서 시청자가 마음의 준비를 하고 계속 드라마를 볼 수 있게 만드는 것이다.

세 번째는 첫 씬부터 매력이 있어야 시청자는 계속 보게 될 것이다. 이를 위해서는 인물, 장소, 의문제기, 행동의 4가지 매력을 가지게끔 해야 한다.

① 인물 – 매력 있는 주인공을 등장시켜라. 시청자가 애정과 관심을 가질 수 있고 공감할 수 있는 인물이라야 한다. 특히 영화와는 달리 드라마는 인물로 시작하는 것이 좋다.

② 장소 – 드라마가 흥미롭게 예측될 수 있고, 내용을 확실히 알릴 수 있고, 인물이 가장 돋보일 수 있는 장소를 택하라.

③ 의문제기 – 기대가 흥미의 중심이다. 그러므로 궁금증을 유발시켜야 한다. 궁금증은 시청의 원동력이다. 그러므로 너무 많은 정보를 미리 주면 기대가 반감된다. 즉 호기심을 자극하는 기술이 필요하다.

④ 행동 – 주인공이 퍼스트 씬에서 아낌없이 매력을 보여주어야 한다.

또한 어디서 시작할 것인가는 앞에서도 이미 살펴보았다. 어느 것이 가장 적절한 곳인가는, 어디서 시작하는 것이 가장 효과적인가와도 같다. 이는 결국 작품의 성격, 갈등요소 등 시청자가 관심을 끌 수 있는 정보를 가장 빠른 시간 안에 효과적으로 제공해야한다는 것이다.

퍼스트 씬을 시작하는 방법은 대체로 두 가지가 있는데 돌발적인 방법과 서서히 암시하는 방법이다.

① 간접적인 퍼스트 씬

서서히 암시하는 방법으로 자연이나 주인공의 주변 환경을 묘사하면서 시청자를 서서히 이야기 속으로 끌어들이는 경우이다. 급격하게 사건을 터뜨리기보다는 점차적으로 사건으로 끌어들이는 방법이다.

② 직접적인 퍼스트 씬

돌발적인 방법으로 드라마가 시작되는 순간부터 사건이 이미 시작되는 경우이다. 흡입력이 크므로 시청자는 드라마 시작과 동시에 이미 드라마의 사건 속에 같이 몰입하게 된다. 예전에는 주로 스릴러나 추리극에서 많이 사용하였으나 요즈음은 모든 드라마들이 주로 이 방법을 많이 사용한다. 시작부터 시청자의 흥미와 관심을 불러일으켜 드라마 속으로 끌어들이기 위해서이다.

### (3) 프롤로그(Prologue)

프롤로그는 음악의 서곡, 연극에서의 서막이나 개막전의 해설을 의미하는 것으로 드라마의 내용을 소개하는 도입 부분이다. 즉 시작 부분에서 드라마의 내용을 미리 조금 보여주어 시청자의 관심과 흥미를 유발시키는 방법이다. 주인공의 내레이션이나 중요한 사건이 발생하는 장면, 또는 드라마의 진행 방향을 예상할 수 있는 분위기의 대화 등 여러 가지 방법이 있을 수 있다.

① 가장 극적인 장면을 미리 보여주는 방법이다.

드라마 내에서 가장 극적인 장면을 미리 한 장면 보여주고, 스토리의 전개를 그 다음부터 시작하는 방법이다. 프롤로그에 보여준 장면을 향해서 간다고도 말할 수 있다. 드라마 〈올인〉은 1회 첫 씬을 주인공이 총에 맞는 극적인 장면에서 시작하고 있다. 이어 드라마는 고등학교 시절로 되돌아가 처음부터 다시 시작하고 있다.

② 드라마의 내용이 만일 주인공의 성인 시절이 중심이 된다면 어린 시절의 이야기를 압축해서 앞에 넣는 방법도 있다.

③ 액자식 구성의 방법이다.

주인공이 프롤로그에서 회상에 들어가는 형식으로 드라마를 시작하는 방법을 말한다. 그럴 경우 본 내용은 주인공의 회상 부분이 되는 것이며 마지막 에필로그는 회상을 끝내는 장면이 될 것이다.

④ 내레이션을 이용하는 방법이다.

주로 작가나 주인공이 드라마의 주제와 관련된 말을 하는 것을 넣는 방법으로 시청자에게 드라마의 방향을 미리 제시하는 것이다. 사랑을 이루지 못해 동반자살을 하게 되는 드라마라면 "영원한 사랑이 가능하다고 믿는가. 죽음으로 사랑이 완성된다고 누가 말했던가…" 식으로 시작하는 경우이다.

⑤ 자료를 사용하는 방법이다.

주제와 관련이 있는 시, 노래, 전설, 특정 그림이나 화면 등을 사용하는 방법이다.

그 외에도 많은 방법들이 있다. 즉 프롤로그는 쓰는 방법이 정해진 것이 아니다. 또한 드라마에 프롤로그가 꼭 필요한 것도 아니다. 이는 작가 나름대로 결정할 사항이며 설정하는 방법 역시 작가가 자기 작품에 맞게 설정하게 되는 것이다.

### (4) 발단부의 분량

60분 단막 드라마의 경우 대개 원고지 120장 정도로 구성되는데 그중에서 발단부는 25~30장 정도로 보면 된다. 60분을 요즘 사용하고 있는 A4용지로 계산하면 대충 10포인트 24페이지 정도 된다.

요즘 방송사 공모용 단막극은 70분인 경우가 대부분인데 이 정도면 28페이지 정도다. 글자 크기와 매수는 비례해서 계산하면 될 것 같다.

단 서두가 너무 길면 자칫 지루해질 수 있으니 유의하는 것이 좋다.


### ■ 〈약속〉 발단부

앞에서 예로 들었던 단막극 〈약속〉의 발단부에 관한 설명을 계속하겠다.

스토리에서 시작을 어디서 할 것인가 하는 결정에 관한 이야기는 '드라마 따라 쓰기'의 '플롯화'에서 설명했던 대로다. 아이들을 이미 보육원에 맡긴 후, 세 번째 만나는 일요일이다. 특별한 퍼스트 씬은 설정하지 않았다. 그냥 조용히 시작하기로 했다.

첫 씬은 공원에서의 단란한 가족들 모습이다. 언뜻 보면 다른 가족들과 다른 데가 없는 한수와 은혜, 상민, 정민. 그러나 그런 가운데에서도 무언가 다른 분위기를 보여주기로 했다. 상민의 입을 통해 부모가 돈이 없다는 사실을, 아이들을 바라보는 은혜의 표정을 통해서도 마냥 즐겁지만은 않다는 사실을 시청자에게 보여주기로 했다. 무언가 있는 것 같은 궁금증과 함께.

다음 장면에서 은혜는 아이들을 보육원에 맡기고 돌아선다. 이 뜻밖의 장면을 통해 시청자들에게 이 집안의 사정을 알려주는 것이다. 이어서 한수와 은혜는 저녁을 먹게 되고, 여인숙으로 들어가 하룻밤을 같이 지낸다. 다음날 이른 아침, 다음 만남을 약속하고 각자의 일터를 향해 버스정류장에서 헤어지는 한수와 은혜의 모습이 발단의 끝이다. 이러한 상황을 통해서도 두 사람의 형편과 서로에 대한 마음을 엿볼 수 있게 했다.

즉, 인물, 환경, 사건의 소개를 동시에, 가장 효과적으로 이루게 하기 위해 가족이 만났다 헤어지는 상황을 발단으로 설정한 것이다. 그리고 다음에 이 가족이 어떻게 될 것인가 하는 궁금증과 기대감을 갖게 하면서 끝냈다.

다음은 〈약속〉의 발단부이다.


### S#1. 동물원 앞

일요일 오후. 보라매공원의 동물 사육장 앞.

상민과 정민, 나란히 서서 손가락질하며 들여다보고 있다.

정민, 들고 있던 과자 하나를 토끼에게 내밀면 상민이 빼앗아 안으로 던진다. 정민이 상민을 한 대 때리고…조금 떨어진 아래쪽에 서있는 한수와 은혜는 웃으며 보고 있다. 정민이 한수와 은혜를 향해 오빠 좀 보라며 잔뜩 어리광 섞인 울상을 지으면, 은혜는 한 손을 들어 흔들며 활짝 미소짓는다.


### S#2. 놀이터 앞

공원 내의 놀이터 앞. 정민이 놀이기구에 올라가 있고 그 밑의 상민이 겁을 주려고 잡아당기며 놀린다. 정민은 엄살을 떨며 소리를 지르고 장난스런 표정의 상민은 재미있다는 듯 더한다.

놀이터 밖에 나란히 서있는 한수, 은혜, 웃고 있다. 은혜의 다른 한 손에는 정민의 것으로 보이는 풍선이 하나 들려있다. 이 모든 모습이 행복한 가족의 즐거운 한때로 보인다.


### S#3. 공원일각

정민이 팔랑이며 상민의 손을 잡아끌고 매점으로 달려간다.

매점 가까이 오자 딸려오던 상민이 손을 뿌리치고 인상을 쓴다.

한수, 은혜 조금 뒤떨어져 걸어오고 있고.

정민 – 왜? 아이스크림 안 먹어? 오빠 그럼 우리 피자 사달래까?

상민 – (꽉 팔을 잡고) 안 돼. 그만해.

정민 – 아야, 왜 그래?

상민 – (저만큼 오고 있는 한수와 은혜 쪽을 힐끗 보며, 단호하게) 너, 엄마 아빠 돈
　　　없단 말야.

정민 – (갑자기 풀 팍 죽어 보는)

상민 – 기집애가 눈치도 없이?

한수 – (다가와) 아이스크림 안 먹어?

정민 – (표정 어느새 어른스레, 고개를 젓는다)

한수 – (시계 보며) 그럼… 뭘 좀 먹을까?

상민 – (얼른) 아뇨. 배 안 고파요. 점심 먹은 지 얼마 안 되잖아요.

은혜 – (미소로 보는 눈길 슬프다)

한수 – (정민 보며) 그럼, 음료수라도 사먹어.

정민 – (고개 끄덕이려다 상민을 보는)

은혜 – (얼른 주머니에서 천원 꺼내 상민을 준다) 정민이 사주고 너도 사먹어.

상민 – (받아들고 매점 쪽으로 가는 뒷모습 별로 즐겁지 않다)

정민 – (환해져서 따라 붙고)

은혜 – (그런 두 아이의 뒷모습을 슬프게 바라보다 한수와 눈이 마주치자 얼른 외
　　　면한다)

## S#4. 현관문 앞 (오후)

　　해질 무렵. 보육원 마당 현관문 앞.
　　은혜, 원장과 마주 서있고.
　　원장의 조금 뒤편으로 상민과 정민이 풀이 죽어 서있다.


정민 – (금방 울음 터질 듯 입을 삐죽이며) 또 꼭 와야 돼.

은혜 – (담담하게 끄덕이며) 들어가. (상민을 본다)

상민 – (정민 손을 잡아끌고 돌아서 들어간다) 가자.

정민 – 엄마. (입을 더 삐죽이며 계속 은혜를 돌아보며 딸려 들어간다)

은혜 – …….

원장 – 걱정말고 가세요. 잘 있는 걸요.

은혜 – 죄송합니다. 조금만 더 부탁합니다.

원상 – 상민이가 워낙 착하고 의젓해요. 정민이도 잘 돌보고요.

은혜 – (뭔가 말 더하고 싶으나 입을 열면 눈물이 날 것 같아 삼키는)

원장 – (말 안 해도 안다는 듯 어깨를 다독이며 끄덕인다)

## S#5. 골목

– 타이틀 떠오르고

막 어둠이 내려앉기 시작하고.

보육원 정문이 저만큼 보이는 골목길을 천천히 걸어오는 은혜.

은혜, 마치 발이 헛딛어지는 느낌이다.

어깨에 멘 핸드백이 자꾸만 미끄러져 내리자 두어 번 끌어올리다 옆에 낀다.

## S#6. 도로 일각

터벅터벅 골목 입구를 막 빠져나오던 은혜, 고개를 들다가 순간 머뭇하고 선다. 저만큼 벽에 기대서서 차도변의 허공을 바라보며 담배를 피우고 서있는 한수를 바라본다.

한수가 담배 연기를 내뿜으며 고개를 돌리려는 순간, 은혜 걸음을 옮긴다.

한수 – (담배꽁초를 땅바닥에 던져 발로 비벼 끄고 다가오는 은혜를 보고 있다.

　　　다가오면) 저녁이나 먹어야지.

은혜 – …난 아직…

한수 – (그냥 앞장선다)

은혜 – (더는 뭐라고 말못하고 따라간다)

## S#7. 식당 안 (저녁)

해장국집. 시장통 입구 정도의 음식점.

한수와 은혜가 마주 앉아있고.

은혜, 설렁탕 뚝배기에서 국물만 떠먹고 있고.

한수는 뚝배기그릇 옆에 소주병을 두고 따라 마시고 있다.

은혜- (자기 뚝배기그릇을 한수 그릇 쪽으로 당겨 국밥을 몇 숟갈 퍼 담는다)

한수 - …왜?

은혜 - 그냥 별로 배가 안고파서요.

한수 - (뭔가 더 말하려다 자신의 소주잔을 은혜 앞에다 놓아준다) 한잔 해.

은혜 - (머뭇거리다 잔을 집어 한 모금 마신다. 덤덤하게) 이젠 한 달에 한 번밖에
    못 놀아요. 그것도 토요일이나 일요일은 안되구요..

한수 - (본다)

은혜 - 원래 주말이 더 바쁘잖아요. 일은…. 괜찮아요?

한수 - 견딜만 해.

은혜 - 늦어도 가을까지는 돈을 모을 수 있을 거예요. 방 한 칸이라도 얻을 돈만 모
    이면… 우리…

한수 - (소주잔을 집어 마신 후, 다짐하듯 탁자 위에 놓인 은혜의 손 위에 자기 손
    을 얹어 잡으며 끄덕이는) 그래. 미안해.

은혜 - (보고, 괜찮다는 말 대신 고개를 젓는다)


## S#8. 골목 안 (밤)

차도변 시장을 끼고 있는 스산한 골목 입구.
저만큼 여인숙이란 형광등 간판이 보이고, 한수와 은혜가 서있다.

은혜 - (인상을 쓰고 꼼짝도 않고 )

한수 - 왜 그러는 거야? 도대체.

은혜 - (들어가고 싶지 않다)

한수 - 한 달에 겨우 한 번 만나는 거야.

은혜 - 그냥… 갈게요.

한수 - (화가 나서 노려본다)

은혜 - (눈 내리 뜬다)

지나가던 남자 둘 의미심장한 눈으로 실실 웃으며 은혜를 보며 지나간다.

한수 – 들어오든지 말든지 맘대로 해. (갑자기 휙 앞장서서 들어간다)
은혜 – (뻥 쳐다보고 서 있다가 몸을 돌려 반대편 길을 막막하게 바라보다 아주 느리게 되돌아서서 들어간다)

## S#9. 여인숙 안 (밤)

흐릿한 복도 불빛. 계단을 올라서는 은혜. 기다란 복도 중간쯤에 한수가 문을 열고 막 안으로 들어가는 모습 보인다.

## S#10. 여인숙 방안 (새벽)

은혜, 등을 보이고 쪼그리고 잠들어 있다가 순간, 눈을 뜬다.
잠시, 여기가 어딘가 싶어 그대로 숨을 죽이고 있다가 천천히 고개를 들어 몸을 일으키고 보면, 한수, 벽을 보고 잠들어 있다. 손바닥만한 창문으로 아침이 밝아오고 있다. 상체만을 일으키고 앉은 은혜, 등을 보인 채 잠들어 있는 한수를 멍하니 바라본다. 한수가 입고 있는 누렇게 바래져 있는 낡은 런닝 등판을 내려다본다. 한수 목덜미께의 머리가 길다는 것도 눈에 뜨인다. 은혜, 천천히 한 손을 들어 한수의 머리를 가만히 만져본다. 이어 손을 거두려는 순간 어느새 한수의 손이 그녀의 손을 잡는다.

은혜 – !
한수 – (천천히 몸을 돌리고 본다)
은혜 – … 출근하려면 일어나야 돼요.
한수 – (은혜의 팔을 잡아당겨 끌어안는다)
은혜 – (한수 가슴으로 엎드려져 안긴다)…….

## S#11. 거리 (아침)

여섯시 반 정도의 이른 새벽. 서울 변두리 차도변 버스정류장 앞.

은혜와 한수, 나란히 버스정류장에 서있다. 마치 남남처럼 몇 발 떨어져서 아무 말도 않고, 눈길도 주지 않고 서있다.
버스가 한 대 다가와 서고, 한수가 먼저 올라타면 버스가 출발한다.
은혜, 버스에 탄 한수를 바라보지만 한수, 은혜에겐 눈길도 안주고 자리에 앉아 앞만 본다. 버스가 출발하고 사라질 때까지 은혜, 꼼짝도 않고 그대로 서있다.


## 전개부(갈등과 위기, 承)

전개부는 발단부가 끝난 뒤의 본격적으로 이야기가 전개되는 부분이다. 드라마의 80~90%를 차지하는 부분이다. 드라마의 갈등 국면이 시작되는 곳으로, 주인공이 온갖 시련을 겪으며 클라이맥스를 향해 가는 과정이다. 산으로 말하면 정상인 클라이맥스로 가기 위한 본격적인 등산로인 드라마의 중추부분이다.

갈등과 위기를 통해 드라마의 재미를 만들어내야 하는 곳이므로 작가의 능력이 여기서 나타난다고 봐도 과언이 아니다. 드라마의 재미를 위해서는 이야기를 잘 만들어야 한다. 그러기 위해서는 정상까지 길을 잃지 않고 마지막 고비까지 전력을 다하지 않으면 안 된다.

이는 곧 갈등과 위기를 잘 꾸려야 한다는 말과 같다. 그러면 그 갈등을 어떻게 만들어야 하는가? 앞에서 갈등을 5가지와 36가지로 분류하고 있지만 본격적으로 드라마를 쓰는 일은 그렇게 교과서적인 공식만으로 해결되지 않는다. 모든 드라마들이 어떤 방식으로든 여러 가지의 갈등을 복합적으로 내포하고 있기 때문이다.

또한 갈등과 위기는 같은 선상에 있다. 갈등이 깊어지면 곧 위기 상황에 부딪치게 된다. 갈등은 위기를 부르고, 위기는 짧은 순간 펼쳐진 후 해소된다.

즉 갈등과 위기가 계속 반복되면 보는 사람도 계속 긴장만 되므로 지치게 된다. 그러므로 갈등과 위기 다음에 이완부, 즉 휴식이 있다. 예를 들어 드라마 전개부에서 주인공이 범인에게 절박하게 쫓기는 상황이라고 하자. 그런 상황에서도 주인공이 잡힐 뻔한 위기의 순간이 지나면 어느 순간은 안도로 한숨 돌리는 상황이 온다. 그러다가 다시 문제가 발생하고, 위기의 순간이 오고 하는 식으로 이야기가 진행되는 것이다.

즉, 갈등 – 위기 – 휴식 – 갈등 – 위기 – 휴식이 반복되면서 이야기가 전개된다. 여기서 스토리의 재미와 감동을 위해 작가는 자신이 가진 역량을 총동원하게 된다. 결국 전개부에서는 갈등과 위기 상황을 잘 만들어야 성공의 확률도 높다는 이야기가 된다.

그러면 어떻게 갈등과 위기를 만들 것인가? 어떻게 이야기를 만들 것인가?

### (1) 사건을 만들어야 한다

갈등과 위기란 바로 사건을 말하는 것이다. 곧 드라마의 스토리는 사건의 연속물이다. 이는 모든 이야기는 사건 속에서 만들어져야 한다는 것이다. 사건을 효과적으로 만들기 위한 여러 가지 조건들을 보면 다음과 같다.

① 사건은 내면적 사건과 외면적인 사건이 있다.

내면적인 사건은 인물과 인물의 관계를 변화시키는 여러 심리적 요소들에 의한 사건을 말한다. 이는 등장인물의 성격, 행위, 환경으로부터 오는 것으로 가족, 동료 등의 인간관계나 실수, 오해, 질투, 계략, 바람기 등 감정적인 사건을 말한다.

외면적인 사건은 생일, 결혼 등 등장인물이 외부적으로 겪게 되는 사건을 말한다. 강도의 폭행, 교통사고, 천재지변 등 어떤 물리적인 힘에 의해 등장인물이 겪게 되는 뜻밖의 불행한 사건도 이에 해당된다.

② 필연성이 있어야 한다.

사건을 만들어야 한다고 무작정 아무 사건이나 만들어서는 안 된다. 사건이 일어날 만한 필연적 근거와 사연이 있어야 한다는 것이다. 사건은 주인공이 어떻게 움직이는가이다. 즉 등장인물의 움직임에 따라 스토리가 진전되는 것이다. 그러므로 등장인물의 환경이나 성격에 따라 사건이 달라져야 한다. 사건이 작품의 테마와 포맷에 부합해야 한다는 이야기이다.

③ 갈등을 크게 하라.

갈등이 작으면 극적인 재미가 떨어진다. 곧 드라마의 재미는 갈등의 크기와 비례한다. 주의해야 할 점은, 갈등을 너무 크게 만들어 사건만 벌여놓은 후 작가가 제대로 수습을 못하는 경우는 피해야 한다는 것이다. 드라마 전후 사정상 수긍이 가는, 또 작가가 감당할 수 있는 만큼 갈등을 만들어야 한다.

④ 복선이 있어야 한다.

복선이란 어떤 사건이 돌발하기 이전에 시청자에게 어느 정도의 지식과 정보를 줌으로써 사건을 미리 예고하고 암시하는 수법이다. 사건을 만들다 보면 '우연 남발'이 될 수 있다. 드라마를 보다가 사건이 발생하는 방식이 너무 돌발적이거나 우연인 경우, 말이 안 된다고 생각하게 된다. 사건은 반드시 동기를 갖고 있는데, 그것이 바로 복선이다. 즉 사건이 부자연스럽지 않도록 미리 손을 써 놓는 것이다. 사건의 계기를 미리 준비해 놓는 것은 쉬운 것 같으면서도 어렵다. 고도의 기술이 필요하다. 너무 확실히 하면 시청자가 바로 알아채어 흥미를 잃게 되고, 너무 복잡하게 해

놓으면 알아차리지 못하게 되어 복선의 의미가 없어진다. 즉 복선은 자연스럽고도 은밀하게 기술적으로 사용돼야 한다.

⑤ 속도를 조절해야 한다.

사건을 만들어야 한다는 강박관념에 사로잡혀 자칫 무조건 사건만 연속적으로 터뜨리는 경우가 있다. 한 사건이 벌어지면 그 사건의 진전과 마무리가 어느 정도 있은 후에 다른 사건으로 넘어가야 한다. 그래야 스토리 전개의 흐름을 쫓아갈 수 있는 것이다. 즉 사건의 자연스럽고도 원활한 전환이 이루어져야 한다.


## (2) 서스펜스를 이용하라

서스펜스(Suspense)란 '매달려 있다' 란 뜻의 'suspend' 에서 나온 말이다. 즉 흥미, 긴장, 긴박감, 기대감 등의 의미를 갖는 말로서 불안한 상태나 아슬아슬한 상황을 나타내는 것이다.

서스펜스는 경악(Surprise)과는 다르다. 경악은 갑자기 예기치 않은 사건이 발생함으로써 시청자를 놀라게 하는 효과지만 서스펜스는 무엇인가 일어나기를 기대하지만 결국 일어나지 않거나, 혹은 일어나더라도 그렇게 갑작스레 놀라지는 않으면서 긴장감을 갖게 하는 요소를 말한다. 서스펜스를 계속 유지하면서 결국 끝까지 사건을 풀지 않으면 미스터리(Mystery)라고 말한다.

모든 드라마에는 미스터리가 있어야 한다. 그래야 흥미진진해진다. 여기서 말하고자 하는 서스펜스는 추리극이나 공포극, 첩보물 등의 서스펜스 장르 속의 것만을 한정해서 말하는 것이 아니다. 모든 드라마의 이야기를 끌어나가는 방식으로서 일반적인 극적 요소, 흥미의 요소를 말하는 것이다. 즉 모든 드라마는 전개에 이것을 적절히 이용함으로써 극적인 재미를 추구하고 있다.

서스펜스는 호기심을 유발하게 하는 데서 생긴다. '어떻게 될 것인가? 왜 그럴까?' 가 있어야 하며, 시청자에게 무슨 일인가를 예측하게 하며 사건의 열쇠에 대한 호기심을 불러일으키는 것이다. 또는 공포감을 갖게 하여 서스펜스를 생기게 한다. 누가 살인자인지 모르는 상태에서 계속 그 해답을 지연시키거나, 헷갈리게 하거나, 반전시킴으로써 두려움을 증폭시키는 것이다.

서스펜스를 만드는 방식은 다음과 같이 분류할 수 있다.

① 심각한 갈등을 만든다.

서스펜스를 만드는 일반적인 방법은 갈등이다. 심각한 갈등을 위해서는 장애가 되는 조건을 크게 해야 한다. 주인공의 힘으로는 어쩔 수 없는 숙명적인 조건이라면 더욱 효과적인 힘을 발휘하게 된다. 이러한 조건은 갈등의 폭을 크게 만들고, 이는 곧 서스펜스 효과를 더 크게 만들게 된다. 스토리 전개에도 강력한 추진력을 더해주게 되는데 드라마 전체를 보다 힘있고 강렬하게 해주는 기둥이 되는 것이다. 〈로미오와 줄리엣〉의 숙명적 조건이 바로 양가가 원수 집안이라는 것으로, 처음부터 커다란 장애물을 안고 드라마가 시작되는 것이다.

② 대단한 상대역을 창조한다.

주인공보다 상대역이 더 큰 힘을 갖고 있을 때 서스펜스가 생긴다. 주인공에게 보다 강력한 라이벌이 등장하는 경우가 이에 해당한다. 일에서나 사랑에서나 주인공을 위기로 몰아넣는 강한 상대가 등장할 경우 드라마는 극도의 긴장감을 갖게 되는 것이다.

③ 대단히 어려운 선택을 설정한다.

주인공이 매우 어려운 선택을 하면서부터 서스펜스가 생긴다. 대개 선택을 해야 하는 어려운 상황이 발단부에 제시된다. 새 인생을 살고 있던 은

행 강도 전과가 있는 주인공이 아들의 수술비 마련을 위해 다시 은행을 털기로 했다고 한다면, 앞으로 드라마가 전개되는 동안 자동적으로 서스펜스가 강해진다. 또는 주인공에게 양자택일의 요소를 강하게 설정해 놓는 것이다. 결혼을 앞둔 주인공에게 못 잊던 첫사랑이 나타나고, 둘 중에 하나를 선택해야 할 상황을 만들어 놓는다면 드라마 전개 내내 누구를 택할 것인가에 대한 궁금증과 위기감을 높여가는 작용을 하게 되는 것이다.

④ 등장인물이나 시청자에 대한 비밀

ⓐ 등장인물은 모르는데 시청자는 알고 있는 경우

상대가 원수인 줄 시청자는 아는데 주인공은 모르고 그를 사랑하게 된다든지, 바로 앞에 애타게 찾는 사람이 서 있는데 그 앞을 등장인물이 그냥 지나칠 때 시청자는 긴장하고 안타까워하게 되는 것이다. 즉 시청자에게는 미리 정보를 알려 주고 등장인물은 그 사실을 모르게 함으로써 극적 긴장감과 재미를 주는 것이다. 이를 드라마적 아이러니라고도 하는데, 역설적인 상황에서 오는 재미를 말한다. 〈로미오와 줄리엣〉에서 로미오가 줄리엣이 죽은 줄 알고 자결하는 상황도 이에 해당한다.

ⓑ 등장인물은 아는데 시청자는 모르는 경우

등장인물이나 상황에 관한 정보를 주지 않으므로 궁금증을 유발하게 하는 것으로, 사건을 따라가면서 점차 시청자도 알게 되는 것이다. 결혼을 약속한 남녀 주인공이 상견례를 했는데 갑자기 양가 부모가 결사반대를 한다고 하자. 양가 부모는 그 이유를 알지만 시청자는 영문을 알 수 없는 경우가 이에 해당한다. 왜 결혼을 반대하는가 하는 궁금증은 상황의 진척에 따라 밝혀지게 되고, 시청자도 알게 되는 것이다.

ⓒ 등장인물도 시청자도 모르는 경우

앞의 예에서처럼 부모는 결혼을 반대하는 이유를 알고 있지만 남녀 주인공은 모르고 있는 상태가 이에 해당한다. 이런 경우, 남녀 주인공이 그 연유를 알게 됨에 따라 시청자도 이유를 알게 되는 것이다. 또 다른 예로, 술을 먹었던 기억밖에 없는 주인공이 다음 날 아침, 호텔에 있는 자신과 그 옆에 모르는 여자가 죽어 있는 것을 발견했다고 하자, 어찌된 일인지 모르기는 주인공도, 시청자도 마찬가지이다. 주인공이 진실을 밝혀 가는 행적에 따라 시청자도 알게 되는 것이다.

⑤ 해프닝

복선이 없이 느닷없이 일어나는 사건을 말한다. 전혀 예상치 못한 돌발적인 사건이나 상황으로 사태가 갑자기 복잡하게 급진전되는 것으로 이로 인한 불길함으로 서스펜스가 생기는 것이다.

⑥ 암시(暗示)

복선을 만들어내는 핵심 원리이기도 하다. 시청자에게 앞으로 일어날 사건에 대해 사전에 약간의 힌트를 주어 불길한 예감을 갖게 하여 긴장하게 만드는 방법이다. 중요한 사건이 일어나기 전에 등장인물이 악몽을 꾸거나 거울을 깨는 씬을 설정해 시청자에게 앞으로 일어날 사건에 대해 미리 서스펜스를 주고 전개해 나가는 방법이다.

이처럼 서스펜스는 극적인 재미를 위해서 사용하는 것이므로 치밀하게 계산해서 엮어야 한다. 스토리 전개에서도 갈등 - 위기 - 휴식의 과정을 거치며 진행되듯 서스펜스 역시 긴장과 이완을 적절하게 배분하여 구성해야 한다. 드라마가 계속 서스펜스만 연속될 수는 없다. 클라이맥스까지 시청자가 지치지 않도록 긴장과 이완을 적절하게 반복하면서 몰고가야 한다.

## 전개의 실제

여기쯤에 오면 "아 그래, 알겠다."하고 발단에 이어 전개부를 힘차게 쓰고 있는 사람도 있지만, 반대로 이론은 대충 알겠는데 그래도 선뜻 더 이상 앞으로 못 나가는 경우도 있다. 발단은 신나서 썼는데 다시 보니 어쩐지 재미가 없는 것 같기도 하고 마음에 들지 않는 경우다. 더 이상 앞으로 나갈 기분이 안 나는 것이다. 또는 전개부를 한참 쓰다가 어느 지점에서 그만 앞이 막혀 주저앉기도 한다.

그러나 너무 실망할 필요는 없다. 실제로 극본작업을 해보면 전개 부분이 제일 쓰기 어렵다. 우선 양에 있어서도 길기 때문에 힘에 부치는 것은 당연하다. 더구나 초보자인 경우 백점짜리 대본을 써야 한다는 압박감에 시달릴 필요도 없다고 본다. 처음부터 너무 완벽한 작품을 쓰고자 욕심부리다보면 제풀에 지쳐 중도포기하게 된다. 처음이므로 우선은 초고를 완성하는데 목적을 두면 된다. 처음부터 다시 점검하여 재정비를 하고 다시 시작하는 것도 한 방법이다.

### (1) 발단부의 원리를 다시 한 번 복습하라

이럴 때 가와베 가즈토는 〈시나리오 창작연습 12강〉에서 발단부의 원리를 다시 한 번 복습하라고 조언한다.

① 주인공의 최종목표(초목표)를 확인한다.

② 주인공에게 초목표를 가지게 만든 원인이 된 사건(환경의 억압)부터 주저하지 않고 단숨에 쓰기 시작한다.

③ 주인공이 그 사건에 흔들려서 그것을 해결하는 행동목적(관통행위)을 개

시. 이 기본을 확인한 뒤 일단 이론을 잊고 자기가 생각한대로 자유롭게 발단부터 쓴다.

주인공이 원하는 바가 무엇인지를 다시 한 번 확인하고, 주인공이 원하는 바를 갖게 되는 사건을 터뜨리면서 시작하는 것이다. 드라마에서 주인공은 자신에게 부여된 환경 속에서 살아가며 행동해야 한다. 그 환경 속의 인물이 되어 환경의 억압을 받으며 한 가지 목표를 가지고 그것을 실현하기 위해서 활동해야 하는 것이다.

그러므로 작가는 주인공의 환경에 관해서 구체적으로 만들어야 한다. 주인공의 과거의 행동, 즉 인물 이력을 충분히 상상해 세세한 부분까지 정확하게 계산해서 만들어야 한다. 물론 여기서의 환경은 현실이 아닌 상상의 세계이다.

그 다음 작가는 자신이 작품 속의 주인공이 되어 똑같이 행동을 해야 한다. 주인공은 자신의 목표에 방해와 반격을 해오는 환경에 분노, 절망 등의 감정을 느끼게 되고, 급기야 환경에 저항하게 된다. 그 저항하는 행위는 바로 스토리 발전의 원동력이 되는 것이다. 작가는 마치 자신이 그 주인공인 양 같은 감정을 스스로 체험하면서 대사를 쓰고, 다음 행동을 생각해내고 새로운 사건의 전개를 만들어 가는 것이다. 그러므로 등장인물의 행위와 대사에는 작가의 교양, 지식, 경험, 이력, 인생관 등 모든 인간적인 요소가 투영되는 것이다.

어쨌든 실제상황이라면, 이 부분에서는 발단은 이미 시작해서 알고 있고, 결말 부분도 알고 있거나 구체적이지는 않지만 최소한 어떻게 될지 이미 알고 있는 상태다. 전개 부분만 비어있는 상태다. 하지만 이미 발단부에서 전개1의 시작이 될 만한 상황이 어느 정도 시작되고 있는 것도 사실이다.

전개부에서는 주인공의 목표와 상반되는 장애물을 제대로 설정했는지를 점검하고 시작해야 한다. 이 장애물이 강할수록 갈등이 더욱 더 증폭되게 되는 것이다.

〈약속〉에서는 주인공 한수와 은혜의 가족이 서로 모여 같이 살고자 하는 것이 최종 목표이다. 그 다음 목표는 같이 모여 살 방을 얻기 위해 돈을 모아야 하는 것이고, 드라마 내에서의 구체적인 목표는 아이들과의 한 달에 한번 만나기로 한 약속을 지키는 것이다. 결국 이 목표를 가로막는 장애물을 설치해야 하는 것이다.

안티(Anti)를 여러 번 가져와 주인공을 더욱 더 어려움과 위기 상황으로 몰고 가야 한다. 그래야 시청자가 흥미와 긴장감을 잃지 않게 되는 것이다.

그래서 은혜는 한식당에서 일하며 숙식을 하는 형편에 임신 사실을 알게 되고, 한수는 다니던 공장이 문을 닫게 되고, 급기야 아이들을 만나기로 한 전날 밤에 돈까지 도둑을 맞게 되는 것이다. 주인공 한수와 은혜를 더욱 더 궁지로 몰아넣기 위해, 목표를 이루기 힘들도록 장애물을 설치해놓은 것이다. 그래야 시청자는 안타까운 마음이 들테고 장차 어찌 될 것인지 궁금해질 것 아닌가.

물론 재미있게 만들기 위해 무조건 아무 장애물이나 가져올 수는 없다. 드라마 설정이나 진행 상황에 맞는 정당한 장애라야 한다. 한편으로 작가는 자신이 설치한 장애물을 뛰어넘을 수 있는 해결책을 만들어야 한다는 문제를 안게 된다. 또한 너무 어려운 장애물은 풀기도 어렵기 때문에 작가는 자신도 모르게 가능하면 쉽게 가고자 한다. 그러나 드라마틱한 발상에 어렵게 풀어 가는 드라마가 감동이 온다는 사실을 잊지 말아야 할 것이다.

### (2) 전개 1,2,3,4부의 구조와 이해

전개부에 대한 설명은 드라마의 구조에서 언급되었으나 여기서는 실전의 단계이므로 다시 한 번 자세히 짚어보고자 한다.

드라마는 일반적으로 발단, 전개부1, 2, 3, 4, 클라이맥스, 에필로그의 합계 7개의 시퀀스로 이루어진다. 전개부는 상승, 혹은 갈등과 위기라고도 하는데 여기서는 편의상 전개부를 가와베 가즈토의 〈시나리오 창작연습 12강〉에서의 방식대로 전개1, 2, 3, 4로 나누어 설명하고자 한다.

전개부1을 쓰는 요령을 보면 다음과 같다.

① 제목에서 확인한 초목표에 따라서 '제1 착수행동' 을 일으킬 것.

② 그것을 환경의 모순과 충돌시킬 것.

③ 그 결과 주인공에게 생각지도 않던 새로운 행동(제2 착수 행동)을 일으키게 할 것.

이것을 피스톤 운동에 비하면 1로 밀면 2가 밀어 붙여와 3으로 다시 밀고 하는 식으로 한 번의 왕복 운동이 일어나게 된다.

즉 전개의 구조는 변증법의 논리인 正 + 反 = 合의 논리 그대로다. 위의 전개부1을 쓰는 법을 다시 풀어 설명을 하면 다음과 같다.

① 이야기를 둥글려서 부풀려 가는 부분이다. 발단 부분에서 주인공이 출발시킨 '초목표' 를 작가가 주인공이 되어 '제1 착수행동' 을 개시하는 일이다. 즉 관통행위가 정해질 때 거의 동시에 자연적으로 이루어진다. 〈로미오와 줄리엣〉에서 로미오가 줄리엣의 정원에 숨어 들어가 그 유명한 발코니 장면에 의해 두 사람이 사랑하게 되었다는 사실을 확인하는 부분이다.

② 관통행위란 환경과 주인공 사이의 모순에 의해서 출발된다. 즉 제1 착수행동에 대해서도 그와 마찬가지의 모순이 억압이 가해와서 강한 장애가 앞길을 막는다. 〈로미오와 줄리엣〉에서 양가의 불화라는 환경을 잘 알고 있는 두 사람은 부모에게 결혼하겠다는 말을 꺼내지 못하는 부분이다.

③ 장애에 직면한 주인공의 마음은 더 불타고 예상 못한 행동을 하게 된다. 로미오와 줄리엣은 유모의 중개로 로렌스 신부를 만나 두 사람만의 비밀 결혼식을 올리고 만다.

　　이와 같이 눈앞에 나타나는 장애를 돌파하고 초목표를 실현시키기 위해 주인공이 아슬아슬한 마지막 순간에 생각해 내는 새로운 행동이 '제2 착수행동'이다. 이는 주인공의 성격과 재미를 확실하게 드러낼 수 있는 부분이며 또한 작가의 역량을 보여주는 것이기도 하다.

　전개부1, 2는 현실과 환경의 압박이 상식적이고 주인공의 긴장도도 거의 일상적 수준에 가깝다.

　전개부3, 4는 환경의 반격이 점차 더 강력해지며 이에 맞서는 주인공의 행동도 더욱 독창성을 요구하는 힘있는 것으로 발전해야 한다. 일상적 수준을 넘는 드라마틱한 것이 요구된다. 특히 여기서 힘이 빠져 주저앉거나 회상 등을 하는 것은 금물이다. 클라이맥스를 향한 드라마의 결정적인 시점이자 결정적인 도약의 순간이다. 그러므로 클라이맥스를 위해 전개3, 4에서 스피드를 높여야 한다. 곧 클라이맥스 직전의 가장 어려운 고비이므로 작가는 도중에서 지치지 말고 긴장감을 견뎌내고 정면으로 돌파해야 한다. 환경의 억압이 더 강한 정상 직전의 마지막 언덕 부분이므로 힘들다고 옆길로 빠지거나 후퇴하면 안 된다. 다소 무리를 해서라도 앞으로 나아가야 한다. 힘들더라도 주인공을 억압적인 현실과 부딪치게 해서 아슬아슬한 순간까지 독자적인 길을 개척해서 드라마를 낳게 하고 그 결과로서 스토리를 만들어 나가야 한다.

　이해를 돕기 위해 〈로미오와 줄리엣〉의 전개부를 나누어보면 다음과 같다.

　전개1 – 두 사람이 서로 사랑하여 로렌스 신부 주례 하에 비밀리에 결혼식을 올린다.

전개2 - 로미오가 줄리엣의 사촌 오빠인 티볼트를 살해하는 사건이 일어나 도시에서 추방된다. 그 직전에 로렌스 신부의 거처에 몸을 숨기고 줄리엣에게 연락한다.

전개3 - 로미오, 줄리엣을 만나 로렌스 신부의 배려로 두 사람만의 마지막 밤을 보낸다. 두 사람은 이별하게 되고, 화해의 시기를 기다리기로 한다.

전개4 - 줄리엣 아버지가 패리스 백작과의 결혼을 강요하면서 사태가 급변한다. 거절할 수 없게 된 줄리엣은 로렌스 신부에게 상의해 48시간 가사(假死) 상태에 빠지는 약을 복용한다는 비상수단을 취한다. (이 경우 그런 약이 있는지 어떤지는 크게 문제가 안 된다. 줄리엣이 일상성을 깨고 독자적이고 극적인 행동으로 나간다는 것이 중요하다.)

여기서 보듯 전개3, 4에서는 1, 2보다 더 강력한 환경의 족쇄가 생긴다. 주인공은 그에 대항하여 일상성의 수준을 초월한 비정상적이면서도 독창적으로 극적인 행동을 일으키고 있다. 즉 '먹으면 가사상태에 빠지는 약'이라는 보통 이상의 극적인 처방이 필요하다는 것이다.

처음 대본을 쓰는 경우 좋은 소재를 가지고 훌륭한 상황을 설정했음에도 불구하고 전개3, 4 부분에서 더 이상 진전되지 않는 작품이 많다. 흔히 전개1, 2를 넘어서 전개3 언저리에서 주저앉고 마는데 회상을 하는 방법으로 개연성을 만드는 경우가 이에 해당된다.

또는 전개1, 2밖에 안 되는 사건을 길게 늘여 갑자기 아이가 사고를 당하는 식의 상투적인 방법으로 클라이맥스로 몰고가 결말에 이르는 경우도 마찬가지다. 이런 경우는 원고의 양은 채웠으나 어딘가 맥이 빠진 듯한, 한마디로 재미없이 지루한 드라마가 되고 마는 것이다.

그러므로 전개3, 4에서는 1, 2보다 족쇄를 강하게 하여 정면 돌파를 해야 한다. 그리하여 전개4의 끝부분에서 주인공은 그 행동의 종착점에 도달하고 그곳을 정점으로 해서 단숨에 클라이맥스로 돌입해 간다.

전개부의 후반부로 갈수록 정상을 향한 부분이라 호흡이 가빠지게 된다. 뒤로 갈수록 긴장감이 강력해지는 만큼 사건 전개도 빠르고 짧아지는 것이다.

### ■ 〈약속〉 전개부

〈약속〉의 전개부에 대한 설명은 다음과 같다.

발단에서 한수와 은혜 가족의 상황을 대충 소개는 했다. 그러나 이 사람들이 왜 이런 상황에 처하게 되었는가 하는 설명은 아직 하지 않았다. 단지 이 부부의 목표가 빨리 돈을 모아 아이들과 같이 살 방을 마련하는 것이라는 정도만 알고 있다. 그래서 전개1, 2는 아내 은혜의 식당 생활을 보여주면서 사건과 함께 가기로 했다. 예전에 같이 세 들어 살던 여자를 등장시켜, 은혜가 사기로 집을 넘기고 달아났던 집주인을 찾아가게 만들었다. 왜 이런 형편이 되었는가에 관한 일단을 보여주었다.

다음은 은혜를 더 목표에서 멀어지게 만들어야 하기 때문에, 임신하게 만들었다. 절박한 처지에 더 어려운 궁지로 몰아넣은 것이다. 게다가 도움을 줄 유일한 인물인 남편 한수는 아이들과 만나기로 한 다음 달에 나타나지 않도록 장치했다. 더구나 지방으로 내려가기로 했다는 연락을 받게 만들었다. 은혜를 오도 가도 못하게 만들면서 전개2를 끝냈다. 그러면서도 이 부부가 서로에 대한 깊은 애정을 가지고 있음을 엿보이게 만들어 시청자로 하여금 안타깝게 만드는 것 또한 잊지 않았다. 그래야 시청자가 같이 공감대를 가지고 따라가게 되리라는 계산에서다.

이어 전개3, 4는 남편 한수가 끌고 가기로 했다. 여기서도 한수의 현재의 모습을 보여주면서 사건과 함께 그에 대한 궁금증을 풀어가기로 했다.

한수의 역할은 건축 공사장에서 일하는 모습으로 시작했다. 아내에게는 공장에서 일하고 있다고 했지만 사실은 여기저기 일용직 노무자로 만화방에서 자고 있는 신세. 그리고 아이들과 만나기로 약속한 날 하루를 전개3, 4로 잡았다.

그러나 장애물을 설치해야 하는 입장이라 한수에게 현재 제일 귀중한 것을 뺏기로 했다. 아이들과 만나기로 한 날 지갑을 도둑맞게 했다. 전 달에도 아이들과의 약속을 지키지 못한 한수로서는 더 이상 오갈 데 없는 궁지에 몰렸다. 한수는 돈을 마련하기 위해 공장과 친구와 형 집에까지 찾아간다. 그 과정을 통해 한수가 어떤 사람이며, 어떻게 이런 상태까지 오게 되었는지도 하나씩 차례로 알 수 있도록 했다. 물론 그의 목표는 무참히 깨어진다. 한수를 갈수록 더욱 더 초라하게 만들었다.

그러나 이쯤에서 끝내기는 클라이맥스까지 가기에 부족했다. 한수를 더 막다른 골목으로 몰기로 했다. 아이들과의 약속 시간도 이제 끝나가고, 초조해진 한수는 그만 남이 흘린 지갑을 알면서도 주워 돌려주지 않게 되고 파출소까지 가게 만들었다. 한수에게 도둑질까지 시키기에는 너무 작위적이기도 하고, 그의 성격과도 맞지 않아 이 정도로 사건을 만들었다.

결국 한수는 아이들과의 약속을 못 지킨 채 보육원 문 앞에 서 있다가 돌아서게 했다. 한수는 식당이 문 닫은 늦은 시간 은혜를 찾아가지만, 은혜도 아이들을 만나지 못했다는 사실을 알게 된다. 두 사람 다 아이들과의 약속을 어긴 것이다. 기다리고 있었을 아이들을 떠올리게 되는 두 사람.

클라이맥스로 갈수록 사건의 강도가 강해졌다. 여기서는 외적인 사건의 크기보다 심리적으로 한수를 더 막바지로 몰아갈 수 있는 사건의 강도를 고려했다.

〈약속〉의 전개부는 지면 관계상 대본 대신 스토리의 흐름을 전개1, 2, 3, 4

로 나누어 보도록 하겠다.

전개1 - 식당에서 일하던 은혜는 집주인의 행방을 찾게 되지만 돈을 돌려 받을 가
　　　　망이 없음을 알게 된다. 더구나 임신을 했음을 알게 되고 절망한다. 한수
　　　　는 지방으로 내려갈 것이라며 아이들과 만나는 날 오겠다는 약속을 하며
　　　　떠난다. 은혜는 임신 사실을 말하지 못한다.
전개2 - 은혜는 임신 중절을 하기 위해 병원을 찾지만 못하고 돌아선다. 아이들과
　　　　만나는 날. 은혜는 상민, 정민과 공원에서 한수를 기다리지만 나타나지 않
　　　　는다. 그날 밤 은혜는 기다리던 한수의 전화를 받는데… 한수는 지방이라
　　　　며 다음 달에는 꼭 만나기를 약속한다.
전개3 - 아이들과의 약속 날 아침. 한수는 가진 돈을 도둑맞는다. 한수는 돈을 받
　　　　기 위해 공장을 찾아가지만 헛수고만 한다. 친구를 찾지만 말도 못 꺼내
　　　　고. 마지못해 찾아간 형의 집에서는 더욱 더 비참함만 맛본다.
전개4 - 다급해진 한수는 남의 지갑을 줍게 되고 도둑으로 몰려 파출소까지 가게
　　　　된다. 이미 닫혀버린 보육원 문 앞에서 한수는 돌아선다. 한수는 은혜를
　　　　찾아가지만 은혜도 아이들을 만나러가지 못했음을 알게 된다.

## 클라이맥스(Climax, 절정, 轉)

클라이맥스는 작품의 주제가 드러나는 곳으로 드라마의 핵심 부분이자 산
의 정상에 해당한다. 힘들고 가파른 산길과 능선을 타고 올라가야 정상에 이
르듯, 갈등과 위기의 전개 부분은 극의 정점인 클라이맥스를 위한 것이다. 그
러므로 갈등이 약하면 클라이맥스가 약할 수밖에 없는 것이다.
즉 갈등과 위기의 상황은 모두 이 클라이맥스를 위한 준비과정으로, 발단에
서 시작해 갈등과 위기를 여러 번 거쳐 드디어 카타르시스를 배출해 내는 곳

이다. 작가가 호소하고 싶은 것이 느껴지는 진실의 순간이다.

작가가 자신의 드라마를 통해서 하고자 하는 이야기를 가장 극적으로 드러내는 곳이다. 그러므로 영상으로 보더라도 가장 인상적이고 화려한 포인트이기도 하다. 다리가 폭파되거나 격전이 벌어지기도 하고, 화산 폭발이나 주인공이 자살을 하는 장면 등 드라마 전편을 통일하는 핵심 부분으로 가장 통쾌하거나 감동적인 지점이다. 이처럼 작가는 이 클라이맥스를 통해 자신이 의도한 바의 주장이나 사상 즉 주제를 확실하게 부각시켜야 한다

그러나 결말부가 결코 돌발적이거나 우연적이어서는 안 된다. 논리적이고 필연적이어야 한다. 작품 안에서 깊어진 갈등이, 위기로 인해 힘이 상승하고 충돌함으로써 일어나는 필연적인 결과이다. 합리적이고 인과적이고 논리적인 결과라야 한다. 외면적인 사건으로 클라이맥스를 끌어내는 것이 아니라 내면적으로도 가장 큰 위기라야 한다.

아들의 수술비를 마련하기 위해 전개부 내내 동분서주하던 주인공이 혹시나 하고 산 복권이 당첨되어 목적한 바를 이루었다고 한다면 드라마를 보던 시청자는 어쩐지 속은 것 같은 느낌을 받을 것이다. 이처럼 클라이맥스를 처리하는데 있어서 해결의 결정적인 계기가 돌발적인 사고나 우연 등 외부의 힘에 의존하는 것이어서는 안 된다. 또한 사건적인 변화와 움직임을 강조하기보다는 그 사건의 내부에 감추어져 있는 인물들의 심리적인 깊이를 파고 들어감으로써 작품을 클라이맥스로 이끌어가야 한다.

그리고 작품을 클라이맥스로 끌어올리기 위해서는 여러 이야기를 한곳으로 모아야 한다. 이를 위해서는 사건의 초점을 향해 인물들을 모아야 한다.

인물을 모으는 방법에는 두 가지가 있다.

① 극의 구성상 인물들이 한 곳으로 모이게 하는 것으로, 보물이 있는 장소

등 드라마 전개상 한 장소에 모일 수 있도록 만드는 방법이다.

② 인물들이 한 장소로 모이도록 강제수단을 쓰는 것으로, 결혼식이나 문상, 생일 등 특별한 날을 만들어 필요한 인물이 모이게 만드는 방법이다.

또한 작가는 자신이 하고 싶은 이야기를 대사나 설명이 아닌 행동과 사건으로 보여주어야 한다.

〈로미오와 줄리엣〉의 클라이맥스를 정리해보면 다음과 같다.

클라이맥스 – 연락이 잘 안되어 줄리엣이 정말로 죽은 것으로 오해한 로미오가 묘지로 달려온다. 로미오가 거기 와 있던 패리스 백작과 결투해 쓰러뜨리고 준비해 온 독약을 먹고 줄리엣 위에 쓰러져 죽는다. 눈을 뜬 줄리엣, 로미오의 죽음을 알고서 주저하지 않고 로미오의 단검으로 가슴을 찌른다.

린다 시거는 〈작가로 거듭나기〉에서 테마의 전달에 대해 다음과 같이 말하고 있다.

"위대한 작가들은 주로 액션과 이미지를 통해서 테마를 전달하는데, 특히 훌륭한 대사들을 아껴서 사용한다. 요컨대 말로 전달하는 것이 아니라 테마를 보여 주는 것이다."

이처럼 극본 속에서의 테마 전달은 까다롭게 느껴질 수 있다. 왜냐하면 실제 생활에서 테마는 – 인생철학이나 인생의 의미에 대한 생각 – 주로 말(대화)로 전달하기 때문이다. 그러나 말로 하는 테마는 우리 삶의 진정한 테마가 아니다. 진정한 테마는 우리의 행동 속에 살아있는 것이고, 그러한 우리의 캐릭터가 바로 테마인 것이다. 진실이란 눈으로 보아야 하는 것이지, 설명을 들어서 알 수 있는 것은 아니다.

결국 테마란 곧 감동을 말하는 것이다. 클라이맥스에서 작가는 자신의 테마를 전달하기 위해 대사보다는 영상을 통한 배우의 행위로 감동을 끌어내도록 해야 한다는 것이다.

### ■ 〈약속〉 클라이맥스부

다음은 〈약속〉의 클라이맥스부 설명이다.

한수는 아내에게, 아이들에게도 면목이 없다. 거의 자포자기하는 심정이다. 아내가 아이들을 만나러 가지 않았다는 사실도 화가 난다. 터지기 직전이다.

발단부에서는 은혜가 여인숙에 들어가지 않으려고 했으나, 반대로 클라이맥스에서는 싫다는 한수를 은혜가 끌고 들어간다. 한수는 은혜를 안으려고 하지만 은혜가 거절하자 급기야 한수는 다른 남자가 있다면 가도 좋다고 말한다. 은혜의 마음이 변했다고 생각하는 한수에게 은혜는 임신 중절 수술을 했음을 말한다. 한수는 할 말을 잃는다.

한수는 아무 것도 해줄 수 없는 무력한 자신에게 화가 나는 것이다. 은혜는 한수를 위해 사온 속내의를 내밀고 있다. 서로 힘들지만 사실은 두 사람 다 서로에 대한 사랑을 확인하고 싶어하는 것이다. 입으로 말은 안 하지만 서로 사랑이 변한 것은 아니다. 아직은.

다음은 〈약속〉의 클라이맥스 부분이다.

### S#29. 포장마차 안

은혜, 오뎅 국물을 먹고 있고.
한수, 옆에 앉아 소주잔을 두고 소주를 마시고 있다.
한수, 아무 말도 없이 술만 마신다.
은혜 옆에 자그마한 손가방도 하나 놓여 있다.

은혜 - (눈치 보며) 그동안… 왜 전화도 한번 안했어요?

한수 - (여전히)

은혜 - …언제 서울에 올라왔어요?

한수 - …좀 됐소.

은혜 - 왜… 그래요?

한수 - …….

은혜 - 여보.

한수 - (여전히 골똘히 술만 마신다)

## S#30. 포장마차 앞

한수와 은혜 나란히 나와 서있다.


한수 - 들어가 봐.

은혜 - 어디로 가려구요.

한수 - 갈 데는 있으니까 걱정 마.

은혜 - (팔 잡으며) 같이 자고 가요. 나 돈 있어요.

한수 - !

은혜 - 여보… 나도 당신하고 같이 있고 싶어요.

한수 - …….


## S#31. 여인숙 앞

은혜가 앞장을 서 먼저 들어가면 한수, 보다가 따라 들어간다.


## S#32. 방안

여인숙 방안. 은혜, 이불을 펼치고 있으면
한수가 벽에 기대앉아 담배를 피우고 있다.


은혜 - (손가방에서 새로 산 속내의 한 벌을-비닐에 든 런닝과 팬티- 꺼내 내민

다) 이거 갈아입어요.

한수 – ……(빤히 보고 있다)

은혜 – 왜 그래요?

한수 – (담배를 끄고 갑자기 다가가 안으며 이불 위로 넘어뜨린다)

은혜 – 안돼요. (강하게 피하며) 잠깐만요.

한수 – (갑자기 멈추고 몸 일으키고 본다)

은혜 – 미안해요. 너무 피곤해서… 몸이 좀 아파서요.

한수 – … 말해.

은혜 – ?… 뭘요?

한수 – 누가 있는 거지?

은혜 – ? 누가 있다뇨?

한수 – 당신이 무슨 말을 해도 들을 각오가 되어있어. 돈 잘 버는 놈 있으면 가도
　　　좋아. 각오는 하고 있으니까.

은혜 – 여보.

한수 – 그냥 하는 말 아냐.

은혜 – (화가 난) 그걸 말이라고 하는 거예요?

한수 – 농담으로 들리나? 그럼 다시 한 번 말해주지. 다른 놈 만나 잘 먹고 잘 살겠
　　　다해도 좋단 얘기야.

은혜 – 그렇게 말하지 말아요. 당신 같지 않아요.

한수 – …….

은혜 – 힘을 내봐요. 우리 조금만 더 참고 힘을 내자구요. 아이들을 생각해서라
　　　도…….

한수 – …….

은혜 – (보다가) 당신이 싫어서 그러는 거 아니예요. 사실은…….

한수 – ?

은혜 – (방바닥을 보며)… 사실은… 병원에 갔었어요.

한수 – ?!

은혜 – 어쩔 수 없었어요.

한수 - (여전히) ?

은혜 - … 있는 아이도 키우지 못하면서… 또 어떻게…….

한수 - (놀라는) !

은혜 - (고개 들고 보는, 눈물이 글썽이는)

한수 - (점점 더 참담해지는, 차마 미안하다는 말도 못한다)

## 결말(에필로그, Ending, 結)

결말은 클라이맥스에서 표면화된 테마를 해결하고 마무리하는 곳이다. 클라이맥스에서의 자살이나 대격전, 대폭발 등이 끝난 뒤의 마지막 해결 부분(Resolution)이다. 또한 이야기의 끝이 아니라 이야기의 해답을 말하는 곳이다. 즉 이제까지 해결하지 못했던 모든 문제를 정리하여 드라마의 테마를 정착시키고 여운을 남기는 곳이다.

이를 위해서는 작품의 감동이 시청자의 마음 속에 오래 남을 수 있도록 아쉬움이나 안타까움, 놀라움 등의 감정을 강하게 남겨야 한다. 그러기 위해서는 완벽한 결말보다는 생각할 수 있는 여지를 주어야 한다.

그러나 여운을 남겨야 한다고 해서 결말부에서 길게 끌면 좋지 않다. 드라마는 사실 클라이맥스에서 이미 할 말을 다 했다고 보면 된다. 더 이상 이야기할 필요가 없다. 결말 부분이 너무 길면 명확한 엔딩에 방해만 될 뿐이다. 가능하면 빨리 끝내어 인상적인 뒷마무리를 하는 것이 훨씬 더 여운이 남는다.

### (1) 결말의 방법

결말의 방법이 정해져 있는 것은 아니다. 작가의 의도에 따라 결정할 사항이다. 다음은 기존의 영화나 드라마에서 처리되고 있는 결말을 몇 가지로 분류해 놓은 것이다.

① 긍정적 결말 – 해피엔딩(Happy Ending)

② 부정적 결말 – 언해피엔딩(Unhappy Ending)

③ 모호한 결말 – 오픈엔딩(Open Ending)

긍정도 부정도 아닌 결말이라 드라마가 끝나지 않은 채 지속되는 듯한 느낌을 준다. 설명적이지 않으면서 함축적이고 열려진 결말로 지적인 성찰을 가능케 하고 시청자를 능동적으로 참여시키는 결말이다.

④ 충격적인 결말 – 서프라이즈 엔딩(Surprise Ending)으로, 원래 공포 영화에서 많이 쓰이는 수법이었으나 지금은 반전(Turning Point)의 의미로 해석해도 좋을 것 같다. 드라마의 사건이나 내용 전체가 예상외의 결말로 끝내는 것을 말한다. 결말 직전까지 시청자가 알고 있었던 사실을 완전히 뒤집으면서 끝나버리는 방법으로 영화 〈식스 센스〉가 전형적인 예이다. 주인공이 귀신이었다는 사실을 알려주면서 바로 끝난다.

## (2) 반전 (Turning Point)

반전(Turning Point)의 사전적 의미를 보면, 지금까지 진행되던 극의 전개가 사건들의 양상을 바꾸고 "주요한 인물을 불행에서 행복으로, 혹은 행복에서 불행으로 넘어가게 만들 때"(마르몽텔) 즉 극적 행동이 그 방향을 바꾸는 것을 가리킨다.

프라이타그의 '삼부오관점설'에서는 도입 – 상승 – 정점 – 하강(반전) – 파국으로 드라마의 구조를 나누고 있다. 클라이맥스와 결말 사이에 반전이 들어있는데 요즘에는 클라이맥스와 결말부 사이가 짧아진 관계로 클라이맥스 후의 반전을 결말에 포함시켜서 생각할 수도 있다고 본다.

시청자의 허를 찌르는, 사전적 의미의 반전은 클라이맥스와 결말 사이에만 있는 것이 아니다. 전개에서 클라이맥스까지 가는 과정에서도 작은 반전들이 여러 번 있을 수 있다.

또 극 전개상 클라이맥스 후 반전이 있은 다음 결말이 있을 수도 있고, 반전 없이 끝날 수도 있다. 또 서프라이즈 엔딩처럼 맨 마지막 씬에서 반전으로 드라마를 끝낼 수도 있는 것이다.

### (3) 라스트 씬(Last Scene)

라스트 씬은 퍼스트 씬과 반대의 의미로 결말 부분의 마지막 장면을 뜻한다. 퍼스트 씬이 중요하듯 라스트 씬 역시 마찬가지이다. 드라마의 마지막 씬을 어디서 어떻게 가장 적절한 것으로 설정할지 고심해야 할 것이다. 명장면으로 남아있는 영화의 라스트 씬을 생각해 보라. 특히 단막이나 특집 드라마는 영화와 다름이 없다. 마지막 영상으로 시청자에게 깊은 인상과 여운을 줄 수 있도록 해야 한다.

### (4) 에필로그(Epilogue)

에필로그는 프롤로그의 반대가 되는 의미로 이야기의 끝을 말한다. 그러나 결말부를 가리키는 용어로 사용하기도 한다.

작품의 본 스토리가 끝난 후에 제시되는 정보 화면이나 해설 따위, 특히 역사적 사실에 근거한 내용일 때 많이 사용된다. 본 내용 중 다 하지 못한 말을 뒤에 덧붙이는 경우가 많다. 마지막 장면이 정지되면서 지금까지 작품 내에 제시되었던 내용 이후의 해설이 들리거나 설명 자막으로 나타나며, 또는 몽타주 시퀀스로 처리되는 경우가 이에 해당한다.

■ 〈약속〉 결말부

〈약속〉의 결말은 남편 한수가 떠나가는 부분이다.

한수로서는 아내에게 자신의 초라한 뒷모습을 보이고 싶지 않을 것이다. 아직은 아무 것도 해줄 수 없지만, 아내와 아이들을 사랑하고 있고, 약속을 꼭 지킬 것이라는 희망을 가지고 있다. 아내의 지갑에서 사진을 꺼내 가지고 떠나는 한수의 모습에서 희망을 가질 수밖에 없는 그의 현실을 동시에 보여 주고 싶었다. 서로에 대한 사랑을 잃지 말기를, 그의 약속이 지켜지기를 희망하면서.

다음은 〈약속〉의 결말부분이다.

## S#35. 동 방안 (새벽)

한수, 누운 채 눈을 뜨고 있다.
가만히 고개를 돌려 깊이 잠들어 있는 은혜를 바라본다.
몹시 창백하고 말라 보인다.
한수, 가만히 손을 뻗어 은혜의 뺨을 만지려다 손을 거두고
소리 없이 일어나 앉는다. 몸을 빼내고 이불을 가만히 당겨 잘 덮어준다.
바지를 입고 티셔츠를 입는 한수.
잠바를 들고 나오려다 열려있는 은혜의 가방에 눈이 멈춘다.
가방 위에 놓인 지갑이 보이자 가만히 집어 든다.
지갑을 펼쳐 만 원 한 장을 꺼내다보면 사진이 보인다.
꺼내어보면 네 가족이 환히 웃고 있는 작은 사진이 두 장 들어있다.
한수, 그 사진 중 하나를 빼내 점퍼 주머니에 집어넣고
지갑을 가방에 도로 올려놓는다.

## S#36. 여인숙 앞 (동시간)

막 어둠이 걷히려는 이른 새벽. 한수, 혼자 여인숙을 나선다.
몇 걸음 옮기다 잠시 머뭇하고 고개를 돌리려다가 주머니에서 사진을 꺼내 자신의 지갑 속에 잘 넣고 지갑을 안주머니에 넣은 다음 걸음을 옮겨놓는다.

## S#37. 여인숙 방
세상모르고 잠들어 있는 은혜.
은혜의 가방 옆에 인형이 놓여 있다.

## S#38. 거리 (새벽)
청소 리어카가 보이는 새벽 거리 분위기.
한수, 혼자 쓸쓸히 걸어간다.

발상에서부터 시작한 드라마 따라 쓰기는 이제 끝났다.

완성해 놓고 보니 생각보다 흡족한 경우도 있을 것이다. 아니 솔직히 말하면 너무 감동적이라 빨리 누군가에게 보이거나 공모전에 내고 싶다는 생각이 들 수도 있다. 혹은 반대로 완성은 했는데 막상 읽어보니 너무 아닌 것 같아 그만 포기하고 싶을 수도 있다. 실은 두 경우 다 초보자가 한번쯤은 거치는 과정이라고 생각해도 된다. 중요한 것은 두 경우 다 너무 조급하게 생각하지 않아야 한다는 것이다. 초고를 완고라고 생각하지 말고 잠시 밀쳐두었다가 다시 수정의 과정을 거쳐 완성도를 높이면 되는 것이다.

또 다른 경우로, 어쩌면 아직 시작은 안한 상태이고 "그래 대충 무슨 말인지는 알겠다. 이제 시작해볼까" 하고 생각하고 있을지도 모른다. 아무래도 상관없지 않은가. 사실 이론은 그냥 이론일 뿐이다. 처음 시작할 때 언급했듯이 드라마에 정답이 어디 있겠는가. 이론 따위는 잊어버리고 자유롭게 마음대로 써보는 것이다. 지금 당장. 어쩌면 가장 확실한 방법일지도 모른다.

# 참고 문헌

가와베 가즈토, 〈드라마란 무엇인가〉, 허환 역, 시나리오친구들, 1999.

가와베 가즈토, 〈시나리오 창작 연습 12강〉, 나윤 역, 시나리오친구들, 1999.

린다 시거, 〈작가로 거듭나기〉, 윤태현 역, 시나리오친구들, 2003.

린다 시거, 〈시나리오 거듭나기〉, 윤태현 역, 시나리오친구들, 2001.

빠트리스 파비스 〈연극학 사전〉, 현대미학사, 1999.

사이드 필드 〈시나리오란 무엇인가〉, 유지나 역, 민음사, 1999.

시드 필드 〈시나리오 워크북〉, 박지홍 역, 경당, 2001.

신봉승 저, 〈TV 드라마 · 시나리오 작법〉, 고려원, 1981.

아라이 하지메, 〈시나리오 기초기술〉, 나윤 역, 시나리오친구들, 2000.

이상섭, 〈문학비평 용어사전〉, 민음사, 1999.

이환경, 〈TV 드라마작법〉, 청하, 2003.

유동훈 외, 〈TV 드라마 · 시나리오 창작기법〉, 집문당, 1998.

정재형, 〈영화 이해의 길잡이〉, 개마고원, 2003.

최상식, 〈TV 드라마 작법〉, 제삼기획, 1991.

한용환, 〈소설학 사전〉, 문예출판사, 1999.

앤드루 호튼, 〈캐릭터 중심의 시나리오 쓰기〉, 주영상 역, 한나래, 2000.

패트릭 G.라일리, 〈The One Page Proposal〉, 안진환, 을유문화사, 2002.

# 실전! TV 드라마 쓰기    제3부

박찬성 |

# 01 작가는 왕(王)이야

"대한민국은 드라마 왕국이야!"

"작가는 그 왕국의 왕이야!"

"고로 그대는 왕이야!"

강의 첫날 학생들을 향해 내가 토하는 제 일성이다.

나도 외국깨나 다녀봤고, 어느 나라에 가든 방송 드라마에 대해서는 관심을 갖고 알아봤지만 우리나라처럼 많은 드라마를 방송하는 나라는 보지를 못했거니와 듣지도 못했다.

일본에서 〈부자 되는 법〉이라는 책이 출간되어 많은 판매실적을 올렸으나 막상 그 책을 읽고 부자가 된 사람은 없었다고 한다.

처음 드라마 작법에 관한 책을 써보라는 교육원의 권유를 받고 같은 생각을 했다. 이미 많이 출간되어 있는 드라마 작법을 읽고 실제로 드라마 작가가 된 사람이 과연 몇 사람이나 있을까? 내가 다시 쓴다면 얼마나 다른, 그리고 얼마나 유용한 책이 될 수 있을까?

이 책의 집필을 열 번 이상 사양했으나 내가 교육원에서 학생들에게 강의를 한 지 어언 10년째가 되다보니 나름대로 작법에 대한 연구가 있었으리라 짐작하고 권하는 것 같아서 부득이 집필을 시작하게 되었다.

정말로 드라마 작법이란 있는 것일까? 그렇다면 일류대학을 들어갈 수 있는 머리를 가진 수재들이 그 작법을 공부해서 드라마 작가가 되었다면 우리나라 드라마 수준이 한결 높아졌을까? 아니면 누구 말대로 아예 드라마 작법이란 없는 것일까?

그에 대한 대답은 그렇게 중요하지 않다. '드라마의 작법'은 없어도 '드라마란 무엇인가'는 알아야 한다. 내가 이 책을 집필하게 된 이유이다.

작법을 연구하기 전에 먼저 다독(多讀), 다사(多思-많이 생각), 다작(多作)을 권한다.

앞서 언급했듯이 시중에는 이미 TV 드라마 작법에 관한 책들이 많이 나와 있다. 그러나 본인이 의아하게 생각한 점은 막연히 TV 드라마 작법에 대해 언급했을 뿐 연속극과 단막의 차이에 대해서는 상세히 언급하지 않고 있다는 점이다. 연속극과 단막극은 같기도 하고 다르기도 하다.

미리 전제하거니와 이 글에서 언급할 내용은 '단막극에 대한 작법'이다(굳이 작법이라는 단어는 쓰고 싶지 않지만). 차제에 분명히 해두고 싶다. TV 드라마에서의 단막극과 연속극은 극작술이라는 관점에서 볼 때 매우 다르다.

적절한 비유가 될지 모르겠으나 많은 사람들이 원숭이와 침팬지는 그 덩치 때문에 구별을 하지만, 고릴라와 침팬지를 구별할 줄 아는 사람은 많지 않다. 그리고 그걸 구별 못한다 하여 크게 무식한 사람 취급을 받지도 않는다.그러나 유인원(類人猿)을 전공한 학자들은 다르다. 침팬지와 고릴라는 생태학에서부터 매우 다르다는 걸 안다. 그들은 전문가들이기 때문이다.

우리도 드라마를 쓰려면 드라마의 전문가가 되지 않으면 안 된다. 따라서 연속극과 단막극은 구조적으로 다르다는 것 또한 알아야 한다.

연속극도 집필하기 전에 방송사에 작품 계획서(Synopsis)라는 것을 제출한다. 작품의 방향이나 성격을 알아야 할 필요와 연관하여 사무적인 측면에서도 필요하기 때문이다. 그리고 그 시놉시스에서 가장 큰 비중을 차지하는 부분이 전체 줄거리임은 두말할 필요가 없다.

한데 막상 방송이 되다보면 처음에 쓴 줄거리대로보다는 시청자들의 반응이 좋은 방향으로 가게 되는 게 일반적이다. 시청률 때문이다. 다시 말해서 연속극은 작가의 처음 의도와 시청자의 현실적인 요구가 타협하며 극을 끌어갈 수도 있다.

그러나 단막극의 경우는 전혀 다르다. 방송이 끝나고 나면 다음 회에 대한 약속도 없고 곧바로 성공과 실패의 결과만 있을 뿐이다. 따라서 단막극을 쓸 때는 명실상부하게 '단막극답게' 쓰지 않으면 안 된다. 더불어 단막극의 매력을 극대화해야만 한다. 연속극의 경우에는 어느 상황이 시청자를 매료하는지를 찾아 그 부분을 극대화하면 된다. 또 오늘의 시청자 반응이 시원찮으면 다음 회에서 스토리의 줄기를 바꾸는 일도 가능하다.

그러나 단막극은 한 회에서 극적 쾌감을 경험할 수 있어야 한다. 단 한 번 정해진 시간(대체로 60분~70분)의 승부! 그것이 단막극의 매력이다.


드라마란 인생(살아가는 사람들)의 축소판이라는데 이의를 달 사람은 없을 것이다. 그렇다면 사람들이 왜 드라마를 즐겨보는지도 명확해진다. 그것은 다른 사람의 인생(드라마)을 통해서 내 인생을 반추하고 간접 체험을 할 수 있기 때문이다. 때문에 작가는 누구보다도 인생을 바라보는 시선이 따뜻하지 않으면 안 되며 인생을 사랑하지 않으면 안 된다. 그래야만 드라마를 본 시청자의 마음을 움직여 감동을 줄 수 있기 때문이다. 시청자의 마음을 움직이는 감동을 주지 못했다면 귀하는 드라마를 쓴 것이 아니다. 드라마 비슷한 것을 썼을 뿐이다. 드라마의 종착역은 감동이기 때문이다.

여기서 어느 기성작가의 충고를 옮겨보자.

"사랑하는 사람에게 연애편지를 쓴다고 해도 그 사람의 마음 속에 뜨거운 사모의 정이 없다면 어떻게 될 것인가? 아마도 그 연애편지는 아무런 내용도, 매력도 없어 상대의 마음에 감동을 주기란 절대로 불가능할 것이다.

TV 드라마도 예외가 아닐 것이다. 따라서 드라마를 본 시청자의 마음을 움직이고 감동시켰다면 그것을 쓴 작가의 성실하고 열렬한 마음이 시청자에게 닿았다는 뜻이다. 때문에 중요한 것은 그것을 쓴 작가의 마음 속에 그것을 쓰지 않고는 견딜 수 없었던 충동이 얼마나 강했는가이다. 그 열정이 작가에게 드라마를 쓰게 하는 유일한 충동이며, 이 충동을 일으키는 본체야말로 그 작가의 생활 사상이며 주의이자 주장일 것이다.

쓰지 않으면 안 될 내적(內的) 충동만 있으면 TV 드라마는 누구나 쓸 수 있다. 그렇다면 형식은 2차적인 문제이다. 잘 썼느냐 못 썼느냐는 3차적인 문제이다. 우선 해야 할 말이 가슴 속에 가득 퍼져가고, 그것이 입 밖으로 나오려 할 때부터 시작해도 늦지 않다. 그 다음에 어떻게 쓸 것인가를 생각해 본다. 이렇게 쓰지 않으면 안 될 뜨거운 열정이 솟아나올 때에야 그 사람은 작가가 되는 것이고 쓰는 것에 의해 자기 자신 속에서 카타르시스(Catharsis)를 경험하고, 그것에 의해 자기 자신의 정체를 확인하길 원할 때에야말로 그 사람은 작가라 할 수 있는 것이다."

왕이 왕의 대접을 받으려면 백성들을 행복하게 해줘야 한다.

작가가 작가의 대접을 받으려면 시청자를 행복하게 해줘야 한다.

앞서 말한 〈부자 되는 법〉이란 책이 일본에서 출판되어 많이 팔렸다고 한다. 하지만 정작 돈을 많이 번 사람은 그 책들을 산 독자들이 아니라 출판업자였다. 〈드라마 작법〉이라는 책 몇 권이 작가를 만들어 준다면 작가가 못 될 사람이 어디 있겠는가?

드라마의 작법은 크게 중요하지 않다.

중요한 건 드라마란 무엇인가를 이해하는 것이고 시청자들은 왜 드라마를 보는가를 알아야 하는 것이다.

## 02 아마추어는 가라

어느 예술 분야에도 프로와 병존하여 아마추어라는 것이 있다. 미술, 음악, 무용, 소설 등등…….

한데 유독 아마추어는 없고 프로만이 존재하는 세계가 있다. 바로 방송작가이다. 단 1분짜리 원고라 해도 여러분이 쓴 원고가 방송되어 나가면 반드시 정해진 원고료를 받게 된다. 때문에 방송작가는 누구나 프로일 수밖에 없다.

한때 "프로는 아름답다!"라는 캐치프레이즈의 선전문구가 전파를 탄 적이 있다. 과연 "프로는 다 아름다운 것이냐?"고 묻는다면 분명 반론을 제기하는 사람도 있을 것이다. 그러나 "프로의 세계는 냉혹하고 치열하다!"라고 한다면 아무도 이의를 제기하지 못할 것이다.

치열하고 냉혹한 프로의 세계! 바로 여러분들이 몸담아야 할 세계이다. 그렇다면 여러분들에게 제일 먼저 요구되는 것은 분명하다.

프로 마인드를 가져야 한다!.

프로 마인드란 치열한 프로의 세계에서 살아남아야 한다는 남다른 각오의 다른 표현일 뿐이다. 프로의 세계에서는 경쟁자를 눌러 이기는 일이 제일의 가치이다.

여러분의 경우도 크게 다르지 않다.

여러분이 방송작가로 데뷔하기 위해서는 방송 3사가 일 년에 한 번씩 시행하는 공모전에서 당선이 되어야 한다. 그런데 공모전에 응모되는 작품의 수는 3천여 편이 넘는데 당선작으로 뽑히는 작품은 겨우 6~7편에 불과하다. 수치적으로 따지면 이보다 더 치열한 경쟁은 없다. 드문 경우이긴 하지만 공모전을 통하지 않고 담당 PD에 의해 선택되는 경우도 있다. 중요한 건 어느 경우든 귀하의 작품이 방송된다는 것은 결코 쉽지 않다는 점이다.

더욱 여러분들을 힘들게 하는 것은 여러분의 작품이 우수하다는 평가와 함께 99점을 받았다 해도 방송이 되어지지 않는다면 큰 의미가 없다는 점이다. 따라서 여러분이 쓴 작품이 "괜찮네." "잘썼어."라는 칭찬을 듣는 것만으로는 턱없이 부족하다. 방송이 된다는 의미의 100점을 반드시 받아야 하는 것이다.

작가가 제아무리 정성껏 썼다 해도 제작이 되어 지금 방송이 되지 않으면 전혀 의미가 없는 게 바로 방송대본(원고)이다. 시나 소설은 지금 읽히지 않더라도 언젠가 읽혀질 수 있는 가능성만으로도 출판이 가능하다. 실제로 후대에 가서야 제대로 평가를 받은 작품도 많다. 그러나 방송 드라마는 후대에 평가해 줄 시청자를 기대하며 오늘 방송하는 법이란 없다. 방송사는 시청률로부터 자유롭지 못하기 때문이다.

혹자들은 방송사들이 지나치게 시청률을 의식한다는 비난성 발언을 서슴지 않는다. 난 이런 유의 언급에 동의하지 않는다. 드라마는 왜 만드는가? 시청자들에게 보여주기 위해서다. 작품적으로 수준에 미달하는 작품이 인기 있다고 생각하는 것은 시청자 모독이다. 아마추어 경기에서는 참여에 의의가 있다고 하지만 프로의 경기에서는 이기는 것이 최선의 덕목이다. 드라마 또한 그렇다.

시청자가 보지 않는 드라마는 존재의 이유가 없는 것이다. 물론 평자들의 지나친 시청률 의식이라는 지적의 저변에는 저질이라는 숨겨진 단어가 있음을 안다. 그렇다면 시청률과 저질은 동반관계인가? 난 이 지면을 통해서 그런 논쟁에 휘말리고 싶지는 않다. 그러나 분명한 것은 작가는 시청자가 보는 드라마를 써야 한다는 것이다. 보지 않으면 바람직한 감동마저도 전할 수가 없기 때문이다. 따라서, 작가가 드라마를 재미있게 써야 하는 건 선택이 아닌 필수인 것이다.

일본의 인기 소설가 아사다 지로(淺田次郎)의 〈철도원〉의 역자 후기를 보면 아래와 같은 내용이 있는데, 우리 드라마 작가 지망생들에게 시사한 바가 크다.

"아사다 지로(淺田次郎)는 일본에서 '가장 탁월한 이야기꾼'으로 손꼽히는 작가이다. 일단 그의 소설을 펼친 후 다 읽지 않고 덮어버리는 사람은 시간에 쫓기는 사람이거나 소설 읽기에는 재주가 없는 사람이라고 할 수밖에 없다. 그의 단편의 꼭 알맞은 짜임새와 적재적소의 함정 파기에는 수많은 평자들이 모자를 벗고 경의를 표한다.
어떤 계층의 인물 묘사건 그의 손에 닿으면 자연스럽게 저마다의 독특한 표정을 짓는다. '소설이 재미있는 이야기'라는 기본'에 아사다처럼 철저한 작가도 드물 것이다."

우리 TV 작가도 '재미있는 이야기꾼'이 되지 않으면 안 된다. 작가가 아무리 좋은 메시지를 갖고 있다 해도 그 드라마를 시청자가 보지 않았다면 무슨 소용이 있겠는가 말이다. 나는 감히 이 책을 읽는 작가 지망생들에게 분명히 말하고 싶다. 먼저 탁월한 이야기꾼이 되라! 그래서 시청자가 재미있게 보는 드라마를 써라.

〈철도원〉의 역자 후기 마지막 부분을 마저 소개하고 싶다.

"'세상의 독자들에게 복음(福音)을 전파하지 못한다면 소설의 가치는 없다. 소설은 인간을 행복하게 해주는 것이어야 한다.'고 믿는다. 인간을 따스한 눈으로 바라보려는 눈물겨운 믿음, 어디에도 없다는 복음을 전파하기 위해 아사다 지로는 소설을 쓴다. 행복의 전도사, 눈물과 웃음이 가슴 속에서 뭉클한 기쁨으로 뒤범벅이 되게 하는 천의무봉의 이야기꾼…"

위의 예문에서 소설을 TV 드라마라고 바꾸기만 하면 된다. 왜냐하면 실제로 아사다 지로야말로 진정한 프로 작가로서 그의 작품이 독자들에게 폭발적으로 읽히고 있기 때문이다.

귀하가 쓴 드라마가 재미와 감동을 주지 못했다면 귀하는 드라마를 쓴 게 아니다. 다만 드라마의 형식을 갖추었을 뿐이다. 드라마는 재미라는 화물을 잔뜩 싣고 감동이라는 이름의 종착역에 이르러야만 한다. 더구나 귀하가 쓴 드라마가 재미와 감동을 주지 못했다면 당선될 희망도 방송될 희망도 없다. 방송이 되지 않은 원고는 원고로서의 가치가 없으며 귀하의 원고가 그런 수준에서 멈추어 있다면 귀하는 영원한 아마추어 작가일 뿐이다.

프로는 아마추어와는 달리 그 작업에 대해 상응하는 대가(원고료)를 반드시 받는다. 그렇다면 작가 또한 자신의 작품을 보는 시청자에게 상응한 대가를 지불하지 않으면 안 된다. 시청자는 시간이라는 돈을 투자해서 내 작품을 보는 것이 아니겠는가? 시청자에게 지불해야 할 상응하는 대가, 즉 재미와 감동의 두 단어만을 놓고 보면 서로 상충되는 것 같지만 함께 수용해야 하는 것이 바로 드라마이다. 드라마 쓰기가 쉽지 않은 이유이기도 하다.

여러분이 진정한 프로가 되기 위해서는 그에 상응하는 투자를 해야 한다.

먼저, 앉으나 서나 드라마 생각만 해야 한다. '앉으나 서나 당신 생각'은 당선이 된 후에 해도 늦지 않다.

따라서 습작을 많이 해야 하는 건 당연지사다.

내가 시나리오를 습작하던 시절에 어느 노 선배 작가님께서 습작을 많이 할 것을 당부하면서 습작한 원고지가 자기의 키만큼은 쌓여야 한다고 했다. 초등학교 시절에서 고등학교를 졸업할 때까지 조회시간마다 맨 앞줄에 서야 했던 내가 키 작음을 다행으로 생각했던 건 그 때가 처음이자 마지막이었다.

그러나 무조건 많이 쓰기만 해서도 안 된다. 실제로 한 주도 거르지 않고 일주일에 한 편씩을 꼬박 꼬박 써서 무려 12주간에 걸쳐 나를 괴롭힌 귀여운(?) 학생도 있었다. 그런데 한결같이 도토리 키 재기식의 그렇고 그런 작품들뿐이어서 끝내는 "임마, 한 작품을 써도 제대로 된 작품을 써봐라!"는 나의 질책을 들어야 했다.

습작은 많이 하면 할수록 좋으나 전제가 있다. 다양한 시도를 해야지 그렇고 그런 작품만을 양산해서는 의미가 없다는 것이다. 홈런 타자는 힘만 있어 홈런 타자가 되는 것이 아니다. 여러 방법을 시도한 끝에 히팅 포인트를 제대로 찾게 된다. 진정한 프로 작가가 되기 위해서는 귀하에게도 그런 시도와 노력이 필요하다.

로마 여행이 계획되었을 때 내가 꼭 보고 와야지 한 것 중에 하나가 시스티나 성당에 있는 미켈란젤로의 천장화 천지창조(Genesis)였다. 알다시피 그 그림의 중심에 신(神)으로 상징되는 노인과 젊은 청년이 서로의 손가락을 맞대는 장면이 있다. 가이드의 말을 들으니 미국의 영화감독 스필버그는 그걸 보고 영화 〈E.T〉를 발상했다는 것이다. 그 얘기를 듣고 나는 탄성을 올렸다.

"그래, 스필버그야말로 진정한 프로구나!"

개 눈에는 ×만 보인다고 했다. 여러분의 눈에는 드라마만 보여야 한다.

# 03 이거 순 사기(詐欺)잖아 - 사실과 진실

어느 해 신년 특집 방송에서 해외에 거주하고 있는 유명한 예술가가 "예술은 사기 아닙니까?"라고 하는 말을 듣고 처음에는 놀랐고 나중에는 "그래 맞아!"하고 잠시 숙연한 생각에 빠진 적이 있다. 여기서 그 예술가의 이름을 밝히지 않는 건 기억을 못해서가 아니라 혹시라도 독자들의 오해가 있을까 저어해서다.

나는 이 말에 참으로 공감한다. 드라마의 경우를 생각하면 더욱 그렇다. 난 학생들에게 이 말을 옮기면서 표현을 추가한다. "드라마는 사기야, 단 아름다운 사기야."라고. 사기는 그 자체가 나쁜 것인데 어떻게 '아름다운'이라는 수식어를 붙일 수 있느냐고 따지지 말라. 드라마는 논리가 아니지 않은가?

작가는 드라마를 쓸 때 어떻게 쓸 것인가를 정하고 쓴다. 예를 들어 각기 처한 환경이 매우 다른 두 남녀가 그 환경이 다르다는 장애를 딛고 결혼을 하게 된다는 내용의 드라마를 쓴다고 하자.

작가는 분명히 결혼에 이른다는 헤피 엔딩을 가지고 있으면서도 드라마를 진행하는 과정에서는 두 사람이 "헤어지게 될지도 모른다." 아니면 "헤어지고 말겠구나."하고 걱정할 수 있는 안타까운 장면들을 수없이 장치해 놓는다. 작가는 왜 이렇게 드라마를 끌고 가야 하는가?

이유는 그런 과정이 어렵고 안타까울수록 사랑으로 극복한 결말이 감동적이기 때문이다. 예술가 모씨는 이것을 사기라고 나름대로 은유적인 표현을 한 것이다.

실제로 사기를 당했거나 사기꾼을 알게 되면 그들의 공통점을 쉽게 발견할수가 있다. 그 공통점이란 대단히 머리가 좋다는 것이다. 머리가 좋다함은 그의 탁월한 설득력에서 나타난다. 선량한 사람을 자신의 사기행각의 희생자로 삼기 위해서는 상대방이 자신이 원하는 것을 내놓도록 설득해야 한다. 그러기 위해서는 온갖 거짓말을 다 늘어놓아야 한다. 그 거짓말이 전혀 거짓말 같지 않아야 한다는 건 물론이다.

드라마 또한 작가에 의해 꾸며진 이야기(Fiction)라는 것을 모르는 시청자는 없다. (물론 사실을 바탕으로 한 드라마도 많지만 여기서는 제외하자.) 그런데 왜 시청자는 드라마에 빠져드는가?

그건 실제로 있었던 이야기, 혹은 있을 법한 이야기로 꾸민 작가의 교묘한 극작술 때문이기도 하지만 사실 대신에 진실을 담았기 때문이다. 같은 사기꾼이되 실제의 사기꾼과 작가가 근본적으로 다른 이유가 바로 이것이다.

우리가 사실을 말할 때는 그냥 사실 그 자체를 얘기하면 된다. 그러나 드라마에서는 사실이 아닌 허구를 사실처럼 전달해야 하기 때문에 더욱 진실하게 표현하지 않으면 안 된다.

진실을 담아야 하는 중요성을 단적으로 말해주는 실화가 있다.

미국이 기독교 국가임을 모르는 사람은 없다. 한데 날이 갈수록 교회에 나와 예배에 참석하는 교인의 숫자가 줄어들 뿐만 아니라 목사의 설교를 진지하게 듣는 열기도 예전과 같지 않다고 한다.

어느 일요일, 목사님은 이 날도 설교를 위해 많은 준비를 했다. 그러나 신도들이 그냥 앉아 있을 뿐 조금도 감동하는 것 같지 않은 모습은 지난주와 전혀 다르지 않았다. 크게 실망한 목사님은 기분을 바꾸기 위해 연극을 보러 갔다.

한데 이곳의 분위기는 교회와는 전혀 달랐다. 연극이 진행되는 동안 관객들은 하나같이 숨소리마저 죽였고 클라이맥스를 지나 막이 내리자 모두가 눈물을 흘리는 것이었다. 목사님도 예외가 아니었다. 그 연극에 크게 감동을 받은 목사님은 분장실로 연극의 주인공을 찾아가서 물었다.

목 사 : 나는 목사로서 진실되고 진실된 하느님의 말씀을 들어 설교를 해도 신도들이 도대체 감동을 하지 않는데 꾸며진 이야기라는 것을 뻔히 알고 있는 관객들이 당신의 연극을 보고는 왜 눈물을 흘리는 걸까요? 나는 그것이 알고 싶소.
배 우 : 목사님은 비록 진실된 이야기이나 진실되게 전달하지 못한 반면에 나는 비록 꾸며진 이야기이나 진실되게 전달했기 때문입니다.


거듭 강조하거니와 드라마는 태생적으로 허구이나 진실되게 표현해야 한다. 드라마 작가가 사기를 치되 진짜 사기꾼과 다른 이유가 여기에 있다. 더구나 작가는 시청자를 행복하게 해주어야 한다는 칭송 받아야 할 목적을 가지고 있으니 어찌 아름다운 사기꾼이라 하지 않을 수 있겠는가?

때문에 진짜 사기꾼과 작가 사기꾼이 치러야 할 대가도 엄청나게 다르다. 진짜 사기꾼은 수갑을 차고 교도소로 가는 것에 반해 작가는 상당한 원고료(혹은 상금)를 받기 위해 통장을 들고 은행으로 간다는 것이다.

에피소드 하나를 더 소개하겠다.

역시 미국에서의 일이다. 한 대형 호텔에서 대형 화제가 발생했다. 투숙객들은 앞을 다투어 맨몸으로 서둘러 호텔을 빠져나갔다. 호텔에서 탈출한 두 사나이가 나란히 서서 불 구경을 하고 있었다.

사내 A : 한국의 속담에 "호랑이에게 물려가도 정신만 차리면 산다"라는 말이 있는데 우리 미국사람들은 너무 정신을 못 차리는 것 같아요.

사내 B : 무슨 뜻으로 하는 말이요?

사내 A : 불이 났어도 챙길 건 챙겨들고 나와야 하는데 그냥 맨몸으로 뛰쳐 나가지 뭡니까?

사내 B : 선생께서는 챙길 거 다 챙겨 들고 나왔소?

사내 A : 다른 방에까지 들러 손님들이 놓고 간 지갑도 챙기고 보석도 챙겼지요, 허허허.

사내 B : (불쑥 사내 A의 두 손에 수갑을 채우고) 나도 한국의 속담 하나를 아는데 "죄는 지은대로 가고 물은 트는대로 흐른다" 했지.

사내 A : 이게 무슨 짓이요? 당신 누구야?

사내 B : 나? 형사야!

사내 A : 당신, 나는 누군지 아시오?

사내 B : 도둑이지 누구야?

사내 A : 틀렸소. 나는 작가요. 본시 없는 일도 있었던 일처럼 꾸며서 말하는 게 내 직업이오. 다시 말하면, 작가란 거짓말로 먹고사는 존재지요. 아시겠소, 형사 양반?

작가의 사기행위는 원천적으로 무죄이다.

# 04 이 생선 참말로 싱싱한 거요 – 소재

좋은 재료를 가지고도 솜씨가 모자라 맛없는 음식을 만드는 사람은 흔히 볼 수 있다. 그러나 나쁜 재료를 가지고 맛있는 음식을 만드는 사람은 매우 보기 어렵다. 드라마도 그렇다. 무엇을 쓸 것인가 하는 소재(재료)의 선택이 매우 중요한 것이다.

그럼 과연 우리가 관심을 갖고 써야 할 좋은 드라마의 소재는 무엇인가를 생각해 보자. 답은 분명하다. 가장 좋은 소재는 '오늘을 살아가는 사람들의 이야기'인 것이다.

그러면 시대극은 바람직한 드라마가 아니냐고 반문할 수 있을 것이다. 그렇지 않다. 시대극의 경우 그것이 어느 시대를 배경으로 했든, 어떤 스토리텔링을 가졌든 오늘과 연관하여 재조명하는 것이기 때문에 결국에는 오늘의 이야기와 무관하지 않은 것이다. 예를 들어, 과거의 잘못된 역사를 보면서 오늘의 교훈을 삼는다면 그게 바로 오늘이요 오늘에 필요한 드라마인 것이다. 반대로 미래를 소재로 한 드라마 역시 오늘과 무관할 수 없다. 과거의 연장선상에 오늘이 있듯이 미래 또한 어느 날 하늘에서 뚝 떨어지는 것이 아니고 오늘의 연장선상에 있기 때문이다. 좀 더 구체적인 예를 들어보자.

조금 오래된 이야기이긴 하지만 스필버그의 〈쥐라기 공원〉이 세계적인 화제를 모은 적이 있다. 20세기에 무슨 황당한 공룡 이야기냐라는 의문을 줬다면 결코 관객 동원에 성공하지 못 했을 것이다. 그러나 현대적인 과학이 과거의 공룡을 다시 탄생(부활)시켰을 때 오늘을 살아가는 인간이 치러야 할 대가를 극적으로 보여줬기 때문에 그 또한 오늘과 무관하지 않은 이야기로 관객의 호응을 얻었던 것이다.

따라서 이제 무엇을 쓸 것인가에 대한 대답은 분명해졌다. 먼저 지금(Now)으로부터 출발해 보자. 그리고 오늘의 시청자들을 행복하게 해 줄 이야기가 무엇인가를 생각해 보자. 적어도 TV 드라마의 경우 10년이나 20년 후의 시청자들을 의식한다는 건 의미가 없기 때문이다.

오늘의 이야기를 쓰기 위해서는 무엇보다도 바로 오늘을 살아가는 사람들에게 관심을 갖지 않으면 안 된다. 그냥 막연한 관심만으로는 부족하다. 모름지기 작가란 사물을 보되 뜨거운 애정과 관심을 가지고 보아야 한다.

하나의 예를 들어보자.

흉악한 범죄자의 기사가 신문에 혹은 방송의 뉴스 시간에 보도되었다. 사람들은 피해자를 동정하고 범죄자를 매도한다. 당연한 일이다. 그러나 작가는 그가 왜 범죄자가 될 수밖에 없었는가에 보다 큰 관심을 가져야 한다는 것이다.(범죄를 합리화시켜야 한다는 얘기가 결코 아니다.)

그래서 나는 학생들에게 신문이나 잡지를 볼 때는 가위를 챙기라고 한다. 소재가 될 듯싶은 기사는 가차 없이 오려서 스크랩을 해 놓으면 무엇을 쓸 것인가의 고민을 덜어줄 뿐만 아니라 어떻게 쓸 것인가에도 크게 도움이 되기 때문이다. 신문이나 잡지야말로 오늘의 삶(이야기)을 담아놓은 창고이기 때문이다. 꼭 신문이나 잡지(방송도 포함)에 난 기사거리가 아니라도 드라마의 소재가 될 것들은 주위에 널려 있다. 드라마란 어차피 사람들이 살아가는 이야기일진대 오늘도 그렇게 많은 사람들이 살아가고 있지 않은가 말이다. 때문에 방송작가가 되고자 하는 여러분들은 세상사 모두에 관심을 가져야만 한다.

예를 들면, 이웃에서 싸움이 벌어졌을 경우 당신은 말려야 한다는 시민의식을 발휘하기 전에 '왜, 어떻게 싸우는지'에 먼저 관심을 갖고 지켜볼 필요가 있다는 것이다. 실제로 라디오 시대의 인기 작가 중 한 분이었던 모 작가는 어머니와 아내가 싸울 때도 그 싸움이 어떻게 진행되고 결말지어지는가를 다 지켜 본 다음에야 고부간의 싸움을 말렸다고 한다. 자신이 쓸 드라마에 참고하기 위해서였다. 무엇을 쓸 것인가를 찾는다는 것은 곧 좋은 소재를 찾는다는 뜻인데 작가는 모름지기 세상사에 관심을 가진 만큼 그에 비례해서 좋은 소재를 갖게 되는 건 당연지사다.

이렇듯 오늘을 살아가는 사람들의 이야기 자체가 좋은 소재인데 무엇이 문제란 말인가? 내가 본대로 느낀대로 무엇이든 쓰면 되지 않겠는가? 결론부터 말하자면 그렇지 않다.

현재 한국방송작가협회에 회원으로 등록된 드라마 작가는 1700여 명에 이른다. 그런데도 3개 방송사에서는 상당한 금액의 원고료를 걸고, 상당한 인원을 동원하면서까지 해마다 신인작가를 공모하는 수고와 노력을 마다하지 않고 있다. 그 이유는 무엇인가?

새로운 작가협회 회원이 될 사람을 찾는 것이 아니라 새로운 생각으로 새로운 작품을 쓸 작가를 발굴하기 위해서인 것이다. 따라서 여러분들이 가져야 할 소재에 대한 인식은 자명하다.

"신선한가? 신선한 시각인가?" 이다.

새로운 작가들에게 새로운 소재를 기대하는 건 너무 당연한 이야기이다. 그러나 앞에서도 언급했듯이 하루에도 십 수 편을 몇 십 년에 걸쳐 방송하다보니 새로운 소재를 찾는다는 게 말처럼 쉽지 않다. 아무리 그렇다 하더라도 작가라면 새로운 소재를 꾸준히 탐색해야만 한다. 이미 방송되었던 소재이지만 내가 꼭 다시 써보고 싶다면 새로운 시각으로 접근하면 되는 것이다.

그 좋은 예로 소설 〈마요네즈〉를 들 수가 있다.

소설 〈마요네즈〉는 소설로서 성공을 거뒀을 뿐만 아니라 희곡과 영화로도 각색되어 나름대로의 평가를 받은 바 있다. 그 이유는 간단했다. 그 작품은 그동안 수많은 작가들에 의해서 그려졌던 '어머니와 딸'의 이야기일 뿐인데도 왜 남다른 관심과 평가를 받았던가?

그건 우리가 그동안 많은 작품에서 봐왔던 전통적인 어머니상(당연히 남편과 자식을 위해서는 희생만을 하는)과는 전혀 다른 어머니상을 그렸기 때문이었다. 그것이 바로 신선한 시각인 것이다.

이 책을 접하는 여러분은 신인 작가로서의 데뷔를 목적으로 하고 있다. 신인의 '신' 자가 한자로 '새 신(新)' 자이듯이 여러분의 생각이 기성 작가와는 다른 참신한 생각으로 무장되지 않으면 안 된다. 다시 말해서 여러분이 쓰고자 하는 작품의 소재가 새롭지도 않고 새로운 시각의 접근도 아니라면 희망이 없다. 새로움이냐 새로운 시각이냐 하는 문제는 여러분들에게 있어 선택의 문제가 아니다. 필수인 것이다. 거듭 거듭 강조하건대, 신인 작가의 경우에는 어떻게 쓰느냐의 문제보다는 무엇을 쓰느냐가 더욱 중요한 것이다.

여기서 잠시 어느 일본 작가의 글을 인용해 보자.

"눈을 조금만 돌려보면 세상에는 얼마나 많은 '이야깃감'이 널려 있는가?

문제는 세상에 즐비하게 널려있는 무수한 이야깃거리 중에서 과연 무엇을 선택할 것인가? 하는 점이다. 왜냐하면 작가는 비록 현실을 반영하지만 아무런 의미 없이 잡다한 현실을 주워 모아 엮어내는 신기료장사이거나 현실의 복사기는 아니기 때문이다.

그렇다면 과연 무엇이 의미 있는 이야깃거리이겠는가? 아쉽게도 이것은 처음부터 '정열된 형태'로 창작자의 머릿속에 떠오르지는 않는다.

그것은 처음에는 매우 추상적이고 관념적인 '단어 하나'일 수도 있고, 또 어떤 때는 커다란 이야기 덩어리 중의 '아주 작은 조각' 하나일 수도 있다.

'쓸거리'는 길거리에도, 가정에도, 사무실에도, 학교에도, 커피숍에도, 기차나 버스 안에도 있다.

그러나 동일한 '쓸거리'일지라도 작가의 인생을 관찰하는 깊이에 따라 빛나는 걸작이 되는가 하면 졸작으로 그치는 것은 물론이다.

어떤 소재를 선택할 것인가에 대한 판단의 기준은 자명하다. 작가가 처한 시대상황에 비추어 '지금 쓰지 않으면 안 되는 소재', '쓰고 싶은 충동을 갖게 하는 소재', '완벽하게 소화해 낼 수 있는 소재'를 택하는 것이 최선의 방법이다.

근대극의 아버지라고 불리는 입센(Ibsen)도 철저하게 '신문기사'를 관찰했다고 한다. 신문기사가 된 사건이 그대로 훌륭한 소재가 되기는 어렵다. 그러나 거기서 어떤 사건의 '원형'을 찾는 '계기'를 마련할 수는 있는 것이다."

인용이 좀 길어졌지만, 이제 무엇을 쓸 것인가를 마지막으로 정리해 보자.

① 소재가 신선하거나 신선한 시각으로 접근할 수 있는가?

② 스토리를 재미있게 끌고 갈 수 있겠는가? (주인공의 매력도 포함)

③ 오늘의 시점에서 시청자가 강하게 관심을 가질 수 있는 소재인가?

드라마란 근본적으로 세상을 살아가는 사람들의 이야기이기 때문에 소재는 얼마든지 있다. 그것을 찾는 일도 그리 어렵지 않다. 문제는 어떻게 그 소재를 새롭게 드라마로 탈바꿈시키느냐이다. 거듭 강조하거니와 소재가 새롭지도 않고 접근 방식에 새로운 시각도 갖지 않았다면 귀하는 결코 방송될 수 없는 작품을 쓴 것이니 영원히 준비작가로 만족해야 한다.

노파심에서 언급하겠지만 해외 촬영이 필요한 소재는 피하는 것이 좋다. 방송사에서는 제작 현실도 고려할 것이기 때문이다. 또 사계절을 반드시 담아야만 하는 소재도 바람직하지 않다. 역시 제작 요건을 고려해야 하는 이유에서이다. 단, 인서트로 표현할 수 있거나 실내 촬영이 가능하다면 상관없다.

좋은 드라마를 쓴다는 건 결코 쉬운 일이 아니다. 그러나 불가능한 일은 더더욱 아니다. 신인 작가 모집에 응모해야 하는 여러분에게는 신선한 소재의 선택만큼 중요한 게 없다. 정말로 신선한 소재라면 스토리 전개에 다소 문제가 있더라도 제작시에 수정하면 된다는 전제 아래 선택되는 것이다.


"쓴다는 것은 재미있고 즐거운 것이기는 합니다. 그러나 고통을 참고 견디는 인내와 용기가 없이는 쓸 수 없습니다." (신도오 가네토)

# 05 | 어떻게 하면 되지? – 갈등

　　■■■■　"드라마는 갈등이다"라고 할 때 쓰여지는 갈등의 한자는 '칡 갈(葛)' 자와 '등나무 등(藤)' 자이다. 칡나무와 등나무의 공통점은 곧바로 성장하지 않고 어떤 물체든 이리저리 휘감고 올라가는데 있다. 드라마도 마치 등나무와 칡나무가 서로 얽히며 자라듯이 스토리가 얽히고 설킨다는 뜻이리라.

　　드라마는 갈등이라는 의미를 더욱 확대해서 드라마는 Struggle이라고 말하는 사람도 있다. Struggle의 사전적인 뜻은 '버둥(허위적)거리다', '밀어 헤치고 나아가다', '분투하다', '싸우다', '버둥질', '노력·고투(苦鬪)', '싸움·전투. 투쟁'이라고 되어 있다. 우리는 편의상 그냥 '갈등'이라고 하자.

　　그럼 드라마는 왜 갈등이라고 규정지어지는 것일까?

　　그 대답은 명확하다. 드라마란 사람들이 살아가는 이야기인데 사람이라면 누구나 태어나서 죽을 때까지 갖가지의 갈등을 겪어야 하기 때문이다. 드라마를 인생의 축소판이라 말하는 이유도 여기에서 비롯된 것이다. 따라서 "드라마는 갈등이다."라는 사실만은 결코 잊어서는 안 되며 모든 드라마의 발상은 여기서부터 출발해야만 한다.

　　"드라마가 우리를 즐겁게 하기 위해서는 일종의 투쟁하는 모습을 보여주지 않으면 안 된다. 극중의 주인공은 그가 전력을 다해서 그가 바라는 것을 실현하기 위해 고투하는 어떤 욕망이나 목적을 가지고 있지 않으면 안 된다.

(중략) 때로는 주인공이 강력한 또 다른 상대 때문에 위기에 처할 때도 있을 것이고, 또 때로는 자신의 마음속 약점 때문에 배신을 하고 고뇌와 번민 속에 자멸할 때도 있을 것이다. 드라마 그 자체의 박력도, 관객의 흥미도 오로지 그 서로 다투는 힘의 승패 위에 연관되어 있는 것이다." (브렌드 메슈즈)

"이것은 메슈즈 한 사람뿐 아니라 대부분의 연극학자가 긍정하고 있는 극적 국면 발생의 동기다. 극적 국면이 일어나기 위해서는 거기에 어떤 의미의 대립이 있고, 그 대립되는 것 사이에 갈등과 상극(相剋)의 모습이 있지 않으면 안 된다. '투쟁이 없는 곳에 드라마는 없다'고 하는 것도 바로 그것을 말하는 것이며, 그러한 모양들이 극적 국면을 전개하는 기본적인 조건이라고 할 수 있는 것이다." (일본 시나리오 작가 노다)

이상에서 살펴봤듯이 드라마에서의 갈등은 선택이 아니라 필수이며 드라마 그 자체임을 알 수 있다.

그래서 혹자는 '드라마 작가는 심술쟁이'라고도 한다.(이 부분은 독립된 장에서 다시 언급하겠다.) 주인공이 편안하게 행복의 집에 드는 것을 결코 용납하지 않기 때문이다. 어차피 행복의 집에 들어가게 해 줄 라스트를 가지고 있으면서도 그 과정에서는 온갖 장애를 주어 심술을 부리는 것이다.

그렇다면 여기에서 드라마는 왜 갈등이어야 하는지를 짚고 넘어가 보자. 그건 드라마는 살아가는 사람들의 이야기인데 사람은 누구나 어떤 형태로든 갈등을 겪으면서 살아가기 때문이다.

부자든 가난하든, 남자이든 여자이든, 젊은 사람이든 늙은 사람이든, 사람이라면 어떤 형태로든 갈등을 겪으며 살 수밖에 없는데 시청자는 그런 갈등들을 드라마를 통해서 해소하고 싶은 것이다.

다시 정리하면 시청자는 드라마 주인공의 갈등을 같이 아파하다가 그 갈등이 해소될 때 같이 카타르시스를 경험하는 것이다. 시청자를 잔뜩 목마르게 해놓고 나서야 시원한 물을 주는 격이다.

그렇다면 이제 드라마란 무엇이며 어떻게 써야 하는지가 명백해졌다. 등장인물에게 갈등을 주고 끝에 그것을 해소시켜 줌으로써 주인공과 시청자를 함께 행복하게 해주면 된다. 드라마에서의 갈등은 선택의 문제가 아니라 드라마 그 자체이다.

드라마에서의 갈등은 다음과 같이 크게 세 가지로 나눌 수가 있다.

① 인물과 인물과의 갈등

② 환경(상황)과 인간(주인공)과의 갈등

③ 인물의 마음 속 의지와 감정과의 갈등

①의 경우 대체로 선(善)을 대표하는 주인공과 그와 반(反)하는 'Anti' 인물 간의 갈등이 보편적이다. 특히 주인공과 Anti 인물은 모든 면에서 극명하게 반대되는 것이 좋다. 그래야만 갈등이 보다 치열해지기 때문이다.

굳이 선과 악의 대립이 아니라 하더라도 성격과 가치관은 극명하게 달라야 한다. 전기(電氣)의 경우 정반대인 플러스와 마이너스가 부딪혔을 때 스파크가 일어나는 것과 같은 이치이다.

위에서 언급한 한 사람과 다른 한 사람의 1대 1의 갈등이 아닌 한 사람과 다수와의 갈등, 집단과 집단의 갈등도 있을 수 있다. 어느 쪽이 됐든 중요한 것은 갈등의 폭이 크면 클수록 그 갈등을 해소한 라스트의 감동이 크다는 것이다.

②의 경우는 주인공과 환경의 갈등으로서 주인공이 그 환경(물론 극복하기

쉽지 않은 환경이어야 한다)을 극복하려면 커다란 어려움을 겪어야 한다. 그 환경의 어려움이 크면 클수록 극복 후의 성취감(쾌감)은 더욱 커질 수밖에 없다. 그래서 나는 작가는 대단한 악취미의 소유자라고까지 말한다. 주인공이 편안하게 소기의 목적을 달성하는 꼴을 못 보기 때문이다.

예컨대 주인공은 등산을 해도 그 코스가 험난해야 한다. 마을 뒷동산에 올라 큰소리로 '야호'를 외치면 시끄럽다는 비난이나 받기 십상이다. 항해 또한 그렇다. 순풍에 돛을 달고 '릴리리' 노래나 부르고 가는 항해에서는 극적 긴장감을 느끼지 않는다. 높은 파도와 거친 바람과 싸우게 하지 않아서는 안 된다. 만약에 주인공이 사막을 횡단한다면 반드시 태양은 뜨겁고 물주머니는 비어 있어야 한다. 지도도 나침반도 잃어버렸으면 더욱 좋다. 그런 고통을 겪은 후에 오아시스를 발견해야 주인공은 물론 시청자의 쾌감도 배가(倍加)되기 때문이다.

하나의 예를 더 들어보자. 두 사람의 등산가가 눈사태에 휘말린 상태에서 그 타개책을 놓고 대립한다. 이곳에서 밤을 새운다는 건 곧 죽음을 자초하는 상황이다. 그러나 하산을 시도한다는 것도 죽음을 좀 더 앞당기는 무모한 행위일 뿐이다. 이런 상황에서 두 사람의 의견은 '하산을 결행해야 한다'와 '기적을 기다려야 한다'로 엇갈린다. 자연 환경이라는 갈등상황과 두 사람의 의견대립이라는 갈등상황이 이중으로 갈등을 증폭시키는 것이다.

③의 경우를 보자. 우리는 사람의 성격을 평할 때 지성적인 사람, 혹은 감성적인 사람으로 양분하는 경우를 흔히 본다. 그러나 엄격히 따지고 보면 사람은 근본적으로 지성과 감성 두 가지를 다 가지고 있다. 다만 지성 쪽이 감성에 비해 강할 때 지성적인 사람이라 하고 반대로 감성이 지성을 능가할 때 감성적인 사람이라고 할 뿐인 것이다. 어찌됐거나 현대인은 이 지성과 감성 사이

에서 매우 심한 갈등을 겪는다. 예를 들어보자.

나는 나를 지극히 사랑하는 여인과 이미 결혼한 몸이다. 나의 아내는 썩 미인은 아니지만 내가 가장 어려운 처지에 있을 때 나를 지켜준 버팀목이었다. 이제는 귀여운 다섯 살배기 딸도 있다. 이를테면 나름대로 행복한 가정을 꾸리고 있다.
한데, 어느 날 바로 이웃집으로 아름다운 여인이 이사를 온다. 불행하게도(?) 그 여인은 현재의 남편과의 갈등으로 이혼을 준비 중인데 드디어 어느 날엔가는 나를 "사랑한다."고 말한다.
나는 이 매력적인 여인이 싫을 리가 없다. 그러나 나는 기혼자요 나를 지극히 사랑하고 있는 아내를 배신할 수가 없다. 이웃 여인의 유혹은 더욱 노골화되고 나의 의지는 흔들린다… 운운…

지극히 유치한(?) 예이지만 아내를 배신할 수 없다는 지성(혹은 이성)과 이웃 여인의 유혹에 빠지고 싶다는 감성이 충돌할 수밖에 없는 전형적인 예를 들어본 것이다. 이러한 갈등에 빠지는 것은 인간에게는 양심 혹은 양식이 있기 때문이며 따라서 ③의 경우 또한 드라마에서는 좋은 소재가 될 수 있다.
이왕 내친 김에 미국에서 방송되어 좋은 평가를 받았던 롯드 서어링의 텔레비전 드라마 〈더 스트라이크〉의 줄거리를 들여다보자. 이 작품은 인간과 그의 양심과의 갈등을 잘 그린 작품의 좋은 예이다.

게이로드 소령은 한국전쟁 중 20명의 부하를 정찰임무에 파견한다.
소령은 500명의 부하를 자기 지휘 하에 두고 있었으나 이 병력은 사단에서 살아남은 최후의 용사들이다.
그들은 치열한 중공군의 중포 사격으로 꼼짝할 수 없는 처지에 있다. 마침내 공군에 연락하여 적의 야포를 폭격케 함으로써 자신과 500명의 병사들을 구할 계획을 세운다.

그러나 곧 정찰병으로부터 아군 수색대의 위치와 중공군 야포의 위치가 동일선상에 있다는 연락을 받는다. 그런데 소령의 지휘소는 정찰병과의 교신은 가능했으나 수색대와는 교신이 불가능한 상태에 있었다.

공군은 소령의 출격 요청만을 기다리고 있다. 소령은 자신의 양심과 싸우게 된다. 수색대는 그가 파견한 것이다.

소령은 20명 수색대원의 생명에 책임이 있다. 만일 그가 공군에 출격을 요청하면 이들 20명의 목숨은 단숨에 사라지고 말 것이다. 반대로 공군에 출격 요청을 하지 않으면 자신을 포함한 500명의 병사들이 전멸할 것이다.

그는 처음에는 수색대를 전멸시키게 될 명령은 내릴 수 없다고 생각한다. 그러나 20명과 500명의 생명을 저울대에 올려놓고 비교하지 않을 수가 없게 된다.

이윽고 공군의 폭격을 요청하고 자신과 500명의 병사들은 안전한 곳으로 이동한다. 뜨거운 눈물을 흘리면서…

스탠레이 필드는 그의 저서 〈드라마 연구〉에 이렇게 적고 있다.

"어떠한 드라마에 있어서도 없어서는 안 되는 것이 바로 이 갈등이다.
갈등이 강하면 강할수록 드라마는 치열하게 될 것이다. 작가는 교묘히 대립하는 힘이 클라이맥스에 이르러 그 어느 편이 승리자가 될 수 있게끔 쌓아올려야 한다."

다시 한 번 확인하자. 드라마는 갈등이며 갈등 없는 곳에 드라마는 없다. 누가 천국을 소재로 한 드라마를 쓰라고 한다면 난 두 손을 들고 말 것이다. 그곳에는 갈등이 없으니까.

# 06 무슨 소리를 해요
## 내가 주인인데 – 주인공 1

■■■■ "드라마는 갈등이다."라고 했을 때 드라마를 운반하는 주체는 등장 인물이라고 규정지을 수가 있다. 어떤 형식의 드라마이건 등장인물이 없는 드 라마란 있을 수 없기 때문이다.

한 편의 드라마에는 여러 명의 등장인물이 등장하는 게 일반적이다. 그러나 단막 드라마는 주인공의 드라마이기 때문에 일관되게 주인공 위주로 흘러가 야 한다는 사실이 매우 중요하다.

모든 드라마는 주인공 위주로 가게 되어 있는데 무슨 이야기인가 하고 의아 할지 모르겠으나 주인공의 비중이 단막극에서는 연속극에서 차지하는 것보다 월등해야 한다는 뜻이다.

거듭 강조하거니와 단막 드라마는 주인공을 위한, 주인공에 의한, 주인공의 드라마가 되어야 한다.

TV의 단막 드라마가 주인공 위주로 가야 하는 가장 큰 이유는 영화나 연극 은 상영 혹은 상연 시간이 비교적 자유로운 반면에 TV에서의 단막 방영 시간 은 60분 내지는 70분으로 엄격하게 한정되어 있기 때문이다.

그렇듯 엄격하게 제한된 시간에 조연이나 단역의 비중이 높으면 상대적으로 주인공의 역할이 약화될 수밖에 없는 건 당연지사이다.

우리 속담에 배보다 배꼽이 크다라는 말이 있는데 이는 결코 긍정적인 표현이 아니다. 때문에 단막 드라마에서는 되도록 많지 않은 등장인물을 설정해야 하며 조연과 단역의 성격이나 등장의 이유도 주인공을 보다 주인공답게 하는 보조적 역할에 국한되어야 한다.

단막 드라마가 주인공 위주여야 한다고 해서 주인공 이외의 인물을 소홀히 취급하라는 뜻은 결코 아니다. 어떤 음식을 맛있게 요리하려면 반드시 양념이 들어가야 하는데 그 양이 적절해야 하는 이치와 같이 그의 역할도 적당해야 한다는 뜻이다. 우리는 이것을 역할 분담이라고 한다. 이 부분은 다음 장에서 보다 상세히 언급하겠다.

그렇다면 단막 드라마에서는 어떤 주인공을 설정해야 할 것인가?

이론적으로는 그 드라마를 가장 잘 살릴 수 있는 캐릭터를 갖게 하는 것이다. 당연하다. 단 어떤 형태로든 주인공은 매력적이어야 한다는 점을 잊지 말아야 한다. 도적도 사기꾼도 그가 주인공이라면 매력적으로 그려야 한다. 그가 왜 도둑놈이 되고 사기꾼이 될 수밖에 없었는지도 밝혀질 것이니까 그렇다.

그렇다면 어떤 주인공이 매력적인가?

좀 오래된 이야기이긴 하지만 어느 날 수업 시간에 한 학생의 작품을 평가하면서 주인공이 전혀 매력이 없다고 했더니 그 학생의 대답이 매우 명쾌했다.

"그 역할은 차인표가 할 건데요!"

나도 웃었고, 학생들도 웃었다.

주인공의 매력이란 매력 있는 성격 설정에서 오는 것이지 출연자의 멋있는 혹은 잘 생긴 외모에 있는 것이 아니다.

〈노틀담의 꼽추〉에서의 콰지모도를 보자. 외형적으로는 그보다 추한 사람이 어디 있겠는가? 그러나 집시 무희 에스메랄다를 구하려는 그의 목숨을 건 헌신적인 사랑에서 매력을 느끼는 것이다.

우리의 고전인 〈춘향전〉도 그렇다. 주인공 춘향의 매력은 무엇인가? 물론 외모도 아름다울 것이다. 그러나 춘향의 진정한 매력은 어떤 유혹과 협박에도 굴하지 않는 절개, 오직 이 도령을 향한 일편단심의 외길 사랑이었음은 당연하다. 또 하나의 예를 들어 심청의 매력은 무엇인가? 꽃다운 나이에 눈먼 아버지를 위해 공양미 300섬에 목숨을 버린 효심이었다.

따라서 갈등의 축도 주인공에게 모여져야 하는 건 당연하다. 드라마는 갈등이고 드라마를 끌고 가는 주체는 주인공이기 때문이다.

그런데 막상 여러분의 작품을 대하고 보면 이것을 소홀히 하는 경우가 의외로 많다.

예를 들어 고시를 준비하고 있는 가난한 주인공이 있다. 50을 넘긴 가난한 그의 어머니는 아들의 뒷바라지를 위해 밤낮을 가리지 않고 온갖 궂은일을 다한다. 주인공 아들은 오직 공부에만 전념하고 있고 실제로 드라마틱한 일은 어머니가 다 하고 있다면 어머니가 많은 장면을 차지할 것은 불문가지다. 이는 주객전도다.

어머니에게 좋다는 약초를 캐러 갔다가 조난당한 여자를 만났는데 그 여자와 사랑에 빠져 정작 공부를 소홀히 할 수밖에 없어 갈등하게 되는 식의, 주인공의 드라마가 되어야만 한다. 욕심을 부려 아들과 어머니의 이야기를 무리하게 다 담으려 하면 매수가 넘칠 것 또한 불문가지다.

또 재미있는 캐릭터의 조연을 너무 많이 쫓다가 상대적으로 주인공을 약하게 만드는 경우도 신인들의 작품에서는 흔히 볼 수 있다. 역시 안 된다.

제 역할을 다 하지 못한 주인공에게서 무슨 매력을 찾을 수 있겠는가?

매력 없는 주인공이 어떻게 시청자의 사랑을 받고 어떻게 감동을 줄 수 있겠는가?

물론 초심자라도 주인공의 매력을 소홀히 하지는 않는다. 단 그 매력을 극대화하라는 것이다. 장면 하나, 대사 한 줄을 아끼고 아껴서 주인공에게 줘야만 한다.

# 07 조미료를 잘 쳐야
## 제 맛이 나지 – 조연과 단역

드라마를 운반하는 주체는 등장인물이요 단막 드라마는 주인공의 드라마라 했지만 주인공만으로 드라마를 완성할 수는 없다. 물론 1인 드라마도 있다. 그러나 한 편의 드라마를 완성하기 위해서는 조연과 단역의 등장이 필수이다. 된장찌개라 하여 다른 양념 하나 없이 오직 된장 하나만을 풀어 넣고 끓이면 맛없는 된장국이 될 수밖에 없는 이치와 같다.

주인공 외에 된장국의 양념 역할을 할 수 있는 인물의 설정을 역할 분담이라고 한다. 한 번 더 된장국의 예를 들면 양념을 넣어야 제대로 된 된장국 맛을 낼 수 있다 하여 양념을 지나치게 많이 넣어서는 안 되듯이 역할 분담의 인물 또한 지나치게 많은 비중을 차지해서는 안 된다는 것이다. (이 점은 앞의 장에서도 언급했다.)

한때는 우리 작가들이 함께 낚시를 가기도 했었는데 붕어 매운탕을 잔뜩 끓여놓고 소주 한잔씩을 나누다 종내는 몽땅 버린 적이 있었다. 조미료를 타는데 이 사람도 한 술, 저 사람도 한 술씩 넣다보니 참으로 이상한 맛이 되어 술 안주로도 먹어주기가 쉽지 않았던 것이다. 꼭 필요하나 적당히 들어가야 하는 인물, 그것이 곧 역할 분담을 담당한 등장인물이다.

〈춘향전〉이 하나의 고전으로 오늘날까지도 읽히고 연극, 영화, 혹은 드라마로 사랑을 받는 건 그 작품이 갖고 있는 주제 못지 않게 보는 재미가 있기 때문임을 부인할 수 없다. 그런데 생각해 보자. 춘향전에서 방자가 없고 향단이가 없었다면 얼마나 싱거웠을 건가를……

방자와 향단이가 있긴 있었으되 그냥 "예! 예!!"만 하는 보통의 몸종일 뿐이었다면 극적 재미에 아무런 보탬도 되지 못했을 것이다. 방자와 향단이는 몸종이라는 역할과 함께 재미를 제공하는 역할 분담적인 인물로 설정된 것이다. 〈심청전〉에서의 **뺑덕어멈** 또한 극적 재미를 주는 역할 분담의 역을 충실하게 다했음을 알 수 있다.

요즘들어 보면 역할 분담에 가장 신경을 쓰는 쪽은 오히려 연속극인 것같다. 예를 들면 나이 30이 훨씬 넘도록 시집도 못 가고(당사자는 절대로 안 간 것이라고 주장한다)있는 누이나, 시집은 갔으되 어떠어떠한 사정으로 친정에 와 살고 있는 고모 같은 인물이 그 대표적인 인물이라 할 수가 있다.

이런 인물들은 대체로 정상에서 약간은 벗어나게 생각하고 행동하는 게 일반적이다. 나서지 말아야 할 일에 나서고 그녀가 나선 일에는 반드시 누군가에게 피해를 주고. 왜 그래야 하는가? 이유는 간단하다. 트러블 메이커(Trouble Maker)라는 역할을 분담 받았기 때문에 그렇다.

최근 들어서는 고모에 너무 식상했는지 노총각 삼촌이 그 역할 분담을 대신하기도 한다. 이럴 경우에는 지극히 상식적인 삼촌보다는 재미를 유발할 수 있는 특별한 캐릭터의 삼촌을 등장시킨다. 예컨대 반듯한 대학을 나오고 신체가 건강함에도 실업자이거나, 연애에는 소질이 없어 당장 결혼을 해 독립해 나갈 기미가 안 보이는 인물 등등. 이런 류의 캐릭터에는 공통점이 있다. 대체로 선량하다는 점이다.

위에 든 예를 보고 역할 분담은 꼭 코믹한 성격이어야 한다고 생각해서는 안 된다. 그 드라마의 성격에 따라서 역할 분담의 역(役)도 달라져야 하는 건 너무 당연하다. 대표적인 코믹 영화라 할 수 있는 채플린의 작품에서는 눈 먼 소녀나 고아소년이 페이소스를 담당한 역할 분담을 맡고 있지 않은가?

우리가 드라마에서 역할 분담을 중요시해야 하는 이유는 주인공을 더욱 주인공답게 돋보이게 하기 위한 것이며 드라마를 더욱 재미있게 하기 위해서다. 강의 때마다 역할을 분담하는 인물의 필요성을 강조하지만 거의 무시당하고 있는 부분이 바로 이 부분이다.

선생을 무시해서 그러는 것이 아님을 안다. 역할 분담의 필요성을 못 느껴서 그러는 게 아니라는 것도 안다. 자기 작품에서만은 굳이 그런 인물이 필요 없다는 생각에서 그러는 것인데 그것이 문제다.

우리 식탁에서 빼놓을 수 없는 반찬인 김치를 보자. 고추 안 넣는 김치는 생각할 수도 없지만 고추가 우리나라에 들어온 건 광해군 때의 일이다. 고추가 들어와 김치를 담근 게 아니라 김치는 훨씬 이전부터 있어 왔다. 김치에 고추를 넣었더니 훨씬 더 맛이 있어 고추를 넣어 왔고, 이제는 고추 안 넣는 김치를 생각할 수도 없게 된 것이다. 백김치는 고춧가루가 안 들어가도 맛만 있다고 주장하는 여학생도 있었는데 고춧가루는 안 들어갔어도 고추는 들어갔다는 사실을 모르고 한 소리다. 학교 다닐 때 가사시간을 빼 먹었거나 바쁜 김장철에 일손 한 번 거들지 않았다는 슬픈 고백일 뿐이다. 역할 분담의 인물은 드라마의 양념 역할을 하는 것이다.

또, 필요성은 알고 있지만 등장인물을 최소화하다 보니 역할 분담을 위한 인물을 설정할 여유가 없다고 말하는 학생도 많이 본다. 역할 분담을 잘못 이해한 소치다. 기존의 인물에게 역할 분담이라는 역할을 부여하면 되는 일이다. 찾아보면 길이 있고, 구하면 얻을 것이다.

# 08 제가 누구인지 소개할까요 – 시놉시스1

■■■■ 여러분의 대본 맨 앞에 첨부되어야 하는 시놉시스는 매우 중요하다.

여러분은 유감스럽게도 잘 알려진 작가도 아니고 아직은 일정한 검증을 받은 상태도 아니기 때문에 여러분이 쓴 작품 개요서라 할 수 있는 시놉시스를 보고 그 작품에 대한 인상을 예단하기 쉽기 때문이다. 사람에게도 첫인상이 중요하듯이 시놉시스는 바로 그 작품의 첫인상을 대신하는 만큼 매우 중요하다는 뜻이다.

먼저 여러분이 알아야 할 것은 시놉시스는 본 작품을 쓰기 전에 쓰는 것과 작품을 완성하고 나서 다시 써야 하는 두 가지가 있다는 점이다. 응모작품에 첨부하는 시놉시스는 당연히 두 번째에 속한다. 여러분이 작품 집필에 들어가기 전에 쓰는 시놉시스는 집필 계획서라고도 말할 수 있다.

시놉시스란 무엇인가에 대해 건축에서의 설계도라고 말하는 사람들이 많다. 전혀 틀린 얘기는 아니다. 그러나 꼭 맞는 얘기도 아니다. 건축에서의 설계도는 원칙적으로 설계도대로 건축해야 한다는 묵시적인 구속력을 갖고 있지만 드라마의 설계도는 수시로 바뀔 수밖에 없다는 숙명을 갖고 있다.

그런 이유에서인지 몰라도 많은 작가 지망생들이 이 시놉시스 쓰기에 너무 소홀하다. 작품에 들어가기 전에 쓰여진 시놉시스가 실제로 원고에 들어가면 많이 달라지는데 부질없는 짓에 에너지를 낭비하지 않겠다는 뜻일까?

그렇다.

달라진다.

많이 달라진다.

역설적으로 말하면 많이 달라질수록 좋을 수도 있다.

실제로 시놉시스와 많이 달라진 작품이 더 좋은 경우도 많다.

왜 그럴까? 드라마란 논리가 아닌 드라마 그 자체이기 때문이다.

그런데도 시놉시스는 왜 써야만 하는 것인가? 왜 정성을 들여 탄탄하게 써야하는 것인가? 길을 떠날 때는 목적지를 분명히 하고 가야 하는 이치와 같다. 이제 시놉시스 쓰기에 들어가 보자.


## 주제

주제란 작가가 그 작품을 통해 무엇을 말하고자 하는가 하는 그 무엇이다.

"주제란 짧을수록 좋다. 때문에 한 문장으로 표현해야 한다."라는 말이 있다. 왜 그래야 할까? 간단하다.

주제란 굳이 덧붙이는 말이 필요 없이 그 자체로 분명해야 하기 때문이다. 그렇다고 하여 사랑, 동정, 우정, 효도 등등 한 단어로 표현해서는 안 된다. 너무 포괄적이어서 오히려 주제를 분명하게 하지 못하기 때문이다. 다시 말하면 관념적인 한 단어여서는 안 되고 비록 짧은 한 문장이지만 구체적이어야 하는 것이다.

예를 들면, '사랑'이라는 단어 하나는 포괄적이고 막연하기까지 하지만,

"삶을 윤택하게 해주는 것은 돈이 아니라 사랑이다."　"이웃의 조그만 관심과 사랑은 사람을 변화시킨다."　"사춘기를 앞둔 소녀가 바라본 어른들의 사랑." "진정한 사랑은 상대를 바꿀 수도 있다."라고 하면 나름대로 주제를 표현했다고 할 수 있다.

　특히 여러분의 작품 중 상당수는 주제를 따로 쓰지 않고 집필의도란을 통해서 두루뭉술하게 쓰는 경우를 흔히 보게 된다.(당선 작품들에서도 이런 경우를 종종 발견할 수 있다.) 이는 결코 바람직스럽지 않다.

　그건 작가 자신이 확실한 주제를 갖지 못했다고 고백하는 것과도 같다. 실제로 초심자들은 이 주제 문제를 매우 부담스럽게 생각하는 경우가 많은데 그건 매우 잘못된 생각이다.

　주제를 확실히 한다는 건 내가 어떤 방향으로 갈 것인가를 정하는 일과도 같다. 방향이 정해지지 않은 상태에서의 길 떠나기는 불안할 수밖에 없지 않은가? 길을 떠난 후에 마음이 바뀌어 목적지를 바꾸는 한이 있더라도 떠날 때는 확실한 방향을 정하고 떠나는 게 순리이다. 어떤 경우에도 주제를 분명히 하지 않으면 안 된다.

　여러분의 주제 설정의 고민을 덜어주기 위해 하나의 방식을 권하고 싶다. 속담사전과 이솝우화를 자주 들춰보라는 것이다.

　속담은 지은이가 따로 없다. 한글 사전을 보면 '민중의 지혜가 응축되어 널리 구전되는 민간 격언'이라고 써 있다. 그래서 특별히 해설이 필요할 만큼 어려운 문장으로 되어 있지도 않고 외우기에 곤란할 만큼 길지도 않다. 들어보면 금방 그것이 무엇을 이야기하는가를 알 수가 있다. 바로 우리가 설정해야 할 주제의 예(例)를 보는 것과 같다.

　● 가지 많은 나무에 바람 잘 날 없다.

- 주는 것이 참으로 갖는 것이다.(주는 것이 받는 것이다)
- 세상에 버릴 사람은 하나도 없다.
- 열매가 너무 많으면 가지가 부러진다.
- 소매가 길어야 춤도 잘 춘다.
- 사나이는 자기를 알아주는 이를 위해 죽는다.
- 여자는 자기를 사랑하는 사람을 위해 화장(化粧)을 한다.
- 태산(泰山)은 흙을 버리지 않는다.(부모는 자식을 버리지 않는다)

우리나라의 속담이 〈속담사전〉이라는 책 한권을 채우고도 남을 정도이니 그 예를 들자면 끝이 없다. 특별히 속담사전을 항상 곁에 두라는 이유는 현재 쓰고 있는 작품의 주제를 정하는 일에 도움을 줄 뿐만 아니라 속담의 어느 한 구절이 문득 한 작품을 구상하는 단초를 제공해주는 경우도 있기 때문이다.

"옛말에 틀린 말이 없다."란 말은 우리가 어려서 어른들로부터 자주 들은 말이다. "속담에 틀린 말이 없다."도 같은 경우이다. 비록 한 문장에 불과하지만 우리의 삶과 정서를 정곡으로 찌르는 말. 주제로서 이보다 더 적절할 수는 없다. 실제로 필자의 단편 드라마 〈어떤 갠 날〉은 "과부 사정은 과부가 안다."라는 속담 한 줄에서 주제를 삼은 작품이었다. 작품의 내용은 이렇다.

주인공인 가난한 부부는 자식을 셋이나 두고 있는데 전세 값이 올라 이사를 해야만 한다. 한데 가는 집마다 식구가 많다고 받아주지 않는다. 두 부부는 궁리 끝에 어린 아기 하나만 업고 가서 세 식구뿐이라 속이고 방 한 칸을 얻어 든다. 아내는 주인집 일을 열심히 도와주며 주인 여자의 환심을 산다. 그리고 어느 날 친척집에 맡겨두었던 둘째를 데리고 온다.

그 사이에 정이 든 주인 여자는 큰 아이도 마저 데려오라고 한다. 둘째 아이한테서 우연히 아직도 다른 친척집에 있는 큰 아이 이야기를 들었던 것이다. 주인공은 너무 미안해서 고개도 못 든다. 주인 여자 부부도 얼마 전까지 똑같은 셋방살이의 서러움을 겪었다는 것이다. 큰 아이마저 데려온 주인공 부부는 주인집 부부를 위해 작은 술상을 마당에 차린다. 그날은 일요일이었고 그날따라 하늘은 눈이 시리게 맑았다.

마땅한 제목을 못 찾아 고심했는데 그 마지막 장면을 쓰면서 '어떤 갠 날' 이라는 푸치니 오페라 나비부인에서의 아리아를 떠올리며 그의 제목을 실례했다. 다행히 푸치니의 유족으로부터 저작권 침해라는 고소를 당하는 곤욕은 치르지 않았다.

우리의 속담과는 다르지만 이솝우화도 그렇다.

이솝우화는 세계 거의 모든 나라의 초등학교 교과서에 실릴 만큼 잘 알려진 이야기이다. 우리만 해도 '토끼와 거북이의 경주', '개미와 베짱이' 를 비롯한 몇 가지의 이야기는 모르는 사람이 없을 것이다. 어느 출판사에서 내놓은 〈이솝우화〉를 보고 그 이야기가 무려 203가지나 된다는 사실에 나도 놀랐다.

그리스의 역사가 헤로도투스(Herodotus)에 의하면, 이솝은 기원 전 그리스의 사모스(Samos) 섬에 살았던 사람으로 노예 신분이었지만 후에 자유인으로 해방되었고 지독히도 못 생긴 외모를 갖고 있었다고 한다.

이런 이솝이 탁월한 우화를 지어낼 수 있었던 것도 프로이트 식으로 말하면 자신의 외모에 관한 열등감을 승화시킨 것이며 또한 노예 생활에서 터득한 처세술과 인생철학의 표출이라고 짐작해 볼 수 있다. '토끼와 거북이의 경주' 의 경우에서는 "성실함과 꾸준함이 타고난 능력보다 중요하다." 혹은 "자만심의 대가는 패배이다."라는 주제를 얻을 수 있고, '개미와 베짱이' 에서는 "준비 없는 자에게는 희망이 없다."라든가 "안락한 삶은 거저 얻어지는 것이 아니다."라는 등의 주제를 얻을 수가 있다. 비록 짧은 한 문장, 지극히 간단한 우화이지만 그 속에서 주제를 찾기도 하거니와 스토리의 단초를 얻을 수도 있기 때문에 나의 컴퓨터 옆에는 항상 〈속담사전〉과 〈이솝우화〉가 있다.

이 부분에서 마지막으로 당부하고 싶은 것이 있다. 주제를 명확하게 하기 위해 주인공의 대사를 통해 주제를 말하게 하는 것은 안 된다. 주제란 그 작품을 통해서 시청자가 느끼게 하는 것이지 설명하는 것이 아니다.

"테마란 그 작품이 어떤 이야기인가? 하는 물음에 대해 한마디로 또 구체적인 말로 대답할 수 있는 것이어야 한다." (후나시아 가즈오)


## 등장인물

드라마에서 등장인물의 중요성은 아무리 강조해도 지나치지 않다. 앞에서도 언급했듯이 드라마를 끌고 가는 주체는 등장인물이기 때문이다. 따라서 등장인물을 정확하게 하지 않으면 절대로 작품의 성공을 기대할 수 없다. 시원찮은 재료로 맛있는 요리를 기대할 수 없음과 같은 이치이다.

앞서 단막은 누가 뭐래도 주인공의 드라마이므로 등장인물이 많지 않아야 한다고 했는데 그것이 주인공 아닌 등장인물은 상대적으로 중요하지 않다는 뜻이 아니다. 등장인물이 많지 않기 때문에 오히려 작은 단역까지도 매우 중요하게 다루지 않으면 안 된다.

등장인물을 정해 놓고 그의 성격을 설정하는 문제를 도외시하는 작가는 없다. 그러나 실제로 드라마를 공부하고 있는 여러분의 작품을 직접 대하고 보면 이 부분에서 너무 소홀하다는 점을 발견하고 놀라지 않을 수가 없다.

예를 들면 단순히 "성격이 급하다" 혹은 "착하다" 등의 선천적인 성격만 밝힐 뿐 후천적 성격은 아예 도외시하는 경우가 많다는 것이다. 우리 속담에도 있지 않은가? 개구리 올챙이 적 생각 못 한다고. 사람은 환경이 달라지면 성격도 변하는 건 당연지사이다. (뒤에서 좀 더 구체적으로 다시 언급하겠다.)

현대인의 성격은 더욱 그렇다. 특히 직업이나 여러분들의 작품에 많이 등장하는 대학생들의 전공과목에 대해서는 전혀 상관하지 않는 경우를 너무 많이 보게 된다. 다시 말해 등장인물들의 이력서가 없다는 것이다.

먼저 등장인물의 이력서는 왜 필요한가부터 점검해 보자. 결론부터 얘기하면 그 등장인물에 대해 보다 확실하게 알기 위해서이다.

드라마란 결국 무엇을 그리는 것인가? 인간을 그리는 것이다. 때문에 그 인간(등장인물)의 이력을 알아야 하는 건 너무도 당연하다.

젊은 사람들이 발표하는 작품의 주인공(물론 조연도 그렇지만)들은 대체로 대학 재학생이거나 대학 졸업자들이다. 한데 앞서 언급했듯이 대학에서 무엇을 전공했는지를 밝히지 않는 경우가 대부분이다. 왜 그러느냐고 물으면 발표하는 드라마와 특별한 관계가 없기 때문이라고 말한다.

나는 말한다. 주인공의 이력과 드라마가 별로 관계가 없는 것이 아니라 정하지 않았기 때문에 관계가 없게 된 것이라고.


### S#6 대중식당 안

손님 많지 않고, 방금 들어와 앉은 영희와 철수가 메뉴판을 보며 음식을 고르고 있다.

철수　：(메뉴판에서 시선 거두며) 날씨도 그런데 얼큰한 김치찌개나 먹자.
영희　：(메뉴판에 시선 둔 채) 아줌마, 아줌마!
아줌마：왜요 손님?
영 희　：김치찌개의 개자가 틀렸네요. 거이 게가 아니고 가이 개라고 적어야

맞아요.

아줌마 : ??(그냥 멀뚱멀뚱)

철수 　: 넌 식당에 와서까지 국문과 티 내냐?

영희 　: 찌개야말로 손님들이 가장 많이 찾는 서민적인 음식인데 철자를 틀리게 써놓으면 안 좋잖아?

철수 　: 여긴 식당이다. 음식 맛만 좋으면 됐지 철자 틀린 게 무슨 대수냐?

영희 　: 철자가 틀렸다는 거 알기나 한 거야?

철수 　: 미안하다. 몰랐다.

영희 　: 아무리 공대생이라지만 쯔쯔…….

물론 국문과를 다니거나 나온 사람들이 다 틀린 철자를 꼭 지적하는 건 아니다. 그건 틀린 것을 보고 그냥 지나치지 못하는 영희의 성격이다. 그러나 국문과 학생이라는 확실한 이력을 주었기 때문에 이 대사를 통해 그녀의 성격을 보다 확실하게 한 것만은 분명하지 않은가 말이다.

예를 한 가지만 더 들어보자.

나의 친구들은 최근 들어 직장을 은퇴하고 그래서 한가하게 술 한 잔을 나누는 경우가 많다. 술자리를 마치고 나오다 보면 미성년자(고등학생)가 분명한 청소년이 길거리에서 담배를 피우는 경우를 가끔 목격하게 된다. 우리는 대체로 요즘 아이들은 그러니까 하고 못 본 척하는 게 일반적이다. 한데 굳이 그 학생한테 가서 "너 어느 학교 몇 학년이냐?"고 묻는 친구가 있다. 그 친구는 금년에 고등학교 교장직을 정년퇴직한 친구이다. 그건 그 친구의 타고난 성격 탓에서도 기인하겠지만 교장 출신이라는 이력에서 오는 경우라고 봐야 한다.

거듭 강조하거니와 드라마란 결국 인간을 그리는 것이고 드라마를 끌고 가는 주체는 등장인물이다. 때문에 그 등장인물에 대해서 얼마나 자세하게 알고 있는가를 정하는 것은 선택의 문제가 아니라 필수 사항이다.

일본에서는 혼담이 오갈 때 사진과 함께 신상명세서를 교환하기도 한다고 한다. 거기에는 본적, 주소, 생년월일, 학력, 경력, 자격, 취미, 건강, 가족관계 까지 적는다고 한다.

여러분들도 등장인물들에게 이런 신상명세서를 적어줄 것을 강력히 권고한 다. 귀하의 작품에 꼭 필요한 이력인가 아닌가를 염두에 두지 말고 되도록 상 세하게 적어야 한다. 그 사람이 어떤 사람이며 왜 그렇게 행동(혹은 사고)하는 가는 그 사람의 이력과 무관하지 않기 때문에 그렇다.

등장인물의 이력과 성격을 설정할 때 또 한 가지 유념해야 할 사항은 한 작 품에 비슷한 성격의 인물이나 비슷한 이력을 가진 인물을 동시에 설정하지 말 아야 한다는 점이다. 단막 드라마의 경우, 되도록 등장인물을 적게 설정해야 하는데 비슷한 인물을 등장시킨다는 건 등장인물의 낭비일 뿐만 아니라 극적 전개에도 전혀 도움이 되지 않을 것은 자명하다.

여기서 또 한 가지 간과할 수 없는 건 현대인은 살아가면서 성격이 변할 수 도 있다는 점이다.

가난했던 사람이 갑자기 부자가 되면 성격까지 달라질 수 있다. 말단 사원 이 고급 간부가 되고나면 성격도 달라지기 십상이다. 시어머니의 학대를 원망 했던 며느리가 자신이 시어머니가 되어서는 더 독한 시어머니가 되기도 한다.

입장과 환경의 변화가 그 사람의 성격도 변하게 하는 것이다. 개구리가 올 챙이적 생각 못하는 건 사람도 마찬가지인 것이다.

때문에 등장인물의 성격은 일관성을 가져야 하는 것이 원칙이나 경우에 따라서는 변할 수도 있는데 변했을 때는 그 타당성이 분명하게 드러나야만 한다.

유홍준 교수는 그의 저서 〈나의 문화유산 답사기〉에서 아는 것만큼 보인다고 썼다. 작가가 등장인물의 이력서를 만들어야 하는 건 그 인물에 대해서 보다 확실하게 알게 하기 위한 필수적인 장치인 것이다.

끝으로 린다 시거의 말을 인용한다.

"실패한 대부분의 작품들은 특별한 역할을 갖지 않은 인물들이 너무 많이 등장한다는 공통점이 있다. 등장인물들은 제 기능을 수행하기 위해서 뚜렷한 초점을 가져야 하고 스토리에서 '존재하는 필연적인 이유'를 가지고 있어야만 한다."

## 줄거리

먼저 원고를 끝낸 후에 작성하는 시놉시스에 써야 하는 줄거리와 달리 사전에 쓰는 줄거리는 되도록 길게 쓸 것이며 문장이나 논리성에 구애받지 말라는 주문을 하고 본론에 들어가겠다.

본 작품에 들어가기 전에 왜 줄거리부터 반드시 써야 하는가?

지금 작가가 머릿속에 구상하고 있는 줄거리는 어떤 경우에도 아직은 미완성이다. 때문에 에피소드나 시추에이션도 조금은 막연한 게 당연하다. 따라서 그런 상태에서 곧바로 구성에 들어가면 처음보다는 당연히 좀 더 구체성을 띠겠으나 만족할 만한 결과를 기대하기는 어렵다.

그러나 줄거리를 일단 쓰게 되면 조금은 막연했던 부분이 좀 더 구체적인 모습을 드러내기 시작한다. 그 구체적인 상황을 좀 더 구체적으로 쓰기 시작하면 처음에는 미처 생각하지 못했던 에피소드와 시추에이션이 떠오르게 된다. 당연히 그대로 써야 한다. 그런데 그렇게 쓰다보면 처음의 의도와 달라지거나 스토리 전개상 앞뒤가 모순이 되는 경우도 생긴다. 상관없다. 그대로 쓰는 것이다. 지금 귀하는 논문을 쓰는 게 아니라 드라마를 쓰기 위해 줄거리를 쓰는 것이다.

줄거리는 모순이 있어도 좋다는 뜻이 아니다. 본 작품에 들어갈 때 극적 상황은 살리고 모순만 제거하거나 모순되지 않도록 당위성을 부여하고 합리화시키면 되는 것이다.

미리 얘기하면, 아무리 정교하게 쓰여진 줄거리라 해도 정작 본 작품에 들어가 등장인물에게 구체적인 행위를 부여하고 대사를 주다보면 달라지게 되어있기 때문에 당위성보다는 말 그대로 재미있게 줄거리를 짜는 일에 보다 많이 신경을 쓰라는 말이다. 따라서 줄거리를 쓰는 동안에 떠오르는 에피소드나 시추에이션은 일단 써놓아야 한다. 순서가 틀렸어도 상관없다. 다음에 있을 구성 단계에서 정리하면서 취사선택하여 정리하면 된다.

중요한 것은 어떤 아이디어가 떠올랐을 때 "지금 내가 쓰고자 하는 이 드라마에서는 맞지 않아."하고 미리 예단하여 버리는 잘못을 범하지 말아야 한다는 사실이다.

우리 속담에도 있듯이 어떤 놈이 효자가 될지 나중까지 가봐야 안다. 지금 쓰고 있는 줄거리는 앞으로 쓰고자 하는 작가의 구상일 뿐이지 이미 완성된 작품이 아니거니와 줄거리에 쓰여진 부분은 반드시 드라마에 반영되어야 한다는 의무도 없다. 때문에 생각난 에피소드나 시추에이션은 무조건 써둬야 하며 앞뒤의 논리성이나 순서의 배열은 뒤에 생각해도 전혀 상관이 없는 것이다.

줄거리를 쓰는 과정에서 문득 떠오른 대사도 놓치지 말고 적어둬야 한다. 막상 본 원고에 들어가서 보면 맞지 않거나 필요 없을 경우도 있으나 그건 그 때

가서 버려도 늦지 않다.

드라마의 줄거리가 재미있어야 하는 것도 선택의 문제가 아니라 필수이다. 시청자가 드라마를 보는 가장 큰 이유는 드라마의 재미에 빠지고 싶기 때문이라고 해도 전혀 모순된 말이 아니다.

따라서 줄거리를 쓰면서 지나치게 주제나 작가 의도를 의식하는 잘못을 범해서는 안 된다. 앞에서도 언급했듯이 주제나 작가 의도는 탈고 후에 맞추어 다시 쓰면 되는 것이다.

임금은 임금의 권위를 상징하는 왕관을 반드시 써야 하나 임금의 머리에 왕관을 맞추어야지 왕관에다 임금의 머리를 맞출 수는 없지 않겠는가? 같은 이유로 주제와 작가 의도는 매우 중요하나 드라마의 본체랄 수 있는 줄거리의 걸림돌이 되거나 그것을 훼손해서는 안 된다.

주제도 좋고 작가 의도도 훌륭했고 대사까지 빛났다 하더라도 줄거리 자체가 재미없으면 시청자로부터 외면을 당할 것이다. 시청자로부터 외면당하는 드라마란 드라마라는 형식을 빌렸을 뿐 진정한 드라마라고 할 수가 없다. 그러나 줄거리가 달라지면서 주제가 달라졌다면 달라진 주제를 염두에 두고 줄거리를 짜야 하는 것도 당연지사이다.

재미없는 이야기는 가라!

시청자에게 재미없는 이야기를 풀어놓으며 시청해주기를 바란다는 건 나무에서 물고기를 구하는 것만큼이나 어리석은 일이다. 우리는 앞에서 주제와 등장인물 등을 포함해서 많은 언급을 해왔지만 그런 것들은 어디까지나 재미있는 줄거리(스토리)를 위한 장치였을 뿐이다.

두 말할 필요도 없이 스토리는 재미있어야 하고 그러기 위해서는 줄거리를 쓰는데 매우 많은 시간과 공을 들이지 않으면 안 된다.

우리가 소설에 대해서 말할 때 "그 작품 좋아."하면 끝이다. 그러나 드라마에 대해서 같은 질문을 받았다면 열 명 중 아홉은 "그 작품 좋아."라고 대답하기보다는 "응, 참 재미있어."라고 대답한다. 때문에 난 학생들의 작품을 평가할 때도 재미가 없으면 "귀하는 드라마라는 형식을 빌렸을 뿐 드라마를 쓴 게 아니야!"라고 조금은 냉정하게 말한다.

드라마 작가가 시청자에게 재미있는 드라마를 보여줘야 하는 건 작가의 의무인 것이다. 시청자는 귀중한 시간을 투자하고 귀하의 작품을 보는 것이기 때문이다.

재미는 연속극에 맡기고 단막 드라마는 소위 작품성이 우선해야 한다고 말하는 사람도 종종 보게 된다. 나는 되묻는다. 시청자가 보지 않았는데 그 작품성은 어떻게 보여줄 것이냐고.

다시 강조한다.

드라마는 재미있어야 한다. 고로 줄거리가 재미있어야 한다. 단, 라스트의 감동을 동반한 재미여야 한다.

## 09 오빠야! 나, 예뻐? – 시놉시스 2

　　　　이제 두 번째 써야 하는 시놉시스에 대해서 마저 얘기하자.

두 번째 쓰는 시놉시스는 원고를 다 끝내고 쓰는 시놉시스이다.

왜 이런 작업이 필요한가? 앞에서도 잠깐 언급했듯이 드라마란 처음의 시놉시스대로 완성되어지는 것이 아니기 때문이다. 나는 특별히 원고를 완성하고 나서 써야 하는 이 시놉시스를 잘 쓰라고 강조한다. 왜냐하면 여러분은 신인으로 제작자로부터 혹은 심사위원으로부터 심사 내지는 평가를 받아야 하는데 여러분의 원고 맨 앞에 첨부되는 시놉시스는 곧 여러분 작품의 얼굴에 해당하기 때문이다. 우리는 대인관계에서도 첫인상이 좋아야 한다는 말을 한다. 시놉시스는 여러분 작품의 맨 앞에 첨부된다. 따라서 사람으로 치면 첫인상에 해당하는 것이다. 그럼 이제 작성 요령으로 들어가자.

### 제목

한글사전에서는 '책이나 문학 작품 등에서 그것의 내용을 보이거나 대표하는 이름'이라고 적고 있다.

여러분의 작품 제목을 정할 때는 이런 사전적인 의미에 지나치게 구애 받을 필요는 없다. 그러나 작품의 내용과 전혀 엉뚱하게 단지 멋있는 제목을 염두에 두고 정하는 경우도 적지 않은데 이는 바람직하지 않다. 겨울 이야기를 하면서 '낙엽이 지던 그 날의 추억'이란 제목 같은 건 아무래도 어색하다. 그러나 작품의 내용과 너무 엉뚱하지 않은 범위 내에서 인상적인 제목을 정하는 것은 좋다. 부모가 자식의 이름을 지을 때 아무렇게나 짓지는 않는다. 귀하의 작품 또한 귀하의 자식과 다름이 없다. 제목 또한 정성을 다해 지어야 한다.

## 주제

앞에서 이미 언급했으니 특별히 덧붙일 필요는 없을 것이다.

단, 주제도 막상 원고에 들어가 재고 삼고를 하다보면 처음의 의도와 달라질 수가 있다. 그런 경우에는 주제도 달라진 주제로 바꾸어 명시해야만 한다.

특히 신인작가 공모에 제출하는 작품에서의 주제는 더욱 중요하다. 왜냐하면 작품의 주제가 불분명하면 작가로서의 잠재적인 자질까지도 의심받을 위험이 있다. 방송된 어느 작품을 봤는데 주제가 무엇인지 알 수 없더라고 말하는 학생들도 있다. 실제로 그 작품의 주제가 애매했는지 시청한 그 학생이 있는 주제를 정확하게 이해 못했는지는 알 수 없으나 귀하들은 기성 작가가 아니기 때문에 응모작품에서는 분명하게 적어야 한다.

## 집필의도(작의)

작가가 왜 이 작품을 썼는가에 대한 명쾌한 제시가 있어야 한다. 응모작품의 경우에는 이 항목 또한 매우 중요하다. 심사위원들은 이 부분에도 큰 관심을 갖기 때문이다. 장황하게 길게 쓰는 건 좋지 않다.

앞에서 이미 밝힌 주제를 반복해서 언급하는 일도 없어야 한다. 최근에는 주제를 생략한 채 작의로 대신하는 경우를 자주 보게 된다. 결코 바람직한 일은 아니다.

## 등장인물

이름, 나이, 직업 등과 더불어 극중 역할을 간단명료하게 쓴다.

특히 이름에는 나름대로 신경을 써야 한다.

첫째, 비슷한 이름은 피해야 한다. 형제나 자매인 경우에는 의도적으로 영철과 영수 식의 돌림자를 줄 필요가 있으나 그렇지 않은 경우에는 확실하게 다르게 짓는 것이 좋다

예를 들어 영철의 친구 이름이 영호, 혹은 수철 등으로 앞이건 뒤이건 같은 자(字)가 들어가는 이름은 피하라는 것이다. 귀하의 원고를 처음 읽는 사람들에게 혼동을 주지 않기 위해서이다.

둘째, 이름도 드라마에서의 위치나 성격에 어울리는 것이 좋다. 사장에게는 사장 같은 이름이, 폭력배는 폭력배 같은 이름이 좋다는 것이다.

셋째, 요즘에는 이름만 들어서는 남자인지 모를 이름이 많은데 여러분의 작품에서는 남자에게는 남자 같은 이름을, 여자에게는 여자 같은 이름을 주는 것이 좋다. 역시 읽는 사람들에게 혼동을 주지 않기 위해서다.

넷째, 위의 원칙을 반드시 지켜야만 하는 건 아니다. 등장인물의 성격상 의도적으로 여자에게 남자의 이름을 줄 수도 있고(물론 반대의 경우도 있다)

대기업의 사장에게 삼돌이라는 조금은 웃기는 이름을 부여할 수도 있다. 삼돌이라는 시골 촌아이가 오늘은 대기업의 사장으로 성공했다는 스토리라면 말이다.

## 줄거리

가장 신경을 써야 할 부분이다. 앞서 언급한 줄거리(작품을 쓰기 위한)와는 달리 이 부분은 완성된 작품의 줄거리이기 때문에 작품의 내용이 정확하게 전달되어야 하는 건 필수이다.

그러나 내용 전체를 상세하게 담기 위해 장황해서는 안 된다. 단막의 경우 A4용지로 한 장을 넘지 않은 범위에서 요령껏 쓰는 것이 중요하다. 너무 간략하여 무슨 내용인지를 파악할 수 없어서도 안 되거니와 전체 내용을 상세하게 밝혀서 읽는 재미를 떨어뜨려서도 손해라는 뜻이다.

결론적으로 말하면 줄거리만 읽고도 관심을 가질 수 있도록 정성스럽게 써야만 한다. 또 수정 과정에서 삭제했던 줄거리의 일부를 그대로 남겨 놓는 조금은 어처구니없는 경우도 심심찮게 발견한다. 세심하게 검토해야 한다.

참고로 고전적인 영화인 비토리오 데시카 감독의 〈자전거 도둑〉의 줄거리를 소개하겠다. 상영 시간이 2시간 이상인 작품임에도 불구하고 간략하고 흥미 있게 쓴 줄거리 중의 하나다.

2차대전이 끝나고 폐허로 변한 로마. 오랫동안 직업을 구하지 못해 헤매 다니던 안토니오 리치는 어느 날 일자리를 구하게 된다. 길거리에 포스터를 붙이는 일이다. 그 일에는 자전거가 필수적이다.

오랜만에 일자리를 구하게 돼 당당히 아내 마리아 앞에 선 안토니오는 그녀를 설득해 몇 안되는 헌 옷가지를 전당포에 맡기고 드디어 자전거를 구한다. 어린 아들 브루노는 출근하는 아버지를 따라 나선다.

그런데 어느 모퉁이에서 잠시 자리를 비운 사이 누가 자전거를 훔쳐 타고 달아난다. 안토니오는 쫓아가다 실패하고 경찰에 신고하지만 경찰은 그런 하찮은 일에 신경 쓸 겨를이 어디 있느냐는 듯 시큰둥한 반응을 보인다.

허탈해진 안토니오는 자전거포를 뒤지다 어느 젊은이가 자기 자전거를 타고 달리는 것을 목격한다. 기를 쓰고 쫓아가지만 또 허사다.

우여곡절 끝에 자신의 자전거를 훔친 젊은이의 집을 기어코 찾고야 만다. 하지만 안토니오는 빈민가에 있는 그 젊은이의 가난한 삶을 보고 절망에 빠진다. 자신처럼 가난한데다 젊은이는 그를 보자 충격을 받았는지 간질을 일으키며 길가에 나뒹굴어 버둥거린다. 경찰이 왔으나 딱 부러지게 증거도 없다. 안토니오의 우유부단한 태도에 실망한 아들이 그와 다투다 없어지는 소동까지 벌어진다.

축구 경기가 한창 벌어지고 있는 경기장 밖에 즐비하게 세워져 있는 자전거들을 본 안토니오는 아들 브루노에게 먼저 집에 가 있으라 이르고는 자전거 한 대를 잽싸게 훔쳐 달아나지만 곧 주인에게 붙잡힌다.

어디선가 경찰이 나타난다. 아들의 면전에서 봉변을 당하는 안토니오의 처지를 가련하게 여긴 자전거 주인이 선처를 베푸는 바람에 안토니오는 철창 신세를 면하고 풀려난다. 긴 그림자가 드리워지는 석양의 거리를 아들은 뒤따르고 안토니오는 어깨가 축 늘어진 허탈한 모습으로 하염없이 걸어간다.

비록 길지는 않지만 어떤 내용의 극을 담고 있다는 걸 설명하기에는 부족하지 않다. 시놉시스는 그 드라마의 첫인상과도 같다. 사람도 첫인상이 좋아야 한다고 한다. 시놉시스를 정성껏, 그리고 잘 써야 할 이유가 여기에 있다.

# 10 아이쿠, 무너져 버렸네 – 구성

한 채의 집을 반듯하게 짓기 위해서는 설계도가 필요하다. 한 편의 드라마를 반듯하게 완성하기 위해서는 사전 구성이 필요하다. 때문에 드라마의 골격을 정하는 구성을 집짓기의 설계도에 비유하는 사람도 있다.

그러나 사실은 전혀 다르다. 집짓기의 설계도에 일부가 바뀌어도 전체가 무너지는 경우가 없는데 반해 드라마에서의 구성은 일부의 수정이 전체를 무너뜨리기 때문이다.

드라마란 지붕 따로 기둥 따로 바닥 따로인 집과 달리 기(起)-승(承)-전(轉)-결(結)이 일체를 이루는 것이므로 그렇게 될 수밖에 없다. 다시 말해 도입부가 전개부를 결정하고 전개부가 클라이맥스에 이르며 그 클라이맥스가 무엇이었느냐에 따라 결말이 결정지어진다는 것이다. 따라서 나름대로 심혈을 기울여 정교하게 구성을 했다 하더라도 어느 한 부분이 무너지면 전체가 무너지지 않을 수가 없는 게 바로 드라마다.

그렇다면 심혈을 기울여 정교하게 구성한 이상 어느 한 부분도 무너뜨리지 말고 처음에 구성한대로 밀고가면 되지 않겠느냐는 질문이 생길 수 있다. 유감스럽게도 그렇지가 않다.

왜인가? 드라마란 반드시 어떻게 진행되어야 하고 어떻게 결론지어져야 한다는 원칙도 정답도 없는 것이기에 그렇다. 다시 말해 구성을 할 때까지만 해도 오른쪽으로 가야 한다고 생각했는데 막상 집필에 들어가서 보다 상세한 상황을 묘사하고 대사까지 주다 보니 왼쪽 길이 더 드라마적이다 하면 주저하지 말고 왼쪽 길을 택해야 하는 건 너무나 당연하다.

한 편의 드라마를 완성하기까지에는 이런 경우를 여러 번 만나게 된다. 그럴 때는 반드시 그 다음부터의 구성을 다시 하고 나서 원고를 써야만 한다.

드라마란 한 부분이 달라지면 필연적으로 다음의 상황도 달라질 수밖에 없게 되니 꼭 그 부분만의 수정을 허용하지 않고 계속 이어지는 다음 장면까지의 구성도 불가피하게 바꿔야 하는 것이다.

그런데 대부분의 신인 작가들은 이런 경우를 당하면 어차피 달라졌으니까 그 다음부터는 미리 썼던 구성을 무시하고 재구성을 하지 않고 그냥 써도 된다고 생각한다. 이는 매우 잘못된 생각이다. 처음의 구성이 달라졌으면 달라진 그 부분부터 새롭게 시작해서 그 이후의 전체적인 구성을 다시 해야만 한다. 다시 짜여진 구성에 의해 쓰다 또 다시 구성을 바꿔야 할 상황을 만나면 그 자리에서 또 다시 달라진 구성을 해야만 한다.

왜 이런 번거롭고 유쾌하지 않은 작업을 계속해야만 하는 것인가? 머리에 번뜩 떠오르는 아이디어가 그 자체로도 좋았지만 애써 구성이라는 단계를 다시 거치다 보면 거기에 더 좋은 살이 붙고 곱게 화장까지 되기 때문이며 모름지기 작가는 최선의 선택을 해야 하는 건 당연한 일이기 때문이다.

일본의 어느 유명한 작가는 아예 구성이라는 걸 하지 않고 집필한다고 한다. 그 이유는 보다 자유롭게 드라마를 진행하기 위해서라고 한다. 그러나 그 작가는 이미 어느 경지에 올라있기 때문에 가능한 일이다. 자신은 의식하지 않아도 무엇을 쓸 것인가가 결정되는 순간에 마치 컴퓨터에 입력하듯 자신의 머리에 구성이 되어진다는 뜻이다.

여러분은 초심자다. 반드시 사전 구성을 해야만 한다.

## 구성의 의미

구성은 컨스트럭션(Construction)의 개념이며 플롯(Plot)과는 다른 의미로, 스토리 전개의 기본적인 설계도이다. 따라서 플롯은 '꾸미다', '계획하다', '구상하다' 라는 사전적 의미에서 엿볼 수 있듯이 줄거리를 짜기 위해 꼭 필요한 과정이라고 이해하면 된다.

## 사전 구성은 필요악

실제로 집필에 들어가 보면 사전의 구성안대로 되지 않는다는 건 이미 언급을 했다. 그래도 사전에 구성을 해야 하기 때문에 필요악이라고 했다. 어찌됐든 본 원고에 들어가기 전에 구성을 해야 하는 이유는 조금은 막연했던 줄거리가 구성을 통해 보다 선명해지며, 그 과정에서 새로운 극적 상황을 얻을 수 있기 때문이다.

또 소재가 매우 마음에 들어 작품화하기로 작정했으나 막상 구성에 들어가 보면 이게 아니구나 싶은 소재도 있다. 아무리 좋아 보이는 소재라도 구성에서 문제를 드러내면 일단은 유보해야 한다. 좋지 않은 구성에서 좋은 작품을 기대할 수는 절대로 없기 때문이다.

## 구성의 필요성

먼저 스토리의 전체적인 모습을 조망할 수 있다는 점이다. 또 인물들이 적재적소에 잘 배치되어 있으며 그 인물들은 자신의 역할을 충분히 소화하고 있는지도 이 구성을 통해 사전 점검이 가능하다.

그건 곧 사전에 수정과 보완을 용이하게 한다는 뜻도 포함된다. 엉성한 판잣집이나 단칸방의 집과 같이 설계도 없이 지은 집은 내구성이나 안전성, 쾌적성을 담보할 수 없다. 오늘의 시청자는 그런 집을 원치 않는다.

노벨 문학상 수상작가인 가와바다의 저서 〈소설의 구성〉에 다음과 같은 구절이 있다.

E.M 포스터 교수의 예를 빌어 설명하면 "왕이 죽었다. 그 다음에 왕비가 죽었다."라고 하면 이야기가 되고, "왕이 죽었다. 슬픈 나머지 왕비도 죽었다."라고 하면 플롯이 된다.

"왕비가 죽었다. 그러나 왕의 죽음을 슬퍼한 탓이었다는 것을 알게 될 때까지는 그 누구도 그 원인을 몰랐다."고 하면 그 속에 신비성마저 풍기는 플롯이 있는, 고도의 전개를 가능케 하는 형식이 된다.

왕비의 죽음을 생각해 볼 때 그것이 이야기라면 우리는 "그래서?"라고 물을 것이지만 플롯이라면 "왜?"라고 물을 것이다.

따라서 플롯은 누구와 누구를 어떻게 만나게 하느냐, 어떤 사건을 어디에 두느냐를 최초로 정하는 것으로서, 컨스트럭션 이전에 작가의 작의를 강하게 나타내는 작업이다. 다시 말하면 플롯은 여러 개의 작은 삽화(에피소드)를 일정한 방향을 향해 정리, 안배하고, 그것에 의해 구성이 되도록 하는 것이다.

따라서 단순히 더 재미있게 만들어보자는 그런 의도 하나만을 가지고 쓸데없이 복잡, 기묘한 플롯을 쌓아올리는 것은 결코 바람직한 일이라 할 수 없다.

## 구성의 세 가지 방법

구성을 하는 방법은 작가마다 다 다르다. 어느 방법이 좋다고 단정지어 말할 수도 없다. 작가가 그동안 해온 작업의 경험에 따라 최선의 방법을 택하면 되는 것이다. 그러나 여러 작가들의 경우를 보면 대체로 세 가지 방법 중에서 하나를 택하고 있음을 볼 수 있다. 그 세 가지 방법을 살펴보면 이렇다.

### (1) 단일형식의 전개

대체로 대부분의 작품들이 이 형식을 취한다.

단막 드라마의 가장 기본적인 형식으로 스토리 전개가 일관된 극적 흐름을 유지 발전시킬 수 있으며 주제를 분명하게 부각시킬 수 있는 장점도 있다. 이러한 장점을 극대화하기 위해서는 일관되게 주인공을 follow하지 않으면 안 된다. 단막 드라마는 주인공의 드라마이기 때문이다.

연속극은 시청자의 좋은 반응에 따라 조연급이 부상되는 경우도 있다. 그러나 단막에서는 60분 내지는 80분 이내에서 끝을 내야 하기 때문에 반드시 주인공의 드라마가 되지 않으면 안 된다. 이럴 경우에 신인 작가들에게 가장 문제가 되는 것은 극적 재미를 놓치는 경우가 많다는 사실이다.

극적 재미를 유지하기 위해서는 먼저 스토리가 변화하고 발전하지 않으면 안 된다고 했는데 여러분들은 장면이 달라졌고 등장인물들의 행위나 대사가 달라졌기 때문에 그 자체로 스토리가 변하고 발전한 것으로 착각한다. 예를 들어, 한 남자가 한 여자의 사랑을 얻기 위해 여러 수단을 강구하는 것은 변화하고 발전한 것이 아니다. 사랑을 얻기 위해 노력한다는 하나의 사실을 여러 차례로 혹은 여러 방법으로 보여줬을 뿐이다. 그 결과 사랑을 얻었다든지 혹은 반대로 사랑을 얻지 못해 자살을 기도했다든지 해야 스토리가 변화하고 발전했다 할 수 있는 것이다. 장면의 변화가 스토리의 변화가 아니며 발전은 더더구나 아니라는 사실을 명심해야 한다.

아내의 끈질긴 이혼 요구를 그는 거부했다. 어느 날 아내는 집을 떠나고 말았다. 그녀에게는 깊은 관계를 갖고 있던 내연의 남자가 있었던 것이다.

절망에 빠진 그는 술로써 세월을 보냈다. 하나밖에 없는 그의 형조차도 그를 외면했다. 그는 더 많은 술을 마셨고 길가에 쓰러져 잠이 들기도 예사였다.

그날도 길에서 쓰러졌다 잠에서 깨어났다. 속이 쓰렸지만 담배 한 모금이 더 아쉬웠다. 꽁초를 찾아 두리번거리는데 복권 한 장이 눈에 띄었다.

마침 그 날은 복권 당첨자를 발표하는 날이었다. 복권을 파는 노점상에 당첨 번호가 붙어 있었다. 맞추어보니 10억짜리 당첨 번호와 같았다.

그 사실을 알게 된 아내가 돌아와 눈물로 자신의 잘못을 사죄한다.

남편은 아내에게 이혼장을 내민다. "어서 도장이나 찍어!"

아내의 가출 때문에 술을 마시기 시작했고, 하나뿐인 형마저 도움을 거부해 더 많은 술을 마셨고, 그러다 보니 길에 쓰러져 잠이 들게까지 됐고, 그 결과로 길에서 버려진 복권을 줍게 되었는데 당첨이 되었다는 줄거리로 제1의 사건이 제2의 사건으로 다시 제3의 사건으로 이어지는 형식인데 이런 형식을 전진형 혹은 단일형식이라고 표현하기도 한다. 이는 구성의 가장 기본적인 형식으로 초심자들이 가장 많이 쓰는 형식이며 단막 드라마의 기본 틀이라고도 할 수 있다.

### (2) 복합형식의 전개

다음은 복합 구성이라 할 수 있는 제2의 형식을 보자.

두 가지 이상의 다른 사건이 서로 부딪쳐 갈등을 조성하며 전개되는 형식이다. 연속극이나 미니 시리즈 등은 거의 이 형식을 취한다.

많은 이야기를 다양하게 전개할 수 있어 극적 흥미를 유지할 수 있다는 것이 이 형식의 장점이다. 그러나 단막 드라마에서 이 형식을 취할 경우에는 고도의 구성력을 발휘하지 않으면 안 된다. 앞서 언급했듯이 단회에서 드라마를 끝내야 하는 시간적 제한이 문제인 것이다.

이런 형식을 취한 신인 작가들의 경우를 보면 스토리의 전개에서 혼란을 겪거나 심지어는 주제마저도 변질시키는 잘못까지 범하는 경우가 많다. 또 연속극의 2회분 혹은 3회분을 한 편으로 정리해 놓은 것 같은 구성의 작품도 많이 보게 되는데 이는 어려서부터 보아온 많은 작품들이 대체로 연속극이었기 때문이 아닌지 의심스럽다.

그렇다 하여 단막극에서는 이런 형식을 되도록 취하지 말라는 것은 절대로 아니다. 복합 형식의 장점을 극대화하되 함정에 빠지지 말라는 뜻이다.

예를 들어 두 형제가 서로의 성공을 빌며 고향을 떠나 각자의 길을 간다고 하자. 이런 경우 언제 어디서 다시 만날 것을 약속하는 게 기본이다. 당연히 두 사람이 각자 어떤 길을 가고 있는지를 적당한 간격을 두고(구성상) 번갈아 가며 모습을 보여주는 형식이다.

친한 두 친구의 이야기를 같은 형식으로 풀어갈 수도 있고, 이혼한 부부가 각자 어떻게 새로운 삶을 꾸려 가는지를 번갈아 가며 보여주는 구성도 마찬가지다. 이 때 유념해야 할 점은 스토리의 진행이 일관된 흐름을 유지해야 한다는 점이다. 양쪽의 상황이 전혀 다르고 해결해가는 방법 또한 다르게 표현되는 것은 당연하나 오직 재미만을 위해 엉뚱한 상황이 무질서하게 구성되어서는 안 되는 것이다. 양쪽 이야기의 비중도 균형을 갖추는 것이 좋다.

위에서 열거한 장점에도 불구하고 이 양식에서는 상당한 위험부담이 도사리고 있다는 점도 유념해야 한다. 단막 드라마가 갖고 있는 시간의 제한 때문에 소화불량이 될 위험이 그것이다. 이 형식을 택할 경우에는 소재의 선택을 신중히 해야 하고 고도의 구성력을 발휘하지 않으면 안된다.

### (3) 제3의 형식에 의한 전개

한 사람의 주인공이 여러 가지 형태의 극적 상황에 처하게 하는 것이다. 단일형식과 복합형식을 혼용한 형식이라고 할 수 있다.

이론적으로 따지면 앞에서 언급한 제1형식과 제2형식에서의 장점만을 가져와 합한다면 가장 좋은 형식이 될 수도 있다. 이 경우에도 주제는 일관되게 하나여야 한다.

제2의 형식과 마찬가지로 문제는 작가의 소화력이다. 아무리 좋은 음식이라도 과식을 한 결과 위장장애를 일으켰다면 바람직한 일이 아니지 않겠는가? 단, 2부작 이상인 특집 드라마에서는 이 방식이 오히려 적합한 형식이 될 수도 있다. 몇 가지 예를 들어보자.

### 〈그 녀석, 바람둥이〉

한 바람둥이 주인공이 여러 여자를 바꿔가며 사랑 놀음에 빠지는 줄거리이다. 여자가 남자를 바꾸는 줄거리도 상관없다.

실제로 미국에서 바람둥이 여자가 아담(Adam), 브라운(Brown), 첸(Chen) 식으로 A에서 Z까지의 이름을 가진 26명의 애인을 두고 사랑 놀음을 하다가 그 중의 한 남자에게 사살되었다는 해외 토픽을 읽은 적도 있다.

### 〈꿀을 찾아 삼천리〉

양봉을 하는 사나이(주인공)가 벌통을 싣고 꽃을 찾아다니면서 이런 저런 인간들을 만나면서 각기 다른 상황을 겪는다.

### 〈화인더로 본 세상〉
한 대의 카메라가 세 사람의 주인공을 바꿔가며 그들의 이야기를 보여준다.(한국방송작가협회 교육원 출신 학생의 작품으로 방송도 되었다.)

또 옴니버스 형식도 가능한데 옴니버스 형식은 대체로 세 가지의 이야기를 담는 것이 보통이기 때문에 고도의 구성력이 발휘되지 않으면 싱겁거나 역시 소화불량에 걸릴 위험이 있다.

스토리 전개의 형식을 짚어본 김에 과연 재미있는 스토리란 어떤 것인가를 다시 한 번 짚고 넘어가 보자.

스토리 전개에서는 언제, 어디서, 누가, 무엇을, 어떻게, 왜라는 육하원칙이 있다. 이것을 다시 스토리의 3요건으로 정리한 사람도 있다.

| 인물 | 누가 (Who) | 주체 |
|---|---|---|
| 배경 | 언제(When), 어디서(Where) | 환경 |
| 사건 | 무엇을 했다(What), 왜(Why) | 행위 |

위의 인물, 배경, 사건이 재미있으면 스토리는 재미있게 된다.

먼저 인물간의 대립을 격화시킨다. 드라마는 갈등이라 했는데 인물간의 대립을 격화시키면 당연히 갈등(Struggle)이 증폭되기 때문이다. 갈등의 중요성에 대해서는 누누이 언급했으니 다시 언급하지 않겠지만, 중요한 것은 갈등을 유발할 수 있는 인물과 상황이 설정되어야 한다는 것이다.

다음은 극적 배경이 되는 상황에는 반드시 족쇄(足鎖)를 채우라는 것이다.

인물 좋고, 건강하고, 머리 좋은 부잣집 아들이 역시 인물 좋고, 건강하고, 머리 좋은 부잣집 딸과 결혼하여 똑똑한 아들과 공주 같은 딸을 낳고 죽을 때까지 잘 살았다는 드라마를 시청자가 본다면 "누구 약 올릴 일 있느냐?"고 오히려 화를 낼 것이다. 반대로 두 남녀가 어떤 형태로든 불리한 여건을 극복하고 난 후에 아름다운 결과를 만들었다면 시청자는 갈채를 보낼 것이다. 시청자는 그런 드라마를 통해서 대리만족을 원하기 때문이다.

셰익스피어의 연극 〈로미오와 줄리엣〉이 지금까지도 관객들의 사랑을 받는 것도 같은 이유에서일 것이다.

마지막으로 사건=행위에 대해서 언급해 보자.

사건은 되도록 의표(意表)를 찔러야 한다. 뻔한 사건은 뻔한 결과를 예상할 수 있기 때문에 흥미가 반감될 것은 너무나 당연하다. 단 어떤 상황에서도 필연성과 당위성이 전제되어야 함은 물론이다. 아무리 재미있게 꾸며진 이야기라 해도 필연성과 당위성이 없으면 시청자가 납득하지 않을 것이며 납득이 안 되는데도 재미있게 받아들일 리는 절대로 없을 것이다.

재미있게 본 영화나 드라마를 기억을 되살리며 노트해보는 것도 매우 바람직한 일이다. 어떤 복선이 어디에 깔려 있었는지, 클라이맥스에는 어떻게 도달했는지를 특히 유념한다. 필요하다면 대사도 기억나는 대로 함께 적어보자. 귀하의 드라마가 끝날 때까지 시청자를 붙들어 두기 위해서는 스토리를 전개함에 있어 긴장(Tension)과 기대감(Expecting)을 유지해야 하며 끊임없이 발전하고 변화해야 된다는 점 또한 거듭 명심하자.

구성이란 드라마의 골격을 세우는 일이니만큼 그 중요성을 아무리 강조해도 지나치지 않다. 골격이 튼튼하지 못한 구조물에서 안전과 쾌적함을 기대할 수 없듯이 드라마 또한 그 골격이 튼튼하지 않으면 드라마로서의 취약성을 면치 못할 것은 당연하다. 따라서 드라마 작가가 제일 애먹는 작업이 바로 이 구성이라 해도 과언이 아니다. 때문에 전체 집필기간의 3분의 2를 이 구성에 바친다는 작가들의 얘기 또한 조금도 과장된 이야기가 아닐 것이다.

초심자인 여러분들에게도 그러라고, 아니 그 이상의 시간을 투자하라고 권하고 싶다. 거기에 투자한 시간과 노력은 본 원고에 들어갈 때 충분히 다 보상받게 되기 때문이다. 대체로 구성을 할 때는 기승전결의 순서를 원칙으로 한다. 그러나 단막 드라마의 경우에서는 반드시 이런 순서를 지킬 필요가 없다는 것이 본인의 생각이다. 특히 초심자들에게는 그렇게 권한다.

그 동안 많은 학생들과 공부하면서 학생들의 작품 대부분이 클라이맥스가 없거나 매우 약하다는 공통적인 결점을 보게 되었다. 쓰다 보니 어느덧 매수가 다 되었고, 그러다 보니 엔딩으로 안 갈 수 없기 때문에 그렇게 되는 경우이다. 그래서는 안 된다. 그건 마치 설익은 과일을 주면서 이것도 과일이니 그냥 먹으라고 강요하는 것과 같다.

온갖 재미로 충만한 프로그램을 24시간 방송하는 시대에 어느 누가 설익은 과일 같은 드라마를 보겠는가? 하긴 그런 걱정은 할 필요도 없다. 어떤 경우에도 그런 드라마가 제작되어 방송되는 불행한 사태는 결코 생기지 않는다.

하나의 방법이 있다.

도입부의 구성이 끝나면 전개 부분의 구성을 건너뛰고 곧바로 클라이맥스를 완벽하게 구성하는 것이다. 좀 더 구체적으로 말하면 클라이맥스를 먼저 정하고 그 클라이맥스에 어떤 과정을 거쳐 이르게 되었는지의 전개 부분을 나중에 구성하는 역(逆)구성을 하라는 것이다.

드라마에서의 클라이맥스는 산의 정상과도 비유되니 등산을 예로 들어보자.

설악산의 대청봉 등산을 목적으로 집을 떠난다. 그 등정은 만만치 않기 때문에 등산복, 등산화를 포함하여 만만찮은 준비를 한다.(도입부)
이윽고 설악산 입구에 이르러 등반을 시작한다. 가을의 정취가 서울에서 여기까지 온 보람을 느끼게 한다. 어느덧 신흥사에 이른다. 신흥사가 한 번쯤은 다시 둘러볼 만한 명소이다. 한데 신흥사를 충분히 구경하고 나니 어느덧 해가 기울고 있다. 시간을 계산해보니 지금 대청봉까지 등반을 한다는 건 너무 위험하다는 생각이 든다. 대청봉 등반을 포기해 버린다.(전개부분)
그리고 귀경전쟁을 치르며 돌아간다.(끝)


이럴 경우 드라마가 아니라면 대청봉 등반을 포기했다고 크게 나무랄 사람은 없다. 그러나 클라이맥스도 없는 드라마를 보고난 시청자는 화를 낼 것이다. 극적 쾌감을 경험하지 못하고 귀한 시간만을 낭비했으니 당연하다. 아니다. 그런 걱정도 할 필요가 없다. 방송되어질 리 없기는 마찬가지이다.
정상 정복의 쾌감을 주는 것과 같은 클라이맥스. 그런 클라이맥스를 먼저 설정하자. 클라이맥스를 먼저 설정하고 거기에 이르게 된 과정을 역순으로 구성하는 것이다.
단, 이럴 경우 처음에 예정했던 라스트를 처음에 구성했던 것과 다르게 고치지 않으면 안 될 경우를 만나게 될 수도 있다. 그건 결코 큰 문제가 되지 않는다. 좋은 클라이맥스가 나쁜 엔딩으로 이어질 리가 없는 법이니 작가는 감동이라는 이름의 종착역에서 '끝' 자만 쓰면 된다. 복선의 적절한 배열도 이 구성에서 꼼꼼하게 신경을 써야 할 부분이다. 디테일도 그렇다.

## 구성의 5개 부분

다시 한 번 구성을 정리해 보자. 일반적으로 구성은 다음의 5개 부분으로 나눈다.

### (1) 발단

시작이 좋으면 끝도 좋다는 말이 있다. 그러나 드라마에서는 이 말을 조금 바꿀 필요가 있다. 시작이 좋아도 끝이 안 좋을 수가 있으나 시작이 안 좋으면 끝은 절대로 안 좋다. 따라서 드라마의 시작인 이 도입부의 중요성은 아무리 강조해도 지나치지 않다.

사람은 첫인상이 안 좋았어도 사귀어보니 좋더라는 말이 성립될 수 있으나 드라마는 그렇지 않다. 우선 도입부가 좋지 않은 드라마를 인내심을 갖고 끝까지 지켜볼 시청자도 없겠거니와 드라마의 생리가 그런 걸 용납하지 않는다. 첫 단추를 잘못 끼우면 바르게 양복을 입을 수가 없는 이치와 같다.

도입부에서는 아직은 무슨 이야기가 전개될지 전혀 모르는 시청자에게 "이 드라마는 꼭 봐야지!" 하는 기대감을 갖게 해 주는 제시가 있어야 한다. 따라서 시간이나 장소의 설명, 주인공의 성격, 주인공과 다른 인물들과의 관계 등이 짧은 시간 안에 보여져야 하는데 중요한 것은 설명조 혹은 소개조가 아니라 극적인(혹은 흥미 있는) 사건을 통해서 보여져야 한다는 것이다.

내가 아주 어렸을 때만 해도 라디오도 TV도 없는 시대여서 할머니나 할아버지들이 들려주는 옛날이야기에 흠뻑 빠졌었다. 한데 지금 돌이켜보면 어떤 이야기나 도입부는 한결같았다.

"옛날 옛적 강원도 산골에 김서방이라는 사람이 살고 있었는데…"

21세기라 해서 '언제' '어디서' '누가' 라는 이야기의 기본 틀을 깨뜨릴 수는 없다. 단지 어떤 사건(극적)이 발생했는데 그 사건을 지켜보다 보니 자연스럽게 '언제' '어디서' '누가' 가 드러나야 한다는 것이다.

다시 말해 설명적이 아닌 사건을 통해 드라마의 문을 열 것이며, 특히 주인공의 첫 등장은 극적이거나 매력적(혹은 인상적)이어야 한다는 점을 명심해야 한다. 홈드라마나 코미디물에서는 무리하게 사건을 도입할 필요가 없다. 그러나 주인공이 얼마나 재미 혹은 매력 있는 인물인가를 놓쳐서는 안된다.

어느 날 불쑥 시집간 딸네 집에 온 친정아버지가 "나 니 어미하고 이혼할란다!"하는데 곧바로 친정어머니가 전화를 걸어서 "니 아부지 가거든 문도 열어주지 마라!"한다면 누구든 재미를 기대할 것이다. 어느 결혼식장에서 신랑신부가 하객들을 향해 인사를 드리는 순간 웬 젊은 여자가 뛰어 들어와 "이 결혼은 무효야!"하며 소리친다면 다음 사건에 관심을 가지지 않을 수 없을 것이다.

도입부에서 시청자를 붙들어두지 않으면 안 될 가장 큰 이유는 다채널 시대에 살고 있다는 점이다. 게다가 요즘의 시청자는 인내심마저 없다. 재미가 없으면(혹은 재미있을 거라는 기대가 안 생기면) 들고 있는 리모컨으로 즉각 새로운 프로를 탐색한다. 시청자는 못 말리는 변덕쟁이인 것이다.

그럼 여기서 2004년도 KBS 공모에서 최우수상을 수상한 봉의환 작 〈귀휴〉의 도입부를 보자. 간략하게 개요를 들여다보고 조금 길지만 도입부를 그대로 옮겨본다.

여기 두 남자가 있다. 한 남자(동진)는 혼자서 딸(소담)을 키우면서 성실하게 살고 있는 홀아비이고 또 한 남자(철주)는 전과 3범도 모자라 또 복역 중인 범죄자이다.

그런 두 남자가 희귀병에 걸린 소담의 생명을 살리기 위해 한 집에 살아야 하는 상황에 놓이게 된다. 10년 동안 홀로 소담을 키워온 동진은 딸에게 피 한 방울 나눠줄 수 없는 양부(養父)이고 아이 얼굴도 한 번 보지 못한 철주는 소담과 간 조직이 맞는 유일한 핏줄이다.

물론 딸인 소담이는 이런 사실을 모른다. 처음에는 아이만 살리면 된다고 시작된 동거였지만 키운 정과 낳은 정이 부딪히며 서로가 아버지라고 삐걱거리게 된다.

아이와 혈액형조차 맞지 않는 양부라고 해도, 어쩔 수 없이 아이를 버린 친부라 해도 서로가 아이의 아버지가 되고 싶어한다는 내용이다.


### S# 1. 교도소 앞

짙은 구름이 잔뜩 드리워진 하늘에서 흩날리고 있는 진눈깨비.

살갗을 에는 바람에 어깨를 잔뜩 웅크린 채 발을 동동 구르고 있는 동진.

좀 떨어진 차 안에서는 동후가 덤덤한 표정으로 정면을 주시하고 있다.

끼이익~ 거리며 철문이 열리자, 안에서 나오는 철주.

재수 없다는 듯, 이 사이로 침을 칙! 뱉어내고는

건들거리면서 차 쪽으로 다가간다.

가타부타 말없이 차에 올라타는 철주,

창 밖에 서 있는 동진을 보고 어서 타라는 눈짓을 보낸다.

조수석에 올라타는 동진.

차가운 겨울바람을 가르고 달리는 자동차 위로

올라가는 타이틀 .........“귀 휴”


### S# 2. 달리는 자동차 안

운전을 하고 있는 동후, 망연한 눈빛으로 창밖을 바라보고 있는 동진,

착잡한 표정들이다.

하지만, 뒷자리의 철주는 불만이 그득한 표정인데,

철주의 한 쪽 팔에 채워져 있는 수갑, 문고리와 연결되어 있다.

철주 : 아, 씨 도망 안가니까 이거 좀 풀어보소.

동진, 슬며시 뒤를 돌아보다가 동후를 바라보는데,
들은 척도 안 하는 동후.

철주 : 안 그러면 헐렁하게 해주든가, 움직일 때마다 쑤셔서 아파 뒤지겠네.
동진 : 조금만 더 가면 휴게실이니까 그때까지 좀 참아요.
철주 : 참을 수 있는지 한 번 차볼래요?

전혀 속내를 짐작할 수 없는 표정으로 그저 덤덤히 바라보기만 하는 동진.

철주 : 생각할수록 열 뻗치네. 비행기 태워서 국빈대접 해줘도 모자라는 판에 지
금 당신들 나한테 너무 하는 거 아이요?

더 이상 못 참겠다는 듯 갑자기 차를 세우는 동후,
그 바람에 앞으로 쏠리는 철주, 수갑 찬 팔이 더 쑤신다.

철주 : 씨바, 차를 그렇게 갑자기 세우면 우짜노? 팔모가지 떨어져 나가겠다.
동후 : 경고하겠는데, 서울 갈 때까지 입 다물고 있어.

갑자기 서늘해지는 동후의 표정에 순간 당황하는 철주,
동진의 눈치를 슬쩍 보는데
동진은 아무런 상관 없는 사람처럼 창밖만 바라보고 있다.

동후 : 뭐? 국빈대접? 지랄을 떨어요.

한 대 쥐어박을 듯이 철주를 노려보고는 다시 운전을 하는 동후.

머쓱해진 철주, 창밖으로 고개를 돌리면서

철주 : 참말로 내가 지금 내 좋아서 이 지랄을 하고 있는 줄 아나?
      내가 와 당신들한테 이런 대접을 받아야 되는데?
      아픈 게 내 탓이가? 내가 휴가 내돌라고 빌기라도 했단 말이가?
동후 : (버럭!) 조용히 안 할 거야?

훔칫 놀라는 철주, 뭔 말도 못하고 궁시렁대기만 한다.

동후 : 복귀하는 그 날까지 당신의 모든 행동반경은 나의 레이다에 포착될거니까
      행여 딴 생각 했다간 알아서 해.

살벌하다. 일부러 더 그러는 것 같다.

철주 : 갸는 알고 있는교?
동후 : (모르는 척) 뭘?

대답 대신 동진을 바라보는 철주, 순간 굳어지는 동진의 표정을 놓치지 않는 동후.

동후 : 경고 하겠는데, 소담이한테 행여 이상한 소리 했단 봐. 당신은 그저 걔한
      테…

마땅히 떠오르는 말이 없는지 끝까지 말을 잇지 못하는 동후.
철주, 입술을 비틀면서 냉소적으로 피식 웃고는 창밖을 바라보는데,

동후 : 당신은 그저 착한 아저씨면 돼. 알았어?

잠시 흔들리는 철주의 눈빛. 그러다가 이내 눈을 감아 버린다.

덤덤한 표정으로 창밖만 바라보고 있는 동진을 안타까운 듯 바라보는 동후.

## S# 3. 병원 외경

곳곳에 장식되어진 꼬마전구들과, 트리에서 반짝이는 불빛들.
다가온 성탄절과 연말로 인해 들뜬 풍경들이다.

## S# 4. 입원실

1인용 병실.
김을 내뿜고 있는 가습기 옆에 놓여진 사진. 강아지를 안고 있는 소담과 동진의
다정한 모습이다. 창가에 놓여진 침대에 누워서 책을 읽고 있는 소담. 옆에서 십자
수를 하고 있는 임산부인 동후처, 소담이 잔기침을 하자 걱정스럽게 바라본다.

소담 : 작은 엄마, 지금 나 쳐다보는 게, 어떤 줄 알아?
　　　꼭 다 죽어가는 사람 쳐다보는 것 같애.
　　　나 중병 환자 아냐. 감기 환자야.
동후처 : 감기가 만병의 근원이야. 책 그만 읽고 자.
소담 : (일어나 앉으면서) 내 생각에는 만병의 근원은 외로움인 것 같애.
　　　아, 진짜 심심하고 외롭다. 나 이러다가 심심해서 죽는 거 아냐?
동후처 : 내가 너 작은 엄마라서 참는다. 그냥 내 딸 같으면 한대 쥐어박았어.
　　　어디서 죽는다는 소릴 함부로 하고 있어.
소담 : 근데, 내 병 말이야. 윌슨이라는 사람이 처음 발견해서 윌슨병일까?
　　　알아본다고 하면서 맨날 까먹어. 간염은 간염인데 윌슨병에 의한 간염.
　　　이렇게 복잡한 병을 어떻게 알아냈을까?
동후처 : 제발 부탁인데 어려운 거 나한테 묻지 마.
소담 : 아빠한테 여기 컴퓨터 갖다 달라고 하면 혼나겠지?
동후처 : 내가 혼낼 거야.

　　　그때 들어서는 동진, 동후.

소담 : 아빠…

쭈빗거리면서 들어서는 철주를 보고 누군가 싶어 동진을 바라보는 소담.
고개를 돌려버리는 철주.
동진과 동후, 어떻게 해야 하나 서로 눈치만 보고 있는데.

동후 : (좀 오바해서) 소담아. 인사해, 이 분이 아빠 친군데. 어쩌면 너랑 간이 맞을
 지도 몰라. 좀 더 검사를 해봐야겠지만, 이번엔 잘 될 것 같애.
소담 : (희색이 만연해서) 진짜?

 환하게 웃으면서 어른들을 바라보는 소담. 그런데, 영 어색하다.

소담 : 아저씨.

 화들짝 놀란 철주, 소담을 바라보지만, 눈을 마주치지 않으려고 한다.

소담 : 반가워요. (손을 내밀면서) 전 민소담입니다.
 생명의 은인이 될지도 모르는 아저씨, 앞으로 잘 부탁드릴게요.

 소담이 아무렇지도 않게 손을 내밀자, 당황하는 철주, 동진의 눈치를 살피는데, 소
 담이 덥석 악수를 해버린다.

소담 : 우리 아빠 죽는 소리 하면서 막 졸랐죠? 우리 딸 너 아니면 죽을지도 모른
 다, 간 안주면 넌 평생 우리 딸 혼령한테 시달릴거다… 맞죠?

 대답 못하고 우물쭈물거리는 철주.

소담 : 그런데, 막상 와서 보니까 다 죽어가야 할 환자가 너무 멀쩡해서 실망한건
 아니죠?

너무나 밝고 씩씩한 소담의 모습에 당황하는 철주, 어떻게 할 바를 모르는데, 갑자기 소담이 기침을 하자, 놀라는 동진.

동진 : (이마를 짚어보면서) 열 있다. 병원에 왔음 가만히 누워 안정을 취해야지, 무슨 수험생도 아니고, 책 읽으려고 입원한 거야?

은근히 짜증을 내는 동진을 의아하게 바라보는 소담.

소담 : 아빠, 수험생이 무슨 소설책을 읽는다고 그래, 가래도 안 끓는데, 괜찮아.

동진 : 그래도, 넌 감기가 제일 위험하다는 거 몰라? 아무튼 내가 하루만 옆에 없어도 이렇게 표가 난다니까. 안 되겠다, 제수씨 얼음 얼려 놓은 거 있죠? (냉장고를 열어보면서) 이거 생수로 얼린 것 맞죠?

얼음주머니를 만드느라 허둥거리는 동진을 이해한다는 듯 바라보는 동후 부부. 철주에게 가만히 속삭이는 소담.

소담 : 우리 아빠 옛날에도 저렇게 예민했어요?

동진이 쳐다보자 시치미를 떼면서 헤죽 웃어 보이는 소담.

## S# 5. 화장실
문 밖에서 감시를 하고 있는 동후 눈치를 보면서 소변을 보고 있는 철주, 궁시렁 거리면서 바지춤을 올리는데, 눈에 들어오는 장기 밀매 스티커. 돌아서는 철주, 다시 한 번 스티커를 뚫어져라 쳐다본다.

구성이 아닌 본문까지를 소개했지만 좋은 도입부란 어떤 것인지를 실제의 작품을 통해 확인하자는 뜻이니 이해하기 바란다.

미국의 한 사진작가가 세계 최고의 미인을 만들기 위해 미인을 대표하는 할리우드의 배우들 중에서 코가 제일 예쁜 A의 코, 눈이 제일 예쁜 B의 눈, 이마가 제일 예쁜 C의 이마, 입술이 제일 예쁜 D의 입술, 귀가 제일 잘 생긴 E의 귀, 헤어스타일이 제일 멋진 F의 머리만을 골라 합성을 했다. 그 결과 세계 최고의 추녀가 탄생됐다고 한다.

여러분이 구성할 때도 유념해야 할 사항이다. 좋은 장면들만 모아놓았다 하여 절대 좋은 구성이 되지 않는다는 걸 시사하는 에피소드이다.

좋은 컨셉임에도 불구하고 실패한 작품을 보면 구성에서 실패했기 때문임을 흔히 볼 수가 있다. 좋은 자재를 가지고도 엉성한 집을 지은 경우와 같다.

## (2) 전개

갈등을 본격화해야 할 부분이며 드라마는 본질적으로 갈등이라는 점에서 이 부분은 매우 중요하다. 이 부분이 드라마의 대부분을 차지하기 때문에 더욱 그렇다. 따라서 복선이나 서스펜스 등 온갖 극적 상황을 가장 유효적절하게 구사해야 하는 것도 바로 이 부분에서이다. 특히 이 부분에서는 내용의 전개에 대해서도 충분히 신경을 써야겠지만 표현에 있어서도 신선한 아이디어를 동원하지 않으면 안 된다.

전개 부분의 절대명제는 긴장(Tension)과 기대감(Expecting)을 유지하는 것이다. 긴장과 기대감이야말로 시청자의 시선을 붙들 수 있는 요체이다. 그러기 위해서는 스토리가 끊임없이 변화하고 발전해야만 한다.

이미 언급했지만 단막 드라마에 있어서 스토리의 변화와 발전은 선택이 아닌 필수조건이다. 신인 작가들이 가장 취약점을 보이는 부분이 이 부분이기 때문에 거듭 강조하는 것이다. 연속극의 경우에는 한 회라도 보지 못한 시청자를 배려해서 의도적으로 반복적인 묘사가 용서될 수 있으나 단막 드라마에서는 좋은 방법이 아니다. 정해진 시간에 그것도 한 회에 끝내야 하기 때문에 그런 낭비를 허용하지 않는 게 단막 드라마의 특수한 생리임을 유념해야 한다.

### (3) 위기(Crisis)와 절정(Climax)

사람이 한평생을 살다보면 나름대로 몇 번의 위기를 겪어야 하듯이 드라마 또한 그렇다. 이미 언급했고 앞으로도 더 자주 언급할 수밖에 없는 특징, 드라마란 곧 사람들이 살아가는 이야기이기 때문이다.

드라마에서의 위기란 절정의 예비과정 혹은 준비과정이라고 할 수 있다. 다시 말하면 절정의 국면(혹은 상황)이 어느 순간 불쑥 이뤄지는 것이 아니라 앞서 보여준 위기의 결과이다. 때문에 위기가 위기답지 못하면 절정 또한 절정다움을 기대할 수 없다. 절정다운 절정을 경험하지 못한 시청자는 실망하게 마련이다. 우리가 시청자를 위해 드라마를 쓴다고 생각할 때 이보다 더 안타까운 일은 없을 것이다.

지금까지 엄청나게 많은 신인들의 작품을 대해 왔지만 그들의 가장 큰 약점은 클라이맥스가 클라이맥스답지 못하다는 것이다. 이건 아쉬움의 문제가 아니다. 치명타인 것이다. 쇠갈비 파티에 참석해달라는 초대를 받고 갔는데 갈비도 아니고 기름이 잔뜩 낀 어느 부분의 쇠고기, 그것도 수입한 지가 오래 돼서 수상한 냄새까지 나는 그런 고기를 내놓으면 실망하지 않을 수 없을 것이다. 주인은 그래도 쇠고기는 쇠고기이니 맛있게 들라고 할지 모르겠으나 기대를 갖고 참석한 손님의 기분은 어떻겠는가?

여러분들이라 하여 드라마에서(특히 단막)의 클라이맥스가 얼마나 중요한 부분인가를 모를 리가 없을 것이다. 그런데 왜 번번이 클라이맥스가 약하다는 지적을 받게 되는 것인가?

그 이유는 드라마를 쓰면서 맨 먼저 도입부에 신경 쓰고, 주인공의 캐릭터에 신경 쓰고, 스토리텔링에 신경쓰다보면 아직 클라이맥스에 이르지도 않았는데 어느덧 매수가 다 차가고 있다는 사실에 당혹하고 서둘러 마무리에 들어가서 그렇다. 그런 문제를 해결하기 위한 방법이 있다.

절정(클라이맥스) 부분을 먼저 구성하는 것이다.

드라마에서의 절정 부분을 등산에서의 정상이라고 봤을 때 정상에 올라서서 어떻게 올라 왔는지를 되돌아보는 구성을 하라는 것이다. 다시 말해 어떻게 올라가게 됐는지를 상세하게 구성해놓고 보니 정상에 오를 시간이 없어 급하게 대충 올라가게 하는 우를 범하지 말라는 뜻이다.

그리고 또 하나의 문제를 지적하고 넘어가자.

여러분은 분명 이 부분이 클라이맥스라고 주장하는데 여러분의 원고를 읽는 사람들이 거기에 동의하지 않는다는 사실이다. 이유는 간단하다. 클라이맥스가 클라이맥스답지 못했기 때문이다.

다시 등산의 예를 빌리면 산이라 부르기에는 뭣한 뒷동산쯤에 올라가서 마치 대단한 높이의 산이라도 정복한양 "야호!"를 외치며 정상 정복의 쾌감을 맛보고자 하는 것과 다르지 않다는 것이다. 우리는 에베레스트나 그에 버금가는 산을 정복한 등산가들에게는 아낌없는 찬사와 박수를 보낸다. 그러나 뒷동산에 오른 누군가에게는 절대로 찬사도 박수도 보내지 않는다. 우리가 클라이맥스의 설정을 뒷동산의 수준으로 구성해서는 안 되는 이유이다.

다시 정리하자. 정상에 이르지 못한 등산객은 성취감을 맛볼 수 없다. 클라이맥스를 경험하지 못한 시청자는 극적 쾌감을 경험하지 못한다.

이제 클라이맥스에 이르기 전(前) 과정인 위기에 대해 점검해 보자.

먼저 알아야 할 것은 위기는 작은 클라이맥스가 아니며 클라이맥스로 가는 과정이라는 점이다. 또 위기는 어떤 방법으로든지 극복하게 예정되어 있는데 그 위기를 어떻게 극복할 것인가가 매우 주요 포인트가 된다. 그리고 위기는 한 작품을 통해 단 한 번만 있는 게 아니라는 점이다. 그리고 결코 길어서도 안 된다. 그것이 오래 계속되면 오히려 위기가 위기로 느껴지지 않기 때문이다.

또 반드시 유념해야 할 일은 단순히 위기를 위한 위기를 설정해서는 안 된다는 점이다. 그 위기는 먼저 정해진 클라이맥스에 이를 수밖에 없는 당위성을 갖지 않으면 안 되는 것이다. 사전의 복선도 전혀 없이 주인공이 갑자기 외국으로 유학을 떠나버린다거나, 교통사고를 당한다든가, 곧 죽을 수밖에 없는 암에 걸린다거나 하는 식을 통해 간단히 위기를 설정하는 등의 'Easy-Going'은 절대로 피해야 한다.

### (4) 결말(Ending)

"우리가 드라마를 쓰는 목적 가운데 하나는 테마를 설명하는 것이라고 말할 수 있다. 그런 뜻에서 테마는 가능하면 드라마의 전반, 적어도 클라이맥스에 도달하기 전에 그 방향을 명시하고 그것이 모두 증명되는 동시에 극도 또한 종막을 고하는 방향으로 계획되어야 한다." (프란세스 마리온)

이 말은 곧 단순히 스토리의 끝으로 엔딩을 할 것이 아니라 주제가 완전히 소화된 이후에 '끝' 자를 써야 한다는 뜻이다. 단막극의 경우 특히 그러하며 여러분의 응모작에서는 이 부분이 더더욱 중요하다. 여러분은 신인인데 주제의식이 부족한 작가는 장래성에 문제가 있다고 심사위원들은 예단하기 십상인 것이다.

특히 드라마의 결말을 해피엔딩으로 할 것인지 아니면 언해피엔딩으로 할 것인지를 고민할 필요는 없다. 최근에는 드라마의 결말을 시청자의 몫으로 남기는 경우도 종종 볼 수 있다. 어느 쪽이 최선이라는 정답은 없다.

단 드라마의 결말은 간결할수록 좋다. 구성은 좋았는데 드라마에 실패할 수는 있어도 구성에 실패했는데 드라마는 성공했다라는 말은 아예 성립되지 않는다.

"TV 드라마에서는 언어이든 행동이든 절대로 낭비를 해서는 안 된다. 대사의 한 행 한 행, 시각적 연기 하나 하나가 의미를 갖지 않으면 안 된다." (스텐레이 필드)

"어디를 삭제하거나 어디를 바꾸면 드라마의 전체 구조가 흩어질 정도로 부동(不動)의 순서로 배열되어야 한다." (아리스토텔레스)

끝으로 구성에서는 기승전결의 순서를 지키지 않아도 좋다는 점을 거듭 강조한다. 봄이 왔으니까 꽃이 피는 것은 자연의 순리다. 그러나 드라마에서는 꽃을 피우기 위해서 봄을 오게 하면 되는 것이다.

# 꼭꼭 숨어라, 머리카락 보인다 - 복선

## 복선의 의미

어떤 모임이 예정되어 있는데 그 모임에 참석하기는 싫고, 그렇다고 빠지면 욕을 먹을 것 같을 때, 갑자기 배를 살살 만지며 배가 아픈 시늉을 한다거나 누군가에게 시켜 전화를 걸게 해 갑자기 급한 일이 생긴 것처럼 하는 친구들을 볼 수 있다. 이때 눈치 빠른 친구는 "너 복선 깔지 마!"라고 핀잔을 주어 당사자의 얼굴을 빨갛게 만든다. 만약에 드라마에서의 경우라면 복선 깔기에 실패한 케이스다.

드라마에서의 복선도 이런 경우와 크게 다르지 않다.

예를 들어 주인공이 백혈병 환자일 경우, 어느 날 갑자기 쓰러지고 병원에 갔더니 백혈병이라는 의사의 진단을 받아서는 안 되는 것이다. 주인공이 학생이라면 체육시간에 현기증을 일으킨다거나 등교길의 전철 혹은 버스에서 내리다가 휘청하며 넘어지는 장면을 미리 보여줘야 한다.

주인공의 아버지가 사실은 밤도둑이었다는 스토리를 가정해 보자.

어느 날 갑자기 학교로 전화가 걸려와 "네 아버지 잡혀 갔어."하는 건 재미가 없다. 충격적인 도입부를 위한 것이었다면 회상 씬을 통해서라도 다음과 같은 씬을 반드시 보여줘야 한다. 시험 기간이라 밤을 새워 공부하고 있는데 새벽에 아버지가 소리도 없이 귀가하는 걸 목격한다든가, 아버지가 초인종 소리만 나면 깜짝 깜짝 놀란다든가 일요일인데 아버지가 코를 골며 낮잠을 자는 모습을 목격하는 장면 등이 있어야 한다는 것이다.

다음은 본인이 영화 조감독을 할 때 실제로 있었던 일이다.

서울 변두리의 야산에서 한참 촬영을 하고 있는데 나의 조수격인 세컨드 조연출이 보이지 않는 것이었다. 의상과 소품을 챙겨야 하는 세컨드가 없으면 그가 해야 할 일을 내가 다 해야 하기 때문에 여간 짜증스런 일이 아니었다.

잔뜩 신경을 곤두세우고 있는데 예의 조감독이 숨이 턱에 차게 뛰어와 "여기 칼이요!" 하며 쓰러지는 것이었다. 촬영에 필요한 식칼을 잊고 와서 그걸 가지러 2킬로미터 가까이를 단숨에 뛰어갔다 온 것이다.

비록 잠시 쓰러지긴 했으나 큰일을 면한 건 그가 평소에 달리기 운동을 꾸준히 해 왔기 때문이었다. 만약 귀하의 작품에서 이런 장면이 있다면 그 친구가 평소에 달리기를 하는 장면을 사전에 자연스럽게 보여줘야 한다. 단 드라마에서는 시청자가 "아, 저거 복선 까는구나." 하고 눈치채지 않도록 해야 하는 것이 중요하다. 복선이라는 사실이 미리 드러나 버리면 다음 사건의 실마리까지 드러나 드라마를 보는 재미를 반감시키기 때문이다. 따라서 복선이란 뒤에 일어날 사건에 대한 준비로서 암암리에 장치해 두는 것이 요령이다.


## 복선의 필요성

드라마에서의 사건은 변화하고 발전해야 한다고 이미 언급했다. 매우 중요하다고 강조도 했다. 그러나 전제조건이 있다. 변화와 발전의 당위성이 전제되지 않으면 안 되는 것이다. 복선은 바로 그 변화와 발전에 있어서 당위성을 주는데도 크게 한 몫을 하게 된다.

앞서 예로 든 두 번째 이야기의 경우에도 그가 큰일을 면한 건 평소에 달리기를 꾸준하게 했다는 당위성 때문이었다.

영화 〈인생은 아름다워〉를 예로 들어보자.

소년(조슈아)이 생일날 목욕이 하기 싫어서 박스 속에 들어갔던 장면이 초반에 소개된다. 중반부에 가서는 독일 소년들과 술래잡기를 하며 놀 때도 박스 같은 공간으로 한 아이가 숨는 걸 보여준다. 그리고 라스트에 아버지는 아들에게 바로 그 박스 속에 숨게 한다. 그 안에 숨어 있었기 때문에 조슈아는 미군의 진주와 함께 소중한 목숨을 구하게 된다.

아이들은 대체로 좁은 박스 안에 들어가는 걸 좋아하지 않는다. 그런데 이 드라마에서는 조슈아가 반드시 박스 안에 들어가 숨어 있어야 한다. 그렇기 때문에 앞서서 두 번씩이나 박스의 장면을 미리 보여준 것이고, 술래잡기를 통해서 그곳에 그런 박스가 있다는 걸 미리 보여준 것도 작가의 치밀한 계산(복선)이었음을 알 수가 있다.

서로 만날 수는 없으나 같은 수용소에 있는 주인공(귀도)이 오페라의 아리아를 전축으로 틀어주는 장면도 눈시울을 뜨겁게 하는데 그들이 결혼하기 전에 오페라 하우스에서 함께 같은 아리아를 들었던 씬 또한 절묘한 복선이었던 것이다. 라스트 직전에 숨어 있는 조슈아를 향해 행진하듯 걷는 모습 또한 눈시울을 뜨겁게 한 장면인데 그런 씬도 사전에 복선이 있었다.

영화 〈퍼펙트 월드〉에서도 소년에게 권총을 주고 악당을 감시하게 하는 장면이 있었다. 바로 소년이 쏜 그 권총으로 주인공이 죽게 되는데 먼저 소년에게 권총을 주어 악당을 지키게 했던 씬이 결국에는 라스트의 비극을 위한 복선이 되었던 것이다.

〈델마와 루이스〉에서는 두 여자가 휴가를 떠나면서 야영 중에 곰을 만날지도 모른다며 권총을 갖고 가게 되는데 결국 그 권총이 사람을 죽이게 되고 두 여인은 쫓기는 몸이 된다. 이 경우도 권총을 미리 보여줌으로써 은밀하게 복선의 역할을 하게 한 경우이다.

필자의 단막 드라마 〈아기 양말〉은 필자가 신인 시절 TBC(동양방송)에서 방송되어 나름대로 호평을 받았던 작품인데, 몇 년 후 같은 연출자(전세권)의 요구에 의해 KBS에서 다시 제작되었던 작품이다.

첫 장면은, 만삭의 아내가 소파에 앉아 아기의 양말을 뜨개질 하고 있는데 퇴근 시간도 안 되어 급히 들어온 남편이 지방 출장을 가야 한다고 한다. 아내는 서둘러 남편의 가방을 싸주고 코트를 입혀 준 다음에 잘 다녀오라고 한다.

지방으로 출장을 간 남편은 그 곳 지사장으로부터 푸짐한 술대접을 받는다. 지사장은 객고라도 풀라며 2차를 제의하지만 이미 과음을 했고, 첫 아기를 임신한 아내를 생각하며 숙소(여관)로 향한다.

내일의 일이 남은 남편은 과음한 속을 달래기 위해 약국에 들르게 되는데 "어서 오십쇼."하고 인사하는 여자약사가 뜻밖으로 대학 시절에 서로 사랑했다 헤어졌던 여인인 것이다. 당연히 옛일도 회상하며 이 뜻밖의 재회에 가슴 벅차하는데 여자약사는 얼마 전에 남편과 이혼했다며 눈물을 흘린다.

지방으로 출장을 온 남자와 이혼한 옛 애인의 재회.

약국의 가게 문을 닫고 두 사람은 맥주를 같이 하고 되고, 다시 걷다가 여관 앞에 서게 된다. 함께 들어가야 할까 말까를 망설이던 남편이 무심히 코트 주머니에 손을 넣다 말고 뭔가를 꺼내든다. 그건 첫 씬에서 아내가 뜨개질 하고 있던 아기 양말 한 짝이었다. 남편은 "또 보자."는 한마디만을 남기고 서둘러 옛 애인을 등진 채 돌아서 간다.

첫 장면에서 아내가 아기 양말을 뜨게 한 설정이 중요한 복선이었다.

유의할 점은 복선을 위한 복선은 진정한 의미에서의 복선이 아니라는 것이다. 따라서 복선 또한 타당성을 부여해야 하는 것은 물론이며 복선을 설정하는 장소와 시점이 적절해야만 한다. 절묘한 복선이 설정되지 않은 상태에서 극적 상황만을 그릴 경우 그 드라마는 필연적으로 재미를 반감시킨다.

단, 복선은 시청자가 복선이라고 미리 알아차리지 못하도록 깔아야 하지만 시청자가 그 장면을 '기억'은 할 수 있어야 한다. 시청자가 기억할 수도 없는 복선은 복선의 역할을 못하기 때문이다.

또 초고에서는 복선을 설정해 두었는데 재고와 3고의 과정에서 놓쳐 버리는 경우도 종종 보게 된다. 자신은 알고 있었던 복선이었기에 소홀하게 생각한 결과이다. 따라서 중요한 복선은 잊지 않도록 수정을 할 때 따로 메모를 해 두는 것도 요령이다.

# 12 지져야 해요, 볶아야 해요?

■■■ 배고팠던 시절에는 그것이 먹을 수 있는 것이냐 먹을 수 없는 것이냐가 문제일 뿐 어떻게 요리되었는가는 크게 중요하지 않았다. 그러나 국민소득 2만 달러를 지향하는 지금은 다르다. 맛있는 음식, 잘 요리되어 있지 않은 음식은 외면을 당한다.

드라마 또한 그렇다. 드라마가 처음으로 TV의 전파를 탈 때는 드라마란 이유 하나만으로도 시청자들이 즐겨 보았다. (당시의 드라마가 드라마답지 못했다는 뜻은 절대로 아니다.) 그러나 지금은 소위 드라마 홍수 시대를 맞아 시청자는 자신의 기호에 맞는 드라마만을 선택해서 본다.

그렇다하여 온갖 요리를 한 상에 다 차려놓고 골라 먹으라고 할 수는 없듯이 한 편의 드라마에 온갖 이야기들을 다 담을 수는 없다. 특히 단막 드라마의 경우에는 엄격한 시간적 제약을 받을 뿐만 아니라 다음 회로 미룰 수도 없다. 때문에 귀하가 선택한 소재를 어떻게, 어떤 형식으로 소화(요리)할 것인가를 먼저 정하는 것은 매우 중요하다.

나는 항상 목걸이 볼펜을 목에 걸고 다닌다. 언제 어디서라도 어떤 아이디어가 떠오르면 적어놓기 위해서다. 학생들에게도 그러기를 권하고 수업 첫날에는 모 방송사의 로고가 찍힌 목걸이 볼펜을 학생들에게 나누어 주며 메모하는 습관을 가지라고 거듭 당부한다.

"자살을 하러 갔던 남자가 역시 자살을 하러 온 여자를 만난다."
나의 작품 〈어떤 신혼여행〉은 이 한 줄의 메모에서 시작되었다. 나는 메모를 두고 두 가지의 컨셉을 생각했었다. 그 하나는 비극적인 컨셉이었다.

제주도로 신혼여행을 떠나는 쌍들이 많이 보이는 비행기에 주인공 남녀가 우연히 나란히 앉아 가게 된다. 물론 두 사람은 모르는 사이다.
여자는 자신의 눈물나는 뒷바라지로 고시에 합격한 애인이 다른 여자와 결혼하고 제주도로 신혼여행을 떠난 걸 알고 비록 혼자지만 신혼부부들이 묵는다는 고급 호텔에서 가진 돈을 다 써버리고 자살을 하기 위해 이 비행기를 탔던 것이다.
한편 남자는 노점상을 하며 10년을 모은 전 재산을 사업가를 사칭한 신사에게 몽땅 사기 당했는데 그 자가 제주도로 골프를 하러 갔다는 사실을 알고 그 자를 만나 죽여버리고 자신도 스스로 목숨을 끊기 위해 비행기를 탔던 것이다. 그러나 제주도에 와 보니 그 자는 골프여행을 위해 태국으로 떠나버린 후였다.
서로의 사정을 알게 된 두 사람은 있는 돈을 함께 다 써버리고 함께 죽어버리자며 평생 처음으로 와 본 제주도의 이곳저곳을 함께 다니다 서울로 돌아가려던 여자의 애인을 만난다. 남자는 여자의 애인을 칼로 찌르고 경찰차로 연행되어 가는데……

또 다른 컨셉은 이곳저곳을 함께 다니는 사이에 서로의 아픔을 달래주는 과정에서 이윽고 사랑이 싹트고, 새로운 삶을 설계하며 함께 서울 행 비행기를 타는 이른바 해피엔딩의 설정이었다.
또 다른 메모장에 '컴퓨터 결혼?'이란 단 다섯 글자가 적혀 있다. 컴퓨터로 중매를 한다는 짤막한 기사를 보고 적어 놓은 메모이다.

난 이 메모를 놓고도 전혀 다른 두 가지의 컨셉을 생각했다.

두 부부의 부부싸움은 일상이 되어버린 지 오래다. 매사에 부딪힌다. 그들은 성격 차이로 더 이상 결혼생활이 불가능하다고 생각한다.

이윽고 두 사람은 이혼이라는 막다른 길을 선택한다. 그리고 어느 날 컴퓨터 중매란 광고지를 접한다. 두 사람은 그 곳을 찾아가 중매를 신청한다. 물론 두 사람은 자기만 신청한 것으로 안다.

어느 날, 가장 잘 어울리는 상대가 나타났다는 연락을 받고 중매 회사를 찾아간다. 그런데 가장 잘 어울린다는 상대가 바로 얼마 전에 헤어진 바로 두 사람이었다.

두 사람은 두 사람에게 성격 차이가 있다고 생각한 건 핑계였음을 깨닫고 다시 결혼 신고를 하기 위해 함께 구청을 찾아간다.

같은 메모지만 전혀 다른 컨셉의 스토리도 생각할 수 있다.

두 남녀의 조건이 맞아 떨어져 컴퓨터 중매에 의해 결혼을 한 두 남녀가 달콤했던 신혼 생활도 잠시 사사건건 부딪히다 끝내는 사랑 없이 한 결혼을 후회한 끝에 이혼하고 만다는 스토리도 가능하다는 것이다. 이런 컨셉이라면 '사랑 없는 조건'은 불행한 결혼의 이유가 된다는 주제가 될 수도 있다. 또, 부부가 되었으니 이제부터라도 사랑을 만들어가야 하는 노력이 필요하다는 주제로 접근할 수도 있다.

또 다른 나의 메모 중에는 "바보 같은 내 남편. 불쌍한 사람을 보면 월급의 절반까지도 뚝 떼어준다. '난 깡통을 차도 본전이야'"라고 쓰여진 것도 있다. 스토리로 꾸며 보자. 남편의 월급을 찾기 위해 은행에 간 아내는 월급의 절반밖에 입금이 안 된 사실을 알고 분통을 터뜨린다.

"이 인간이 또?"

아직 전세 집도 못 면한 형편인데 번번이 이러는 것이다. 술 담배도 안 하고 오입 같은 건 꿈도 안 꾸는 남편이다. 이윽고 남편이 퇴근해 온다.

아내 : 이번엔 그 돈 어디다 썼수?
남편 : 시내 출장을 가느라고 전철을 탔는데 웬 할아버지가 "아이고, 내돈!
　　　아이고, 내돈……."하시면서 우시는 거야.
아내 : 소매치기라도 당했다고 합디까?
남편 : 할머니 입원비 치를 돈이었대요, 글쎄.
아내 : 그럼 경찰서로 가야지 왜 은행으로 가, 당신이?
남편 : 나 서울 올라올 때 기차 삯이 없어 도둑차타고 올라왔다고 했잖아?
　　　그러니까 난…….
아내 : (그 말 받아서) 깡통을 차도 본전이다?
남편 : 본전은 예전에 다 찾았지. 당신이 있고, 우리 철수도 있고…….
아내 : (다시 말 자르며) 나하고 병원이나 갑시다!
남편 : 돈 좀 더 보태줄까? 어느 병원인지 안 물어봤는데.
아내 : 내가 입원 할라고 그러우! 아이고 머리야…!!

이런 컨셉에서는 예의 할아버지가 모르고 있었던 막대한 유산이 발견되어 주인공에게 열 배로 갚는 라스트가 기다리고 있을 수도 있다. 주인공은 그 돈을 또 누군가에게 나눠주는 장면으로 엔딩이 되겠지만.

나는 같은 메모를 보고 전혀 다른 컨셉으로 〈철없는 남편〉을 썼었다. 고(故) 장학수 씨가 철없는 남편 역을 맡아 인상적인 연기를 했던 작품이다.

이 남편은 본래 부잣집 아들이었는데 지금은 별로 가진 재산이 없다. 다행히 아내가 생활력이 강해 그럭저럭 생활은 꾸려간다. 한데 남편은 일정한 직업도 없이 다방 출입이 일상인데 아는 사람은 누구를 가리지 않고 찻값을 자기가 다 낸다. 예쁜 여자 종업원에게 달걀 넣은 커피를 사는 것은 당연지사에

다 점심때가 되면 우르르 몰고 나가 점심을 사는 것도 물론이다. 그것도 모자라 길을 가다 아는 사람을 만나면 "차 한 잔 하셨당가요?" "점심은 드셨당가요?" 하고 묻는 것 또한 기본이다.

> 아내 : (밥 먹는 남편의 수저를 뺏어 들고) 여그 통장 좀 보시요.
> 잔고가 얼매나 남았는지 당신 눈으로 보란 말이요 참말로!
> 남편 : 으째 이려? 돈이란 것은 있다가도 없고, 없다가도 있는 것이여.
> 아내 : 언제 돈이 있어보기나 했소?
> 남편 : 산 입에 거무줄 칠라던가 참말로…….

나쯔메 소오세끼의 메모 하나를 더 살펴보자.

한 회사원이 출장에 앞서서 한 요정에 가 여염집 여성을 주문한다.
여주인은 "좋습니다."라고 대답하면서 사진을 내놓았다. 그 속에는 자기 아내의 사진도 있었다. 여주인은 "이 여성(회사원의 아내)은 0일에서 0일까지만 부름에 응할수 있습니다."라고 말했다.
회사원이 속으로 계산을 해보니 그것은 바로 자기의 출장기간이었다.

역시 비극적인 컨셉이라 생각할 수 있다. 그러나 주인공 회사원이 몰라보게 다른 사람으로 변장을 하고 아내와의 잠자리를 같이하는 구성으로 간다면 전혀 다른 희극적인 컨셉이 된다. 실제로 한 교수가 교환교수로 간 미국의 대학에서 강의한 에피소드다.
주제는 '조선 시대의 결혼관' 이었다.

> 교수 : 당신들은 사랑하니까 결혼을 하지만 조선시대의 사람들은 결혼을 했으니까 사랑했습니다.

학생 : (손 번쩍 들며)질문이 있습니다.

교수 : 무슨…?

학생 : 이혼율이 몇 퍼센트나 됐습니까?

교수 : 지로우(zero)퍼센트!

학생 : (고개마저 흔들며) 이해 할 수 없는데요.

교수 : 여러분은 사랑하니까 결혼하지만 당시의 조선 사람들은 결혼했으니까 사랑
했습니다.

이미 이혼을 한 여교수로 바꾸어 이혼은 또 하나의 선택일 뿐이라고 강의한
다면 전혀 다른 컨셉의 줄거리가 가능하다.

위의 예를 든 이유는 분명하다. 귀하가 어떤 소재를 얻었을 때는 어떻게 요
리할 것인가를 먼저 충분히 검토한 다음에 어떤 드라마를 쓸 것인가를 결정하
라는 것이다. 같은 재료라도 어떻게 요리를 하느냐에 따라 맛이 달라지듯이
같은 소재라도 어떻게 접근하느냐에 따라 전혀 다른 맛의 드라마가 되기 때문
이다.

어느 날, 수업을 끝내고 학생들이 삼겹살집을 가자고 해서 따라 간 적이 있
다. 소위 먹자골목이라는 곳이어서 삼겹살을 파는 집이 많았는데도 한참을 가
서야 찾아간 집은 그냥 흔히 볼 수 있는 삼겹살집이었다.

그런데 엄청나게 넓은 가게인데도 자리가 없어 한참을 기다려야 했다. 손님
이 많은 집은 이유가 반드시 있게 마련이기 때문에 인내심(?)을 갖고 기다렸
다. 이윽고 자리잡은 상에 삼겹살을 담은 접시가 왔다.

그냥 고기만 담긴 게 아니라 잘 익은 배추김치와 조금은 고춧가루가 많이
들어간 듯한 콩나물이 나란히 담겨 있었다. 다른 집에서도 김치는 당연히 나
오는 것이고 콩나물이 나오는 경우도 흔하다면 흔하다. 다만 이 가게가 다른
건 그것들이 따로 나오지 않고 같은 접시에 나온 것뿐이었다. 한 접시에 삼겹

살 고기와 김치와 콩나물을 내와 동시에 불판에 올려서 익히는 것, 차이는 단지 그것뿐이었다.

아무리 솜씨가 뛰어난 요리사라 해도 상한 재료로 맛있는 음식을 만들 수는 없다. 그 자체가 불가능하지만 어찌어찌해서 맛있게 보이는 음식을 만들었다 하더라도 배탈이 나는 것까지 모면할 수는 없다. 또한 그 재료에 가장 적합한 최선의 요리법을 택하지 않으면 결코 훌륭한 음식을 만들 수 없다는 사실도 함께 유념해야 한다. 어느 식당을 선택하고 어떤 음식을 먹을 것인가 하는 것을 정하는 건 손님의 권리이듯 귀하의 드라마를 볼 것인가 안 볼 것인가를 결정하는 것 또한 시청자의 권리이다.

가장 중요한 것은 앞장의 '이 생선 참말로 싱싱한 거요'란에서도 언급했듯이 "새로운 것인가? 새로운 시각인가?"를 잊지 않는 것이다. 여기에 하나를 덧붙이자. "새로운 형식으로 접근하는 것 또한 매우 중요하다."

메모를 해 놨다 하여 다 드라마에 써먹는 것은 아니지만 메모의 중요성을 다시 한 번 강조한다. 귀하의 컴퓨터에 메모 방을 따로 만들어두는 것도 한 방법이다. 한 줄의 메모를 컴퓨터에 옮기는 과정에서 영양가 있는 살이 붙는 행운과 만나기도 하는데 그건 해 본 사람에게나 찾아오는 행운임은 물론이다. 작품을 쓰는 과정에서 앞이 막혔을 때나 슬럼프에 빠졌을 때도 메모 방의 어느 한 줄이 구원의 손길이 되어주기도 한다.

구슬이 서 말이라도 꿰어야 보배가 된다고 했다. 메모는 다다익선이나 써먹지 않으면 무용지물이다.

# 13  버려라! 사랑하는 것을 버려라

■■■■ "버려라! 사랑하는 것을 버려라!"

사랑하는 사람을 버리는 건 인간적으로 유죄이나 사랑하는 작품의 일부를
버리는 건 절대 무죄이다.

내가 갖고 있는 것을 버린다는 것은 그게 무엇이든 결코 쉬운 일이 아니다.
더구나 내가 사랑하는 것을 버린다는 것은 더욱 쉬운 일이 아니다. 아니 매우
어려운 일이다.

그러나 드라마 쓰기에서는 꼭 그래야만 한다. 단막 드라마에서는 더욱 그러
하다. 정해진 시간에 내가 사랑하는 모든 것을 다 담을 수가 없기 때문이다.

여기에 먼저 미국의 인기 작가(소설가) 스티븐 킹(Stephen King)의 〈유혹하
는 글쓰기〉라는 책의 일부를 소개하겠다. 다음의 인용 글 가운데서 소설을 드
라마로 치환해서 이해하기 바란다.

"〈미래의 묵시록〉의 초고를 끝낸 후 나는 중간에 작업을 완전히 중단하게 된 까닭
을 좀 더 분명하게 파악할 수 있었다. 머릿속에서 끊임없이 떠들어대던 목소리가 없
어졌으니─이러다간 작품을 잃고 말겠어. 아, 젠장 벌써 500장이나 써놨는데 이제 와
서 포기해야 되다니⋯⋯.

그리고 나서 다시 작업을 시작할 수 있게 된 까닭에 대해서도 분석하고 그 속에서 아이러니를 발견할 수 있었다. 나는 중요인물들 중에서 절반 가량을 산산조각으로 날려버림으로써 오히려 작품을 살려냈던 것이다.(중략)

결국 나는 이 소설에서 내가 전달하려는 의미를 찾고 있는 것인데, 왜냐하면 수정을 할 때는 그 의미를 더욱 강조하는 몇몇 장면이나 사건들을 덧붙여야 하기 때문이다."

위의 예는 단편이 아닌 장편이라는 점에 더욱 유의해야 한다. 우리는 지금 단막 드라마에 대해서 이야기하고 있다. 장편의 소설을 쓰면서도 절반 가량의 중요 등장인물을 날려버림으로써 작품을 구했다는데 단막 드라마를 써야 하는 우리는 어찌해야 하겠는가?

단막 드라마는 주인공의 드라마가 되어야 한다는 점은 누구이 강조한 바 있으니 더 언급하지 않고 다음 글을 또 인용해 보자.

"어떤 작품을 수정하기 전에, 혹은 초고를 쓰다가 아이디어가 막혔을 때 다음과 같은 질문을 던져보곤 한다.

이 작품은 무엇을 말하려 하는 것인가?

이 시간에 나는 왜 기타를 치거나 모터사이클을 타지 않고 이 글을 쓰는가? 애당초 이 고달픈 일을 시작한 이유가 무엇이며 또 어째서 이 일을 계속하고 있는가?

그때마다 답이 금방 나오는 것은 아니었지만 답은 나오기 마련이다.

작품을 얼마나 오랫동안 묵히느냐 ─ 이것은 빵 반죽을 대충 주무른 뒤에 한동안 그대로 두는 것과 비슷하다 ─ 하는 문제는 순전히 여러분 자신이 판단해야 할 일지만 적어도 6주는 필요하다고 본다.

이 기간 동안은 원고를 서랍 속에 안전하게 모셔두고 '잘 익혀 더욱 맛있게 숙성시킨다.' 물론 걸핏하면 생각날 테고 다시 꺼내보고 싶은 충동도 여남은 번쯤 솟구칠 것이다. 특히 좋았다고 생각되는 어떤 대목은 다시 읽어보고 싶어서, 그러면서 자신이 얼마나 대단한 작가인지를 새삼 느껴보고 싶어서 말이다.

그러나 '유혹을 뿌리쳐라.' 다시 읽은 뒤에는 그 대목이 생각했던 것만치 흡족하지 않다는 결론을 내리고 당장 뜯어고치겠다고 덤빌 가능성이 많기 때문이다.

하지만 그보다 더 심각한 것은 그 대목이 '훌륭하다고 생각' 하는 경우다. 하지만 아쉽게도 여러분은 셰익스피어가 아니다.

6주 정도의 회복기를 가졌으니 이제 플롯이나 등장인물의 성격에서 명백한 허점들을 발견하는 일도 충분히 가능해졌을 것이다. 매우 큰 허점을 발견했다고 해서 실망하거나 좌절해서는 안 된다.

제아무리 뛰어난 사람도 실수는 하기 마련이다. 타이타닉을 설계한 사람도 그 배가 절대로 가라앉지 않는다고 장담했다잖은가?

따분한 부분은 그냥 지운다. '사랑하는 것들을 죽여라. 사랑하는 것들을 죽여라. 자기중심적인 마음에 찢어지는 아픔이 오더라도 모름지기 사랑하는 것들을 죽여야 한다.' 수정본은 초고에서 10%를 줄여야 한다.

작품의 기본적인 스토리와 정취를 유지하면서도 10% 정도는 얼마든지 줄일 수 있다. 그렇게 하지 못한다면 노력이 부족한 탓이다."

전제했듯이 이것은 소설의 경우이고 더욱이 장편이기 때문에 꼭 몇 %를 줄여야 한다는 것은 의미가 없다. 우리가 주목해야 할 부분은 "사랑하는 것을 죽여라"라는 부분이다.

애써 쓴 자신의 작품 중의 일부분을 버린다는 것은 결코 쉬운 일이 아니다. 작가가 그 장면을 썼을 때는 나름대로 정당한 이유와 필요가 있었기 때문이다. 그러나 이미 쓰여진 원고의 일부분을 버려야 하는 아픔을 극복하지 못한다면 귀하는 '영원히 아마추어'로 남게 되어야 한다는 것을 의미하는데 어쩌겠는가?

연속극이라면 굳이 그럴 필요가 없다. 단막 드라마이기 때문에 더욱 그렇다. 단막 드라마의 경우 정해진 시간 안에 끝을 내야만 한다는 것은 선택의 문제가 아니기 때문이다.

아무리 잘 짜여진 드라마라도(귀하의 생각에) 찾아보면 버릴 것이 반드시 있다. 꼼꼼히 찾아서 잘라내거나 고치거나 트리밍을 해야 한다. 귀하의 원고에서 사랑하는 것을 버리는 것은 더 사랑하기 위한 수단일 뿐이니 결코 주저해서는 안 된다.

비록 과감히 버려야 할 각오는 되어 있으나 정작 작가의 발목을 잡는 건, "이걸 버리면 전체가 무너지는데…"하는 염려일 수도 있다. 단막 드라마는 수차례 고쳐 써야 한다는 건 기본인데 그런 작업이 겁난다면 아예 작가되기를 포기해야만 한다.

그러나 또한 신중해야 한다. 어느 것을 버리고 어느 것을 남겨야 할지를 선택할 때는 나름대로의 기준이 있어야 한다.

주제와 작가의 의도를 분명히 하는데 어느 쪽이 더 합당한가?

주인공을 보다 주인공답게 하는데 어느 쪽이 보다 기여하고 있는가?

재미있는 이야기여야 하는 원칙에는 어느 쪽이 최선인가?

라스트의 감동을 극대화하기 위해서는 어느 쪽을 선택할 것인가?

버리기가 아까워 다 수용하려다 꿩도 놓치고 매도 놓쳐서는 안 된다. 고기 뼈를 물고 다리를 건너던 개가 물그림자에 비친 고기 뼈를 탐하다 입에 물고 있던 고기 뼈마저 물에 빠뜨려버리는 이솝우화 속의 어리석은 개가 되어서는 안 된다는 것이다.

과식은 아니 먹느만 못하다는 옛말도 있다. 욕심은 사망을 낳는다는 성경구절도 있다. 참으로 사랑하는 것을 버릴 줄 아는 과감성이 꼭 필요하다. 가난했던 시절 쌀 한 톨만 버려도 천벌을 받는다고 어머니한테 꾸중을 들었지만 귀하가 버린 소중한 한 부분은 오히려 '당선의 상'으로 보상받을 수가 있다. 당선! 듣기만 해도 가슴 떨리지 않는가?

## S#1 하늘나라의 일각

한 노인이 원고를 읽고 있고, 젊은이가 마주 앉아 노인을 지켜보고 있다.


노인    : (이윽고 다 읽은 원고를 돌려주며) 원고를 되돌려 받았다고 젊은 사람이
         자살까지 했다니…….
젊은이  : 내가 목숨을 걸고 쓴 작품입니다.
         작품이 안 팔리면 어차피 굶어죽을 형편이었으니까요.
노인    : 별로 재미가 없네. 주제도 분명한 것 같지도 않고…….
젊은이  : (벌컥 화 내며) 주제가 뭐요? 영감님이 주제가 뭔지나 알아요?
노인    : 주제도 모르는 사람이 남의 작품을 읽었겠나?
         나도 희곡이라는 걸 몇 편 써본 사람이라네.
젊은이  : 무슨 작품을 썼는데요? 이름이 뭐예요, 영감님?
노인    : 이름? 윌리엄 셰익스피어라고 하네.


하나의 방법이 있다. 귀하의 컴퓨터 안에 '저장실'이라는 방을 마련하고 그
곳에 남겨 두는 것이다. 비록 지금의 작품에서는 버려야 했지만 다른 작품에
서는 유용하게 다시 쓰일 경우가 있기 때문이다.

# 14 맨발로 뛰어라 - 취재

TV 드라마에서 가장 좋은 소재는 '오늘을 살아가는 사람들의 이야기'라고 할 수 있다. TV하면 드라마 이전에 뉴스나 다큐멘터리(스포츠 중계를 포함)를 떠올리기 때문이기도 할 것이다. 오늘을 살아가는 사람들의 이야기가 매혹적인 것은 그것이 '나' 혹은 '나의 이웃들'의 이야기이기 때문이다.

우리는 그런 사람들의 이야기를 신문, 잡지, TV(라디오 포함) 등에서 많이 접하게 되고 작가는 그것을 소재로 삼는 경우를 많이 보게 된다.

이런 살아있는 소재를 드라마로 만들기 위해서는 무엇보다도 사전 준비가 필요하고 그건 취재와 자료 수집을 전제로 한다. 그런데 여러분들의 대부분은 이런 문제를 방안에 앉아서 컴퓨터로 해결하고 만다.

주인공이 췌장암에 걸렸을 경우를 예로 들면, 여러분은 지체 없이 컴퓨터의 네이버나 엠파스로 들어가 췌장암을 검색하는 것으로 만족해 버린다. 직접 병원으로 가 췌장암을 앓고 있는 환자를 만나보고 그 가족의 이야기를 들어보는 수고를 생략해 버리는 것이다. 안 된다. 절대로 안 된다!

췌장암이 어떤 병이라는 것을 아는 것과 그런 환자를 직접 만나보는 것과는 하늘과 땅만큼의 차이가 있다. 여러분이 그런 수고를 아끼지 않아야 하는 이유는 췌장암이란 무엇인가를 알리는 게 아니고 그 환자와 가족의 아픔이 어떤 것인가를 그릴 게 분명하고, 그들의 고통과 아픔은 귀하의 상상을 훨씬 초월하기 때문이다. 책상에 앉아 컴퓨터로 상식을 얻는데 그치지 말고 반드시 취재를 해야만 귀하에게 필요한 극적 상황을 얻을 수 있는 것이다.

취재의 중요성을 강조했는데 취재의 함정에도 유의해야 한다.

결론부터 말하자면, 취재는 자신의 작품을 쓰기 위한 수단이지 결코 목적이 되어서는 안 된다는 것이다. 취재는 드라마를 쓰기 위한 것이지 기사를 쓰기 위한 것이 아니기 때문이다. 다시 말해서 취재를 했으니까 드라마도 꼭 그대로 써야 한다는 생각을 갖지 말라는 것이다. 드라마를 쓰기 위해 취재했을 뿐이지 취재를 했기 때문에 드라마를 쓰는 것이 아니다.

또 중요한 것은 어느 부분을 쓸 것인가를 결정해야 하는 것인데, 자신의 개인적인 감정에 휩쓸리지 말아야 한다.

실제로 있었던 취재에 얽힌 에피소드를 소개하겠다.

수업이 끝나자 K양이 조그맣게 박스기사로 실린 신문 스크랩을 가지고 와 이것도 드라마가 될 수 있겠느냐고 물었다. 기사 내용인즉 장거리 화물차 운전기사인 남자가 아내를 조수삼아 함께 차를 몬다는 것이었다.

당연히 괜찮다 하고 반드시 취재를 하라고 했다. 취재를 하되 사무실에 앉아서 듣는 것으로만 그치지 말고 운전기사의 아내 대신에 직접 조수 노릇까지 해보라고 했다.

그리고 다음 주에 취재 여부를 확인했더니 남편이 반대해서 고민 중이라고 하는 것이었다. K양은 결혼 5년차로 아직은 젊다는 게 유죄였던 모양이다. 나는 어떻게든 남편을 설득해서 취재를 할 것이며 드라마를 구성할 때는 남편이 아내 몰래 두 남녀의 동승을 미행하는 상황까지를 추가하라고 했다. 그러나 끝내 남편을 설득하는데 실패하고 책상만의 취재를 한 뒤 원고를 끝냈는데 재미있는 컨셉에도 불구하고 유감스럽게도 당선자의 명단에서 그녀의 이름을 아직 보지 못하고 있다.

취재는 해 본 사람만이 그 가치를 안다.

물론 막상 취재를 했으나 극히 일부만이 작품에 반영되었거나 자신이 처음 생각했던 방향과는 다른 컨셉으로 가고 싶은 경우도 생긴다. 그런 때는 당연히 그렇게 해야만 한다. 이 경우에도 취재 파일은 쓰지 않은 부분까지를 포함하여 따로 저장해 둘 필요가 있다. 비록 이 작품에서는 안 쓰여졌으나 다른 작품을 쓸 때 다시 긴요할 경우가 생길 수 있기 때문이다.

본인의 경우만 해도 MBC에서 방송되었던 청소년 드라마 〈제3교실〉(연출 고석만)은 작품의 90%를 직접 취재하여 소재로 삼았다. 그 드라마를 쓸 당시의 내가 청소년 시절을 지난 지도 한참 지났기 때문이기도 했거니와 나의 청소년 시절을 돌아보아도 그 때 그 시절과는 사회 환경에서부터 가치관까지가 너무 달랐기 때문이다.

처음에는 불가피한 선택으로 시작된 취재였는데 취재를 하면서 취재의 매력에 흠뻑 빠지게 되고 말았다. 어쩌다 불가피한 사정이 생겨 취재를 하지 못한 채 책상에 앉아 머리로만 구성을 할 때는 고전(苦戰)이라는 값비싼 대가를 치러야만 했다.

다큐멘터리가 아닌 드라마였기 때문에 극적 구성 자체는 거의 픽션일 수밖에 없었지만 시청자의 공감을 받는 소재를 얻는다는 사실이 중요했다. 반대로 〈수사반장〉과 〈추적〉을 쓸 때는 취재를 포기하고 순전히 머리로만 쓴 경우가 태반이었다. 처음부터 취재를 포기한 건 아니었다. 형사들의 수사 경험을 담은 수기(手記)까지 받아보았지만 제대로 써먹지는 못했다.

당시만 해도 경찰 수사라는 것이 대체로 강압수사가 많은 것으로 알려져 있었는데 수기에는 강압의 '강' 자도 안 쓰여 있을 뿐만 아니라 내용 자체도 거의 극적이지 못하다는 이유에서였다.

나는 영화 〈살인의 추억〉을 보고 깜짝 놀랐다. 용의자를 야외로 데리고 나가 산채로 묻어버리겠다고 삽질을 하는 장면을 빼놓고는 내가 취재했던 사실들과 너무 같았던 것이다. 당시의 〈수사반장〉에서는 용의자를 박해하는 따위의 강압수사 같은 건 꿈도 꿀 수 없었다. 그래도 드라마란 재미있어야 해서 "그 사람은 왜 범죄를 저지를 수밖에 없었는가?" 식의 인정 드라마 쪽을 선호하게 됐는데 그 때문에 범죄를 합리화시키는 게 아니냐는 곱지 않은 시선을 받기도 했다. 하지만 그런 드라마에서도 작가의 분명한 메시지는 있었다. 그건 범인은 반드시 잡힌다는 것이었다.

〈추적〉은 간첩을 잡는 드라마인데 드라마를 위한 취재는 거의 불가능했다. 수사 자체가 기밀에 속하는 사항이었기 때문이다. 그래도 간첩은 있어야 하고 수사도 있어야 하고 50분(방영 시간이 50분이었다) 안에 간첩은 반드시 잡혀야 했기 때문에 매회 작품을 쓸 때마다 골머리를 많이 썩혀야 했던 기억이 아직도 생생하다.

귀하가 진실로 시청자가 공감하는 드라마를 쓰고 싶다면 먼저 맨발로 뛰어서 소재를 얻고 구성하는 일로부터 시작해야만 한다. 조금은 귀찮기도 하고 말처럼 쉬운 일도 아니다. 직장이 있고, 가족이 있기 때문에 더욱 그럴 수도 있다. 그러나 할 건 반드시 해야만 한다. 그렇게 하지 않고서는 당선이라는 영광과는 영원히 악수할 기회가 없다.

몇 년 전에 영국의 축구 명문팀 아스날을 취재한 일이 있다. 그 유명한 앙리(Henry)가 소속된 팀이다. 유나이티드 맨체스터팀과 우승을 주거니 받거니

하는 팀인데 그 선수들이 받는 연봉 액수를 듣고 놀란 입을 한 동안 다물 수가 없었다. 참으로 천문학적인 고액이었다. 도대체 축구 좀 잘한다고 그렇게 많은 연봉을 주다니…?

그러나 그들의 훈련 과정을 보고는 고개를 끄덕일 수가 있었다. 도대체 얼마나 훈련을 했기에 저 정도일까? 마치 본드라도 붙인 듯이 공이 선수의 축구화에서 떨어지지 않는 것이었다.

귀하도 당선이 되고, 이어 성공작을 몇 편만 쓰면 아파트도 바꿀 수가 있다. 어떤 핑계도 대지 말고 소재를 구하는 일에 최선을 다해야만 한다.

그러나 맨발로 뛰어 얻은 소재라는 그 자체에 만족해서는 안 된다. 좋은 배추의 선택이 맛있는 김장을 담글 수 있는데 선결요건이긴 하지만, 좋은 배추가 곧 맛있는 김장을 보장하지는 않는다는 건 상식에 속한다.

마지막으로 이 항목에서 조금 빗나간 이야기가 될지 모르겠으나 꼭 당부하고 싶은 게 있다. 대학을 나온 사람들은 대학에서 전공했던 과목과 연관된 소재를 우선적으로 찾아 작품화하라는 것이다. 실제로 수업 시간에 천문학과를 나온 학생이 쓴 〈별자리 이야기〉와 미생물학과를 나온 학생의 〈곰팡이와 현미경〉이라는 작품을 재미있게 읽은 기억이 있다. 자신들은 너무 잘 알고 있어 별자리나 곰팡이가 별로 흥미로운 대상이 되지 않을 수도 있겠으나 모르는 사람들에게는 충분히 흥미의 대상이 될 수가 있다.

현대인은 자신이 몰랐던 것을 새롭게 알게 된 사실만으로도 즐거움(재미)을 느끼는 것이다. 실제로 〈아는 것이 즐겁다〉라는 책도 나와 있다. 본인도 사서 읽어봤고 학생들에게도 소개한, 재미있는 책이었다.

대학 졸업과 관계없이 직장 생활을 했다면 그 방면에서 독특한 소재를 개발하는 것도 필요하다. 지금은 이미 데뷔를 한 어느 작가가 수강생 시절에 쓴 병원 이야기가 흥미로웠었는데 아니나 다를까 그는 간호사 출신이었다.

그 학생이 했던 말이 기억난다.

"선생님! 드라마에 나오는 간호사들은 다 엉터리에요. 대한민국에는 그런 간호사들이 한 명도 없어요."

드라마에서 꽤나 자주 등장하는 간호사들이 왜 거의 엉터리일까? 간호사를 직접 취재하지 않고 다른 드라마에서 보았던 간호사를 흉내냈기 때문이다.

직접 취재의 필요성은 아무리 강조해도 지나치지 않는다. 굳이 그럴 필요성을 느끼지 못한다면 그대는 천재이거나 작가가 될 길을 잃은 바보다.

취재와는 다른 것이지만 작가의 직접 체험에 대해서 마저 언급하겠다.

위에서 간호사의 예를 들기도 했지만 가장 사실적으로 접근할 수 있다는 점에서 체험이야말로 취재 이상의 가치가 있다. 그러나 여기에는 함정이 있다.

신인 작가들이 가장 빠지기 쉬운 체험의 함정은 자신의 체험을 극적 상황으로 전환하지 않고 체험 그대로 드라마화하려 한다는 점이다. 워낙 배추가 좋고 고춧가루도 상품(上品)이니 그냥 버무려 김치처럼 먹으라는 격이다.

체험(취재 포함)한 상황도 드라마에 맞게 정성스럽게 요리해야만 한다.

또 한 가지 유념해야 할 점은 나의 체험이 다른 사람(시청자)에게도 같은 무게를 갖고 극적으로 작용할 것인가를 판단하는 일이다. 예를 들면, 내가 가진 돈을 다 소매치기 당했을 때 내가 갖는 좌절감과 그 얘기를 듣는 사람의 동정심과는 상당한 차이가 있다는 것이다.

나의 체험을 드라마로 옮길 때는 내가 아닌 다른 사람(시청자)도 같은 무게의 감정을 느낄 수 있도록 그에 걸맞은 극적 장치를 반드시 추가하거나 바꾸기도 해야 한다.

실제로 연애 경험이 많은 사람이 막상 연애 장면은 싱겁게 그리는 경우가 많다. 연애라는 걸 많이 해봤지만 별 것이 아니었던 경험의 소치이다. 반대로, 근사한 연애를 못 해 본 사람은 "이런저런 식의 멋진 연애를 나도 해보고 싶은데" 하는 원망(願望)을 담기 때문에 더 멋있게 그릴 수도 있다.

작가의 직접 취재나 체험은 드라마를 쓰기 위한 디딤돌로 삼아야지 그 함정에 빠져서는 안 된다. 드라마는 태생적으로 허구(Fiction)이기 때문이다. 더욱 중요한 것은 좋은 소재란 "나 여기 있어." 하고 얼굴을 내밀지 않는다는 것이다. 맨발로 뛰어서 찾아야만 한다.

# 15 벌거벗고 유혹하세요 – 발단

이제부터 다시 한 번 드라마 쓰기 실제를 점검해 보자. 먼저 도입 부분이다.

지금은 다채널 시대라는 말은 앞에서도 언급을 했다. 게다가 현대의 시청자들은 성미마저 급한 지독한 변덕쟁이들이다. 손에는 마음대로 채널을 선택할 수 있는 리모컨까지 들고 있으니 더욱 그렇다. 때문에 시청자를 초반에 붙들어 두지 않으면 안 된다. 그러기 위해서는 시청자의 인내심에 기대를 걸지 말고 아예 '벌거벗고 시작' 하는 것이다. 여기서 벌거벗으란 말은 여주인공의 옷을 벗겨 나체를 보이라는 것은 물론 아니다. 귀하가 준비하고 있는 스토리 중에서 시청자의 마음을 붙들어 놓을 수 있는 극적 상황을 과감하게 먼저 제시하고 들어가라는 뜻이다.

"시작이 좋으면 끝도 좋다."라는 말이 있다. 드라마의 경우 시작은 좋았으나 끝이 안 좋은 경우도 있겠으나 시작이 안 좋았는데 끝이 좋은 경우란 찾아보기 어렵다. 첫 단추가 잘못 채워지면 옷을 바로 입을 수 없는 이치와 같다.

아무리 그렇다 하더라도 '언제' '누가' '무엇' 을 하는지조차 불분명해서는 안 된다. 단, 설명조가 아닌 사건을 통해서 그런 것들이 자연스럽게 드러나야 한다는 것이다. 특히 단막은 주인공의 드라마이기 때문에 주인공의 첫 등장은 극적이거나 매력적이지 않으면 안 된다.

그럼 발단의 형식 세 가지를 점검해 보자.

### 돌발적인 사건 제시

한 사나이(A)가 어느 건물에서 나온다. 다른 한 사나이(B)가 맞은편 건물에서 총을 겨누고 있다. 이윽고 총신에 부착된 망원렌즈에 사나이 A가 잡힌다. 총을 겨냥하고 있던 사나이 B가 방아쇠를 당긴다. 사나이 A가 쓰러진다.

아직은 사나이 A가 어떤 사람이고 사나이 B가 어떤 인물이며 왜 사나이 B가 사나이 A를 살해했는지 알 수 없으나 시청자의 관심을 끌 수 있다는 점에서 괜찮은 도입부라 할 수 있다. 사나이 A가 주인공이라면 대수술 끝에 극적으로 목숨을 구할 것이다.

### 점진적인 사건 제시

사나이 A가 총신을 해체하여 휴대용 가방에 넣고 집을 나선다. 사나이 A는 어느 건물에 들어가더니 총을 조립한다. 총을 조립한 후 맞은편 건물을 주시한다. 이윽고 맞은 편 건물에서 사나이 B가 나온다. (이후는 앞의 상황과 같다.)

경우에 따라서는 사나이 A가 길을 건너는데 마침 순찰중인 경찰관으로부터 주민등록증 제시를 요구받는 장면을 추가할 수도 있고, 층계를 오르다 뛰어내려오던 사람과 부딪쳐 가방을 떨어뜨리는 트릭을 추가할 수도 있다.

비록 여러 씬을 할애했으나 그가 총을 소지했다는 상황이 시청자의 관심을 계속 유지할 수 있기 때문에 도입부로서 손색이 없다. 이런 경우에는 사나이 A가 주인공이 된다. 반대로 주인공이 사나이 B라면 그가 사랑하는 아내나 혹은 어린 딸과 통화하는 장면을 첫 씬으로 설정하여 그가 얼마나 가정적이며 인간적인 사람인가를 보여줌으로써 살해당하는 장면이 더욱 충격적으로 묘사되도록 하는 방법도 있다. 이런 경우에도 주인공은 사경을 헤매다 살아나야 하는 것은 물론이다.

두 가지의 예에서 볼 수 있듯이 도입부란 첫 장면(S#1)만을 의미하는 것이 아니지만 결코 길어서는 좋지 않다.

### 회상

이 형식 또한 많이 볼 수 있는 형식이다. 이런 경우에는 회상하는 시점의 주인공과 과거의 주인공의 상태나 처해 있는 상황이 다르면 다를수록 좋다. 예를 들면, 최고급 승용차를 타고 포장도 되지 않은 시골길을 달려 온 노신사가 지금은 폐가가 되어 있는 집터 앞에 내려서 찢어지게 가난했던 어린 시절을 회상한다면 "저 신사는 어떻게 성공했을까?"하는 관심을 끌기에 충분하므로 도입부로서 손색이 없다.

반대로 어떤 늙은 거지가 대저택 앞에 서서 집안을 기웃거리고 있는데 차청소를 하고 있던 운전기사가 내쫓는다. 거지가 말한다. "이 집은 전에 내가 살았던 집이야." 그리고 회상에 들어간다면 "도대체 인생을 어떻게 살았기에 이런 저택을 가지고 있었던 사람이 거지가 되었단 말인가?" 하고 시청자는 관심을 가질 것이다. 역시 도입부로서 손색이 없다.

중요한 것은 작가가 굳이 왜 회상이라는 형식을 택했느냐가 분명해야 한다는 것이다. 대답은 하나여야 한다. 인상적인 도입부를 위해서이다.

모든 드라마가 다 극적 상황을 극대화시켜 극적으로 도입부를 설정해야 하는 건 아니다. 예를 들어 홈드라마라면 가족 구성원들의 독특한 개성들이 드러나는 씬을 먼저 보여줌으로써 드라마 전개에 기대감을 갖게 할 수도 있으며, 코믹 드라마라면 주인공이 얼마나 웃기는 혹은 재미있는 사람인지를 보여줌으로써 기대를 갖게 할 수도 있다. 이런 경우에도 사건을 동반한다면 금상첨화가 될 것임은 물론이다.

도입부의 중요성은 아무리 강조해도 지나치지 않다. 참을성이 모자라고 변덕스럽기 그지없는 요즘의 시청자들은 리모컨이라는 편리할 기구를 쓰는데 익숙해 있기 때문에 더욱 그렇다. 한 번 돌려진 채널은 청산리 벽계수만큼이나 다시 돌아오기 어려우니 초장부터 시청자를 붙들어 두지 않으면 안 된다.

도입부를 마치기 전에 김운경 작 단막 드라마 〈사과 하나 별 둘〉의 도입부를 들여다보자.


## S#1 우시장

매매된 소가 트럭에 혹은 새 주인의 손에 끌려가고 빈 말뚝이 간간이 눈에 띈다.
시간이 경과한 우시장 풍경이다.
소들과 사람들, 흰 입김을 토하며 흥정에 몰두하고 있다.
개털 모자를 쓴 중개인 고삐를 틀어쥐고 황소의 이빨을 보고 있고,
그 앞에 소 임자인 듯한 사내 언성을 높이며 딴 데 가서 알아보라며 토라진다.
고개를 가로젓는 중개인, 그러면서도 아쉬운 듯 고삐를 놓고 소 엉덩이를 요모조모 들여다본다.

## S#2 우시장 일각

반짝거리는 구두와 때 묻은 나이키 신발 앞에 담배꽁초가 대여섯 개 떨어져 있다.
오랫동안 누군가를 기다린 듯 김계장, 짜증스런 표정으로 담배연기를 토하며 중개
인을 턱으로 가리킨다.

김계장 : 저기 털모자 쓴 사람은?
용철　 : 아네유. 츰 봐요.
김계장 : 저 쪽 빨간 옷 입고 지금 고삐 쥔 사람도 처음 봐?
용철　 : (천연덕스레) 어디유?
김계장 : 저기 저 사람 안 보여?
용철　 : 아네유. 그 양반 키가 짝았어유.

　　김계장, 난감한 듯 한숨을 내쉰다. 용철, 죄스러운 표정으로 고개를 떨군다.
　　비로소 용철의 팔뚝에 둘리어진 수건 사이로 은빛 수갑이 번쩍 드러난다.

김계장 : (단호하게) 고개 들어! 땅바닥 보고 사람 찾을 거야?

　　용철, 고개를 든다. 김계장, 심란한 듯 담배를 물고 라이터를 켠다.
　　좀처럼 켜지지 않는다. 일회용 라이터를 던져버리는 김계장.

김계장 : (혼자 말하는 투로 시계를 보며) 아니. 이 양반은 왜 이렇게 안와?


단 두 씬에 지나지 않지만 용철이 팔목에 찬 은빛 수갑을 보여줌으로써 용
철이는 도대체 무슨 범죄를 저질렀으며 형사와 함께 누구를 왜 찾고 누구를
왜 기다리고 있는지에 관심을 갖고 다음을 지켜보게 하기에 손색이 없다. 첫
씬이 묘사만 있어 다소 긴 느낌도 주지만 '우시장'이라는 흔히 볼 수 없는 배
경 설정이 그걸 상쇄하고도 남았다.

# 16 붙들고 늘어져라 – 전개

좋은 도입부를 통해 시청자를 붙잡아 두었다 하더라도 변덕쟁이의 마음이 언제 변할지 모르니 끝까지 붙들고 늘어지지 않으면 안 된다.

앞서의 장에서 구성을 할 때는 도입부에 이어 곧바로 클라이맥스에 진입하는 방법이 좋다고 했다. 그렇기 때문에 전개 부분이 클라이맥스에 이르는 길잡이만 하면 충분하다고 오해하면 안 된다.

시간적으로 보면 이 전개 부분이 드라마의 대부분의 시간을 차지하고 있기 때문에 이 부분을 소홀히 하고서는 절대로 성공적인 작품을 기대할 수 없다. 바로 이 부분이 '드라마의 몸체'인 것이다.

드라마에서의 재미는 선택이 아닌 필수의 문제라고도 언급한 바 있다. 그런 재미를 욕심껏 담아야 할 부분이 바로 이 전개 부분이다. 특히 이 부분은 드라마의 3분의 2 이상을 차지하기 때문에 앞서의 장에서도 언급했듯이 스토리가 끊임없이 변화하고 발전해야 하며 그러기 위해서는 긴장과 기대감을 동반해야만 한다.

이런 사실을 명백하게 알고 있으면서도 많은 초심자들이 이 부분에서 실패하는 경우는 에피소드(Episode)와 시추에이션(Situation)을 혼동하는데서 비롯한다. 결론부터 말하면 에피소드와 시추에이션은 개념부터 다른 것이다.

연속극도 처음에 정해진 줄거리를 따라 진행되는 건 물론이다. 그러나 드라마를 진행하다보면 시청자의 반응에 따라 불가피하게 일부 혹은 상당 부분이 달라질 수도 있다. 그러나 재미있는 에피소드는 줄거리와 관계 없이 언제나 시청자를 즐겁게 하기 때문에 많이 쓰면 많이 쓸수록 좋다. 반면, 단막 드라마는 일관되게 정해진 스토리를 향해 가야 하기 때문에 독립적인 에피소드(삽화)는 끼어들 틈이 없다고 봐야 한다. 즉 변화하고 발전하는 극적 상황이 중요한 것이다.

단막 드라마에서는 제1의 상황이 제2의 상황을 잉태하고, 제2의 상황은 제3의 상황으로 발전하면서 위기를 겪고 이윽고 클라이맥스에 이르는 과정을 겪어야 하는 것이기 때문에 단막 드라마에서의 변화와 발전은 전개 부분에서의 핵심 부분인 것이다. 씬이 달라졌기 때문에 변화하고 발전한 것이라고 착각하지 말라.

예를 들어, 안방에서 싸우다 다음의 거실로 옮겨 더 치열하게 싸우기 때문에 변화하고 발전했다고 생각해서는 안 된다. 부부싸움 후에 둘 중 하나가 가출을 하든가 화해를 하든가, 즉 상황이 달라져야 변화한 것이다. 단막 드라마에서는 발전과 변화 또한 쾌속을 요구한다. 거침없이 발전하고 변화해야만 한다는 뜻이다.

이제 긴장과 기대감에 대해 다시 한 번 정리하고 이 장을 마치자.

드라마의 전개 과정에서 중요시되는 긴장과 기대감은 동전의 양면 같은 것이어서 각자가 별개의 역할을 하는 것이 아니라 같은 역할을 하는 것이다.

긴장을 조성하면 어떻게 해결될 것인가 하는 기대감이 저절로 생기기 때문이다.

드라마의 진행과정에서 특히 이 부분이 중요시되는 건 긴장과 기대감이 떨어지면 시청자를 끝까지 붙들어 둘 수가 없음은 당연지사이기 때문이다.

전개 부분의 중요성은 아무리 강조해도 지나치지 않는다. 드라마 전체의 4분의 3 이상을 차지하는 몸체이며 그 드라마가 재미있었는지 재미없었는지 또한 이 부분에서 결정되는 것이기에 더욱 그렇다. 따라서 귀하가 준비했던 무기(이야기보따리)는 이곳에서 아낌없이 다 쏟아내야만 한다.

도입부 부분이 시청자를 붙들어 둘 수 있게 인상적이어야 하는 이유도 이 전개 부분을 보게 하기 위해서이다. 뒤에 이어질 클라이맥스와 엔딩도 이 전개부분의 결과에 지나지 않는다.

우리가 클라이맥스를 산의 정상이라고 봤을 때 전개(등정)라는 과정을 겪지 않고는 결코 산의 정상에 이를 수 없다.

필자도 백두산 정상에서 천지를 황홀한 시선으로 내려다 본 적이 있다. 그러나 백두산을 등정한 건 아니었다. 바로 정상의 턱 밑까지 랜드로버를 타고 갔었던 것이다. 뉴질랜드에서는 그 곳의 최고봉인 마운틴 쿡의 설원에서 찍은 사진도 있다. 그러나 그곳도 등정을 한 건 아니다. 헬리콥터를 타고 올라가 사진을 찍기 위해 잠시 설원에 내려섰을 뿐이었다. 그래도 근사했다. 내가 백두산의 천지를 직접 봤다는 감격(당시에는 백두산 천지를 본 사람이 많지도 않았고 매우 운이 좋게도 구름 한 점 없이 맑은 날이었다)은 참으로 큰 것이었고, 지구의 남단 마운틴 쿡의 설원에 서 있다는 감격도 결코 작은 건 아니었다. 그러나 그것은 어디까지나 관광의 일부였을 뿐이었다. 자연의 악조건과 체력의 한계와 싸우며 목숨을 걸고 등정한 산악인의 희열과 비교한다는 건 그 자체가 어불성설이다.

어쩌면 이 책을 읽는 독자들 중에서는 그런 관광을 다녀온 나를 부러워하는 사람도 있을지 모르겠다. 그러나 목숨을 건 등반이 아니라 아주 편하게 관광을 했을 뿐이기 때문에 존경을 하거나 박수를 보내지는 않을 것이다.

지금 귀하가 쓰고 있는 드라마의 정상에 오르기 위해서 혹시라도 랜드로버나 헬리콥터가 준비되고 있지는 않은가? 랜드로버나 헬리콥터까지는 아니라도 어떻게든 좀 더 쉽게 등정할 방법을 찾고 있지는 않는가? 실제로 신인 작가들은 이런 유혹을 알게 모르게 끝까지 받는다.

전문 등산가들은 정상 정복을 위해 가장 안전하고 쉬운 방법을 찾는다. 그러나 작가는 클라이맥스라는 정상을 오르기 위해 가장 험난하고 위험한 코스를 택하지 않으면 안된다. 그래야만 시청자가 채널을 돌리지 않고 함께 긴장하며 정상 정복(클라이맥스)까지를 기대하는 것이다. 결코 쉬운 방법을 택하지 말라.

"드라마는 갈등이다!"라고 했는데 바로 그 갈등을 가장 치열하게 또 극적으로 보여줘야 할 부분도 바로 이 전개 부분임을 잊어서는 안 된다. 주제도 좋고 시작도 좋았는데 재미가 없더라는 말을 들었다면 귀하는 실패한 작품을 쓴 것이다. 오직 재미만을 쫓다가 주제가 애매하고 라스트의 감동을 놓쳤다면 역시 실패한 작품이 된다. 재미가 있으되 Why를 남겨서도 역시 안 된다.

"두 마리 토끼를 한꺼번에 쫓지 말라."는 속언이 있다. 두 마리 다 놓칠 것을 우려한 말이다. 쉬운 일은 아니지만 그래도 두 마리의 토끼를 다 잡으면 기쁨도 두 배가 될 것은 자명하다.

드라마에서야말로 재미도 쫓고 감동도 쫓아야 한다. 쫓기만 해서도 안 된다. 둘 다 반드시 잡아야 한다. 그래서 어렵다. 그러나 결코 불가능한 일 또한 절대로 아니다.

이솝 우화에 나오는 '여우와 포도'도 잘 알려진 이야기다. 키가 모자라 포도를 따먹을 수 없었던 여우는 스스로 위로하기를 "어차피 저 포도송이들은 익지도 않았을 거야." 하고는 그 자리를 떠난다. 여러분은 여우의 그런 핑계에 동의해서는 안 된다. 드라마에서는 무슨 수단을 써서라도 그 포도를 따 먹어야만 한다. 그렇다고 하여 포도나무를 통째로 뽑아버리거나 잘라버려서도 안 된다. 드라마 쓰기가 그래서 쉽지 않다.

Easy-Going은 작가의 적(敵)이다.

# 17 아, 클라이맥스 - 절정

■■■ 성급하게 결론부터 말하면 대체로 신인 작가들이 가장 약점을 보이는 부분이 바로 이 클라이맥스이다. 대체로 약하다는 공통점이 있는가 하면 아예 없기도 하다. 더욱 안타까운 것은 작가 자신이 클라이맥스의 중요성을 몰라서가 아니라 미처 클라이맥스에 이르기도 전에 원고의 매수가 다 차가니 어쩔수 없이 클라이맥스를 약하게 그리거나 아예 지나쳐버린다는 사실이다. 참으로 안타까운 일이다.

극단적으로 표현하면 생선파티를 하겠다고 친구들을 잔뜩 초대해 놓고 겨우 멸치 몇 마리를 내놓으면서 "멸치도 생선이야!"하는 격이다. 지금까지 도입부와 전개 과정을 겪어온 것도 바로 이 클라이맥스에 이르기 위한 과정이었는데 정작 클라이맥스가 약하거나 클라이맥스답지 못하다면 무슨 의미가 있겠는가?

더욱 안타까운 것은 멸치마저도 내놓지 못하고 "오늘은 시간이 너무 늦었으니 차나 한 잔 하고 끝냅시다." 하는 경우도 있다는 것이다. 아직 클라이맥스 부분을 충분히 다 쓰지 못했는데 벌써 원고의 매수가 다 차서 어쩔 수 없었다고 하기도 한다. 나로서는 유구무언이다. 앞에서 구성을 할 때 클라이맥스를 먼저 하라고 한 것도 바로 이런 문제에서 벗어나라는 한 방법의 제시였던 것이다. 원인이 어디에서 비롯됐거나 클라이맥스가 없는 단막 드라마는 진정한 드라마라 할 수 없으니 어떻게 해야 하겠는가?

우리들이 많이 쓰는 말들 가운데 '이왕에 버린 몸'이라는 게 있다. 이왕 원고 매수를 넘치게 됐으니 원고 매수에 신경을 쓰지 말고 충분히 클라이맥스를 그리는 것이다. 반드시 지켜져야 하는 원고 매수가 한정되어 있지만 재고(再稿)를 통해 앞부분에서 매수 조정을 다시 하면 된다.

물론 이왕 쓴 원고에서 어느 부분을 버려야 한다는 건 결코 쉬운 일이 아니다. 원고를 쓸 때는 나름대로 반드시 있어야 할 씬이니까 썼을 것은 너무도 당연하다. 그러나 단막 드라마에서의 방송시간을 엄격하게 지켜져야 하는 건 선택의 문제가 아니다. 내 살점을 깎아내는 아픔을 겪으면서라도 반드시 해결해야만 한다.

단막 드라마의 경우에는 반드시 삼고(三稿)까지 해야 한다는 점을 강조하면서 한국영화 〈실미도〉의 시나리오 작가 김희재 씨의 인터뷰 기사를 보자.

Q　： 실미도가 워낙 대작이라 수정도 많이 했을 텐데 몇 번 정도 수정을 했습니까?
작가 : 숫자가 붙은 것은 5고였지만 그 후로도 계속 디테일하게 부분부분 수정이 들어가서 정확하게 세어보지는 않았지만 대략 관련 파일이 50개 정도 됩니다.

워낙 대작이고 상영 시간만 해도 2시간 15분에 이르는 작품임을 감안해도 작가의 끈질긴 노력이 눈에 선하다.

다시 본론으로 돌아가자. 적어도 단막 드라마의 경우, 클라이맥스가 없다면 그건 드라마를 썼다고 할 수 없다. 클라이맥스가 있긴 있으되 약하게 그려졌다면 드라마다운 드라마를 쓴 게 아니다.

여러분이 작가가 되기 위해서는 신인 작가 모집이라는 등용의 문을 거쳐야 하거나 작품이 선택되는 기회를 만나야만 한다. 그런데 여러분의 작품이 드라마다운 드라마가 아니라면 어느 쪽에도 희망은 없다.

여러분들이 이 부분에서 보이는 또 하나의 약점은 클라이맥스가 있긴 있으되 매우 약하다는 것이다. 이 약점에는 대체로 두 가지의 유형이 있다.

첫 번째의 유형은 노루목쯤에서 등정을 중단하고 한라산을 등반했다고 스스로 만족하는 경우이다. 이런 경우 작가는 만족할지 몰라도 시청자는 결코 만족하지 않는다. 심사위원은 더욱 그렇다.

두 번째의 경우는 아예 서울의 남산쯤으로 낮고 오르기 쉬운 산을 정해 놓고 오른 경우다. 남산도 산이고 산을 정복했으니 됐다는 생각에서이다. 남산을 올랐다 하여 죄가 될 건 없겠으나 마치 한라산 정상이라도 정복할 것처럼 온갖 등산 장비를 갖춘 모습을 본 시청자는 겨우 남산에 오르기 위해 그 많은 장비가 꼭 필요했느냐고 질책할 것이다. 그리고 실망할 것이다. 기대가 크면 실망도 크다 했으니 더욱 그럴 것이다.

이런 경우란 대체로 작가의 아이디어 부족이 원인이다. 좋은 아이디어가 안 떠오르면 떠오를 때까지 뼈를 깎고 살을 저미는 고통을 감내해야만 한다. 그걸 감수하지 못한다면 귀하의 작품은 방송될 기회를 얻지 못할 것이며 방송될 수 없는 원고는 바로 휴지와 다름없음을 알아야 한다. 좋은 아이디어가 안 떠오른다 하여 편법을 구사할 수밖에 없었다면 아예 드라마 쓰기를 포기해야 하는 것이 당연하다.

곁들여 클라이맥스를 사건이 아닌 사고로 정하는 문제도 여러분들이 크게 조심해야 할 부분임을 강조해 둔다. 사건이란 지금까지 드라마가 진행해 온 당연한 결과인데 반해 사고란 말 그대로 어느 날 갑자기 생기는 우연의 소산이기 때문이다.

경우에 따라서는 먼저 정해두었던 클라이맥스 상황 자체를 아예 바꿔도 상관없다. 클라이맥스 또한 시청자에게 최종적으로 감동을 주기 위한 수단의 한 부분일 뿐이지 목적이 아닌 것이다. 이럴 경우, 전개 부분까지 다시 고쳐 써야 하는 일이 생기는 건 당연하다. 그게 귀찮아서 수정을 포기한다면 작가 포기를 굳이 선언할 필요도 없다. 작가가 될 리가 없는데 무슨 선언씩이나 필요하겠는가?

먼저 클라이맥스를 높게 설정해 놓자. 그리고 힘들게 그 산을 오르자. 그리고 목청껏 외치자. "나 당선 먹었다아!!"

감동이라는 단어를 국어사전에서 찾아보고 단 한 줄에 불과한 그 간략한 설명에 조금은 놀랐다.

**감동(感動)** 명. 깊이 느끼어 마음이 움직임.

비록 간략한 한 문장의 설명문이지만 두 번 세 번 읽어보아도 정확한 풀이인 것 같다. 여기서 굳이 감동이라는 단어를 위해 국어사전을 뒤진 이유는 무엇인가? 드라마의 종착역은 '감동 역(驛)' 이어야만 하기 때문이다.(너무 자주 언급했다.)

일본의 감독 겸 작가인 가와베 가쯔또는 그의 저서 〈드라마란 무엇인가〉의 말미에서 감동이란 무엇인가에 대해 이렇게 언급하고 있다.

"작가는 감동을 파는 업자이다. 어떻게 하면 고품질의 감동을 제공할 수 있을까? 그것을 사력을 다해 고안하여 실현시킬 사명이 있다.

감동에는 항상 '가치관' 이 따라붙게 된다. 이 세상에서 무엇이 올바르며 아름다운 것인가? 무엇이 정말 지킬 만한 가치가 있는 것인가?

가치의 문제는 창작자 개개인에 맡겨진 것이므로 타인이 왈가왈부 할 수 없는 것이나 실제로는 거기까지 발을 들여놓지 않으면 '감동이란 무엇인가?' 에 대하여 진정한 이야기를 하기란 불가능할 것이다.

그러면 우리가 추구해야 할 감동이란 무엇일까? 그것을 어떻게 하면 만들 수 있을까?

즉, 감동이란 초목표를 통해 '가치를 제시' 하는 것이다.

그런데 도대체 누구에게나, 어디에서나 통하는 '선(善)' 이나 '정의(正義)' 라는 것이 있을까?

어떤 사람의 '정(正)' 이 다른 사람에게는 '사(邪)' 가 된다. 일반 사회에서 사람을 죽이는 것은 '악(惡)' 이지만 전쟁 중에는 '선(善)' 이 된다.

(중략)

그렇다면 진정한 감동이란 어떤 것인가?

우리가 살고 있는 세계는 일종의 현상적(現象的)인 세계이다. 질서도 맥락도 없이 여러 일들이 벌어지고 각종 드라마가 일어난다. 혼돈스러운 현실 속에서 우리는 이성을 신뢰한다. 이성에 의해 선과 정의를 판단하고 행동한다.

하지만 이성은 늘 동일한 선(善)이나 정의로 삼지 않는다.

칸트는 이러한 예를 제기한다.

당신이 어느 여성에게 정욕을 느꼈다고 하자. 거기에 권력자가 나타나 '만약 네가 그 여성과 동침한다면 단두대로 보내질 것' 이라고 한다면 당신은 어떻게 할 것인가? 이런 경우 대개는 그 여성과 동침하지 못한다. 목이 잘린다는 것을 받아들이기는 어렵기 때문이다. 그 여성과 동침하고 나서 단두대로 간다면 누구나 어리석다고 할 것이다.

그렇다면 그 권력자가 위증을 하라 하고 그렇게 하지 않을 경우 단두대에 보내질 거라고 한다면 당신은 어떻게 하겠는가?

이런 경우 위증을 하는 사람도 있겠지만 그것을 우리는 아름답다고 여기지 않는다. 그리고 천 명에 한 명 정도는 절대로 위증하지 않겠다며 죽일 테면 죽여라 하고 끝까지 버텨 결국은 목이 잘리는 사람이 나올 것이다.

우리는 설령 '자기에게는 그럴 용기가 없더라도 그러한 인간을 존경' 한다.

칸트는 이것을 '실천이성'이라고 말한다."

인용이 조금 길어졌지만 내(시청자)가 낼 수 없는 용기를 드라마가 보여줬을 때 시청자는 감동하고 박수를 보내지 않겠는가?

그럼 우리는 어디에서 감동을 찾아야 할 것인가를 생각해 보자.

결론부터 얘기하자면 감동이 유발될 수 있는 상황을 설정해야만 한다.

여기에 한 부자(富者)가 있다.

어느 날 다른 부자가 찾아와 그 부자에게 엄청난 돈을 주고 갔다.

특별한 이유 같은 건 없었다.

그 돈을 받은 부자는 더 부자가 됐고 더 행복하게 잘 살았다.

이런 스토리는 결코 감동을 이끌어낼 수가 없다. 감동을 이끌어낼 수 없을 뿐만 아니라 도대체 무슨 얘기를 하자는 거냐며 시청자를 화나게 할 것이다.

그러나 반대로 가난한 자가 자기보다 더 가난한 사람을 돕는다면 시청자는 감동할 것이다. 비록 시청자 자신은 누구를 도와주지도 못했고 도와줄 형편도 못 되지만 드라마를 통해 대리만족을 느낄 수가 있기에 그렇다.

비록 지극히 간단한 예를 들었지만 드라마에서의 감동이란 주인공이 얻고자 하는 것을 얻게 해주는 것이다. 그러나 그 얻음의 과정이 쉬울 때는 결코 감동을 이끌어내지 못한다. 힘든 현실을 살고 있는 시청자는 공감은커녕 "웃기고 있네!" 아니면 "저거 어느 나라 얘기야?"라고 할 것이다.

옛말에 흐르는 물도 떠주면 공덕이 된다고 했다. 그러나 그것은 아름다운 공덕은 될 수 있을지 몰라도 결코 드라마는 되지 못한다. 드라마가 되기 위해서는 물 한 방울 얻기가 지극히 어려워야 한다. 그렇게 얻어진 물을 주었을 때 감동이 더욱 커지기 때문이다.

우리가 목마를 때 한 잔의 마실 물을 찾는 건 해갈(解渴)을 위해서다. 우리가 배고플 때 음식을 먹는 건 포만감을 기대해서이다. 우리가 드라마를 보는 이유는 무엇인가? 감동을 느끼기 위해서다.

따라서 귀하의 드라마가 시청자를 감동시키지 못했다면 귀하는 유감스럽게도 드라마를 쓴 것이 아니었다고 말할 수밖에 없다. 또한 시간은 돈이라고 했는데 그 황금 같은 시간을 소비하며 시청한 귀하의 드라마가 감동을 주지 못했다면 귀하는 남의 시간을 훔친 절도죄를 범한 것과 다르지 않다.

드라마의 종착역이 감동이라는 점은 백 번을 강조해도 지나침이 없다. 중요한 건 드라마의 감동은 시청자가 느끼는 것이지 작가에 의해 강요되어지는 것이 아니라는 사실이다. 또 라스트 씬의 멋진 장면 하나만으로는 감동을 줄 수 없다는 것도 유념해야 한다.

내가 영화계에서 일을 할 때의 이야기지만 〈제3의 사나이〉라는 미국영화의 라스트 씬이 명장면으로 한 동안 회자된 적이 있었다. 몇몇 감독은 〈제3의 사나이〉의 라스트 장면과 비슷한 모습을 한 동숭동 서울 대학교 앞 가로수가 길게 늘어선 도로에서 같은 장면을 카메라 앵글까지 똑같게 모방 연출을 하기도 했다. 그러나 결코 〈제3의 사나이〉에서 보여 준 감동까지는 연출해 내지 못했다. 라스트의 감동은 그 한 장면에서 오는 것이 아니라 지금까지 진행되어 온 극의 결과라는 인식이 모자랐던 탓이리라.

영화 〈로마의 휴일〉도 감동적인 라스트로 기록된다. 기자 기피증이 있는 공주 오드리 헵번이 그레고리 팩과 악수를 하기 위해서 그 많은 기자들과 악수를 하는 장면은 감동의 하이라이트였다. 그러나 이런 영화의 감동적인 라스트 역시 그 동안 쌓아온 드라마적인 결과였지 단지 그 한 장면에 의한 것이 아니었음은 물론이다. 공주는 기자 기피증이 있었고 더구나 기자들과 악수하는 걸 좋아하지 않았던 것이다.

 여러분에게 문득 어떤 소재가 떠올랐을 때 맨 먼저 라스트의 감동이 가능한 것인가를 점검하는 것이 매우 중요하다. 분명 괜찮은 소재라고 생각했는데 막상 드라마로 구성해 보니 감동적인 라스트에 이를 수가 없다면 일단은 유보하는 것이 옳다. 그러나 유보하기에 앞서 옆으로도 보고 뒤집어서도 보는 과정은 반드시 거쳐야만 한다.

 귀하의 드라마가 시청자에게 감동을 주지 못했다면 귀하는 드라마를 쓴 것이 아니다. 드라마 비슷한 것을 썼을 뿐이다. 명심하고 또 명심해야 한다.

# 19 판잣집은 고쳐도 판잣집이야 – 재고(再稿)

한 편의 드라마를 완성하기 위해서는 여러 차례에 걸친 수정과 보완의 과정을 거쳐야만 한다. 실제로 여러분들도 이런 작업을 소홀히 하지 않고 있다는 건 알고 있다. 그런데 그 방법에 문제가 있다.

원고를 끝내고 나면 일단은 읽어보게 된다. 당연히 곳곳에서 허점이 발견된다. 발견된 부분은 당연히 고친다. 그러고는 작업이 다 끝났다고 판단한다.

하지만 오판이다.

초고에서 잘못된 부분에 이르게 된 과정의 장면은 그대로 둔 채 잘못됐다고 생각된 몇 부분만을 수정한 것으로 작품이 완고 됐다면 크게 잘못된 작품임이 틀림없다.

단막 드라마란 에피소드의 집합체가 아니므로 앞 장면이 다음 장면을 만들게 하는 원인이 되고, 그 다음 장면이 또 그 다음 장면을 만들게 하는 필연적인 연관성을 갖고 있는데 어떻게 어느 한 부분의 수정만으로 끝날 수가 있느냐는 것이다. 한 곳이 무너지면 전체가 무너져야만 한다.

한 채의 집을 예로 들어보자. 한 곳이 허물어졌는데도 그 집이 무너지지 않았다면 그건 판잣집임이 틀림없다. 판잣집은 본시부터 구해진 재료로 얼기설기 얽어서 지었기 때문에 한 곳을 뜯어낸다 해도 집 전체가 무너지는 법이 없다. 판잣집도 집이라고 강변하지 말라. 중요한 건 그런 판잣집에 살기를 원하는 사람이 없다는 점이다.

같은 이유로 판잣집 같은 엉성한 드라마를 좋아할 시청자도 없다. 그럼 어떻게 해야 하는 것인가? 아예 허물어버리고 다시 지어야만 한다.

오래된 일이긴 하나 본인이 일본의 NHK를 방문했을 때, 어느 연출자의 책상에서 단막 드라마의 대본이 세 차례나 인쇄되었음을 볼 수 있었다. 각 권에는 큰 제목의 활자 밑에 초고(草稿), 재고(再稿), 결정고(決定稿)라고 조금 작은 활자가 인쇄되어 있었다. 같은 드라마의 대본을 세 번이나 인쇄했다는 것이었다.

특히 눈길을 끈 것은 초고라는 대본은 다른 두 대본과 달리 매우 두툼했다는 사실이다. 초고가 다른 두 대본과 달리 두꺼운 이유는 재고와 결정고를 다시 쓴다는 것을 전제하고 일단은 쓰고 싶은 이야기를 다 썼기 때문에 그랬다.

여러분도 반드시 그래야만 한다. 그런데 우리 학생들이 작품을 쓰는 경우는 이와 전혀 다르다. 처음부터 완성고를 쓴다는 생각으로 작품을 쓴다는 것이다. 오자나 탈자를 수정 보충하는 것으로 재고와 완성고를 대신하는 것이다. 아니면 앞서 지적했듯이 잘못된 그 장면만 겨우 고친다거나.

귀하가 초고를 끝내고 자신의 작품을 검토했을 때 큰 결함을 발견할 수 없으면 "아쉽지만 이 작품도 실패했구나!" 라고 생각하는 게 옳다. 귀하는 셰익스피어도 아니고 귀신은 더더구나 아닌데 어떻게 초고로 당선작이 되기를 바란단 말인가? (셰익스피어도 수없이 수정 작업을 했다.)

다행히 잘못된 부분이 발견되었는데 바로 그 부분만 고치고 나니까 괜찮아 보이면 "아, 또 판잣집을 지었구나!" 하고 탄식을 해야만 한다. 귀하는 아직 드라마의 천재로 공인받지 못했으니까 그렇다.

자신의 작품을 고치는 일은 새로 쓰는 일보다 더 어렵다고 말하는 작가들의 한탄은 조금도 과장된 말이 아니다. 몇 밤을 거듭 새워가며 공들여 쓴 노고를 생각하면 더욱 그렇다.

그러나 드라마란 자체가 심술쟁이라서 초고로 된 완성품을 용납하지 않는다. 다시 쓰고 또 다시 써야 하는 이유는 결코 재능 탓이 아니다. 반드시 두 번 혹은 세 번을 다시 써야만 하는 것이 드라마의 '원초적 본능'이기 때문이다. 드라마는 어디가 완성품이라는 기준도 한계도 없는 것이기에 그렇다. 그러므로 초고는 다음의 재고와 삼고라는 기회가 있으니 욕심껏 생각나는대로 일단은 길게 길게 다 쓰는 것이 좋다. 속된 말로 어느 놈이 효자 될지 모르고 다음의 재고와 완고의 과정이 있으니까 그렇다.


그럼 이제 재고로 들어가 보자.

재고에 들어가기 전에 잠시 잊어버리는 기간을 반드시 갖는 것은 꼭 필요하다. 그것이 며칠이든 몇 주이든 그건 상관없다. 분명한 건 그 기간이 길면 길수록 좋다는 것이다. 그 기간이 길면 길수록 작품을 다시 검토할 때 객관성이 생기기 때문이다.

난 강의 중에 학생의 작품을 내가 평가하기에 앞서 다른 학생이 평가하는 순서를 갖는다. 평가자의 비평을 들어보면 누가 선생님인지 모를 정도로 정확하고 날카롭다.

그런데 그 평가자의 작품이 평가 대상이 됐을 때는 똑같은 잘못을 지적받는다. 남의 작품을 볼 때는 객관성을 갖고 보면서도 자신의 작품을 쓸 때는 그 객관성을 잃어버리기 때문에 그렇다.

한동안을 잊고 있다가 객관성을 갖고 보면 자신의 작품인데도 많은 결함을 발견하게 된다. 이 때 완전히 뜯어 고치고 새로 써야 하는 재고를 새 작품을 쓰는 것과 같은 부담으로 받아들일 필요는 없다. 해보면 알겠지만 초고를 쓸 때만큼의 고민을 요구하지는 않는다. 설혹 그 이상의 고민을 요구한다 해도 해야만 한다. 귀하의 원고를 파지로 전락시키지 않기 위해서는 반드시 그래야만 한다.

다시 말하거니와 거의 다시 쓴다는 심정으로 재고를 하라고 해서 너무 부담을 가질 필요는 없다. 초고를 이미 썼고, 그 초고를 검토하는 과정에서 장단점이 모두 간파되었기 때문에 오히려 신바람을 내서 쓰면 된다.

재고의 과정에서는 원고의 매수에도 신경을 써야 한다. 그러기 위해서는 과감한 정리를 해야 하므로 자신의 팔다리를 자르는 아픔까지도 감수해야 한다.

특히 재고의 과정에서는 버려야 할 부분만 있는 것이 아니라 보완할 부분도 있는 법이니 버리는 부분에서 더욱 과감하고 냉정해야만 한다.

재고의 의미를 딱 한 번 더 고치는 두 번째 작업이라고 오해하지 말라. 그 재고의 과정에서도 두 번 혹은 세 번, 아니 열 번이라도 고치고 또 고쳐야 한다. 판잣집이 아니었다면 한 군데의 수정이 전면 수정을 요구하기 때문에 결코 쉬운 작업은 아니다. 그래도 해야 한다. 여기까지 와서 파지로 만들기엔 너무 억울하지 않은가 말이다.


이제 마지막으로 한 번 더 수정 보완 작업을 해야 하는 결정고에 대해 언급해 보자. 결정고야말로 귀하의 작품이 당선권에 드느냐(혹은 방송이 되어지느냐)못 드느냐를 결정하는 열쇠가 되기 때문에 그 중요성은 아무리 강조해도 지나침이 없을 것이다.

전문 사진작가들은 트리밍(Trimming)이라는 과정을 거쳐 작품을 완성한다. 이미 찍을 때 최선의 구도와 앵글을 택했지만 인화 과정에서 다시 한 번 트리밍이라는 과정을 통해 버려야 할 부분을 과감하게 잘라내어 완벽한 구도를 추구하는 것이다.

드라마도 초고와 재고라는 뼈를 깎는 고통을 이미 겪었지만 최종적으로 이 작업을 다시 꼭 거쳐야만 한다. 이 과정에서는 오자와 탈자도 없게 해야 한다.

마지막 '끝' 자를 쓰기 전에 자신에게 물어보라.

"이 작품을 위해 최선을 다 했는가?"

# 20 | 자기야, 왜 그래 – Why의 제거

드라마는 작가에 의해서 꾸며진 이야기이다. 때문에 작가는 어떤 이야기든 작가 마음대로 꾸려갈 권리가 있다. 그러나 전제가 있다. 시청자의 입장에서 볼 때 그 이야기가 왜 그렇게 꾸며져야 했는지, 그 드라마의 등장인물이 왜 그런 행위를 하는지에 대해 의문을 갖게 해서는 안 된다는 것이다.

본인이 강의 중에 누누이 강조하는 "Why를 남기지 말라!"는 것이다. 그 사람이 "왜 그런 말을 하는지?" 혹은 그 사람이 "왜 그런 행동을 하는지?"에 대해 의문이 생기거나 남는다면 작가가 펼치고 있는 극적 행위에 공감할 수 없는 건 당연하다.

우리가 등장인물의 성격이나 이력을 확실히 해야 하는 이유도 그것이 그 등장인물의 극적 행위에 Why를 남기지 않고 정당성을 담보한다는 의미와 크게 다르지 않다.

예를 들어 선량해 보였던 주인공이 어느 날 살인이라는 끔찍한 범죄를 저지르고 감쪽같이 사라지는 것으로 시작되는 스토리를 가정해 보자. 작가는 온갖 상황과 기교를 다 동원해 범인과 수사관의 숨기와 추적을 흥미진진하게 그린다. 그러나 끝내 범인의 꼬리가 잡히고 막다른 골목에 이른 범인은 스스로 목숨을 끊어 비장한 최후를 장식한다. 아니면 범인이 연기처럼 사라져 뒤쫓던 형사가 쓸쓸히 돌아서는 라스트도 가능하다.

그런데 드라마가 끝날 때까지 그가 왜 살인이라는 끔찍한 사건을 저지르지 않으면 안 됐는지가 밝혀지지 않았다고 가정해 보자. 시청자는 참으로 황당할 것이다. 어쩌면 화를 낼지도 모른다. 그러나 걱정할 일은 아니다. 이런 드라마가 방송되는 불행한 사태는 절대로 발생하지 않는다.

비록 극단적인 예를 들긴 했으나 사이드 스토리 쪽으로 가면 의외로 Why를 남기는 상황들이 많은 경우를 보게 된다. 작가에게 물어보면 초고에는 있었는데 재고 과정에서 빠뜨렸다는 황당한 대답을 듣는 경우가 있는가 하면, "별로 중요하지 않아서요."라는 대답을 듣게 되는 경우도 있다. 그건 작가의 생각이지 시청자의 생각은 전혀 그렇지 않다.

"그런 장면까지 꼭 넣어야 되나요?"하는 참으로 억장이 무너지는 대답을 들을 때도 있다. 그런 경우 나는 다시 묻고 싶어진다. "방송을 해서 시청자에게 보여주자고 쓴 거야, 자기 혼자 그냥 읽어나 보려고 쓴 거야?"

그래서 나는 "앞뒤의 극적 상황과 관계없이 갑자기 비가 오는 장면"을 쓰거나 단지 "사건을 만들기 위해 난데없이 교통사고를 일으키는 장면", 그리고 "그냥 지나가다 들렀어."라는 대사가 나오면 벌금을 물게 해 회식비에 보태 쓰게 한다.

드라마에서는 비가 한 번 내리는 것도 드라마의 극적 장치의 일환이어야만 한다. 본인이 영화계에 종사할 때만 해도 비 오는 장면이 심심찮게 등장했다. 그러나 반드시 이유가 있었다. 예를 들면 이런 경우다.

경치 좋은 산길에서 두 남녀가 데이트를 한다. 그 때 갑자기 비가 쏟아진다. 두 사람은 비를 피하려 달린다. 그렇게 달리다 보면 용케도 동굴이 보인다. 당연히 두 사람은 동굴 속으로 들어간다. 동굴에 들어가 보면 두 연인들을 기다리고나 있었다는 듯이 모닥불을 피울 수 있는 땔감까지 있다.

남자가 불을 피우고 감기에 걸려서는 안 되니 옷을 벗어 말리자고 한다.

그 전에 여자가 재채기를 하고 몸을 떨어야 하는 건 상식이다. 이윽고 두 남녀는 서로에게 등을 돌린 채 옷을 벗어 말린다. 그 다음에 전개될 장면은….

지금의 시각으로 보면 유치찬란하지만 당시는 1960년대였다.

남녀가 데이트를 할 수 있는 평범한 산에 하필이면 거기에 동굴이 있었냐고 따진다면 영화를 볼 자격이 없는 사람이다. 아무리 낮은 산이라 해도 동굴이 있을 수는 있지 않겠는가? 그런 설정이 가능한 것이 영화이고 드라마이다.

당시에는 키스씬도 가위질의 대상이 되어 남녀의 키스씬을 촬영하려면 카메라가 한 바퀴 빙글 돌면서 양산으로 가리게 해야 했을 때의 이야기이다. 중요한 것은 두 주인공이 왜 동굴에 들어가야 했고, 왜 옷을 벗어야 했는지에 Why를 남기지 않기 위해 비가 쏟아지는 상황을 설정했다는 것이다.

교통사고의 설정만 해도 그렇다. 예를 들어서 그의 직업이 택시운전기사인데 아들의 등록금 마련을 위해 쉬어야 할 날까지도 무리하게 운전을 하다가 깜박 졸음으로 교통사고를 일으켰다면 극적 타당성이 있으므로 벌금을 내야 할 이유가 없다. 문제는 마땅한 사건이 없으니 편법으로 교통사고를 내는 경우이다. 특히 클라이맥스 부분을 교통사고 따위로 설정하는 일은 절대로 삼가야 한다. 이 또한 Easy-Going의 전형일 뿐이다.

"지나다 들렀어."도 마찬가지다. 사실은 중요한 일이 있어 일부러 들렀지만 말을 그렇게 한 것뿐이라면 좋은데 정말로 지나다 들러서 드라마의 운반과 관계도 없는 대사나 늘어놓는다면 당연히 벌금감이 될 수밖에 없다.

"저 사람이 왜 저러는지는 몰라도 재미는 있다."라는 것은 논리적으로도 성립이 안된다. 그렇다고 해서 Why만 해소하다 드라마를 재미없게 쓰면 역시 문제이다. 그렇다면 어떻게 해야 하는가?

구 소련의 연출가이며 연극 이론가인 스타니 스라브스키가 말한 '행위의 정당화'에서 그 해답을 찾을 수가 있다.

필자가 감명 깊게 본 연극 중에 〈아일랜드〉라는 작품이 있다. 상연 시간이 두 시간에 이르는 장막인데도 무대는 교도소의 한 감방이 전부이다. 출연자도 죄수인 배우 두 사람뿐이다. 그 연극을 보면, 두 사람을 끊임없이 움직이게 함으로써 단조로움을 극복하고 있다는 것을 알게 된다. 단지 단조로움을 극복하기 위해 이유 없이 움직이고 있다면 관객들은 오히려 어리둥절할 것이다. 그런데 배우의 움직임(행동선)에는 다 이유가 있게 연출한 것이다.

그렇게 '이유가 있게' 설정한 것을 스타니 스라브스키는 행위의 정당화라고 표현한 것이다.

다시 정리하면 일단 움직이게 해놓고, 왜 움직여야만 하는지에 정당성을 부여함으로써 Why를 남기지 않은 것이다. 우리가 드라마를 쓸 때도 그래야만 한다. 일단 재미있게 그려놓고 정당성을 부여해 Why를 제거해버리는 것이다.

실제로 어느 학생의 작품에서 여고 1학년인 반장이 사사건건 주인공을 괴롭히는 장면을 많이 그리고 있었다. 그러나 정작 학생들의 인기를 의식해야 할 반장이 왜 주인공을 그렇게 괴롭히는지에 대해서는 어느 부분에서도 보여주지 않았다. 모두를 괴롭히는 것이 아니라 바로 주인공만 괴롭히는 것이어서 반장의 성격 때문이었다는 정당성을 부여하기도 어려웠다.

또 한 학생의 작품 한 가지를 예로 들어본다. 여고 1학년 담임으로 여선생이 부임해 온다. 한국 여자가 분명한데 자기 이름이 제니퍼라고 소개한다. 나중에 밝혀지지만 고아로 미국인에게 입양되었다가 이제 부모를 찾아 한국에 온 것이다. 결국은 끝내 찾지 못하고 다시 돌아가고 마는데 그녀가 왜 입양이 돼야만 했는지도, 왜 이제야 부모를 찾아야겠다는 생각을 하고 한국행을 결심하게 됐는지에 대해서도, 그리고 겨우 몇 개월만에 포기하고 다시 미국으로 돌아가게 되었는지도 끝까지 밝히지 않았다. 자식이 부모를 찾겠다는데 무슨 이유가 필요하냐고 한다면 그건 드라마적인 발상이 아니다. 두 작품 다 컨셉도 좋았고, 드라마를 끌고 가는 능력도 돋보였기에 더욱 아쉬웠다.

그러나 Why를 없애기 위해 행위의 정당성만 쫓다가 정작 드라마를 재미없게 썼다면 무슨 소용이 있겠는가? 극적(재미있는) 상황을 먼저 설정하고 거기에 납득할 수 있는 타당성을 나중에 부여함으로써 Why도 안 남기고 재미도 놓치지 말아야 한다.

복선의 중요성에 대해서는 이미 언급한 바 있다. 복선 또한 Why를 남기지 않기 위한 또 다른 장치라고 이해해도 된다.

시청자는 스토리 전개에 있어 백지 상태에서 드라마를 보기 때문에 작가 자신은 조금도 의문이 생기지 않는데 시청자는 왜 의문을 갖는지 모르겠다고 투정해서는 안된다. 귀하가 쓰고 있는, 혹은 이미 쓰여진 원고는 바로 그 시청자를 위해 쓰여지고 있는 것이며 일정한 지적수준 이상의 시청자만 상대해야 하는 것이 아니기 때문에 아주 작은 부분에서도 Why를 남겨서는 절대로 안 된다. 사랑하는 사람들 사이에서도 상대가 이유 없는 행동을 하면 "자기 왜 그래?"하고 짜증을 내거나 화를 낼 것이다. 하물며 작가와 생면부지인 시청자는 어떻겠는가?

그렇다하여 Why를 남기지 않게 하기 위해서 설명조가 되어서도 안 된다. 등장인물의 행위와 대사 속에서 자연스럽게 해소되어야 한다.

# 21 언어의 마술사 김수현 – 대사

인간은 말을 통해서 자신의 의사를 표현하고 감정도 전달한다. 말을 통해서 상대를 설득하기도 하고 언쟁으로 이어지기도 한다. 말로 천 냥 빚을 갚는다는 속담도 있다. 아기가 말을 하기 시작하면 의사소통이 보다 자유로워져 부모들은 매우 기뻐한다. 신체적인 장애로 말을 할 수 없는 농아는 수화를 익힌다. 의사소통을 하지 않고는 세상살이가 어렵기 때문이다. 이제부터 일상에서 쓰는 '말'과 드라마에서의 '대사'는 표현 형식에서 전혀 다르다는 것을 말하겠지만, 인간생활에서의 말의 가치는 이렇듯 절대적인 것이다.

드라마의 대본을 보면 대사와 설명문으로 나누어져 있다. 설명문에 비해 대사 부분이 훨씬 많은 것을 대본을 보면 금방 알 수가 있다. 어떤 사람은 수치적으로 분석하여 대사의 비중이 전체의 80%를 상회한다고 말하기도 한다. 직접 그런 분석을 해 본 적은 없으나 우리나라의 경우 드라마에서 차지하는 대사의 비중이 절대적인 것만은 확실하다.

최근에는 TV수상기가 대형화되고 화질이 고품질화되고 젊은 PD들이 로케이션을 선호해서(특히 단막의 경우) 대사의 비중이 점차 줄고 있는 건 사실이나 TV 드라마의 속성으로 볼 때 하루아침에 대사의 비중이 급격히 줄어들지는 않을 것이다. 여기서 TV 드라마의 속성이라고 말하는 것은 영화의 속성과 대비해서 하는 말이다.

영화는 TV에 비해 화면 자체가 대형이거니와 일단 객석에 앉은 관객은 스크린에 집중할 수밖에 없다. 반면에 TV 드라마는 영화에 비해 훨씬 산만한 분위기에서 봐야 할 뿐만 아니라 갑자기 손님이라도 찾아오면 현관까지 나가 문을 열어줘야 하고 아기가 울면 기저귀도 갈아주며 시청해야만 한다. 그러나 비록 화면은 보지 못해도 대사는 들을 수 있기 때문에 스토리의 흐름을 놓치는 경우가 많지 않다. 때문에 TV 드라마에서의 대사의 비중은 절대적일 수밖에 없다.

방송작가 김수현 씨의 이름 앞에는 '언어의 마술사'라는 수식어가 붙는다. 말(언어)을 통해 마술을 부리기 때문은 물론 아니다. 정확하게 표현하라면 '대사'의 '귀재'라 해야 옳다. 왜냐하면 언어와 대사는 근본적으로 다르기 때문이다.

말(언어)은 말 그대로 말일 뿐이지만 대사는 드라마를 위한 정제된 말인 것이다. 김수현 씨의 맛깔스런 대사에 많은 시청자들이 매료되지만 실제로 사람들이 그런 식으로 말을 하지는 않는다.

수업 중에 어느 주부 학생으로부터 이런 질문을 받은 적이 있다.

"선생님, TV 드라마는 리얼해야 한다는데 실제로 사람들은 김수현 씨 대사처럼 말하지 않잖아요?"

대사와 말을 혼동한 소치이다.

본인이 실제로 목격한 일로서 시장에서 노점을 하고 있는 두 여인이 자리싸움을 하고 있는 장면을 예로 들어보자.

싸움의 내용인즉 한 여인은 여기가 본시 내 자리라는 것이고, 다른 여인은 당신 자리라고 써 붙여놨느냐는 것이다. 두 여인에게는 생사(?)가 걸린 일이니 그 싸움은 참으로 치열하고 오래 걸리기도 했다.

그러나 두 여인이 목소리 높여 주장하고 있는 것은, "이 땅을 자기가 샀냐? 먼저 맡은 사람이 임자지!" "굴러온 돌이 박힌 돌을 내쫓는다더니 남의 자리 차지하고 뭔 소리야?"라는 단 두 문장으로 요약되는 것이었다.

그런데 왜 10분, 20분이 걸리는가? 한 말을 또 하고 한 말을 또 하다 보니 그렇게 된 것이다. 달라진 말이래야 고작 말꼬리를 잡는 것뿐이다. 소위 지성인이라고 자처하는 사람들의 부부싸움도 크게 다르지 않다. 한 말 또 하고, 한 말 또 하고… 말꼬리나 잡기는 조금도 다르지 않다.

그러나 어느 드라마에서도 부부싸움을 10분, 20분씩 하는 장면은 없다. 말로써가 아니라 대사로써 정제했기 때문이다. 특히 신인 작가인 경우, TV 드라마는 리얼해야 한다는 점 때문에 말과 대사를 혼동하는 경우를 많이 보게 된다. 그러나 드라마의 대사는 일상적인 언어(말)와는 다른 것이다.

여기서 반드시 짚고 넘어가야 할 점이 있다. 대사의 비중이 비록 높다고 하나 대사 또한 드라마를 운반하기 위한 수단일 뿐이지 결코 목적이 될 수는 없다는 점이다. 따라서 대사는 극적 대화를 구성해야 하며, 가능한 한 간결하고 효과적이며 핵심을 표현해야만 한다.

이제 좀 더 구체적으로 대사의 실체에 접근해보자.

우리는 등장인물의 성격을 분명히 해야 한다는 점은 주지하고 있다. 그 성격은 등장인물의 행위에서뿐만 아니라 대사에서도 분명하게 드러나야 한다. 뒤집어 말하면 그 등장인물의 대사를 통해서 그 등장인물의 성격을 더욱 분명하게 한다는 것이다.

간단한 예로 성격이 급한 사람은 말도 빠르게 하고, 성격이 만만한 사람은 말도 느린 게 일반적이다. 교양 있는 사람은 교양 있게, 교양 없는 사람은 교양 없게 말하는 것도 같은 경우이다.

또 하나 꼭 명심해야 할 점은 앞에서도 언급했듯이 대사 또한 드라마를 운반하는 중요 수단이기 때문에 드라마적 재미와 함께 하면서 스토리를 발전시켜야 한다는 점이다.

김수현 씨의 대사가 참으로 매력 있는 이유는 그 현란성(?)이 아니라 등장인물의 성격과 감정을 드러내고 스토리를 발전시키기 때문이다.

대사가 스토리를 발전시켜야 한다는 점 또한 연속극과 단막극의 큰 차이이기도 하다. 물론 연속극의 대사도 같은 기능을 해야 하지만 연속극에서는 선택의 문제로 양해될 수 있어도 단막 드라마에서는 필수가 되어야 한다는 뜻이다.

등장인물에게 사투리를 쓰게 하는 경우도 많은데 단지 작은 재미를 위해서만 쓰는 것은 좋지 않다. 사투리를 쓰게 하는 작가의 분명한 의도가 있어야 한다. 예를 들어 성격이 급한 사람에게는 경상도 사투리를, 반대로 성격이 유한 사람한테는 충청도 사투리를 쓰게 하는 식의 접근은 좋지 않다. 한 때 "놀랐지?" "급하다 급해." "자기 잘났어." 등의 대사가 유행어가 된 적도 있었다. 그러나 그건 어디까지나 연속극이었기에 가능했다.

대사에서 피해야 할 금기사항을 살펴보자.

대사는 말과 다르다해서 소설에서나 쓰일 문학적인 표현, 다시 말해 문어체를 쓰는 것은 좋지 않다. 당연히 대사는 구어체로 써야만 한다. 문어체와 구어체가 어떻게 다른 것인가는 소설을 각색해보면 확실하게 알 수 있다. 소설에도 많은 대화가 나온다. 좋은 대화는 각색 과정에서도 그대로 옮기고 싶어진다. 그런데 그대로 옮겨놓고 막상 소리를 내어 읽어보면 어딘가 어색한 점이 드러난다. 소설에서는 문어체를 썼기 때문이다. 소설의 경우, 대사라 표현하지 않고 대화라고 하는 이유가 여기에 있다.

대사를 달리 표현하면 매우 잘 정돈된 말이라고도 할 수 있다. 때문에 대사는 간결하게 써야 한다는 말을 많이 듣게 되는데 이것을 단순히 대사의 길이로 이해해서는 안 된다.

중요한 건 산술적인 길이가 아니라 그 대사의 내용인 것이다. 아무리 경쾌하고 짧은 대사로 맛깔스럽게 썼다 해도 그 장면에서 왜 그런 대사가 필요했는지, 혹은 왜 그런 식의 대사를 하는지에 당위성이 없다면 의미가 없다.

단막 드라마에서는 가장 중요한 부분에서 주인공에게 의도적으로 긴 대사를 주어 시청자를 감동시키는 기술을 발휘해야 할 경우도 있다. (이런 경우는 반드시 배경으로 괜찮은 음악이 깔려 극적 효과를 배가시킨다.)

또 특별히 강조의 의미가 없는 한 대사는 반복을 삼가야 한다.

예를 들어 "그가 죽었어!"라고 했을 때 그 죽음을 강조하기 위해서 "뭐? 그가 죽었다구?!"라고 반복하는 것은 상관없지만 "점심이나 먹자." 하는데 별 필요 없이 되풀이하여 "점심이나 먹자구?" 하는 따위는 삼가라는 것이다.

아울러 대사를 씀에 있어 명심해야 할 사항은 대사 또한 낭비를 해서는 안 되며 그 등장인물의 성격, 나이, 직업, 그리고 학력을 포함한 이력과도 맞아떨어져야 한다는 것이다.

대사 또한 매력이 있어야 함은 두 말할 필요가 없겠으나 단순히 매력을 위한 매력이 되어서도 안 된다. 아무리 짧은 대사라도 의미가 없을 땐 지루할 뿐이며, 의미가 있을 때는 설혹 긴 대사라도 괜찮다.

지금까지 언급한 대사란 무엇인가를 세 줄로 정리해 보자.

① 어떠어떠한 사실과 상황을 알려준다.

② 등장인물의 심리, 혹은 감정을 표현한다.

③ 스토리를 변화하고 발전시킨다.

갑 : 그만 일어나라.

을 : (겨우 눈을 뜨고) 몇 신데?

갑 : 여덟시 사십분.

을 : (다시 잠을 청하며) 됐네.

갑 : 아침 여덟시 사십분이 아니고 저녁 여덟시 사십분이야 얌마!

을 : (이불까지 뒤집어쓰며) 됐다니까!

을의 실업(失業)상태도 심각하지만 의욕 상실은 더 심각해 보인다.

갑 : 이거 야단났는데…

을 : 왜?

갑 : 병순일 만나기로 했는데 돈이 한 푼도 없잖니? 어떡하지?

을 : 돈 때문에 부담을 가질 정도라면 일찌감치 끝내버려 임마!

갑 : …….

  〈시간 경과〉

을 : 병순이 만나서 어떻게 됐니?

갑 : 잃은 건 병순이구 얻은 건 이거(얼굴에 할퀸 손톱자국)다.

을 : 끝내!

갑 : 끝냈어!!

직접 병순이를 보여주지는 않았지만 병순이가 어떤 여자이고 그 두 사람의 사랑의 깊이가 어떠했는지 짐작하고도 남을 수가 있다. 또 잃은 것과 얻은 것을 대비시켜 멋을 부렸지만 특별히 거슬리지는 않는다고 생각한다.

사범 : 도장엔 왜 안 나왔지?
철수 : 오다가 발을 좀 삐었어요.
사범 : 너는 발을 삐었구, 난 눈이 삐었었구나.

철수가 뻔한 거짓말을 하고 있다는 걸 사범은 알고 있었음을 충분히 짐작할 수가 있다.

한씨 : 아니 수태라니요? 우리 영희는 처녀야! 숫처녀! 왜말로 아다라시!
주부 : 진맥을 해보니 수태예요. 내 진맥은 콤퓨타요.
한씨 : 팔뚝만 만져보고선 뱃속에 뭐가 든 줄 어떻게 알아 당신이?
주부 : 배 안 갈라 봐도 속병 아는 이치와 같은 거요. 괜히 의원이랍디까?
한씨 : 지금 당장 큰 병원 가서 다시 진찰할건데 거기서 수태가 아니라하면 당신이 책임질거야?
주부 : 지가 홀아비라는 걸 알고 하시는 말씀이슈?
한씨 : 아니 이 영감탱이가.

비록 몇 마디 안 되는 대사이지만 처녀 어머니의 안타까운 심정과 능구렁이 같은 한의사의 성격을 나름대로 잘 표현해보려고 했다.
시골의 나이 든 한의사들 중에서는 아직도 일본말을 섞어 쓰기도 하는데 별로 바람직스럽지 않기 때문에 "왜말로"를 덧붙인 것이다.

김준위 : 야 임마, 손일병!
손일병 : 넷!
김준위 : 난 네가 식물과 전공이고 해서 풀뿌릴 주는 걸 안심하고 먹었는데… 이째까, 오줌소태가 나서 이거 어디 살간?

손일병 : 그 풀이 이뇨제거든요. 혈액순환에 아주 좋습니다.
김준위 : 오줌 싸재끼다 닌민군 총 맞으면 니레 책임지갔네?


김준위와 손일병의 대사는 유감스럽게도 어느 작품에서 인용했는지 기억이 없어 작자를 밝히지 못해 죄송하다. 그러나 이 짧은 대사에서도 장소가 전쟁 터이고 김준위는 이북 출신에 학력이 별로 높지 않음도 알 수 있다. 그리고 끈 끈한 전우애마저 보이고 있지 않은가?


앞에도 언급을 했지만 단막 드라마는 최소한 세 번은 고쳐 쓰는 작업을 해야만 한다고 했다. 때문에 초고를 쓰면서부터 지나치게 간략한 대사를 고집할 필요는 없다. 지나치게 짧고 간결한 대사를 의식하다 의미상의 중요한 대사를 놓치는 일이 생겨서는 안 된다는 뜻이다.

완고의 과정에서는 대사의 트리밍도 반드시 필요하다. 실제로 한 여름에 민속촌에서 촬영을 할 때의 일이다. 시대극이어서 연기자들은 바지저고리에 도포까지 입고 죽을 맛이었다.


연기자 : 감독님! 이거 더워서 미치겠는디 오늘은 이만 하고 내일 합시다.
　　　　이러다 사람 잡겠구만이라우. 다 먹고 살자고 하는 일인디 촬영하다 팍 쓰러져 불면 안 되지 않겠어요? 감독님! 내일 합시다. 참말로 더워서 미치고 환장하겠네요.
P　D : 내일은 오늘만큼 안 덥다는 보장 있어? 너 연기 생활 일이년 했냐?
　　　　오늘 분량은 오늘 소화해야지 연기자가 무슨 날씨 타령을 다 하는거야? 기본이 안되어 있잖아? 빨리 분장 고치고 와!

사실은 이보다 훨씬 긴 대화가 오고 갔지만 대사로 표현하라면 단 두 마디로 족할 것이다.

> 연기자 : 감독님! 더워 죽겠는데 내일 찍읍시다.
> P    D : 날씨가 덥다고 방송이 안 나가냐?

작가는 모름지기 문장 한 줄, 단어 하나마저도 냉정하게 잘라버리는 냉혹한 칼잡이가 되어야만 한다. 단막 드라마는 시간의 제한이라는 숙명을 갖고 있는데 반해 대사가 차지하는 비중(원고의 매수)이 크기 때문에 더욱 그러하다. 일본 작가 후나하시 가즈오의 말을 잠깐 인용해 보자.

"좋은 대사는 사실적이어야 한다고 하지만 가공되지 않은 생짜 재료를 그대로 손님의 음식상에 내놓을 수 없는 것처럼 실제의 대화를 그대로 드라마에 쓸 수는 없는 것이다. 끓이든지 굽든지 볶든지 지지든지 자기의 솜씨로 요리를 해야 하는 것이다. 훌륭한 요리사가 그의 혀끝에 갈고 닦은 예민한 감각을 가지고 있는 것처럼 우리도 갈고 닦은 예민한 감각으로 대사를 써야 한다."

또 프랑세스 마리언은 이렇게 말한다.

"작가는 플로트와 등장인물에 관하여 될 수 있는대로 많은 것을 알고 있지 않으면 그들 인물의 대사를 자연스럽게 이끌어 갈 수가 없다."

작품 자체는 엉성한데 대사만 좋아도 소용없겠지만, 드라마의 80% 이상을 차지하는 상황에서 대사의 중요성은 아무리 강조해도 지나침이 없다. 대사는 말이 아니기 때문에 정제되어야만 한다.

어떻게 하라고요 – 설명문

      드라마에서의 설명문(혹은 지시문)은 드라마를 설명하는 문장이 아니다. 누가, 언제, 어디서, 무엇을, 어떻게, 왜 하고 있는지를 확실하게 표현해주는 글일 뿐이다. 따라서 장황한 묘사나 명문의 구사는 전혀 불필요하다. 설명문이 화려하다 하여 화려한 드라마가 되는 것도 아니고 설명문이 초라하다 하여 초라한 드라마가 되는 게 아니다.

    TV 드라마의 경우, 우리는 그것을 시청한다고 한다. 시(視)는 곧 보여지는 부분이고 청(聽)은 들려지는 부분인데 설명문은 바로 이 보여지는 영역에 속한다. 때문에 설명문은 눈에 보이는 구체적인 묘사만을 해야 한다는 것이다.

    대본은 문장에 의해서 이야기를 전달하는 것이 아니고 문장(설명문)은 단지 그 장면을 설명하는 수단일 뿐인 것이다. 따라서 설명문이란 작가가 그 작품을 제작하는 스태프들에게 지시하는 지시문이요 명령하는 명령문이라 하는 것이 더 어울릴지도 모른다. 그래서 드라마에서의 설명문은 가능한 한 짧게, 심지어는 명사와 동사만 쓰라고 주문하는 사람까지 있다.

    설명문은 짧으면 짧을수록 좋다. 그러나 전제가 있다.

    첫째, 설명문은 구체적이고 시각적이어야 한다. 예를 들면, O는 "괴로움을 느끼면서 호소한다."라는 설명문은 심정적이고 추상적 표현이다. O는 "명랑한 기분이 되어 웃는다." 역시 심정적이며 추상적인 표현이다. 이런 경우에는 '괴롭게' 나 '명랑하게' 라는 표현만으로 충분하다.

### S#15 낚시터
영희와 철수, '오랜 시간'을 나란히 앉아 낚싯대를 드리우고 있다.
두 사람은 '지난 일주일 동안 하루도 거르지 않고' 함께 낚시를 하고 있는 것이다.

소설적인 혹은 추상적인 표현이다. 이런 경우라면 주인공의 시계가 아침 9시라는 사실을 먼저 보여주고 다음 장면에서는 오후 7시가 된 시계를 보여 줘야 한다. 대사 처리가 더 좋을 수도 있다.

철수 : (시계를 보고) 어, 벌써 7시네.
영희 : 어머, 그럼 우리가 지금 몇 시간째 낚시를 하고 있는 거야?
철수 : 아침 9시에 시작했으니까…

'지난 일주일 동안 하루도 거르지 않고'를 표현하기 위해서는 조연이나 혹은 단역을 이용할 수도 있다.

주 인 : 저 두 사람은 낚시에 미친 사람 같아요. 벌써 일주일째 하루도 안 빠지고 아침부터 저녁까지 저러고 있으니 원.
손님A : 뭐하는 사람들이래요?
주 인 : 안 그래도 물어봤더니만 그냥 웃기만 하고 대답을 안 하데요.
손님 : (혼자 말처럼) 혹시 간첩들 아닌가?
주 인 : 에이, 설마요!!

이번에는 짧은 설명문이지만 무슨 장면을 그리고 있는지가 분명한 예를 들어보자.

### S# 28 여의도 윤중로

철수와 병태, 만발한 벚나무 길을 걷고 있다.
철수, 병태를 걷어찬다.
병태, 쓰러진다.
철수, 웃는다. 그리고 뽐내며 다시 간다.

벚꽃 철에 벚꽃 구경을 함께 온 걸 보면 두 사람은 나름대로 친분이 있음을
짐작할 수 있다. 그런데 친구가 쓰러지도록 차 놓고 오히려 뽐내며 걸어가는
철수의 행동에서 병태는 약점을 갖고 있음을 짐작할 수 있다.

### S#3 마을 길

책가방을 어깨로 멘 철수(7세)가 달려오고 있다.
고무신이 한 짝 벗겨지자 그냥 주워 들고 뛰어간다.

### S#4 철수의 집 안

철수, 싸리문을 밀고 뛰어 들어와 책가방도 벗지 않고
처마에 매달린 대나무로 만든 소쿠리를 내려든다.
시커먼 보리밥 두 덩어리가 들어있다.
철수, 양손에 하나씩 들고 크기와 무게를 가늠해 본다.
이윽고, 한 덩이는 소쿠리에 넣고 부엌으로 들어간다.

### S#5 동집. 부엌

철수, 개다리소반을 앞에 놓고 밥을 먹고 있다.
반찬이래야 김치와 간장 종지가 전부다.
철수, 밥은 조금 입에 넣고 김치는 많이 먹는다.

## S#6 다시 집안

철수, 손가락을 빨며 예의 대나무 소쿠리를 보고 있다.
이윽고, 소쿠리를 내리고 남겨두었던 밥 덩어리를 꺼내든다.
먹음직스러운 밥덩이.
철수, 갈등한다.
이윽고, 조금씩, 아주 조금씩 조심스럽게 밥을 떼어 먹는다.
그러기를 몇 차례... 어느덧 반으로 줄어든 밥덩이.
이때,

(E):〈뛰어 들어오는 발소리〉

철수, 돌아본다.
학교에서 돌아오는 영희.
철수, "으앙!" 큰소리로 울음 터뜨린다.

〈영희와 철수〉라는 본인의 작품(미발표)으로 1950년대의 가난한 남매의 어느 날 이야기의 일부이다. 설명문은 간결하되 정확하게 쓰려고 했다.

본인은 강의 중에 작품을 쓸 때는 그 장면을 머리 속으로 그리며 쓰라고 강조하는데 그 말뜻을 잘못 받아들여 클로즈업, 롱샷, 줌인, 줌아웃, 팬(Pan) 등까지 꼼꼼히 쓰는 학생들도 더러 보게 된다. 그런 건 연출의 몫이니 꼭 필요한 경우가 아니면 연출가에게 맡기는 것이 좋다. 카메라의 위치나 각도까지도 언급할 수 있다. (꼭 필요하다면 말이다.) 화려한 문장을 쓰려고 고심하지 말라. 설명문은 단지 표현의 수단으로 쓰는 글일 뿐인 것이다.

둘째, 설명문은 작가의 의도가 확실하게 전달되어야 한다. 얼핏 보면 첫째와 둘째의 요구를 동시에 수용한다는 게 모순처럼 보이나 그렇지는 않다.

앞에서도 확인했듯이 짧은 문장을 통해서도 분명한 지시는 얼마든지 가능하다. 다만 이 부분에서 잊지 말아야 할 것은 대본은 자신이 아닌 상대방을 위해 쓰고 있다는 점이다. 짧게에만 집착하다 전달의 미흡이라는 우를 범하지 말라는 뜻이다.

누구보다도 이 작품에 대해서 잘 알고 있는 나의 생각으로 이 정도의 묘사면 충분할 거라는 예단도 금물이다. 귀하의 작품을 대하는 사람은 귀하가 써준 것만큼만 안다고 생각해야 한다.

셋째, 괄호 안에서 표현할 수 있는 설명문의 활용이다.

독립된 설명문이 아니라 대사의 앞이나 대사의 중간, 혹은 대사의 말미에 그 대사의 의미를 강조하거나 보다 확실히 하기 위해 괄호 안에 쓰는 경우이다. 그러나 필요 없는 묘사까지 너무 많이 쓰는 것은 좋지 않다. 왜냐하면 쓸데없이 드라마를 읽는 사람의 감정 선에 브레이크를 거는 것과 같기 때문이다. 부부가 격하게 싸우고 있는 장면의 예를 들어보자.


남 편 : (큰 소리로) 내가 바람피우는 거 봤어 당신이?
아 내 : (역시 큰 소리로) 봤다. 어쩔래?
남 편 : (화를 벌컥 내며) 언제 어디서 봤는데?
아 내 : (따라 화를 벌컥 내며) 봤으니까 봤대지!
남 편 : (금방 때릴 듯이 화를 내며) 진짜 멋대로 얘기할래?


이미 부부가 큰 소리를 내며 싸우고 있다는 정황이 앞에서 묘사되었음에도 대사마다 이렇게 괄호 안 설명을 덧붙일 필요는 전혀 없는 것이다. 꼭 필요한 묘사는 반드시 해야 하지만 불필요한 묘사는 하지 말아야 한다.

넷째, 설명문에서도 거기에 꼭 합당한 단어와 문장을 골라 써야 하는 건 당연하다.

'천천히 걷는다'와 '어정어정 걷는다'와는 분명한 차이가 있다.

'따귀를 후려 갈긴다'와 '뺨을 때린다'에서도 상당한 차이를 느낄 수 있다.

'눈물이 맺힌다'와 '눈물이 글썽 맺힌다', '눈물이 흐른다'와 '눈물이 뺨을 타고 흐른다', '빠르게 달린다'와 '숨차게 달린다' 등도 역시 다른 차이를 느낄 수 있다. 설명문은 짧은 문장이라도 정확해야 하며 작가의 의도가 확실히 전달되어야 한다.

## 23 작가는 심술쟁이 – 다시 갈등

이 부분은 앞서의 장에서 이미 언급한 '어떻게 하면 되지? – 갈등'의 속편쯤으로 이해하기 바란다. 무슨 강의에 속편이 다 있느냐고 항의하지 말라. 드라마는 갈등이라는 것은 여러분이 무덤까지 갖고 가야 할 중요한 명제이기 때문이다. "갈등이 없는 곳에 드라마는 없다."라는 사실을 다시 한 번 상기시키며 이어가겠다.

TV 드라마를 보는 시청자들은 주인공이 잘 되기만을 바란다. 연애든 사업이든 뭣이든 잘 되기를 바란다. 그런데 작가는 주인공에게 온갖 시련을 안긴다. 어차피 주인공이 원하는 것을 주거나 이루게 할 거면서도 그 전까지는 죽어라고 심술을 부린다. 작가는 주인공이 편안하게 잘 되는 꼴을 못 보는 심술쟁이인 것이다. 처음부터 해피엔딩을 준비했으면서도 그 이전에 갈등과 투쟁이라는 대가를 꼭 요구한다는 것이다. 그래서 작가는 트러블 메이커(Trouble Maker)라고까지 말한 사람도 있다.

이유가 있다. 시청자가 드라마를 재미있게 보게 하고 트러블이 해소되는 과정을 통해 대리만족을 느끼게 함과 동시에 카타르시스를 경험하도록 하려는 작가의 계획된 심술인 것이다.

여러분이 무엇인가를 써야 한다고 했을 때 그 드라마에 접근하는 데는 두 가지의 방법이 있다.

하나는 갈등할 수밖에 없는 인물을 먼저 설정하고 그에 따른 스토리를 구성하는 방법이고, 다른 하나는 이미 머리 속에 가지고 있는 스토리에 어떤 인물을 등장시킬 것인가를 정하는 것이다. 어떤 방법이라도 상관은 없다. 중요한 건 갈등을 극대화할 수 있는 요소와 상황(Situation)을 찾는 것이다.

여기서 먼저 생각해야 할 것은, 그런 극적 상황을 가장 극적으로 운반할 수 있는 주인공과 상대역의 관계와 성격의 설정이다. 두 사람의 성격이 달라야 한다는 건 기본이니 생략하기로 하고 관계의 설정 또한 그 못지 않게 매우 중요하다는 것을 잊어서는 안된다. 한 여인을 놓고 두 사람이 사랑한다면 그건 그 자체만으로도 충분한 갈등이다. 그러나 가장 친한 친구 사이, 우애가 돈독한 형제 사이, 서로 아끼는 상사와 부하직원 사이로 설정한다면 갈등은 두 배, 세 배로 증폭될 것이다. 인간관계뿐만 아니라 여자 주인공과 그 여자를 사랑하는 남자와의 환경과 입장 차이에서도 극적 갈등 상황은 얼마든지 찾을 수가 있다.

한 쪽은 엄청난 부자인데 다른 한 쪽은 아주 가난하다든가, 정작 두 사람은 사랑하는데 부모 사이에 악연의 과거가 있었다든가, 남자는 농촌가서 살 것을 주장하는데 여자는 도시 생활만을 고집한다든가, 이 밖에도 어느 한 쪽의 부모를 모시는 문제, 고향에서 불쑥 올라와 함께 살아야 하는 형제나 자매의 문제, 이런 등등의 경우에도 작가는 어떻게 하면 갈등의 폭을 보다 넓고 깊게 할 수 있는가를 일차적으로 고민해야만 한다. 위에서 예를 든 상황은 이미 기존의 드라마에서 많이 봐왔던 컨셉이나 예를 든 것뿐이다.

인물과 인물의 갈등이든, 인물과 상황의 갈등이든, 혹은 앞서의 두 상황이 복합된 상황이든 갈등의 폭이 크면 클수록 좋은 것인데 드라마는 갈등이다 하여 무책임하게 갈등의 남발만으로 끝내서는 안 된다.

갈등은 치열할수록 좋으나 반드시 당위성이 담보되어야 하며 해소되는 과정 또한 극적이어야 한다. 둘 중 하나만 택하라 해도 쉽지 않은데 둘 다, 그것도 동시에 택해야 한다니 실로 어렵다. 드라마도 쓰기 전에 귀하가 먼저 갈등에 빠질 일이다.

또 드라마가 끝나기 전에 갈등을 반드시 해소시켜야 하는 것도 필수다. 해소의 과정을 미리 염두에 두고 아예 갈등의 폭을 좁히는 건 클라이맥스를 낮게 설정하는 것과 같은 또 다른 Easy-Going적 발상으로 여러분들이 빠지기 쉬운 함정임도 유념해야 한다.

어떤 시청자가 자기가 본 드라마의 작가를 고소했다. 두 주인공을 결혼시킬 것이면서도 마치 금방이라도 헤어질 듯이 50여 분에 걸쳐 온갖 심술을 부리며 시청자를 우롱한 바, 이는 명백한 사기죄에 해당한다는 것이었다. 물론 가정(假定)이다. 이제 판사의 선고를 들어보자.

판 사 : 그 드라마를 본 나도 안타까움으로 상당한 정신적인 고통을 받았으나 주인공을 심하게 핍박한 작가의 의도가 라스트의 감동을 더욱 증폭시키기 위한 극작술의 기교에서 비롯된 것이 분명함.
이에 본 판사는 드라마 작법 제1조 1항인 "드라마는 갈등이다."와 드라마 작법 제1조 2항인 "드라마의 종착역은 감동역이어야 한다."에 의해 무죄를 선고한다. 끝으로 원고에게 들려줄 말이 있다. (일부러 전라도 사투리로)여인의 변신이 무죄이듯이 작가의 심술도 무죄인 것이여! (서양 배우처럼 어깨까지 으쓱)

여러분들은 누구보다도 많은 드라마를 시청할 것이다. 뿐만 아니라 영화도 많이 보고 소설도 많이 읽을 것이다. 그러나 여러분은 단골 시청자, 좋은 관객, 우량한 독서가로만 끝나서는 부족하다. 인물 사전을 만들듯이 갈등 사례집을 만들어 보기를 권한다.

실제로 '극적 갈등 36설'이라는 것도 있다.

처음엔 프랑스 사람인 제라르 네루바루가 24가지 시추에이션을 제시했다고 한다. 그 다음으로 이태리 사람인 가루로 구찌가 다시 '36경우설'을 내놓았는데 오늘에는 전해지지 않고 19세기 말에 이르러 프랑스 사람인 조르즈 호르티가 다시 '36설'을 내놓았다고 한다.

드라마는 갈등임을 강조해왔으면서도 굳이 여기에 옮겨 적지 않는 이유는 드라마는 갈등이라는 사실이 중요하고 그 갈등을 어떻게 극대화 시키느냐가 중요하지 어떤 갈등이 있는가는 별로 중요하지 않다고 생각하기 때문이다.

작가는 선천적으로 너그러워서 시청자가 원하는 건 반드시 주면서도, 심술쟁이기도 해서 절대로 그냥 주지 않을 뿐이다. 작가가 심술쟁이 노릇을 하는 것은 재미있고 감동을 주는 드라마를 쓰기 위해서다. 작가는 고마운 심술쟁이인 것이다. 시청자는 드라마를 선택해 볼 권리가 있을 뿐 의무 따위는 없다. 시청자가 재미있게 볼 수 있는 드라마를 써야 할 이유이다.

# 24 작가의 공적(公敵)은 Easy-Going

■■■ 작가에게도 유혹의 손길이 있다. 거듭하여 강조한 Easy-Going이다. 사람은 누구에게나 쉽게 가는 길을 택하려는 본능이 있다. 그러나 작품의 세계에서의 Easy-Going은 곧 죽음의 길이다. 일부러 어려운 이야기를 쓰라는 게 아니다. 쓸 때 최선을 다하라는 뜻이다.

공모에서의 당선을 노리는 여러분들이 처음부터 Easy-Going을 작정하고 작품에 임할 리는 없다. 초반은 물론이요 중반 이후까지도 최선을 다했다가도 클라이맥스라는 반드시 넘어야 할 고비에 이르러서 마땅한 극적 장치가 떠오르지 않으면 나름대로 고민을 좀 하다가 이윽고 자신과 타협해 버리는 것이 문제다.

"이 정도면 괜찮은 클라이맥스잖아?"

물론 자신이 자신에게 하는 속삭임이다. 이런 작품의 결과는 뻔하다. 예심에서의 1차 통과도 기대할 수 없다.

마땅한 클라이맥스가 안 떠오르면 떠오를 때까지 끈질기게 고민해야 한다. 기어코 떠오를 때까지 그 고민을 중단해서는 안 된다. 도저히 마땅한 클라이맥스를 발견할 수 없으면 오히려 줄거리 자체를 바꾸거나 주인공의 캐릭터를 바꾸는 문제까지도 검토해야 한다. 클라이맥스에 이르러야 하는 건 선택의 문제가 아닌 필수이기 때문이다.

서양에 "Mahomet go to the mountain"이라는 속담이 있다고 한다.

어느 날, 마호메트가 선교를 하던 중 거기에 모인 군중들에게 어느 날까지 저 산을 이 자리로 옮겨놓는 기적을 보여주겠다는 약속을 했다.

그러나 막상 그 날이 됐으나 산은 처음의 제 자리를 지키고 있을 뿐이었다. 사람들은 당연히 따졌다.

"우리에게 기적을 보이겠다 한 당신의 약속은 어떻게 된 거요?"

마호메트는 그 산을 향해 천천히 걸어가며 대답했다.

"산이 이쪽으로 오지 않으니 내가 산 쪽으로 가면 되지 않겠는가?"

이런 우화가 기독교인들이 기적을 일으킬 수 없는 마호메트를 비하한 것인지, 사람이 목적을 이루기 위해서는 방법이 중요한 게 아니라는 것인지는 잘 알 수가 없다.

그러나 드라마에서는 이런 식의 재치로 클라이맥스라는 정상 정복을 포기하거나 회피해서는 안 된다. 반드시 올라야만 한다. 그러기 위해서 랜드로버를 타거나 헬리콥터를 이용해서는 안된다는 얘기는 다른 장에서 이미 언급했다.

더욱 안타까운 것은 나름대로 준비된 위기의 장치들이 있었는데 클라이맥스에도 이르기 전에 원고 매수가 다 차서 불가피하게 위기의 과정을 대담하게(?) 생략해버리고 클라이맥스마저 아주 낮게 깎아버리는 경우다. 이런 경우에 꼭 맞는 사자성어가 있다. 주객전도다. 단막 드라마에서 반드시 있어야 할 클라이맥스를 이런 식으로 처리하고도 당선을 기대하는 건 절대불가에 해당된다.

굵은 밧줄로 사람을 얼기설기 묶어놓고 상자에 가둔 다음에 순식간에 탈출하는 묘기를 보여주는 마술이 있다. 이때 마술사가 묶는데 얼마나 많은 장치를 했느냐가 관객들의 첫 번째 관심사이다.

때문에 공연자 측에서는 가능한 한 여기에서 탈출하기가 얼마나 어려운가를 느끼게 하기 위해 온갖 장치를 다 한다. 굵은 밧줄 대신에 쇠사슬을 사용하기도 하고 주먹만한 열쇠를 두세 개 채우기도 한다. 관객들은 그가 반드시 탈출에 성공할 것임을 알고 있지만 그럼에도 불구하고 숨죽여 가며 과연 어떻게 탈출하는가를 지켜본다. 그 과정이 어렵게 느껴질수록 마술사가 탈출했을 때 보내는 박수는 비례해서 커진다.

드라마에서도 마찬가지다. 작가가 주인공에게 아무리 험난한 과정(위기)을 장치해놓아도 주인공이 반드시 극복할 거라는 걸 시청자는 예견한다. 그래서 더욱 위기를 위기답게 설정할 필요가 있다. 그러나 막상 집필에 들어가면 이것이 결코 쉽지는 않다. 당연히 고민에 고민을 거듭한다. 그래도 쉽게 뚫리지가 않는다.

이런 경우에는 두 가지의 방법이 있을 뿐이다. 아예 접어버리든가 처음부터 구성을 다시 검토하는 일이다.

끝으로 분명히 해야 할 점이 있다. 꼭 어떤 사건을 쉽게 풀어버렸을 때만 Easy-Going에 해당되는 건 아니다. 심리적인 변화를 그릴 때도 Easy-Going의 유혹에 빠지지 않도록 해야 한다.

예를 들면, 가족 간의 갈등을 그리다 화해에 이르는 과정을 그린 드라마의 경우, 가족이니까 또는 핏줄이니까 특별한 사건이나 계기 없이 끝을 내버리는 것이 그 대표적인 예라 할 수 있다. 오히려 가족이며 핏줄이었는데도 그런 갈등을 겪었다는 설정이 화해의 과정을 더욱 극적으로 승화시킬 수도 있는데 말이다.

영화 〈007〉시리즈나 〈인디애나 존스〉를 보면 위기와 위기의 연속인데 어느 위기 하나 쉽게 해결하는 법이 없다. 관객들은 주인공이 그 위기를 반드시 해결할 거라는 걸 의심하지 않으면서도 재미있게 지켜보게 된다.

드라마에서의 위기 설정도 마찬가지다. 시청자는 주인공이 그 위기를 어떻게 극복하는가에 극적 재미를 느끼며 시청하도록 설정해야만 한다.

낮고 편한 코스의 산을 올랐을 때와 비교하여 높고 험한 산을 정복했을 때의 쾌감이 더 클 것임은 굳이 등산가가 아니라도 짐작할 수 있는 일이다.

귀하의 드라마에서도 그런 장치를 해서 시청자의 쾌감을 극대화시켜야 한다. 그러기 위해서는 More! 정신을 가질 필요가 있다.

고민 끝에 고쳐놓고 보니까 좋아졌지만 더 좋아질 수 있는 무엇이 또 없는지 거듭 욕심을 부려야 한다. 성경에서는 "욕심이 사망을 낳는다."했는데 여러분의 작품에서는 욕심이 좋은 작품을 낳는다. 적어도 작품에 관한 한 욕심은 부릴수록 좋다. 어떤 장치를 바꾸거나 더하면, 혹은 어떤 상황을 설치하면 더 좋을지를 끊임없이 추구하라는 뜻이다.

작품을 쓸 때마다 Easy-Going이라는 요물은 수시로 귀하를 유혹할 것이다. 그 유혹에 빠지는 것은 곧 등단 절망, 작가 사망을 의미한다.

# 25 | 어쩌지, 나는 슬럼프인가봐

슬럼프(Slump)하면 제일 먼저 운동선수, 그것도 프로 운동선수를 생각하게 된다. 그러나 슬럼프는 작가에게도 찾아온다. 예비 작가인 여러분도 예외가 아니다.

문제는 이렇게 누구에게나 찾아오는 슬럼프를 어떻게 극복해야 할 것인가이다. 운동선수들의 경우에는 피나는 훈련을 두 배 혹은 세 배로 늘리는 강훈(强訓)으로 슬럼프를 극복하는 경우가 일반적이다. 작가는 다르다. 슬럼프 상태에서 글쓰기를 계속해봐야 파지만 양산하기 십상이다.

먼저 당분간 쉬는 걸 생각할 수 있다. 당연하다. 그러나 데뷔를 생각해야 하는 여러분의 입장에서 그렇게 한가로운 생각만을 할 수가 없다. 한동안 쉬는 건 불가피하더라도 그 기간을 최소화해야 한다.

그 방법의 하나로 나는 징크스를 만드는 법을 택했는데 매우 효과적이었다. 사전을 보면 징크스는 '재수 없는 일', '불길한 일', '으레 그렇게 되리라고 믿고 있는 일'이라고 써있듯이 당연히 피해야 하는 일로 알고 있는데, "으레 그렇게 되리라고 믿고 있는 일"이라는 것을 나 나름대로 해석해서 난 "이렇게 (혹은 무엇을) 하면 작품이 뚫린다."를 취한 것이다.

그럼 어떤 징크스를 가져야 하는가? 정답은 없다. 내가 정하면 된다. 그리고 스스로에게 "나는 이렇게 하면 작품이 뚫린다."라는 주문을 걸고 확신을 가지는 것이다.

한 가지의 방법만을 고집하지 말고 수시로 바꾸는 것도 요령이다. 어떤 징크스라도 상관없지만 '임도 보고 뽕도 따는' 생산적인 것이면 더욱 좋다.

예를 들면, 사람들이 가장 많이 붐비고 치열한 삶의 현장인 시장 구경을 해본다. 체질적으로 쇼핑 중독증이 있다면 빈 주머니로 가면 된다. 대형 시장보다는 차츰 사라져가는 재래시장이 더 좋을 것이다.

독서와 영화 보기 등도 매우 좋은 방법이다. 이미 방송된 당선 작품이나 특별히 감명 깊게 봤던 드라마를 다시 보는 것도 좋은 일이다. 이런 때는 내가 쓰고 있는 작품과 관계 없는 작품을 택하는 게 좋다. 지금은 작품을 쓰기 위해서가 아니라 당분간 잊기 위해서이기 때문이다.

지금의 작품과 전혀 관계 없는 영화를 보고 독서를 하는 중에도 소중한 힌트를 얻는 뜻밖의 소득을 올리게 되는 경우도 있다. 영화 보기나 독서를 많이 해서 손해 보는 일이란 절대로 없다. 영화 보기나 독서는 다다익선(多多益善)이란 사자성어가 딱 맞다. 둘 다 간접체험을 위한 최상의 방법이기 때문이다.

등산을 통해 스트레스를 해소하고 기분을 전환하는 것도 좋고, 경비의 부담이 문제되지 않는다면 여행은 더욱 좋다. 어느 방법을 택하든 필요한 건 스스로에게 최면을 거는 것이다.

"난 이렇게 하면 반드시 작품이 뚫리거든!" 하면서.

감명 깊게 보았던 기성 작가의 작품이나 당선 작가의 작품을 베껴 써보는 것도 내가 권하고 싶은 한 방법이다. 어느 성공한 소설가가 학창 시절에 김승옥씨의 단편 소설 〈무진기행〉을 손으로 베껴 써보았다는 글을 읽은 적도 있다. 단막 드라마라 해도 분량이 만만치 않아 육필로 베끼기는 쉽지 않겠지만 당선으로 가는 길이라 생각한다면 겁낼 일도 아니다.

귀하에게 충분하게 있는 건 시간뿐이 아니냐는 말은 죄송해서 감히 못하겠다. 그러나 당선을 위해서는 없는 시간도 만들어야 하지 않겠는가? '술을 마셔야'와 '잠을 자야'만 빼놓고는 어떤 징크스라도 상관없다. 일종의 마인드 컨트롤이라 해도 좋고, 잊는 시간을 갖는 것이라 해도 좋다. 그런 시간을 갖는 건 결코 시간낭비에 해당되지 않는다.


생산적으로 잊는 시간을 갖기 위해 이미 직장을 갖고 있지 않다면 아르바이트를 해 보는 것도 좋은 방법이 될 수 있다. 되도록이면 다양한 형태의 많은 사람들을 상대할 수 있는 직종이면 더욱 좋다.

이런 경우 반드시 해야 할 일은 작가수첩에 메모를 하는 일이다. 상대한 사람들 중에서 특이한 성격의 사람이 있으면 귀하의 인물사전 노트에 적어놓는 일도 중요하다.

임도 보고 뽕도 따기 위해 봉사 활동을 해보는 것도 좋을 것이다. 대체로 봉사 활동을 필요로 하는 상대는 평범한 사람들이 아니기 때문에 등장인물의 성격이나 극적 시추에이션을 얻는데 많은 보탬이 될 것이다. 중요한 것은 슬럼프를 탈출하기 위해서는 슬럼프 기간이 지나가기를 기다리지 말고 무엇인가를 반드시 해야만 한다는 것이다.

"뜻은 있으되 형편이 허락지 않아서…" 이런 사람들을 질책하기 위해 현명한 우리 조상들은 "핑계 없는 무덤 없다."라는 속담을 만들어 두었다. 질책만 아니라 용기를 북돋아주기 위해 "뜻이 있는 곳에 길이 있다."라는 속담도 함께 준비해 두었다.

슬럼프도 작가에게는 일종의 위기에 해당된다. 위기는 누구에게나 찾아오는 것인데 대처하는 방법은 전혀 다를 수가 있다. 위기니까 무조건 피하는 사람이 있는가 하면 위기는 기회라고 전화위복의 계기로 삼는 사람도 있다. 슬럼프를 충전의 기회로 삼는 사람들이 그런 사람들이다.

사업을 하는 사람들의 경우를 봐도 그렇다. 불경기를 맞아 도산을 하고 가정해체라는 비극을 겪는 사람이 있는가 하면 새롭게 도전해 도산 이전보다 열 배 스무 배 더 큰 자산의 기업으로 재탄생시킨 사업가도 있다. 이혼까지 갈 뻔한 부부가 위기를 겪고나서 더 아름다운 가정을 이루는 스토리는 드라마로도 많이 봐 온 일이다. 잘된 사람은 잘된 이유가 있고, 안된 사람은 안된 이유가 있다. 성공한 작품을 쓴 사람과 실패한 작품을 쓴 사람들에게도 분명한 이유가 있을 것임은 너무도 당연하다.

몸에 열이 나면 병원을 찾는다. 의사는 진찰을 하고 나서 치유에 적당한 약을 처방해 준다. 진찰과 처방이 적합했을 때는 쉽게 병을 떨쳐버릴 수 있으나 반대의 경우에는 더 고생할 수도 있다. 슬럼프라는 병을 고치기 위해서도 적합한 처방과 약이 필요하다.

나도 그 동안 여러 가지의 방법을 택해 왔었는데 섬마을로 낚시를 다니면서는 서울에서 얻을 수 없었던 많은 소재를 얻을 수 있어 고기도 낚고 소재도 낚는 이중의 소득을 얻기도 했다. 또 한때는 골프로 방향을 바꾸기도 했는데 슬럼프 탈출에는 성공 못하고 돈을 많이 쓴다고 집사람한테 눈총만 받았던 기억도 생생하다. 자신에게 가장 적합한 방법을 택하는 지혜도 필요하다.

### S#28 철수의 방

철수, 가볍게 코까지 골며 자고 있다.

사이 후, 어머니 들어온다.
여전히 자고 있는 철수.
어머니, 미워서 철수의 등짝을 후려친다.
철수, 깜짝 놀라 눈을 뜬다.

어머니 : 니는 으째 일주일째 낮잠만 자냐?
철수　 : (길게 하품을 하며) 슬럼프 땜시 그런당께요.
어머니 : 그것이 뭣인디?
철수　 : 작가한테는 누구나 그런 것이 있어라우.
어머니 : 그려서 오늘은 공부하러도 안 가냐?
철수　 : 강의는 가야제라우. 몇 시나 됐다요?
어머니 : 여섯시다 여섯시! 끝나고 돌아올 시간이여!
철수　 : (벌떡 일어나 앉으며) 오메, 내 슬럼프가 겁나게 길어부렀구만 잉!!
어머니 : 썩을 놈! 등록금이 아깝다 참말로….

　나는 학생들에게 스터디 모임을 가지라고 권한다. 내 권유가 있기 전에 이미 그런 모임을 갖고 있는 학생들도 많다. 특히 작가 초심자들에게는 남의 작품을 보는 눈은 비교적 정확하면서도 자기 작품에서는 함정에 빠지는 경우가 많기 때문에 어떤 모임을 만들고 정기적으로 혹은 비정기적으로라도 서로의 작품을 평가하고 조언을 주고받는 일은 매우 유용하다.
　뿐만 아니라 스터디 모임은 서로의 경험을 공유할 수 있기 때문에 슬럼프 탈출에도 많은 도움을 준다. 그래서 나는 스터디 모임을 적극 권장한다. 그러나 경계해야 할 일도 있다. 스터디가 '술타디'가 되어서는 안 된다.
　슬럼프를 탈출하기 위해서는 반드시 뭔가를 해야만 하되 소재도 함께 얻을 수 있는 생산적인 방법을 택하는 것도 지혜. 징크스의 탈출에도 지혜와 노력이 필요한 것이다.

# 모로 가도 서울만 가면 된다 – anti-

■■■ 구성의 일반적인 이야기는 앞장에서 이미 언급했다.

구성은 씬 1에서 시작하여 마지막 씬까지 순서대로 할 것이 아니라 도입부를 끝냈으면 곧바로 클라이맥스 부분으로 들어가자는 것도 이미 언급했고 도입부의 중요성도 기술했다.

이제 도입부를 어떻게 쓸 것인가를 좀 더 구체적으로 살펴보자. 첫인상에 해당하는 드라마의 도입부는 너무 중요하기 때문에 생각하고 또 생각해야 할 일이다.

속담에 모로 가도 서울만 가면 된다했는데 인상적인 첫출발을 위해 도입부를 anti-(反)로 열어보는 문제를 생각해보자.

영어사전에서 anti-를 찾아보니 '반대, 적대, 대항, 배척'의 뜻이라 풀이하고 있는데 이 anti-는 독립적인 단어로 쓰이기보다는 anti-American(반미-反美의) anti-body(항독소) anti-bomb(폭탄을 막는) 등, 우리식으로 표현하면 어떤 사물의 반대적인 표현으로 쓰이고 있음을 알 수 있다.

그러면 드라마에서 말하는 anti란 무엇인가?

준비된 상황과는 반대되는 상황을 말한다.

사랑하는 두 사람이 온갖 어려움을 극복하고 결혼으로 대미를 장식하는 경우를 예로 들어 보자.

이런 경우 첫 만남에서부터 사랑을 느끼게 하지 않는다. 첫 만남을 매우 불쾌(극적으로)하게 설정하는 것이다.


### S#1 OO빌딩의 지하 주차장

새 차로 보이는 소형 승용차가 들어와 주차 공간을 찾기 위해 속도를 줄인다.
이윽고, 빈 곳을 발견하고 잠깐 멈춰 선다.
이 때, 중형차 한 대가 빠르게 들어오다 영희 차를 들이 받는다.
사이 후, 앞차에서 영희가 내려선다.
뒤차에서 철수가 내려 영희 쪽으로 온다.
영희, 자기 차의 받힌 뒷부분을 보고 이내 철수를 노려본다.

철 수 : (대뜸 큰 소리로) 차를 갑자기 세우면 어떡하나?

영 희 : (잠시 기가 막혀 하다가) 지금…지금 뭐라고 했죠?

철 수 : 우리말도 몰라?

영 희 : 차를 받은 사람이 누군데 되레 큰 소리예요?

철 수 : 차를 받게 한 사람이 누군데 두 눈 똑바로 뜨는 거야?

영 희 : 우리가 구면인가요?

철 수 : 아닌 것 같은데.

영 희 : 근데 왜 반말이에요?

철 수 : 나보다 어리잖아. 몇 년생이지?

영 희 : (기가 막혀)……

철 수 : 몇 층 어느 회사에서 근무하나? 참, 이름부터…

영 희 : (말 자르며) 그건 왜 물어요?

철 수 : 손해 배상을 받아야지.

영 희 : (갑자기 버럭) 야, 이 새끼야!

철 수 : ??

영 희 : 너야말로 몇 층 어느 회사에서 근무하는 누구야?

철 수 : 와! 목소리 크네!


첫 씬은 인상적이야 한다는 점도 고려했으나 이런 만남이라면 두 사람이 사랑하게 된다는 전제이기도 하다.

이와는 전혀 반대의 상황을 생각할 수도 있다.

### S#1 OO빌딩의 지하 주차장

새 차로 보이는 소형 승용차가 들어와 주차 공간을 찾기 위해 속도를 줄인다.

이윽고, 빈 곳을 발견하고 잠깐 멈춰 선다.

이 때, 중형차 한 대가 빠르게 들어오다 영희 차를 받고 만다.

사이 후, 앞차에서 영희가 내려선다.

뒤차에서 철수가 나온다.

영희, 자기 차의 받힌 뒷부분을 보고 이내 철수를 노려보다

금방 당혹스런 표정으로 바뀐다.


철 수 : (말까지 더듬으며) 죄, 죄송합니다. 급히 처리해야 할 일이 있어 잠시 딴 생각을 하다가…

영 희 : 아니에요. 제가 너무 갑자기 차를 세우는 바람에… 저도 좀 늦었거든요.

철 수 : 수리는 해드리겠습니다만 새 차 같은데…

영 희 : 수리는 제가 해드려야죠. 원인 제공자가 저인데.

철 수 : 아닙니다. 안전거리를 안 지킨 건 접니다.

영 희 : 이 빌딩에 근무하시나요?

철 수 : 예, 7층입니다. (얼른 명함을 꺼내 준다)

영 희 : (명함을 보며) 전 9층인데… 바쁘시다면서 얼른 올라가시죠.

철 수 : 저도 명함을 받고 싶은데… 그래야 연락을 해서 수리를…

(E):이때 뒤에서 "빵, 빵" 경적소리.

영 희 : 점심 약속 있으신가요?
철 수 : 어, 없습니다.
영 희 : (얼른 차에 오르며) 전화 드릴게요.
철 수 : 기, 기다리겠습니다. (주차를 도와주기 위해) 차를 잠깐 앞으로 좀 빼시지요.
영 희 : (운전석에서 얼굴 내밀고) 혼자 할 수 있어요. 김선생님도 얼른 주차하세요.
　　　　바쁘다고 하셨잖아요?
철 수 : 그렇게 많이 바쁘지는 않습니다. 자, 자, 오라잇. 오라잇!

(E):다시 뒤에서 "빵, 빵"

철 수 : (뒤차를 향해) 서둘지 맙시다. 숙녀분이 주차하고 있잖아요?

요즘 젊은 사람들의 표현을 빌리자면 두 사람이 첫 눈에 '뿅 간' 것인데 이렇게 만난 두 사람은 헤어질 수밖에 없는 극적 갈등이 기다리고 있는 게 일반적이다. 두 사람 중에서 한 사람만이 '뿅 가는' 것으로 시작하는 경우도 마찬가지이다. 단, 이런 경우에는 두 사람이 헤어질 수밖에 없는 전조(前兆)의 상황이 곧바로 제시되어야 한다. 왜 그런 상황을 맞이할 수밖에 없는가는 다음으로 이어질 전개 부분에서 충분히 묘사될 것이기 때문이다.

그럼 왜 anti로 드라마의 문을 여는 것이 좋다는 것일까?

첫째, 드라마는 인상적인 사건을 통해 시작하자고 했는데 anti의 상황을 설정하기 위해서는 사건의 동반이 필수적이다. 사건이 없다면 anti라는 설정 자체가 불가능한 것이다. 따라서 좋은 anti는 극적 기대감을 갖게 하는 제1의 문(門)이다. 이것이 도입부를 anti로 시작하자는 가장 큰 이유이다.

둘째, 도입부에서는 긴장감과 기대감이 제시되어야 한다고 했는데 anti의 설정은 긴장감과 기대감을 제시하는 데도 매우 유리한 장치이다.

첫번째로 예를 든 장면에서는 결국에는 잘 될 텐데 과연 어떤 과정을 겪어 잘 될 것인가가 긴장감과 기대감을 유발한다. 반대로 두번째의 경우는 과연 계속해서 잘 될까가 긴장감과 기대감을 갖게 한다. 단막 드라마는 주인공의 드라마임을 여러 차례 강조한 바가 있지만, 두 주인공의 첫 만남에서 anti의 설정이 잘 됐다면 절반은 성공했다 생각해도 무리가 아니다.

굳이 anti로 드라마의 문을 열자는 이유는 단 하나이다. 드라마의 초반에 시청자를 붙들자는 것이다.


태풍이 지나간 후의 뉴스 중에서 배의 전복사고로 어떤 사람들이 죽었다는 보도를 접하면 우리는 안타까움을 느낀다. 뉴스에서는 그런 사건이 생겼기 때문에 보도하는 것이지만, 드라마에서는 배의 전복사고로 등장인물 중의 누군가를 희생시켜야 하는 극적 상황의 필요성 때문에 태풍이라는 상황을 설정하는 것이다.

다만 유의할 점은 anti의 설정 역시 구성상의 테크닉의 일환일 뿐이지 작품 쓰기의 목적이 되어서는 결코 안된다는 것이다.

주인공을 괴롭히는 anti 인물을 앞세우는 것도 한 방법이다.

anti 인물이라면 춘향전의 변사또를 대표적인 예로 들 수 있을 것이다. 구체적인 이야기는 '춘향이는 울어도 예뻐'의 장에서 다시 보기로 하자.

# 27 내레이션, 몽타주, 그리고 회상이 무서워

■■■■ 먼저 내레이션부터 얘기하자.

어떤 학생으로부터 단막 드라마에서는 내레이션을 쓰지 말라는 선생님의 강의가 있었다는 말을 들은 적이 있다. 난 그 학생이 "'쓸데없이'라는 전제는 미처 못 들었겠지."라고 말한 적이 있다. 내레이션 또한 엄연한 극작법의 일환인데 쓰는 것을 주저할 이유는 없다. 〈쇼생크 탈출〉이라는 영화를 보면 내레이션으로 도배를 하다시피 했지만 그 때문에 그 영화가 재미없었다거나 작품성이 떨어졌다고 말하는 사람을 본 적이 없다.

단막 드라마의 경우, 길 수밖에 없는 스토리조차도 제한된 시간 안에 반드시 다 담아야 하기 때문에 내레이션 기법이 불가피한 경우도 있다. 단, 어떤 경우에도 적재적소에 잘 써야 하는 건 너무도 당연하다.

여러분의 작품에서는 왜 굳이 내레이션 기법을 써야 했는지 이해할 수 없는 경우가 많은데 그건 내레이션의 기법이 왜 필요한지에 대한 이해가 모자라는 데서 비롯된 것이다.

내레이션은 설명문이 아니다. 설명문을 보충하는 문장은 더더욱 아니다. 설명문은 되도록 단문으로 쓰는 게 좋다고 했더니 그 한풀이를 유려한 문장력의 구사가 가능한 내레이션을 통해 하고 있는 게 아닌가 오해를 할 정도의 내레이션도 종종 보게 된다.

첫째, 내레이션도 하나의 양식인 만큼 이런 양식을 선택했다면 나름대로의 리듬을 갖고 일관성 있게 써야 한다. 이 드라마가 내레이션으로 시작했던가를 한참 잊고 있었는데 뒤늦게 그것도 어쩌다 한 번씩 불쑥 불쑥 나타나는 식의 내레이션은 좋지 않다. 꼭 필요하지도 않은데 무조건 많이 쓰라는 말은 절대로 아니다. 나름대로의 리듬을 가져야 한다는 뜻이다.

심지어는 마음의 소리를 내레이션으로 대신하는 경우도 있는데 그것은 옳지 않다. 내레이션은 나름대로의 독특한 맛이 있다. 그 맛을 살려야만 한다.

둘째, 내레이션을 쓰는 건 함축과 대담한 생략이 가능하다는 특별한 장점이 있다. 예를 들면 나이가 든 주인공의 파란만장했던 젊은 시절도 단 몇 줄의 내레이션으로 표현이 가능하다.

### S#15 마을 언덕 일각

철수, 멀리 마을을 내려다보고 있다.
적당한 간격으로 옹기종기 늘어선 집들.
철수, 담배를 꺼내 불을 붙인다.
그리고 길게 연기를 내뿜는다.

Na ; 고향을 떠난 지도 어언 25년… 철수가 살았던 삼간 초가집은 흔적도 찾아보기 어렵다. 어머니가 품팔이했던 최부자네의 기와집도 안 보인다. 배가 너무 고파 몰래 쌀을 훔쳐 먹다 혼이 났던 정미소 자리도 어디였던지 짐작하기 어렵다. 스물다섯의 나이에 장가 밑천이라고 쌀독에 숨겨두었던 어머니의 돈을 훔쳐들고 야반도주를 했던 오솔길은 저기인 듯 겨우 짐작될 뿐이다.

겨우 여섯 줄에 불과하지만 철수가 25년 전에는 얼마나 가난하게 살았고, 어떻게 고향을 떠났는지를 표현하는 데는 별로 모자람이 없다.

셋째, 심리 묘사를 보다 정확하게 표현할 수 있다는 것도 내레이션이 갖고 있는 큰 장점 중의 하나이다. 그런데 이런 경우 초심자들은 지나치게 설명적이라는 문제를 많이 노출한다.

또 화면을 통해 이미 주인공의 행위에서 어떤 사실이 충분히 표현되었는데도 내레이션을 통해 반복하여 설명하는 것도 피해야 한다.

### S#45 만두 가게 앞

영수, 진열장 앞에 바짝 서서 안을 들여다보고 있다.
방금 솥에서 나온 듯 김이 무럭무럭 나고 있는 만두가 담긴 접시를 보고 있는 것이다.
영수, 마른 침을 꿀꺽 삼킨다.

Na; 배가 몹시 고픈 영수는 만두가 너무 먹고 싶었다. 그러나 주머니에는 가진 돈이 한 푼도 없었다. 그렇게 영수는 만두 가게 진열장 앞에서 마른 침을 삼키며 한 동안을 서 있었다.

영수가 배는 고프나 돈이 없어서 그냥 구경만 하고 있다는 것은 이미 그려진 장면 묘사만으로도 충분한데 내레이션을 써서 옥상옥을 지은 격이다. 배가 고픈 영수의 모습을 강조하는 작가의 뜻을 엿볼 수도 있겠으나 대사 한 줄이라도 아껴야 하는 단막 드라마에서는 옳은 선택이 아니다.

이제 몽타주(Montage)로 넘어가 보자.

난 여러분의 원고에서 몽타주 부분에 이르면 "아, 공포의 몽타주!"라고 탄식부터 내뱉는다. 학생들은 웃지만 웃고 끝낼 일이 결코 아니다. 잘못 이해하고 잘못 쓰고 있는 경우를 너무 많이 보게 된다.

원래 몽타주는 영화 용어로 편집의 뜻을 갖고 있다. 미국 영화에서는 편집자를 editor로 표기하고 있지만 프랑스 쪽 영화를 보면 아직도 montage라고 쓰고 있다.

여러분의 작품을 보면 이 몽타주 장면이 자주 등장하는데 아예 잘못 쓰고 있는 경우와 고의적 억지성의 두 경우가 있다.

잘못 쓰는 경우란 몽타주를 편의성으로 잘못 이해해서 전혀 다른 패턴의 씬들을 몽타주라는 한 씬에 마구 섞어놓는 경우다.

예를 들어, 두 사람이 여러 가지 형태로 데이트를 하고 있는 장면들을 한 씬으로 묶으면 몽타주라고 할 수 있겠지만, 그 데이트 장면 사이에 데이트와는 전혀 관계없는 씬들을 마구 집어넣어서는 안 된다. 심지어는 사이사이에 길고 짧은 대사까지 곁들이는 경우도 보게 된다. 이 경우는 몽타주로 처리할 것이 아니라 씬을 독립시켜 묘사해야 맞다.

고의적 억지성의 경우란 씬의 수를 줄이거나 원고매수를 줄이자는 뜻으로 쓴 경우이다. 그렇게 해서 원고매수를 줄인다고 실제의 러닝 타임이 줄어들겠는가? 손바닥으로 해를 가리자는 것과 조금도 다르지 않은 어리석은 발상이다. 앞에서 잠깐 언급했듯이 사랑하는 두 사람의 데이트씬 같은 건 몽타주라는 한 씬으로 묘사해도 된다. 데이트라는 공통분모를 갖고 있기 때문이다.

몇날 며칠을 한 곳에서 수행에 전념하고 있는 스님, 고시공부를 위해 장소를 가리지 않고 책만 보는 주인공의 이 모습 저 모습, 때와 장소를 가리지 않고 술만 퍼마시는 망나니의 주정과 행패, 월급만 탔다하면 정신없이 쇼핑을 하는 철없는 막내딸의 못 말리는 행태 등은 몽타주라는 한 씬으로 묘사해도 전혀 상관이 없다. 몽타주 화면이 흐를 때는 그 화면에 걸맞은 배경음악을 깔아서 화면 효과를 배가시키는 게 일반적인데, 나름대로 하나의 테마를 갖는 선율이 흐른다는 점에 유의하기 바란다.

이미 시청자가 봤던 씬들을 다시 하나로 묶어 보이는 몽타주도 학생들의 작품에서 흔히 볼 수 있다. 지금은 헤어진 사람과의 아름다웠던 추억을 회상하는 씬 등이 대표적인 예인데 단막 드라마에서는 꼭 필요한 설정인지 거듭 확인할 필요가 있다. 연속극에서는 전회(全回)를 다 못 본 시청자도 있다는 것을 감안하여 작가가 의도적으로 몽타주 씬을 자주 쓰기도 하지만 단막 드라마에서는 굳이 그래야 할 필요가 많지 않다.

잘 쓰면 약이로되 잘못 쓰면 독이 되는 게 바로 몽타주이다.


마지막으로 회상에 대해 점검해 보자.

여기서 말하는 회상은 씬 중간 중간에 들어가는 회상을 말한다.

먼저, 회상 장면이 왜 필요한가부터 살펴보자.

대체로 현재 주인공이 왜(혹은 어떻게) 이런 처지에 있게 됐는가를 보여줄 필요가 있을 때이다. 그럴 경우 전후의 장면을 생략하고 꼭 필요한 부분만 골라서 보여줘도 되는 이점이 있다.

여기서 꼭 필요하다는 것은 '현재의 입장을 분명히 강조하기 위해서'라는 확실한 이유가 있다는 뜻이다. 드라마에서의 회상이란 현재와 무관해서는 전혀 의미가 없기 때문이다.

강조의 의미를 갖는 회상도 있다. 이미 시청자가 보았던 부분이지만 헤어진 그녀를 그리며 옛일을 다시 회상함으로써 그가 그녀를 얼마나 사랑했던가를 표현하는 것이 목적인데 몽타주에서도 언급했듯이 이 방법 또한 단막드라마에서는 신중하게 선택해야 한다.

특히 회상 씬을 쓸 때는 어느 시점에서 회상으로 들어갈 것이며, 얼마만큼 묘사하고, 다시 어느 시점에서 현재로 돌아올 것인지를 잘 요리하지 않으면 실패하기 쉽다. 특히 신인 작가들의 경우 몇 마디의 대사로도 충분한 표현이 가능한데 굳이 회상 씬으로 처리하는 경우가 많은데 신중한 접근이 필요하다. 현재와 과거가 극적으로 별로 차이가 없을 때는 더욱 그렇다.

### S#15 도로변

영 희 : 너 어제 밥맛이었어.

철 수 : 내가 뭘 어쨌는데?

영 희 : 우린 이 주만에 만난 거었어. 난 점심도 안 먹고 쫓아왔는데 넌 날 만나자마자 줄곧 시계만 보더니 급한 일이 생겨 미안하다면서 5분도 안돼 택시 타고 달아났잖아?

나름대로 두 사람의 상황이 다 묘사되었는데도 굳이 회상을 쓴 경우를 보자.

### S#15 도로변

영희 : 너 어제 밥맛이었어.

철수 : 내가 뭘 어쨌는데?

영희 : 가슴에 손을 얹고 생각을 해봐.

### S#16 같은 도로변(회상)

철수 : 미안해. 급한 일이 있어 그만 가봐야 해.

영희 : 무슨 급한 일?

철수 : 그런 게 좀 있어.

영희 : 우리 이 주만에 만난 거란 말야! 알어?

철수 : 그러게 미안하다 했잖냐?

영희 : 난 아직 점심도 안 먹었단 말야!

철수 : 미안하다니까. (돌아서) 어이 택시! 택시이!!

처음의 15씬에서 대사로 했던 상황과 다음의 회상씬인 16씬의 상황이 거의 차이가 없다. 불필요한 회상씬이다.

이 장의 소제목에 '무서워'라는 꼬리말을 단 이유는 내레이션, 몽타주, 회상 부분에서 남용하거나 잘못 쓰는 경우가 많아서 그런 것이다.

"약 좋다고 남용말고 약 모르고 오용말자."라는 표어가 있다. 이 부분에도 꼭 맞는 표현이다.

# 28 춘향이는 울어도 예뻐 - 주인공 2

　　여기에 붙인 소제목에서의 춘향이는 우리의 영원한 고전 〈춘향전〉
의 춘향이를 말한다. 실제의 춘향이는 소설에서와 다른 추녀였다는 설도 있
다. 그런 건 상관없다. 소설에서 나오는 아름다운 춘향이만을 생각하자.

　　〈춘향전〉에는 곳곳에서 극적 시추에이션이 나온다. 그 중에서도 춘향이가
동헌에 끌려가 변사또 앞에서 곤장을 맞는 장면은 하이라이트에 속하는 부분
이다. 춘향이는 무려 스물 다섯 대의 곤장을 맞으면서도 끝까지 수청을 거부
한다. 아홉 대의 곤장을 맞는 장면에서의 춘향이의 대사를 보자.

　　"아홉 구비 이 간장에서 나오는 눈물이 9년 홍수가 되겠구나. 구구절절 깊은 골의
긴 소나무 베어다가 청강선을 만들어 타고서 한양 안으로 급히 가서 구중궁궐에 계
신 성상님 앞에 억울한 사정을 아뢰고 아홉층 대궐 틀에 물러나와 삼청동으로 찾아
가서 우리 사랑을 반갑게 만나 간장에 맺힌 한을 깨끗이 풀었으면…"

　　9와 아홉이라는 숫자를 강조한 것은 아홉 번째 곤장을 맞으면서 하는 대사
이기 때문인데 중요한 것은 춘향이는 이렇듯 9년 홍수가 될 만한 눈물을 쏟으
면서도 흉하게 콧물 따위는 절대로 흘리지 않는다는 것이다.

춘향이는 눈물을 흘리며 울기는 하되 '예쁘게' 우는 것이다. 왜 그렇게 울어야 하는가? 주인공이어서 그렇다.

다시 〈심청전〉의 주인공 심청이를 보자.

심청이는 가난한 집 딸이다. 아주 가난한 집 딸이다. 그래서 심청이는 옷도 헐벗은 옷을 입을 수밖에 없다.

그러나 드라마나 연극, 영화에서 심청이가 실제로 입고 출연하는 옷은 정말로 거지같이 헐벗은 옷이 아니라 새 옷에 새 헝겊으로 군데군데 기워 아주 헌 옷처럼 보이게 한 옷이다.

드라마에서는 헌 옷 그 자체가 중요한 게 아니라 헌 옷처럼 보이게 하는 것이 중요하기 때문에 그걸 탓하여 리얼리티가 없다고 비난하는 사람은 없다. 더욱 눈여겨 보아야 할 점은 어쩌면 몸에 그토록 잘 맞는 옷인가 하는 것이다. 주인공이 입은 옷이기에 그렇다. 주인공은 가난해도 옷차림은 아름다워야 하는 것이다.

난데없이 춘향이와 심청이를 들고 나온 건 두 가지 이유에서이다.

하나는 단막 드라마는 주인공의 드라마라는 것이고, 다른 하나는 주인공은 매력 있게 그려야 한다는 점을 강조하기 위해서이다.

주인공을 매력 있게 그리기 위해서는 주인공의 행위가 매력이 있어야 함은 더 말할 필요조차 없다. 〈춘향전〉에서는 임 향한 일편단심이요, 〈심청전〉에서는 목숨을 던진 효심이 바로 매력 있는 행위인 것이다.


주인공을 보다 주인공답게 돋보이게 하기 위해서는 anti 인물이 반드시 필요하다.

춘향이도 변사또라는 anti 인물이 없었다면 임 향한 일편단심을 그토록 극적으로 보여주지 못했을 것이다. 춘향이의 신분을 기생의 딸로 설정한 것은 사또의 아들인 이도령과의 신분의 차이를 갈등의 축으로 삼기 위해서였겠지만, 훗날에 이르러 변사또의 수청 요구를 정당화(?)하고 강압하기 위한 극적 당위성을 염두에 둔 작가의 치밀한 계산이었던 것도 염두에 두어야 한다.

〈심청전〉의 경우는 아버지의 눈을 뜨게 하기 위해서는 공양미 삼백 섬이 필요하고 그 삼백 섬을 얻기 위해서는 인당수에 몸을 던져야 하는 상황 자체가 anti 역할을 하기 때문에 따로 anti 인물이 필요 없을 것 같으나 뺑덕어멈이 그 몫을 담당했다고도 할 수 있다.


드라마를 재미있게 끌고 가려면 주인공에게 강한 족쇄를 채워야 한다는 건 기본인데 이 족쇄 또한 anti의 다른 이름에 불과하다. 〈춘향전〉에서의 족쇄는 기생의 딸과 사또의 자제라는 신분의 차이다. 〈심청전〉에서의 족쇄는 아버지가 장님이라는 점과 가난이다.

시청자들은 주인공들이 그 족쇄를 어떻게 푸는가를 긴장 속에서 기대감을 가지고 지켜보게 된다. 따라서 그 족쇄가 강하면 강할수록 그 족쇄가 풀렸을 때 시청자가 경험하는 극적 쾌감 또한 비례해서 클 것임은 두말할 필요조차 없다. 족쇄를 통한 anti의 설정 또한 매우 중요한 극적 장치임은 물론이다.

앞장에서도 '주인공에 의한, 주인공을 위한, 주인공의 드라마'를 강조한 바 있으나 주인공을 보다 주인공답게 할 수 있는 극적 장치를 제대로 마련해야 한다는 것은 백번을 강조해도 모자라지 않다. 드라마를 즐겨보는 시청자 중에는 주인공을 통해 대리만족을 얻는 사람들이 많기 때문에 더욱 그렇다. 아무리 자유롭고 여유있는 현대인이라 해도 자신이 경험할 수 있는 현실에는 한계가 있게 마련이다. 그 다양한 현실을 드라마를 통해, 그 드라마를 끌고 가는 주인공을 통해 대리 경험하고 대리 만족을 얻을 수 있는 것이다.

대체로 사람들은 자기가 남들보다 훨씬 힘든 현실에 처해 있다고 생각한다. 그런 시청자들에게 대리만족을 느끼게 하기 위해서는 주인공에게 힘난한 악조건을 부여해야 한다. 그런 악조건과 투쟁하는 주인공의 모습에서 시청자는 용기와 위로를 함께 받는다. 시청자가 드라마를 즐겨보는 이유의 하나다.

주인공을 괴롭혀라!

주인공을 서둘러 동정하지 말라!

어떤 어려운 상황도 극복하게 되는 라스트가 준비되어 있지 않은가? 반드시 풀어야 할 족쇄이니까 미리 헐겁게 채우라는 악마의 유혹에 현혹되지 말라.

주인공을 보다 주인공답게 하기 위해서는 '빛나는 조연' 또한 매우 매우 중요하다. 조연의 경우는 역할 분담이 필수인데, 다시 〈춘향전〉을 예로 들면 방자와 향단같은 helper와 변사또 같은 anti 인물이다.

다만 유의할 점은 조연은 조연으로서 주인공을 위한 인물로 그쳐야 한다는 점이다. 방자와 향단이의 캐릭터가 너무 재미있어 어쩔 수가 없다면 방자와 향단이를 주인공으로 한 다른 컨셉의 드라마를 쓰면 된다.


주인공에게 족쇄를 채워야 하는 건 필수이다. 그러나 그 족쇄를 푸는 과정이 극적이지 못하면 의미가 없다. 신인 작가들의 가장 큰 약점도 이 부분이라는 걸 염두에게 두고 스스로 경계하지 않으면 안 된다.

그러나 어떤 상황에서도 주인공은 멋있고 매력이 있어야 한다. 춘향이는 울어도 예쁘게 울어야 하는 이유다. 그렇다고 하여 주인공의 매력을 잘 생긴 외모나 수퍼맨적인 능력에서만 찾아서는 안 된다. 여러 차례 영화화가 된 〈노틀담의 꼽추〉의 콰지모도는 추남 중에서도 추남이다. 그러나 매력은 있었다. 집시 여인을 구하기 위한 그의 목숨 건 행위가 매력을 준 것이다.

이 장에서는 〈춘향전〉과 〈심청전〉의 예를 많이 들었는데 이 두 고전을 현대의 드라마적 관점에서 보면 아쉬운 부분도 없지는 않다. 춘향이가 정절을 꺾을 뻔한 위기설정이 없었고, 심청이가 가출의 유혹에 빠지는 위기설정도 없었다는 점이다.

필자는 〈춘향이 바람났네〉와 〈심청, 가출하다〉라는 제목으로 코믹한 드라마를 구상하고 있다. 고전의 〈춘향전〉, 〈심청전〉과는 전혀 다른 이야기가 될 것이다. 주인공의 캐릭터를 바꾸면 전혀 다른 이야기가 되는 건 당연한 일이다. 주인공이 달라지면 드라마도 달라진다. 드라마의 주체는 주인공이니까!

〈춘향전〉과 〈심청전〉을 예로 들다보니 문득 느끼는 점이 있다. 유감스럽게도 그 작가가 밝혀져 있지는 않지만 그들이 소설작법을 따로 공부하지는 않았을 것이다. 쓰고 또 쓰다보면 어느 날 문득 드라마가 보이게 된다.

# 29 More, More, 그리고 또 More - 수정

■■■■ 갑자기 포커 판을 벌이자는 것이 아니다. 여러분이 작품을 쓸 때는 당연히 최선을 다하겠지만 거기에 한 가지 더하여 'More 정신'을 가지라는 뜻이다.

More 정신이란 무엇인가? 결론부터 얘기하면 귀하의 작품을 고치고 또 고치라는 것이다.

큰 문제없이 괜찮게 됐으니 이제는 됐다고 생각하지 말고 더 좋은 길은 없는지를 돌아보고 또 돌아보아야 한다. "이 정도면 됐잖아?"라고 자신과 타협하는 것은 다른 의미에서의 Easy-Going이며 Easy-Going은 작가의 공적 1호라고 특별히 독립된 장에서 이미 언급했다.

더욱 안타까운 일은, 이 부분을 고치면 더 좋아질 거라는 확신이 들긴 드는데 그럼 다른 부분까지도 꽤 많이 다시 써야 하는 부담 때문에 그만 끝을 내고 마는 경우이다.

나는 묻고 싶다.

"자기, 또 낙선해도 괜찮아?"

지금 귀하 앞에 놓여 있는 컴퓨터만 해도 그렇다. 산 지 불과 얼마 되지도 않았는데 새로운 기능이 추가된 새 컴퓨터가 나왔다는 신문 광고가 바로 귀하 옆에 놓여 있다. 남편(혹은 아내) 다음으로 중요한 컴퓨터이니 관심을 갖고 안 볼 수가 없다.

바꿀까 말까? 혹은 바꿔야 하나 말아야 하나를 고민하게 만든다. 이만한 기능이면 충분할 것 같은데도 새 기능을 추가한 컴퓨터를 지속적으로 내놓는 이유는 치열한 컴퓨터 판매 시장에서 살아남기 위해 끝없는 연구를 거듭하기 때문이다.

귀하도 당선 혹은 방송이라는 열매를 얻기 위해서는 그런 노력을 아끼지 말아야 한다. 그러기 위해서는 More 정신을 가져야만 한다.

최소한 세 번은 고쳐써야 한다고 했는데 그걸 최소한의 수정으로, 원고 매수의 정리쯤으로 생각해서는 당선의 영광과 만나기 참으로 어렵다.

솔직한 고백이거니와 본인도 200자 원고지에 만년필이나 볼펜으로 작품을 쓸 때만 해도 귀찮아서 그냥 넘어간 적도 있었다. 하지만 그때는 판잣집도 비만 안 새면 내 집이라 좋아할 때였고 반드시 통과해야만 하는 당선이라는 관문이 없었을 때다. 게다가 여러분 앞에는 부분 삭제, 따오기, 옮기기가 자유로운 컴퓨터가 있지 않은가 말이다.

원고를 고치다 보면 어떤 때는 라스트를 바꿔야 하는 경우까지도 생길 수 있다. 바꿔야 한다. 남편이나 아내를 바꾸는 일도 아닌데 주저할 이유가 없다.

"아 그러면 너무 많이 고쳐야 하는데!"

그게 뭐가 문제인가? 당선이 안되거나 제작될 작품으로 선정되지 않으면 파지가 되고 말 원고인데.

귀하는 녹화 날짜를 결정해 놓은 상태에서 원고를 쓰고 있는 기성 작가도 아니지 않은가 말이다.

귀하는 원고마감에 쫓기는 기성작가가 아니라는 점에서 제안한다.

재고를 할 때 원고를 화면에 흘리면서 하지 말고 아예 처음부터 다시 치라는 것이다. (당연히 본 원고는 디스켓에 옮겨서 따로 보관해야 한다.) 물론 이 때 프린트된 원고를 보면서 살릴 것은 살린다.

그런 작업을 해보면 알겠지만 읽었을 때는 좋았던 장면이고 대사였는데 다시 치다보면 고쳐지는 부분이 반드시 생기게 된다. 왜 그렇게 되는지 정확한 이유는 모르겠다. 그러나 그렇게 된다. 내가 해보니 그랬다.

삼고(결정고)에 들어가서도 같은 방법을 되풀이해야 한다. 어찌 생각하면 대단히 번거롭고 귀찮은 일이지만 당선이나 방송의 결과를 생각한다면 이같은 수고로움은 '새 발의 피'일 뿐이다.

앞서 라스트를 바꾸는 일도 생길 수 있다고 했지만 도입부도 전개부도 마찬가지다.

실제로 필자가 〈수사반장〉을 쓸 때는 구성을 통째로 바꾸어 좋은 결과를 본 적이 많다. 대체로 〈수사반장〉의 컨셉에서는 범인이 사건을 저지르는 장면을 먼저 보여주고 수사반이 개입하는 오프닝으로 시작하는 것과, 이미 벌어져 있는 사건 현장에 수사관이 개입하여 수사를 시작하는 오프닝이 일반적이다.

이런 경우 오프닝을 통째로 바꾼다는 건 큰 작업에 속한다. 하지만 그렇게 해서 작품적으로 손해를 본 적은 단 한 번도 없다. 만년필로 쓸 때이니 피로를 강요한 손가락에 조금 미안했을 뿐이다.

재고나 삼고의 과정에서도 More라는 관점에서 바꿀 이유가 발견되면 주저 말고 바꿔야만 한다. 귀하에게는 '시간이 금'이 아니라 '당선이나 방송되는 것이 금'이라는 사실을 명심하고 자신에게 가혹해야 한다. 피부가 거칠어지고 체중이 줄어드는 고통을 감수해야만 한다.

어느 선생이 당일 발표할 학생의 작품을 보기 전에 그 학생의 윤기가 흐르는 얼굴을 보고 "오늘 작품 별로 안 좋겠다."라고 예단했다고 한다.

학생   : (항의하듯) 왜요 선생님? 아직 읽어보시지도 않구선…
선생님 : 난 학생의 얼굴색만 보고도 알아.

그러나 나름대로 열심히 썼다고 생각한 학생은 선생님이 원고를 읽고 나서는 "어머, 미안… 참 잘 썼다."라는 사과와 칭찬을 함께 해주는 극적 반전을 기대했다. 유감스럽게도 그 기대는 말 그대로 기대로 끝나고 말았다 한다.

재고와 삼고 과정에서 아주 주의할 점이 있다. 초고에서 분명히 깔아두었던 복선을 수정 과정에서 놓치는 경우이다. 작가 자신은 훤히 알고 있는 일이었지만 처음 읽는 사람은 결정고만을 대한다는 사실을 깜빡 잊은 소치이다.

이러한 일련의 작업이 정말로 귀찮고 힘들거든 상금 천만 원을 받았을 때 A4용지 한 장에 얼마인가를 계산해보라. 열 번, 아니 백 번을 고쳐도 된다는 사실을 발견하게 될 것이다. 당선이 안 되면 폐지가 된다는 사실도 거듭 상기해야 하지만.

이제 씬 디스크립션(Scene Description)에 대해 언급하고 이 장을 마치겠다.

씬 디스크립션이란 매 씬마다 그 내용이 무엇인지를 한 줄 혹은 두 줄로 요약한 표를 말한다.

대체로 두 장 내지는 석 장이 되는데 이것을 한눈에 보이게 이어놓고 보면 극의 전체적인 흐름을 매우 짧은 시간에 알아볼 수 있다.

등장인물을 써야 하기 때문에 주인공을 놓치지 않았는지도 알 수가 있고, 장소도 써야 하기 때문에 어느 한 장소에 집중되어 있는지도 파악할 수 있다. 이 씬 디스크립션은 응모 때 제출하는 것도 아니고 남에게 보일 것도 아니다.

순전히 자신을 위해 쓰는 것이다. 그러나 성실하게 작성해야 한다.

씬 디스크립션은 재고나 삼고를 할 때 일일이 원고를 처음부터 다 읽어보지 않고도 필요한 장면이 어디 있는지를 쉽게 찾아볼 수 있는 인덱스 역할도 해서 매우 유용하다.

그러나 가장 중요한 것은 씬 디스크립션을 함으로서 그 씬의 존재 이유를 확인할 수 있다는 점이다. 대사 한 줄, 장면 묘사 한 줄도 아껴야 하는 단막 드라마에서 존재의 이유가 불분명한 씬이 들어간다는 건 치명적이다.

해보면 알겠지만 씬 내용이 한 줄이나 두 줄로 명확하게 표현되지 않는 경우에는 그 씬 자체에 문제가 있다는 것을 시사한다. 다시 말해 애매하게 묘사되는 씬은 씬 자체가 애매했다는 뜻이다. 그런 씬은 당연히 검토 대상이 되어야 한다.

주인공을 한동안 놓치고 있는지, 씬들이 아파트의 이 방 저 방으로 한정되어 몰려 있지 않은지, 밤 씬이 지나치게 많지 않은지 등을 일목요연하게 검토할 수 있게 하는 것도 씬 디스크립션이다.

따라서 이 씬 디스크립션은 맨 나중에 숙제하듯 할 것이 아니라 한 씬이 끝날 때마다 바로 바로 작성하는 것이 좋다. 순전히 자신을 위한 것이기 때문에 특정한 형식에 구애될 필요는 없다.

참고가 될 만한 가장 기본적인 틀을 학생들 작품 중에서 뽑아 보도록 하자.

(표 참조)


포커판에서 "More! More!"를 남용하다 크게 돈을 잃는 사람은 있다.

그러나 작품을 쓰면서 "More! More!"를 외쳐 손해본 사람은 없다.

## Scene Descripton

| S# | scene places | D/N | description | memo |
|----|-------------|-----|-------------|------|
| 1 | 공항안 | | 미애 영석을 배웅하고 있다.<br>가지 말라고 하지만 떠나는 영석. | 도입 |
| 2 | 활주로 | | 비행기가 떠나고 있다. | |
| 3 | 공항안 | | 미애 허탈하게 떠난 영석을<br>생각하며 서있다. | 발단 |
| 4 | 집앞 | | 미애 빨래 널고, 물놀이하는 사랑이. | 자막<br>5년후 |
| 5 | 집안 | | 사랑이는 책을 읽고, 친모가 미애에게<br>앞집 총각의사와 잘 해보라고 말하면,<br>미애 유부녀라며 방으로 들어간다. | |
| 6 | 집앞 | | 미애 사랑이와 나오면, 민수 인사하고.<br>미애 병원에서 봤다 말하고,<br>사랑과 함께 태워주겠다 한다. | |
| 7 | 차안 | | 민수가 근무하는 감염내과로<br>호스피스 해달라 말하고, 사랑이 내려준다. | |
| 8 | 어린이집 앞 | | 민수의 권유로 앞좌석에 타게 된다. | |
| 9 | 차안 | | 민수가 자신에게 오라 하고,<br>미애는 아직도 남편을 사랑한다고 말한다. | |
| 10 | 병실안 | | 민수 미애에게 전화걸어 내과환자도<br>받아달라 말하고, 미애 가기로 한다. | |
| 11 | 병실밖 | | 민수의 소개로 간 병실에 남편 최영석의<br>이름이 보여 놀라는 미애. | 전개 |
| 12 | 병실안 | | 영석의 수첩을 보고 확인한 미애.<br>내진온 의사들에게 영석의 병을 묻는 환자1. | |
| 13 | 병실밖 | | 미애 나가는 민수에게 영석의 병명을 묻고,<br>에이즈라는 사실 알게 되고, 영석을 보게 된다. | |
| 14 | 병원쉼터 | | 미애와 영석 대화를 한다. | |
| 15 | 병실안 | 밤 | 식사시간 간병인 없는 영석을 먹여주는 미애.<br>하지만, 환자1이 영석을 의심하자<br>영석, 나가버리고… | |

| S# | scene places | D/N | description | memo |
|---|---|---|---|---|
| 16 | 병실밖 | 밤 | 민수 마침 나오는 미애를 데리고 식사하러 가자 하는데, 미애 걱정의 눈으로 영석이 간곳을 보고… | |
| 17 | 식당안 | 밤 | 민수와 미애를 식당아주머니가 애인사이로 보고… | |
| 18 | 계단 | 밤 | 민수 미애에게 영석을 잊으라고 말한다. 우연히 듣는 영석. | |
| 19 | 병실안 | 밤 | 미애 환자1이 다른 병실로 옮겨버린 일을 영석에게 듣고, 영석을 간병하기로 한다. | |
| 20 | 시부모의 집앞 | | 큰집 앞에서 문전박대 당하려다 영석을 찾았다고 하자 문이 열리고, 문을 바라보다 들어가는 미애. | |

# 30 작은 고추가 매운 것이여 – 디테일

TBC(동양방송) 시절 시추에이션 드라마 〈부부〉를 쓸 때의 이야기다. 김세윤 씨와 김창숙 씨가 부부로 나왔고 원로 영화배우 황정순 씨가 할머니 역을 맡았는데, 토요일 8시에 방송되었고 당시 인기 드라마에 속했다.

식구들이 식사를 마치고 자리에서 일어나자 할머니가 방바닥에 떨어진 밥풀 하나를 주워 먹는 장면이 있었다.

손자    : (얼굴 찡그리며) 할머니, 더러워!
할머니 : 음식을 버리면 죄받는 것이다.

방송이 나가고 나서 뜻밖에 많은 사람들로부터 전화를 받았다. 그 장면이 우리 모두가 가난했던 옛날을 새삼 생각하게 해주었다는 것이다. 요즘 애들은 밥 귀한 줄 너무 모른다고 분개하는 사람도 있었다.

나의 의도는 밥풀 한 톨도 그냥 못 버리는 할머니의 성격을 표현한 것뿐이었는데 기대 이상의 극적 효과를 얻은 것이다.

실제로 우리 어머니가 그랬다. 가난했던 시절이라 흘릴 밥알도 없었고, 어쩌다 흘린 밥알도 어머니보다 먼저 내가 주워먹었지만 내가 일어서버린 후에는 어머니가 반드시 주워 드셨다. 더러워진 방바닥을 걸레질 하시면서.

신혼부부의 이야기를 다룬 작품의 예를 하나 더 들어보자. 대체로 신혼부부들이 다 그렇듯이 아내는 남편의 귀가를 초조하게 기다린다.

### S#1 집 거실

아내, 차 탁자의 유리를 닦고 또 닦으며 벽시계를 본다.
7시 20분을 가리키고 있다.

아 내 : (계속 닦으며) 올 시간이 다 됐는데…

이내 벌떡 일어나 마른 걸레를 집어 들고 TV 수상기를 훔친다.
다시 시계를 보고는 자기가 앉았던 소파를 훔친다.

(E)〈딩동 벨소리〉

아 내 : (확 밝아지며 큰소리로) 자기야?
남 편 : (E) 어, 나야.

아내, 마른 걸레 팽개치고 현관을 향하다 말고 주춤 선다.
그리고 되돌아서 거울 앞으로 가 더 보탤 것도 없는
얼굴의 화장을 점검한다.

(E)〈다시 울리는 벨소리〉

아 내 : (얼른 돌아서며) 알았어!

그 다음은 굳이 묘사할 필요가 없겠다. 뻔하니까. 중요한 건 그렇게 시계를 거듭 보며 초조하게 기다리던 남편이었는데 막상 집에 도착해 벨을 눌렀을 때는 곧바로 문을 열지 않고 거울 앞으로 뛰어가 더 보탤 것도 없는 화장을 확인하는 아내의 모습이다. 남편에게 조금이라도 더 예쁘게 보이고 싶은 아내의 심리를 '디테일'하게 표현한 나의 계산된 묘사였다.

다음 날 아침, 남편이 출근하는 장면에서도 디테일에 유념했다. 그렇고 그런 절차를 마치고 늦었다며 출근길을 서둘던 남편이 다시 돌아서 벽에 걸려 있는 자신들의 웨딩 사진틀을 바로 해놓고 나간다. 사진틀이 바로 걸려 있었는데도 말이다. 자신들의 결혼이 얼마나 행복한가를 보여주는 역시 디테일이다.

이런 디테일은 때로 재미있는 복선이 되기도 한다. 그렇게 사랑했던 신혼부부의 10년 후의 장면으로 가보자.

## S#56 집 거실(밤)

아내, 소파에 길게 누워 TV의 드라마를 보다가 힐끔 벽시계를 본다.
10시 20분을 가리키고 있다.

아 내 : 이 인간은 오늘도…

하품을 길게 하고 게으르게 일어나 탁자 위에 있는 컵을 들어 물을 한 모금 마신 후 다시 길게 눕는다.
TV 화면에서는 젊은 연인들의 데이트 장면이 감미로운 배경음악과 함께 흐르고 있다.

아 내 : "좋을 때다…"

다시 일어나 물 한 모금 마시는데~

(E)⟨딩동 벨소리⟩

아 내 : (큰 소리로) 누구예요?

남 편 : (E) 나야.

아 내 : (다시 길게 누우며 신경질 잔뜩 담은) 문 안 잠갔어!

이런 경우에는 남편이 만취해 들어와 부부싸움으로 이어지는 것이 보통이다. 그러나 다음 날, 남편이 출근할 때 멀쩡하게 걸려 있는 결혼사진을 떼어 오디오 위에 올려놓고 출근하는 장면을 그리는 것은 사진을 바로 해 놓고 출근했던 과거와 대비되어 오히려 재미가 있을 수 있다. 이때는 사진을 바로 놓는 것이 아니라 엎어놔야 하고 "탕!" 소리가 나게 놓아야 한다.

이런 디테일의 묘사는 시청자의 공감을 얻는데도 큰 역할을 한다.

"그래, 우리도 신혼 때는 저랬지."

"우리하고 똑 같구만."

"살다보면 저렇게 되는 게 인생이지." 등등.

디테일은 그 자체만으로도 나름대로의 역할이 있지만 무엇보다도 등장인물의 성격을 확실하게 하는데 결정적인 역할을 한다는 게 더욱 중요하다.

내가 처음 홍콩에 갔을 때(25년 전이기는 하지만) 가게에서 물건을 사다 불쾌한 경험을 한 적이 있다. 가게 주인(중국인)이 내가 준 돈을 전등불 밑으로 가져가 위조지폐가 아닌지를 세심하게 살펴보는 것이었다. 훗날 내가 드라마를 쓰면서 가게 주인에게 의심 많고 꼼꼼한 성격을 부여하고 같은 행위를 하는 장면을 설정해 보상은 받았지만 불쾌했던 당시의 기억만은 아직까지도 생생하다.

비록 부자이지만 길에 떨어진 못 하나를 소중하게 주워가는 장면을 묘사하는 것도 그 인물의 성격을 표현하는 디테일이다. 미장원에 들른 주부가 유별나게 까탈을 부리더니 남편 아닌 남자 동창생을 만나는 장면으로 이어진다면 유별난 까탈이 디테일이 된다. 잠든 아내를 깨우지 않기 위해 소리 나지 않게 문을 열고 발소리를 죽이는 남편의 행위도 지극한 사랑을 보여주는 디테일이다. 바로 전날밤에 부부싸움을 대판 했는데 아내가 출근하는 남편을 불러 세워 놓고 이미 반듯이 매어있는 넥타이를 고쳐 매주는 건 백마디가 필요 없는 화해의 행위이다. 디테일의 위력이다.

디테일은 대사에서도 중요하다.

아 내 : 왜 밥 안 먹어? 아침은 잘 먹어야 한다고 어제 테레비에서도 그랬잖아?
남 편 : 1시에 친구 결혼식 있어.

경제적으로 매우 알뜰한 남편의 성격이 드러나 있다.

다음은 바로 며칠 전에 부도를 낸 철수(주인공)가 불가피하게 친구에게 점심을 대접하는 장면이다.

친구    : (메뉴 판을 보고 웃으며) 좀 비싼 거 먹어도 되지?
철수    : 물론, 먹고 싶은 거 시켜. 이 집 음식 괜찮아.
친구    : (웨이터에게) 스테이크! 미디움으로!
웨이터: 손님은…?
철수    : 난 후라이 한 개만… 바짝 익혀서.
친구    : 아니 왜?
철수    : 사실은 중요한 손님과 선약이 있어서 방금 전에 점심을 먹었어.
친구    : 그럼 나중에 만나자고 하지.
철 수 : 너도 바쁘고 나도 바쁜데… (웨이터에게 가보라는 손짓)

친 구 : 다음 날 만날 걸…

철 수 : (애써 웃어 보이며) 다음에도 또 만나야지.

친 구 : 다음엔 내가 산다.

철 수 : 〈E〉(테이블 밑으로 두 손을 초조하게 비비며) 주스라도 한 잔 시키면 오버
　　　　되는데…

　스테이크 집에서 계란 프라이를 시키는 대사나 주스라도 더 시킬까봐 두 손을 초조하게 비비며 마음의 소리를 하게 한 것 또한 대사를 통한 디테일이다.

　오래 전 본인이 대학을 다닐 때의 일인데, 당시 일제 트랜지스터 라디오는 누구나 갖고 싶어 하는 '경이적(?)인 물건 중 하나였다. 어디든 들고 다니며 방송을 들을 수 있다는 편리함 때문이다. 아주 작은 컴퓨터의 칩도 그의 기능은 참으로 엄청나다. 드라마에서의 디테일도 작지만 그 역할은 실로 크다.

　아름다움이란 비와 같아서 모자라면 가뭄이 되지만 넘치면 홍수가 된다. 디테일은 보는 재미와 공감을 배가시키고 등장인물의 성격을 보다 정확하게 하는 기교적 표현의 한 수단이지 스토리 그 자체는 아니기 때문에 남용해서는 안 된다. 고추는 작지만 음식을 맛있게 하는데 실로 큰 역할을 한다. 그러나 많이 먹으면 눈물을 요구하거나 배탈을 일으키게까지 하지 않는가?

# 31 마포 사는 황 부자는 자린고비래

■■■■ 이 장에서는 이미 언급했거나 기술한 부분들이 반복되더라도 양해하기 바란다. 끝맺음에 앞서 다시 한 번 강조하고 싶은 부분이기 때문이다. 단막 드라마에서는 씬 한 장면, 대사 한 마디, 설명문 한 줄도 최대한으로 아끼지 않으면 안된다.

본인은 방송작가가 되기 전에 시나리오 작가를 겸한 조감독 생활을 6년 했는데 많은 작품들 가운데서 기억에 남는 것으로 〈마포 사는 황 부자〉라는 작품이 있다. 라디오 드라마로 방송되었던 작품을 영화화한 것인데 본인이 조감독을 했고, 최종 윤색도 해서인지 감회마저 새롭다. 요약하면 대강 이런 내용이다.

마포에 사는 황 부자는 엄청난 땅 부자다. 황금 싸라기인 시장 일대도 그의 땅이다. 그런데 지독한 구두쇠다. "욕 안 먹고 부자된 놈 있으면 나와 보라고 해!"는 그가 입에 달고 사는 말이다.

그가 매일같이 하는 중요한 일은 자기 땅에서 장사하는 사람들로부터 자릿세를 받는 일이다. 가난한 노점상도 자릿세는 꼭 내야만 한다. 장사가 안돼 자릿셀 못 내면 배추 한 포기, 무 한 개라도 들고 가는 지독한 노인네다.

그러나 돈 쓰기에 인색하기로는 전국 1등이다. 밥상에 오른 반찬은 가지 수까지 참견한다. 그렇듯 노랭이였던 그가 마지막에는 딸과 사위의 청을 들어줘 야학교를 세우기 위한 거금을 내놓는다.

황 부자역을 맡은 명배우 김승호 씨의 연기와 어울려 꽤 많은 관객을 모았던 작품이다. 굳이 이 해묵은 영화 이야기를 꺼낸 이유는 작가의 글쓰기가 황 부자의 무자비한 욕심과 지독한 인색을 닮아야 하기 때문이다.

두 마리의 토끼를 쫓아야 한다는 건 참으로 어려운 일이다. 꿩도 놓치고 매도 놓치는 어리석은 결과를 초래할 우려마저 다분히 있다. 그래도 해야만 한다. 그렇게 하지 않으면 당선 통지를 받을 기회와 결코 만날 수가 없다.

나는 강의 중에 되도록 원고의 매수를 지킬 것을 강조한다. 사랑하는 것을 버릴 줄 아는 작가가 되기를 바라기 때문이다.

매수를 줄이라고 하니까 아예 활자 포인트를 10포인트로 줄이거나 띄어쓰기를 무시하고 촘촘히 써 놓고 "선생님, 나 예뻐?" 하기도 한다. 손바닥으로 하늘을 가리는 격이요, 고장 난 저울 위에 서서 몸무게를 줄였다고 흔희작약(欣喜雀躍)하는 꼴이다.

또 어느 학생은 당선작의 경우를 예로 들면서 "선생님은 나만 미워 해!" 하기도 한다. 실제로 당선작의 경우 매수가 넘치는 작품도 더러 있다. 그러나 그런 작품은 제작시에 수정을 감수하더라도 소재나 기교면에서 새롭기 때문에 뽑힌 경우이다.

"그러니까 내 작품도 괜찮잖아요? 우리 선생님은 학생들 괴롭히는 게 취미신가 봐!"

분명히 말하거니와 나한테 그런 취미는 손톱만치도 없다. 배우는 과정에서 냉정하게 정리하는 습관을 기르고 훈련을 하라는 뜻이 있을 뿐이다.

　다이아몬드 원석으로 반지를 만들려면 가공의 과정을 거쳐야만 하고 그 과정에서 상당 부분이 아깝게 잘려 나간다. 그렇다 하여 가공을 멈추지 않는다. 다이아몬드는 원석도 비싸지만 반지로 가공되면 원석보다 수십 배의 돈을 더 받기에 그런 것이다.

　다이아몬드는 원석만으로도 상당한 돈을 받을 수 있으나 여러분 작품의 경우에 원석의 상태로는 단 한 푼도 받을 수 없다. 깎고 다듬어서 황홀한 빛을 뿜내는 반지로 완성되어야만 한다.


　귀하가 진정으로 당선작가가 되고 싶다면 잘못된 부분만 고친다는 생각은 절대로 버려야만 한다. 그리고 이건 초고를 쓸 때의 경우이고 재고나 결정고로 갈 때는 작가 나름대로의 완벽을 기하기 위해서인 것이다.

　앞 장에서 이미 언급한 "More! More!"의 정신을 발휘해야만 한다. 버리기와 다시 쓰기를 반복해야 한다는 뜻이다. 아픈 만큼 성숙해지는 것이고 고통의 순간은 짧고 당선의 기쁨은 길기 때문에 충분히 가치 있는 작업이다.

　한 군데를 손보니까 전체가 무너졌다면 이미 절반은 성공한 셈이다. 작품의 구조가 튼튼했었다는 뜻이다. 그러나 절반의 성공으로 만족할 수는 없다. 100%의 성공을 위해서는 다시 짓고 다시 허물고 또 다시 짓는 고통을 감내해야만 한다.

　무자비한 욕심과 지독한 인색으로 일관했던 황 부자가 라스트에서는 거금을 쾌척함으로써 관객들에게 감동을 주었듯이 여러분의 무자비와 욕심은 라스트에서 당선의 감동으로 이어질 것이다.

　씬 아끼기를 황 부자 돈 아끼듯 하라.

그러기 위해서는 아낄만한 가치가 있는 씬으로 만들지 않으면 안 된다.

놓쳐서는 안 되는 씬은 절대로 놓쳐서는 안 된다.

버려야 할 씬은 절대로 버려야만 한다.

그 씬의 설명문이나 대사도 마찬가지다.

그렇게 하기 위해서는 수없이 고쳐 쓰기를 반복해야 한다.


황 부자가 그런 자린고비가 된 데는 이유가 있었다. 지독하게 가난하여 지독한 가난의 설움을 겪으며 살아 온 어린 시절이 있었기 때문이다. 그의 부가 그냥 이뤄진 것은 물론 아니다. 자린고비 노릇만으로는 결코 부자가 될 수 없었을 것이다. 돈이 되는 일이라면 무엇이든 했고 밤낮을 가리지 않았음도 물론이다. 어떻게 그런 부자가 고통 없이 탄생됐겠는가?

줄이고 줄이다 보니 아예 반으로 줄어버렸다고 울상을 짓는 학생도 있었다. 최대한으로 줄이고 줄여야 하는 건 꼭 필요한 씬이나 시퀀스에 보다 많은 극적 상황을 주기 위해서다. 기존의 원고가 반으로 줄었으면 이 또한 절반은 성공한 셈이다. 활자 포인트를 줄이지 않고도 보완의 여유가 생겼으니 그렇다.

뼈를 깎는 고통 없이 당선된 작가는 없다. 드물기는 하지만 어쩌다 그런 고통 없이 당선의 기회를 갖게 된 사람도 있기는 있다. 그러나 그런 사람들에게는 공통점이 있다. 당선작이 바로 은퇴작이 되는 것이다. 그런 작가들은 뜻밖으로 많다. 그런 작가들은 친구들 만나기가 겁나고 친척들 만나기도 겁난다고 한다. 다음 작품이 왜 안 나오냐고 묻는데 준비 중이라고 말한 지도 벌써 1년이 훨씬 지났기 때문이다.

당선작이 은퇴작이 되어도 좋으니 꼭 당선 한 번 되고 싶다는 학생도 있다. 나는 그런 학생을 절대로 사랑(?)할 수 없다. 태산이 높다 하되 하늘 아래 뫼

이로다. 오르고 또 오르면 못 오를 리 없다 했다. 당선의 산이 높은 건 사실이되 여러분이 못 오를 산은 결코 아니다. 최선에 최선을 다하고 당선 통보를 기다려야 한다.

### S#60 방송국 작가실

나, 꼼꼼히 메모를 하며 학생의 원고를 읽고 있다.
사이 후,

(E) : 〈울리는 전화 벨〉

나    : (전화 받는다) 어, 영희(혹은 철수)구나.
학생 : 〈E〉(흥분된 큰 소리) 선생님 저, 당선 먹었어요!
나    : 그럼 난 점심을 얻어먹어야지. 언제 살래?

그리고 활짝 웃는 나의 얼굴에서 Stop-Motion되며~ 〈끝〉

상상만 해도 유쾌하다. 그러나 결코 상상만으로 끝나지 않을 것임을 나는 믿고 있다

## 32 옛날이나 지금이나 똑같습니다 - 역사극

역사 드라마(대체로 시대극이라고 한다)가 나이 지긋한 남자 작가들의 전유물이던 시대는 지났다. 이제는 남녀 불문 나이 불문으로 누구나 쓰는 시대이고, 당선작품 중에서도 시대극을 보는 경우가 드물지 않은 요즘이다. 바람직한 현상이다.

시대극이 오늘에도 필요한 이유는 역사는 되풀이되기 때문이다. 역사서에 '거울 감(鑑)' 자(예-자치통감)를 붙이는 이유도 역사를 통해 오늘을 되돌아보라는 뜻이다.

"역사를 통해 배울 것이 없으면 버릴 것을 배워라."라는 말이 있다.

"역사를 연구하면 우리 자신의 사회를 비로소 이해할 수 있게 되고, 이 사회가 얼마나 거짓스러운 모습을 하고 있는지를 깨닫게 된다."고 디트리히트 슈바이처는 말하고 있다. 따라서 시대물도 '오늘'이라는 관점에서 주제와 소재를 찾아야 한다.

또한, 시대극도 오늘과 연관해서 재조명할 수 있는 소재가 바람직하다. 다시 말해서 그 시대의 그 이야기가 오늘에 어떤 메시지를 줄 수 있는가를 반드시 생각하라는 것이다.

시대극에는 궁중 드라마와 역사적 인물의 행적을 그리는 인물사극과 야사 드라마 및 그 시대의 사람들 이야기를 창작한 민간 드라마 등이 있다.

먼저 정통사극이라 할 수 있는 궁중 드라마와 인물사극부터 풀어보자.

대체로 기록이 있으니 사실(史實)과 사실(事實)에 충실해야 한다는 건 기본이다. 그러나 드라마는 역사 교과서가 아니기 때문에 드라마를 위해서는 허구가 첨가되어야 하는 건 불문가지다. 그렇다고 하여 사실의 왜곡까지도 괜찮다는 건 절대로 아니다. 기록과 기록 사이에 비어있는 행간(行間)을 통해 작가의 자유로운 상상력을 발휘하면 되는 것이다.

특히 역사의 기록은 승자(勝者)의 기록이라는 점 또한 유념해야 한다.

예를 들어 백제의 의자왕에 대한 기록이나 정사(正史)라고 하는 〈조선왕조실록〉 중의 〈연산군일기〉와 〈광해군일기〉가 그렇다. 실록은 해당 임금이 죽은 다음에 쓰여지는 것이기 때문에 반정(反正)의 명분을 살리기 위해 연산군과 광해군의 악행이나 비리를 과장, 왜곡한 부분이 반드시 있을 것이다. 의자왕 또한 신라 시대에 기록되었기 때문에 그렇다.

역사 드라마를 가장 많이 쓴 신봉승 씨는 이런 관점에서 역사와 인물을 새롭게 조명해 사학계에 작지않은 파문을 일으키기도 했다. 특히 간신의 상징으로 알려졌던 한명회나 폭군으로만 묘사되던 세조를 새롭게 해석한 점 등은 역사 드라마를 쓰려는 후배 작가들이 반드시 배워야 하고 생각해야 할 점이다.

단막 드라마의 경우에는 역사적인 사실 중에서도 극히 일부만 수용될 수밖에 없기 때문에 특히 신경을 써야 한다. 그런 부분을 해결하기 위해 내레이션 기법을 사용하는 것도 하나의 방법이 될 수 있다.

인물사극의 경우에는 정사의 기록과 문중(門中)의 기록이 상충돼 자칫 문중의 항의를 받기도 한다. 많은 선배 작가들이 그랬고 나도 예외는 아니었는데 작가의 소신에 따르면 된다.

　작가의 창작력을 최대로 발휘할 수 있고 극적 장치도 자유로운 민간 드라마의 경우에도 작가가 유념해야 할 부분은 있다. 도대체 어느 시기의 드라마인지를 분명하게 해야 한다는 점이다. 그냥 조선 시대라고만 하는데 조선왕조는 500년에 걸쳐 이어졌고, 그 사이에는 임금만 바뀐 게 아니라 관제(官制)도 달라졌고 사람들의 삶도 한결 같지가 않았다.

　댕기머리에 핫바지만 입었다 하여 시대극이 되는 게 아니다. 그 시대가 민초들의 삶도 바꿔놓았기 때문에 조선 시대라도 어느 시대인지는 분명하게 밝혀야만 한다.

　시대극에서도 현대물에서와 같이 어떤 소재를 선택하든 상관없다. 단 단막 드라마로서 제작이 가능한 알맞은 소재를 선택하고 극의 규모도 단막 드라마에 알맞게 정하는 것이 요령이다.

　작가의 역사적 상식만 화려하게 과시한 반면 정작 극적 상황은 초라하기 짝이없는 작품도 있다. 역사학을 전공했거나 나름대로 역사에 관한 책을 많이 읽었다는 학생들이 그러는 경우가 많다. 식자우환이라 해야 할지… 절대로 그래서는 안 된다. 드라마는 교과서도 상식사전도 아닌 것이다.

　시대극을 쓰는 데 가장 중요한 것은 작가의 역사관과 역사의식이다.

　지금 이 시대에서 왜 그 시대의 이야기를 쓰느냐는 질문에 명쾌한 답변을 할 수 있는 작품이 바람직한 작품이다.

　실제로 현대극은 자신이 없어서 시대극을 써봤다고 지나치게 솔직하게 말하는 학생의 얼굴을 보며 오히려 내가 민망해 한 적도 있다. 유구무언이다.

안에서 새는 쪽박이 밖에서도 샌다는 속담도 있듯이 현대물을 잘 쓸 수 없는 작가가 시대물을 잘 쓸 수는 없다. 장르와 관계없이 어떤 부분의 드라마든 반드시 드라마다운 드라마를 써야만 한다.

시대극을 쓰기 위해서는 그에 따른 상당한 공부와 준비가 있어야 한다. 시대극 작가를 양성하겠다는 방송사의 의지가 있어서인지 공모에서도 시대극이 차별을 받지 않고 있다는 건 매우 고무적인 일이다.

'만약에' 라는 전제를 두고 역사적인 인물이나 사실을 정반대의 상황으로 놓고 보는 가상의 드라마도 생각해 볼 수 있는 컨셉이다. 예를 들어 조선이 명이나 청나라를 지배하고 있었다면, 대한제국이 일본을 36년간 통치하고 있었다면 등등······.

역사에서는 '만약에'' 가 의미 없다고 한다. 이미 지나가 버렸기 때문이다. 그러나 드라마에서는 가능하다. 드라마만의 능력이고 매력이다. 시대극이라고 해서 어떤 특별한 자격을 요구하지 않는다. 단단히 준비하고 과감하게 도전해볼 일이다.

# 33 이제는 내가 주인이야 - 각색

■■■■ 공모전에서는 각색 작품을 받아들이지 않는다. 그러나 방송사에서는 받아들이며 신인이라 하여 거부당하지도 않는다. 먼저 말해두고 싶은 건 각색도 또 하나의 창작물이라는 것이다.

예를 들어 김유정의 〈봄, 봄〉을 각색한다고 치자. 열 학생에게 시켜보면 단한 장면도 같은 장면이 나오지 않는다. 각색자의 의도에 따라 각자 다르게 구성하고 접근하기 때문이다. 그래서 나는 각색도 엄연한 창작행위라고 주장한다.

먼저, 원작을 각색할 때는 원작에 충실하는 게 원칙이다. 그러나 원칙일 뿐이지 반드시 원작대로만 해야 할 이유도 의무도 없다.

원작과 드라마는 표현기법상으로 볼 때 생태적으로 다르므로 TV 드라마로 재탄생시켜야만 하는 것이다.

그렇다고 하여 처음부터 원작을 아예 무시하고 구성하는 것도 옳지 않다. 그럴 경우, 왜 그 원작을 택했냐는 의문을 갖게 될 것이기 때문이다. 재탄생을 시키되 그 원작이 갖고 있는 매력, 나로 하여금 각색의 충동을 일으키게 한 메인 스토리의 핵심까지를 바꿔서는 안된다는 것이다. 경우에 따라서는 원작과 다른 주제를 설정해야 하는 경우도 생긴다. 절대로 그래서는 안되는 것은 아니지만 신중해야만 한다.

내가 각색하여 대만에 수출된 작품(당시에는 흔한 일이 아니었다) 중에 〈비를 타고 오른 망둥이〉라는 작품이 있다. 김익서 씨의 아주 짧은 단편으로 김지일 씨가 연출하고 여자 주인공으로 미스코리아 출신이 처음 드라마에 출연해 화제가 되기도 했던 작품이다.

상당 부분 내용이 바뀌고 첨삭이 되었음에도 불구하고 방송을 본 원작자가 드라마로 변신한 자신의 작품에 또 다른 매력을 느꼈다며 전화를 해주고 당신의 다른 작품집을 보내주었던 기억도 생생하다.


각색을 할 때 제일 먼저 해야 할 일은 주인공을 포함하여 모든 등장인물들을 점검하고 검토하는 일이다. 필요하다면, 꼭 필요하다면 원작에서 나오는 두 인물을 한 인물로 합치는 일도 상관없다. 필요 없는 인물이라면 과감하게 정리해 버리는 것은 너무 당연하다.

원작의 매력을 극대화하기 위해서 드라마적으로 영양가가 높지 않은 인물은 과감하게 잘라내 버리는 것이 오히려 득이 된다. 비단 등장인물에만 국한된 이야기는 아니다. 극적 상황에서도 잘라내기와 변경에 과감해야 한다.

소설(원작)을 읽었을 때는 분명히 좋았으나 드라마로 각색해보니 그게 아닌 경우는 흔한 일이다. 드라마와 소설이 다르기 때문이다. 그렇다하여 무조건 버리기보다는 드라마로의 변경이 왜 필요한지를 먼저 검토하는 것이 원작에 대한 최소한의 예의다.

결론적으로 말하면 좋은 건 최대한으로 취하고, 불필요한 건 과감하게 버리는데 주저하지 말라는 것이다.

이제 어떤 원작물을 선택할 것인가를 잠시 생각해 보자.

기본적으로 재미있는 줄거리를 가지고 있어야 한다. 또 비록 줄거리의 재미는 떨어지나 주인공의 매력이 독특하면 검토의 대상이 될 수 있다. 각색의 과정에서 매력 있는 인물에게는 매력 있는 사건을 얼마든지 부여할 수 있기 때문에 그렇다.

또, 반드시 고려해야 할 점은 단막 드라마로 소화가 가능한가이다.

때문에 스케일이 너무 크고 방대한 이야기를 담은 중편이나 장편은 각색의 대상에서 제외하는 것이 좋다. 무리하게 단막 드라마의 틀에 담아서 소화불량의 드라마가 됐다면 실패작이 될 것이 뻔하다.

물론 어느 한 부분만 취해서 단막 드라마로 소화하는 경우도 있기는 하다. 꼭 각색을 해보고 싶은 원작이 있는데 원작자의 승인을 받는 일 때문에 주저하는 경우도 보게 된다. 고민할 필요가 전혀 없다. 귀하의 작품을 제작하고 싶다면 원작자 승인은 방송사에서 받아줄 것이다. 귀하가 각색한 작품이 제작된다는 전제가 붙었을 때의 경우이다.

마지막으로 원작의 대상에 대해서 말하겠다.

원작은 꼭 책으로 출간된 것만이 대상이 되는 건 아니다. 잡지나 신문에 난 기사를 원작으로 할 수도 있다.

드라마로 방송된 후 다시 시나리오로까지 각색되어 영화화된 나의 작품 〈하늘나라에서 온 편지〉는 경상도 산골에 사는 한 소녀의 편지가 원작이었다. 잠깐 그 내용을 소개하면 이렇다.

소녀(주인공)의 아버지는 오래 전에 도시의 공사장에서 일을 하다 사고로 돌아가셨다. 어느 날 마을에 들른 우체부 할아버지에게 소녀가 물었다.

"할아버지, 하늘나라에도 편지가 가나요?" 소녀의 사정을 알고 있는 우체부는 물론 그렇다고 했다. 소녀는 하늘나라에 있는 아버지에게 편지를 썼고, 그 편지를 받아든 우체부는 자신이 답장을 써서 소녀에게 전한다. 그러다 말미에는 할아버지가 정년퇴직을 하고 그 마을을 떠난다.

이것은 드라마의 내용을 간추린 것이고, 내가 원작으로 삼은 건 소녀가 쓴 편지였다. 신문 문화면에 난 길지 않은 편지 한 통이 나를 충동했던 것이다. 작은 기사에만 의존하지 않고 경상도 산골에까지 가서 귀여운 소녀를 직접 만나봤음은 물론이다.

당시에 아역 배우였던 강수연 양이 주역을 맡았고, 이순재 씨가 배달부 할아버지 역을 맡았다. 이 때 받은 시나리오 작품료로 당시에는 귀물 중의 귀물이었던 '소니 베타막스 녹화기'를 사고 기뻐했던 일이 눈에 선하다. 방송 원고료도 받고 시나리오 작품료까지 받은 유일한 작품이었다.

위의 예를 든 것은 원작의 재료가 반드시 크고 대단하고 화려한 것이어야만 하는 게 아니라는 점을 강조하기 위한 것이다. 두 눈 크게 뜨고 보면 널려 있는 것이 소재이듯이 잘 살펴보면 각색을 할 만한 소재도 많이 있음을 알 수 있다.

지금 당장은 아니지만 기회가 올 때 각색해보고 싶은 작품을 만나면 어딘가에 기록을 해두고 어떻게 각색을 할 것인지를 그 때 그 때 적어보는 습관을 갖는 것도 중요하다. 공개적으로 발표되지 않은 사건을 직접 취재해 드라마화했을 경우에는 각색이 아닌 오리지널 작품으로 취급받는다. 영화 〈접시꽃 당신〉은 도종환 시인의 시집을 각색한 것이다.

나에게는 기회가 있다면 각색해보고 싶은 동요가 있다. 〈섬집 아기〉다.

엄마가 섬 그늘에 굴 따러 가면
아기가 혼자 남아 집을 보다가
바다가 들려주는 자장노래에
팔 베고 스르르르 잠이 듭니다.

아기는 잠을 곤히 자고 있지만
갈매기 울음소리 맘이 설레어
다 못 찬 굴 바구니 머리에 이고
엄마는 모랫길을 달려옵니다.

그 정경이 눈에 선하지 않는가?
아직 원작자 승인을 안 받은 상태이니 귀하가 해도 나는 할 말이 없다.

## 34 앉으나 서나 당신 생각 - 원고를 끝내고

■■■■ 강의식으로 서술하다 보니 중복되어 쓴 부분이 곳곳에 있다. 매우 중요한 부분이라 생각되어 삭제하지 않았음을 밝힌다.

앉으나 서나 드라마 생각만을 해야 한다. 평생을 그럴 수는 없다. 그러나 당선(데뷔)작가가 되기까지는 그래야만 한다. 그 대가가 크기 때문이다.

이번에 낙선되었다 하여 크게 실망하지 말라.

꼭 1등부터 6등까지만 당선되는 것이 아니기 때문이다. 실제로 A방송사에서 떨어졌던 작품이 B방송사에서 당선되는 경우를 나는 여러 번 보았다. 심사에 문제가 있었던 것이 아니라 심사하는 사람에 따라 작품을 보는 견해가 다르기 때문이다.

그러나, 좋은 작품이 당선에 실패하는 불운은 있을 수 있으나 나쁜 작품이 당선되는 사고는 결코 생기지 않는다.

반드시 좋은 작품을 써야 할 이유이다. 절대로 포기하지 않고 최선을 다 할 뿐이다. 여러분의 집을 방문한 손님에게는 최선의 상차림으로 접대해야 한다.

그건 손님에 대한 예의다. 여러분이 최선의 작품을 완성하기 위해 전력투구해야 하는 건 심사위원에 대한 예의다. 허술한 대접을 받은 손님은 섭섭한 마음을 감추기도 하지만, 실망한 심사위원은 주저 없이 귀하의 원고를 덮어버릴 것이다.

이 책에서는 남의 글도 가끔 인용했다. 되도록 출처를 밝혔으나 본인의 기억력 부족으로 부득이 지나친 경우도 있었을 것이다. 양해를 바란다.

영화의 시대를 연 뤼미에르의 활동사진은 사진이 움직인다는 사실 하나만으로도 관객들을 열광하게 했다. 안방에서 드라마를 볼 수 있다는 자체만으로 열광하던 시절도 있었다. 그 때에 비하면 우리의 드라마도 많이 발전했지만 시청자의 요구는 더 높아졌다. 참으로 드라마다운 드라마를 써야 할 중대한 이유다.

또 데뷔작이 은퇴작이 되지 않기 위해서는 당선 작품을 쓸 때의 초심을 잃지 말아야 한다.

황 부자는 욕 안 먹고 부자 된 사람 없다고 말했다. 나는 말한다. 노력(고통) 없이 당선된 작가는 없다고.

진인사 대천명(盡人事 待天命)이라 했다. 사람인 귀하가 하늘의 뜻을 바꿀 수는 없으나 최선을 다해야 하는 건 귀하의 몫이다.

자, 이제 당선이라는 이름의 황금의 산 마지막 장면을 보자.

### S#62 강변

선생(나)과 영희(혹은 철수)가 나란히 서서 강 건너를 바라보고 있다.
참으로 눈부신 황금의 산이 바로 건너편에 보인다.

선생 : 자, 빨리 건너가라. 네가 꿈꾸던 황금의 산이다. 바로 네 산이야.

영희 : 배가 있으면 좋을 텐디…

선생 : 배 따위는 없다고 했잖아? 그 동안 수영 연습도 많이 했고, 수영복도 입었잖
　　　냐?

영희 : 날씨가 좀 추워서… 물이 겁나게 찰 것 같은디…

선생 : (약간 언성 높이며) 안 얼어 죽어 임마! 이 강만 건너면 저 황금 산이
　　　네 것이 되는데 그만한 고통도 감수하지 않겠다는 거냐?

영희 : …(황금 산 쪽을 노려본다)

선생 : 집에 가서 라면이나 끓여 먹을까?

영희 : (이윽고) 알았구만이라우. 죽기 아니면 살기겠제.

선생 : 죽긴 왜 죽냐? 저 금댕이 팔아서 호의호식하면서 잘 살아야지!


　　영희, 물속으로 뛰어든다.
　　그리고 힘차게 수영해 간다.
　　선생, 됐다는 듯 고개를 끄덕여 보이고는 돌아선다.
　　영희, 더욱 힘차게 수영해 간다.
　　눈부시게 찬란한 황금의 산을 향해…　　〈끝〉

알아두면 좋은 방송용어    부록

# 알아두면 좋은 방송용어

**가제** working title
제작 중에 쓰이는 임시제목. 일반적으로는 불가피한 사정으로 인해 제목을 정하지 못하고 제작에 임했을 때 사용한다.

**각광** foot light
무대상에 있는 연기자의 발밑에서 위쪽으로 투사하는 조명. 연극의 무대조명에서 원용된 용어로서 앙각조명과 동일한 뜻으로 사용된다.

**각본** script
극으로 상영, 촬영, 방송할 수 있는 조건을 구비한 대본. 각본에는 대본은 물론 카메라 앵글, 라이트, 무대감독 등과 같이 방송시간이나 방송내용에 대한 모든 지시사항이 기입되어 있다. 영화대본은 시나리오, CM의 대본은 스토리보드라고 한다.

**각색** dramatization
소설, 회고록, 기록 등의 작품을 소재로 하여 영화, 연극의 각본이나 라디오, TV 드라마의 대본으로 다시 쓰는 일을 말한다. 이때 각색의 소재가 되는 오리지널 작품을 원작이라고 한다.

**공중파** sky wave
무선파 중의 하나. 공중파는 송신기에서 발사되어 우주공간으로 들어가거나 아니면 케넬리 히비사이드 층(kennelly heaviside layer)이라 불리는 전리층에 부딪쳐 반사되어 지상의 수신국으로 되돌아오게 된다. 공중파는 스펙트럼의 단파 부분에서 매우 효과적이며 밤에는 중간파 부분에서도 효과가 있다. 케이블 텔레비전이 아닌 일반적인 방송을 공중파 혹은 지상파 텔레비전이라 하기도 한다.

### 광각 렌즈 wide angle
표준 렌즈에 비해 넓은 시야를 제공하는 렌즈로서 초점거리가 화면대각선 길이보다 짧은 것을 말한다. 좁은 공간을 확대시키고 원근감을 과장시키며 움직이는 피사체가 카메라에 다가올수록 더 빨리 움직이는 것처럼 보이게 하는 특징이 있다.

### 구획편성 block programming
일정한 시간대에 비슷한 성격을 띤 프로그램들을 집중편성하는 방법. 구획편성은 시청자들이 하나의 프로그램 유형에 채널을 맞추게 되면 두 번째, 세 번째 등의 비슷한 유형의 프로그램도 계속 시청하게 된다는 점에 착안한 편성전략이다.

### 그룹 샷 group shot
여러 사람을 하나의 화면으로 처리하는 기법. 하나의 화면 안에 4, 5인 또는 그 이상의 인물을 그룹으로 촬영하는 것을 말한다.

### 그림 콘티
TV의 CM이나 커머셜 필름 제작에서의 촬영 순서를 나타낸 것으로, 비디오 부분의 간단한 스케치에 해설을 가한 콘티뉴이티(continuity)를 말한다.

### 기술감독 technical director(TD)
스튜디오에서 제작된 프로그램이나 중계방송 등을 불문하고 한 프로그램의 기술부문의 최고 책임자를 말한다. TD는 카메라, 카메라 컨트롤 유니트, 마이크로폰, 음향, 조명 등 모든 기술부문의 작업을 지휘하며 연출자를 보좌한다.

### 나라타즈 narrataze
Narration과 Montage의 합성어로 드라마를 전개하는 중간에 사용하는 회상 기법에서 사용한다.

### 네트워크 network
두 개 이상의 방송사들이 동시에 같은 프로그램을 방영하는 것을 말한다. 이를 위해 국간을 연결하는 프로그램 연결 라인이 필요한데 이 라인에는 전파를 사용하는 경우와 유선을 사용하는 경우가 있다. 네트워크로 프로그램을 송출하는 방송사를 키국(key station), 수신하는 방송사를 가맹국(affiliate or affiliated station)이라고 한다.

## 니샷 knee shot
인물의 무릎 위쪽만을 보여주는 촬영방식. 불안정한 느낌을 주며 주로 움직이는 모습을 보여줄 때 많이 사용한다.

## 다큐 드라마
다큐멘터리 드라마. 다큐멘터리의 '다큐'와 '드라마'가 합쳐져 만들어진 새로운 드라마 포맷. 허구(fiction)가 아닌 실화 또는 기록성이 짙은 소재를 다큐멘터리적 수법으로 다룬 드라마이다. 다큐 드라마는 예술의 형태이면서 동시에 저널리즘의 형태로서 우리가 세계를 이해하는 가장 기본적인 장르로 기능할 수 있다는 장점을 갖고 있다.

## 달리 dolly
촬영시 스튜디오에서 카메라 세트를 싣고 원활하게 움직일 수 있는 바퀴 달린 받침대. 카메라 달리 또는 카메라 페디스틀(pedestal)이라 한다. 카메라 앵글을 자유자재의 각도에서 포착하도록 카메라의 취급을 용이하게 한 것이기 때문에 전후 · 좌우 · 상하로 원활하게 작동한다.

## 더빙 dubbing
방송이나 영화 등의 녹음을 할 때 대사만을 수록한 테이프를 만들어 여기에 필요한 효과음을 첨가한 뒤 다시 녹음하여 프로그램을 완성하는 작업. 어원은 더블(double)이라고 한다. 외국영화의 출연자가 보여주는 입의 움직임에 타이밍을 맞추면서 우리말을 녹음하는 것. 최근에는 야외촬영 등으로 녹화된 테이프를 보면서 연기자가 목소리를 녹음하는 것도 포함해서 사용한다.

## 디렉터 director
프로그램을 제작하는 과정에서 총지휘를 담당하는 사람. 연극, 영화, 라디오, 텔레비전 프로그램, CM, 인쇄매체 등의 제작과정에서 연출을 하고 오디오 비주얼 작업을 통괄하는 책임자를 말한다. 흔히 연극이나 영화에서는 감독, 라디오나 텔레비전 또는 CM에서는 연출자, 인쇄매체에서는 디렉터라고 부른다.

## 디졸브 dissolve
하나의 영상이 사라지면서 동시에 다른 영상이 선명하게 나타나는 것. DIS라고도 한다. 하나의 화면이 점점 어두워지면서(페이드 아웃, FO), 다음 화면이 점점 밝아지며 나타나게 하는(페이드 인, FI) 기법. 생각의 전개, 동시에 진행, 계절의 변화 등을 표현할 때 쓰나, DIS가 너무 길고 많으면 구태의연해진다. 촬영 중 카메라 내부에서 이루어지는 이중노출이나 오버랩과 동일한 효과이다.

**디지털 비디오 카메라** digital video camera

비디오 신호를 디지털화하여 테이프에 기록하는 카메라. 현재 DV-CAM 포맷과 DvcPro 포맷 두 가지가 쓰이고 있다. 6mm의 테이프를 사용하지만 화질은 방송용 베타캠 정도의 고화질이고, 음향은 CD 수준의 PCM 방식을 사용하는 신기술 장비로 주목받고 있다.

**디지털 오디오 테이프** digital audio tape(DAT)

종래의 테이프 레코더는 마그네틱 테이프에 음파를 자장의 길이와 세기로 변화시켜서 기록하는 아날로그 방식이었다. 아날로그 방식은 물리적으로 고음질의 녹음에 한계가 있는데, DAT는 이 아날로그 신호를 부호로 변환한 디지털 방식의 녹음방식을 말한다. 디지털 방식을 사용하려면 넓은 주파수 대역이 필요하므로 테이프의 스피드를 고속화하는 등 실현에 난점이 있었으나 VTR의 고속회전 헤드 기술의 발달에 의해 실현이 가능하게 되었다. VTR의 이 기술을 이용해서 디지털 녹음을 가능하게 한 오디오 테이프를 특히 R-DAT라고 하며, 별도로 고정 헤드를 사용해서 테이프 스피드를 빠르게 하는 방법으로 개발된 디지털 녹음 방식을 S-DAT라고 부른다.

**디포메이션** deformation

특수촬영으로 피사체의 모양을 여러 가지로 변형시키든가 또는 과장시켜 표현하는 것. 공포감, 신비감을 나타내는 환상적인 장면이나 공포, 실신 등 인물의 주관적인 묘사에 많이 쓰인다.

**디포커스** defocus

이미지의 명료성을 줄이기 위하여 초점을 맞추지 않고 흐리게 하는 것. 디포커스는 컷, 디졸브, 페이드 인 아웃, 와이프와 같이 전자적인 효과가 아닌 카메라의 초점장치를 사용한 장면전환의 기법이다.

**래프 트랙** laugh-track

관객의 웃음소리를 사전에 녹음시켜 두었다가 실제 관객 없이 촬영한 프로그램에 웃음소리를 기계적으로 삽입시키는 것을 말한다. 이제까지는 다양한 웃음을 담은 여러 카세트 녹음기를 조작해서 만들었지만 최근에는 샘플러를 사용하여 다양한 웃음소리를 편집해 넣는다.

**러닝 타임** running time

방송 프로그램 제작을 완료했을 때 테이프 앞, 뒤에 붙는 컬러바, 리더테이프, 테이프사인 등을 뺀 실제 시간을 말한다. 방송되는 시간과 길이가 같은 시간이라고 할 수 있다.

## 로케이션 location

야외촬영. 자연경치, 거리 등을 배경으로 하는 촬영으로 스튜디오 안의 세트에서는 나오지 않는 생생한 분위기를 재현한다. 최근에는 TV 드라마도 세트비를 절감하기 위해 로케이션을 많이 이용한다.

## 롱 샷 long shot

등장인물이나 대상 피사체가 카메라(관객의 시점)로부터 상당한 거리감이 느껴지도록 촬영하는 기법. 등장인물이나 피사체가 위치해 있는 주변환경을 충분히 보여주어, 사실성과 현장감을 높여준다. 연극 무대와 관객의 거리, 또는 그 이상의 거리감이 느껴지므로, 사람이 실생활 중에 가장 많이 접하는 일상적 시야의 범위라고도 할 수 있다.
한편 거대한 암벽에 매달린 주인공의 모습과 같이 롱샷보다 훨씬 더 멀리 거리감을 두고 촬영하는 것을 익스트림 롱 샷(extreme long shot)이라고 한다. 등장인물의 크기는 작지만, 전체 화면 속에서 차지하는 의미와 비중은 도리어 '극대화' 된다고 할 수 있다.

## 루프 loop

프로그램 중에서 어떤 조건이 흡족할 때까지 일정한 동작을 반복하는 일. 보통은 의도적으로 사용되는데, 프로그래머의 실수에 의해 루프 상태로 빠지고 마는 경우도 있다.

## 르포르타주 reportage

영어로는 리포트, 사실에 관한 보고라는 뜻이다. 문학에서는 보고문학, 기록문학, 논픽션(nonfiction) 등이 이에 해당하는데 현실의 어떤 특별한 사건, 장소에서 자기가 체험한 것이나 조사한 것 등을 토대로 작성한 장르를 말한다. 소재의 생생함과 박진감이 그 특징이며 장점이다. TV,라디오 프로그램을 르포르타주 프로그램, 또는 르포 프로그램이라 한다.

## 리액션 샷 reaction shot

리액션(reaction)이란 하나의 액션에 대한 반응을 말하며 리액션 샷이란 어떤 사람이 대사를 읊거나 액션을 하고 있을 때, 이를 듣거나 보는 다른 사람의 표정을 잡아 어떤 반응을 나타내는가를 설명하는 화면을 말한다. 리액션 샷은 물체의 반응을 포착하기 위해 사용하기도 하지만, 주로 사람의 감정표현을 나타낼 때 사용한다.

## 매직 씬 magic scene

텔레비전 프로그램 특수효과의 한 기법으로 화면합성법의 하나. 크로마키와 컴퓨터 그래픽을 이용하여 배경에 하나의 피사체를 끼워 넣는 것을 말한다. 이 기법으로 거인의 손 위에 사람을 올려놓는 마술 화면도 제작된다.

## 몽타주 montage
조립하다(monter)와 해설(narratage)의 합성어에서 유래된 말로 원래는 여러 가지 영상을 한 화면 내에 짜넣는다는 사진용어였음. 급속히 많은 작은 화면을 합성시키는 것으로 생각의 흐름을 나타내기 위해 많이 사용됨.

## 무대 연출자 floor director(FD)
TV 프로그램을 제작할 때 연출자의 조수로서 스튜디오 내의 출연자에게 신호를 보내고 현장 연출을 담당하는 사람. 줄여서 FD라 부른다.

## 미디엄 샷 medium shot(MS)
인물의 허리 위나 허리 바로 아래까지를 포함시킨 샷. '클로즈업 샷'과 '풀 샷'의 중간 크기. 인물이 두 사람 이상일 때도 통용되는데 이 때는 '미디엄 그룹 샷'이라 한다. 미디엄 샷은 표준 TV프로그램의 기본적인 샷으로 볼 수 있는데 드라마의 대화장면, 게임 쇼, 좌담회를 위시한 여러 다양한 프로그램에 사용한다. TV 연출자들이 가장 즐겨 쓰는 샷이라고 볼 수 있다.

## 미러 샷 mirror shot
영화나 TV에서 스튜디오 페리스코프(studio peris-cope)장치를 이용하여 촬영하는 것을 말한다. 이 장치는 TV카메라를 받침대(pedestal) 위에 올려놓은 상태에서 반사경을 이용함으로써 높은 각도로부터의 촬영과 낮은 위치의 샷 촬영 등을 가능하게 한다.

## 미장센 mise-en-scene
'장면에 놓다'라는 불어로 연극에서는 소도구 배치와 배우들의 동작선 연출을 가리키는 말로 사용된다. 영화의 경우 미장센은 화면 안에 나타나는 모든 것을 가리키지만 영화는 연극처럼 고정된 하나의 무대만이 있는 것이 아니므로 개념이 더 복잡해진다. 영화의 화면은 클로즈업일 수도 있고 롱 샷일 수도 있다. 게다가 카메라가 이동하면 화면이 움직일 수도 있다. 따라서 넓게 보면 영화의 미장센 개념은 화면 크기와 카메라 움직임까지 포괄하는 것이다. '장면화'로 번역되는 미장센은 장면을 만드는 작업이라 할 수 있다.

## 바스트 샷 bust shot(BS)
등장인물의 가슴 위쪽만을 보여주는 촬영방식. 뉴스프로그램 등에서 많이 쓰이는 방식으로 머리와 어깨가 삼각형 구조를 이루어 안정된 느낌을 준다.

## 방송권 right of broadcasting

라디오나 TV의 프로그램을 방송할 권리로 저작권에 포함되는 권리이다. 프로그램의 원작자, 각색자, 각본자 또는 저작권자가 갖는 권리로, 이들의 허락이 없으면 방송 또는 유선방송을 할 수 없다. 스포츠 중계, 음악 콘서트, 문화행사 등을 독점 방송하는 권리를 가리키는 경우가 있다.

## 방송저작권 copyright originating from broadcast

방송 프로그램 자체 또는 이것을 방송하는 방송 사업자에게 부여된 저작권을 말하며 사진저작권, 영화저작권 등의 용어와 대비하여 사용한다. 방송사업자는 그 방송을 수신하여 녹음, 녹화하거나 또는 사진을 복제하는 행위에 대한 허가권, 그 방송을 수신하여 재방송 또는 유선방송을 하는 행위에 대한 허가권 및 TV방송을 수신하여 아이드홀 등의 영상확대 장치를 통해 대중에게 전달하는 행위에 대한 허가권 등을 갖는다.

## 배경음악 background music

영화나 방송의 대사 혹은 내레이션에 일정한 분위기를 만들어주는 효과음악. 방송 대본에서는 대사나 코멘트의 배경에 흐르는 음악을 말한다. 분위기 조성, 감정의 강조, 화면보강 등 용도가 다양하다. 줄여서 BG 또는 BGM이라 한다.

## 백팔십(180)도 회화축 180-degree rule

서로 대화를 하고 있는 사람, 또는 한 방향으로 움직이는 사람이나 물체를 잇는 가상의 선(imaginary line). 카메라가 이 회화축을 넘어서서 촬영하면 인물의 움직이는 방향이나 대화의 시선 방향이 역전되어 나타난다. 따라서 회화축을 넘어서지 않는 180도 호(arc) 안에서 카메라를 배치하여 촬영해야 한다.

## 베타캄

VTR을 이용한 1/2인치 카세트형 방송용 VTR. 소니가 취재용으로 1981년에 개발한 베타 일체형의 카메라의 의미가 그대로 방식의 이름이 되었다. 컴포넌트 기록 및 시분할 다중의 화질과 카세트형의 취급상 편리함 등이 평가되어 취재용뿐만 아니라 방송용 일반부터 업무용까지 널리 사용되고 있다. 소니는 더욱 발전시켜 1993년에 디지털 베타캄을 발표했다.

## 부감촬영 high angle shot

피사체보다 높은 위치에서 촬영하여, 대상을 내려다보는 느낌을 주는 기법. 관객들에게 '신의 전능함' 같은 우월감을 부여하고 피사체를 대수롭지 않은 존재로 느끼게 한다.

### 부조정실 control room
방송 프로그램을 배합 송출하는 주조정실에 대응하는 명칭으로 부조라고도 한다. 모든 제작활동이 이루어지는 장소로 이곳에 연출자, 기술감독, 음향감독 등이 모여 가장 효과적인 화면과 음향을 결정하며, 결정된 사항은 비디오테이프에 녹화되거나 주조를 통해 즉시 송출된다. 스튜디오에 연결된 카메라의 영상 및 VTR, 자막처리기 등의 영상자료를 모니터하면서 비디오 스위처, 오디오 믹서, 카메라 콘트롤 패널 등을 사용하여 프로그램을 제작하기 위한 조정실을 말한다.

### 브리지 bridge
TV나 라디오 프로그램에서 두 장면을 이어 주는 액션, 짧은 음악, 효과음 등을 가리킨다.

### 블록킹 촬영 blocking shooting
텔레비전 드라마 촬영 방법의 하나. 같은 세트에서 부문별로 촬영하는 방법. 촬영 스케줄이 보통 방법보다 편해지며 제작비가 절약되고 제작준비 소요시간이 단축되는 등의 이점이 있다.

### 빅 클로즈업 샷 big closeup shot
입·코·눈·손 등 신체 일부를 크게 보여주는 촬영기법.

### 사인 온 sign on
'방송개시' 라고도 하며 우리나라의 경우 애국가로 시작하여 네트워크 표시, 심의규정 준수, 방송책임자와 광고책임자명 고지 등의 순서로 그날 방송의 개시를 말한다. '방송종료' 는 사인 오프(sign off)라고 한다.

### 삼십(30)도 법칙 30-degree rule
카메라에 잡힌 화면을 스위칭(switching)하거나 편집할 때 인물이나 배경이 좌우로 이동하거나 갑자기 바뀌는 것을 방지하기 위하여 한 카메라의 샷에서 다른 카메라의 샷으로 옮길 때 움직인 각도(angle)가 30도 이내로 제한되어야 한다는 법칙이다.

### 삼원색 primary colors
컬러 텔레비전에서 쓰는 3가지 색광으로, 어느 2색을 맞추어도 합성할 수 없는 색. 저(R), 녹(G), 청(B)색. RGB라고 부른다. 물감이나 잉크 등 자연계 색채의 삼원색인 적, 청, 황색과 다르다.

### 삼점 조명 three point lighting
키라이트, 백라이트, 필라이트를 사용하여 피사체를 조명하는 가장 기본적인 조명기법.

키라이트와 백라이트는 프리넬과 같은 강한 스포트라이트를 사용하며 필라이트는 부드러운 조명의 플러드를 쓴다. 이 세 조명을 백라이트를 극점으로 하여 카메라 반대편에 삼각형을 이루게 하는 것이 기본구도이다.

### 샷 shot
영화나 텔레비전 촬영 중 끊기지 않고 찍힌 하나의 화면을 가리키는 말이다. 우리나라에서는 이를 컷(cut)이라고도 한다. 샷은 영화나 텔레비전의 가장 기본적인 의미 단위에 해당한다. 화면 안에 담긴 소재의 양과 크기에 따라 샷은 다양한 모습을 갖는다. 즉 샷은 그 안에 담긴 등장인물의 크기에 따라 분류되기도 하고(클로즈업, 미디엄 샷, 웨스트 샷, 니 샷, 롱 샷…), 등장인물의 숫자에 따라 분류되기도 한다(원 샷, 투 샷…). 샷의 다양성은 카메라의 기술적 조작에 의한 것이지만 다양한 의미를 낳기 때문에 감독에 따라 그 사용법에 차이가 있다.

### 성격배우 character role
캐릭터 액터(character actor)라고도 한다. 세련되고 원숙하며 개성적인 연기가 요구되는 역할. 독특한 개성을 지닌 등장인물을 적절히 소화해 내는 각별한 연기자를 가리키는 말.

### 세트 디자이너 set designer
TV나 영화 스튜디오 혹은 무대장치 디자이너. 즉 장치가를 말한다. 대본을 중심으로 작가 혹은 각색자, 연출자(TV에서는 디렉터, 영화는 감독)와의 협의 하에 도구장, 평면도, 제작도를 만들어 대도구 제작자에게 넘겨준다. 또 완성된 대도구를 배치한 스튜디오에서 소도구 장식을 감독한다. 세트 디자이너는 미술 전반을 감독하는 경우가 많고 대본을 시각화하는 중요한 책임을 담당한다.

### 소도구
원래는 연극으로부터 출발했던 말이었으나, 오늘날에는 영화나 TV에서도 사용되고 있다. 프로그램 제작에 사용되는 가구, 식기, 장식물, 기타 일상생활에 필요한 물품을 말한다. 소품이라고도 한다.

### 슈팅 스크립트 shooting script
스크립트의 씬(scene)을 세부적 샷으로 구분해 샷의 구도, 카메라 앵글, 위치, 움직임 등에 대해 자세히 기록해 놓은 연출자용 스크립트. 콘티 대본이라고도 한다.

### 슈퍼 super
특수효과 장치의 페이더 컨트롤(fader control)을 써서 어떤 신호 속에 다른 신호를 슈퍼 임포즈한 것이다.

### 슈퍼 임포즈 super impose
영상제작에 있어서 두 개 이상의 화상 소스를 중첩시켜 믹스하는 방식을 말한다. 슈퍼라고도 불리우며 한 비디오 소스의 화상이 전자적으로 다른 화상에 겹쳐 나타나는 이중노출의 유형이다.

### 스니크 인과 스니크 아웃 sneak in & out(SI, SO)
스니크 인(SI)은 해설이나 낭독, 회화가 진행되고 있는 사이에 음악이나 효과음을 알게 모르게 집어넣고 점점 확대해 가는 방법으로, 라디오를 비롯하여 TV, 영화에 자주 사용되고 있다. 감정상태를 서서히 고조시키거나 점진적으로 결말을 짓거나 또는 다음 장면으로의 전환을 위해 쓰는 효과적인 수법이다. 이것에 반해 스니크 아웃(SO)은 '몰래 나가버린' 라는 뜻으로 해설이나 낭독, 회화가 계속되고 있는 사이에 그 배경에 흐르던 음악이나 효과음이 어느 사이엔가 작아져서 마침내는 사라지게 하는 것이다.

### 스크램블 scramble
텔레비전 영상을 특수한 장치인 인코더(encoder)로 변조해 특정한 해독장치인 디코더(decoder)를 부착한 텔레비전 수상기가 아니면 볼 수 없도록 전파를 흐트러뜨려 보내는 것을 말한다. 즉 해독장치를 사용하지 않으면 영상이 뒤범벅이 된다는 데서 나온 말이다.

### 스크립터 scripter
원래는 연극, 영화, 방송의 대본 작가를 스크립터라고 한다. 그러나 우리나라에서는 촬영현장에서의 기록 담당자를 의미한다. 연출방법, 카메라 위치, 소도구의 배치 등을 기록하게 되며, 기록한 용지는 편집자에게 넘겨져 그 기록에 의거해서 이루어진다.

### 스태프 staff
군사용어의 참모, 회사 직원 등의 의미에서 전용된 것으로 영화, 연극, 방송프로그램의 제작에 종사하는 작가, 연출, 기술, 음향, 조명, 미술 등의 부분을 담당하는 사람들의 총칭.

### 스탠드인 stand-in
대역. 영화나 TV 등에서 위험한 장면을 촬영할 때 임시로 기용된다. 또한 겹치기 출연으로 배우가 리허설에 나올 수 없을 때 스탠드인을 사용해 연습하기도 한다.

## 스탠바이 stand-by

출연자나 스태프에게 방송 또는 녹화 개시를 알리는 지시. 방송용어로 '준비'라는 뜻. 리허설이나 본 프로가 시작되기 전에 스태프, 캐스트에게 스탠바이라고 소리를 쳐서 주의를 환기시킨다. 스튜디오 입구 등에 스탠바이의 청색 램프가 켜져 있을 때는 곧 방송 또는 녹화가 시작된다는 것을 표시한다. 청색 램프는 본 프로그램으로 진입하면 적색으로 바뀌며, 온 에어(on air) 상황이 된다.

## 스테이션 브레이크 station break

어떤 프로그램이 끝나고 다음 프로그램으로 넘어가는 사이의 시간(SB). 토막광고 또는 체인 브레이크(chain break)라고도 하며, 이 시간에 방송사명 고지나 스팟 광고를 넣는다.

## 스톱 모션 stop motion

움직이고 있는 영상을 필요한 순간에 필요한 시간만큼 정지상태로 멈추어 두는 기법을 말한다. 스톱 모션의 효과는 운동의 정지 그 자체가 시각적인 자극효과를 가지며, 또 어느 순간의 움직임을 멈추게 함으로써 그 순간을 해명하거나 강조하는데 이용된다.

## 스튜디오 카메라 studio camera

방송사 스튜디오 안에서 사용하는 카메라를 말한다. 렌즈 밑 촬상관, 영상 증폭기, 촬상관용 편향회로, 카메라맨이 카메라 앵글을 선택하고 초점을 맞추기 위한 뷰 파인더(view finder)가 부착되어 있다. 스튜디오 카메라에는 상하좌우로 회전을 자유로이 할 수 있는 팬 앤드 틸트 헤드(pan and tilt head)가 부착되어 있고, 카메라의 높이 조절과 이동을 자유롭게 구사할 수 있는 페디스틀(pedestal)로 이루어져 있다.

## 스팟 spot

스팟CM 또는 스팟광고를 줄여서 스팟이라고 표현하는데, 넓은 뜻으로 스팟 커머셜 또는 스팟CM을 방송하는 시간대를 총칭한다. 프로그램과 프로그램 사이에 들어가는 스팟 광고 또는 생활정보나 캠페인, 공지사항, 프로그램 안내 등을 통틀어 가리킨다.

## 시급구분 time classification

1주일을 단위로 프로그램의 방송시간을 각각의 시간대의 가치에 따라 여러 종류의 그룹 단위로 나눈 것. 타임 구분이라고도 한다. 일반적으로 가치가 높은 SA타임(프라임 타임대)에서부터, A타임, B타임, C타임, D타임의 다섯 클래스로 나누어 왔지만, 현재 C타임은 폐지되어 네 가지로 구분한다. 이 타임 구분의 방식은 방송사에 따라 다소 차이가 있다.

### 시나리오 scenario
영화 장면의 순서, 대사, 화면내용, 화면의 변화, 효과음 등을 기록한 대본.

### 시너리 scenery
스테이지 장치에 필요한 도구. 벽과 기둥, 나무나 바위 모양의 장치 등 어떤 장면을 연출해 내는데 배경용으로 사용되는 도구들을 말한다.

### 시놉시스 synopsis
줄거리. 개요. 소설, 영화, 드라마의 스토리를 간추린 개요 또는 대강의 줄거리. 흔히 현상모집에서 "20매 이내의 개요를 첨부할 것"이라는 주문이 있는데, 이 개요가 곧 시놉시스이다.

### 시리얼 serial
연속극. 장기 연속 프로그램을 말한다. 대상이 되는 시청자와 방송시간대에 따라 모닝 시리얼, 데이 타임 시리얼, 티타임 시리얼, 이브닝 시리얼 등으로 구분한다.

### 시야심도 depth of field
카메라 초점을 조절하지 않고도 장면이 또렷하게 초점이 유지되는 거리폭. 즉 피사체가 카메라를 향해 접근하든 멀어지든 초점이 흐려지지 않는 범위를 말한다.

### 시점 point of view
관객과의 상대적인 위치에 있는 카메라와 촬영되는 소재와의 객관적-주관적 상호관계를 지칭하는 용어. 객관적 시점(objective point of view)은 감독이나 카메라가 촬영장면의 액션에 관여함이 없이, 또는 직접 참가하지 않고 객관적 관찰자의 입장에 서는 시점을 말하며, 주관적 시점(subjective point of view)은 액션에 직접 참가하여 등장인물의 시점을 대변하는 것을 말한다.

### 시퀀스 sequence
한 개 또는 몇 개의 샷(shot)에 의해 구성된 장면(scene)이 한 개 또는 수 개가 결합하여 표현되는, 일정 시간 내의 완성된 내용을 가진 부분이다. 샷이나 장면이 시각적 단위라면 시퀀스는 내용적 단위라고 할 수 있다.

### 실루엣 조명 silhouette lighting
실루엣 조명은 카메오 조명과 반대로 앞의 인물에는 조명을 주지 않고 후면 배경에만 골고루 조명을 주는 기법이다. 이 조명은 사람과 사물의 윤곽을 뚜렷이 드러내 준다.

### 씬 scene

장면. 보통 몇 개의 샷이 모여서 하나의 의미를 만드는 씬을 구성한다. 다시 몇 개의 씬이 모여서 시퀀스를 구성한다.

### 아크 arc

피사체를 중심으로 하여 카메라가 원을 그리며 좌우로 이동시키는 것. Arc-L, Arc-R라고 한다. 아크에서는 카메라가 피사체의 한쪽에서 호를 그리면서 이동하는데 이때 카메라 헤드는 이동중에도 항상 피사체를 향해 서 있어야 한다. 카메라가 움직임에 따라 피사체와 피사체의 크기 등은 변하지 않으나 단지 카메라의 관점, 촬영각도가 변경된다. 고정된 피사체를 여러 각도에서 제시하거나 움직이는 피사체를 따라가면서 현재 샷의 구도를 유지하고 싶을 때에 주로 활용한다.

### 아트 디렉터 art director

미술감독. 장치, 분장(모자, 의상, 액세서리), 소도구, 패턴, 타이틀 등에 대한 고증과 제작을 책임지는 총감독.

### 앙각촬영 low angle shot

카메라 위치를 눈높이보다 아래쪽에 설치하여 대상을 올려다 보는 인상을 느끼도록 하는 촬영과 그렇게 촬영된 화면. 앙각촬영은 보통 부감촬영에 비해 인물이나 대상물을 보다 우월하게 보이게 하는 특성이 있다.

### 애니메이션 animation

TV화면에서 움직이지 않는 정적인 피사체에 여러 가지 방법으로 동작의 효과를 주도록 만드는 기법. 정지된 그림이나 물체를 조금씩 옮기면서 촬영하면 연속적으로 움직이는 것처럼 보이게 할 수 있다. 주로 만화영화에 이용되고 CF나 TV영상의 특수 효과에 쓰인다.

### 애드립 ad-lib

대본에 없는 즉흥적인 대사나 연기. 라틴어 '좋을 대로(ad libltum)'에서 나온 말로 대사나 연기 외에 미리 정하지 않은 음악의 연주 따위도 해당된다.

### 액션 action

연기, 연습된 동작을 말한다. 영화에서 온 용어로 TV카메라 앞에서 이러한 동작을 하라는 연출자의 지시로도 쓰인다.

## 앵커맨 anchorman

흔히 앵커라고 한다. 원래 앵커는 닻을 뜻하는 말이지만 뉴스를 마무리하는 사회자, 프로그램의 마지막 주자, 최후로 행동하는 사람 등을 가리킨다. 뉴스 프로에만 앵커맨이 있는 것은 아니나 주로 뉴스 캐스터를 지칭한다. 앵커맨은 갖가지 뉴스 소재에 대한 기자들의 심층 또는 현장 리포팅을 매끄럽게 보도하고, 인터뷰나 해설, 자신의 논평도 곁들이는가 하면, 때로는 자신이 현장에 직접 뛰어듦으로써 보도에 다양성과 깊이, 신뢰감을 주는 역할을 한다.

## 양화 positive film

촬영이나 복사에 사용된 음화나 반전필름의 원본을 현상한 후 이를 복사한 인화필름의 총칭. 따라서 색채나 톤이 실제의 피사체와 동일하게 나타난다. 음화가 촬영용인데 반하여 양화는 제작용 또는 인화용 필름이다. 일명 포지(posi)라고도 한다.

## 어댑터 adapter

각색자, 번안자. 연극이나 소설 등을 윤색, 각색하여 시나리오로 만드는 사람.

## 어댑테이션 adaptation

원작의 번안, 각색, 개작의 총칭. 텔레비전에서는 연출자가 드라마 대본을 손질하는 것을 어댑트한다고 한다.

## 어레인지 arrange

각색 또는 윤색. 재료를 취사선택해서 하나로 정리, 종합하는 것. 음악에서는 편곡이라고 한다.

## 에피소드 episode

메인 플롯이나 중심적 갈등 구조에서 벗어나 있는 짧은 이야기, 혹은 사건을 가리킨다. 즉 삽화, 시퀀스 속에 단편적으로 삽입하는 스토리.

## 에필로그 epilogue

후기(後記). 소설이나 장편시에서의 마지막 결론적인 구절 또는 연극에서의 마지막 결론적인 대사를 일컫는 말이다. 에필로그가 종장의 의미로 쓰인 시나리오는 반드시 프롤로그가 있어야 한다.

## 역회전

필름을 거꾸로 회전시키는 촬영법. 칼이 등에 꽂힌다든가, 한번에 높은 담장을 뛰어 넘는 것과 같은 경우는 모두 역회전법으로 촬영된다.

### 오디션 audition
연주자, 가수, 배우 등이 프로그램에 적합한지 여부를 판단하는 심사. 방송 프로그램의 시연, 믹싱 콘솔 등의 입력신호를 체크하는 일 또는 체크하기 위한 모니터 회로.

### 오버 프레임 over frame
말소리는 들리는데 말하는 사람은 화면에 보이지 않는 것을 말한다. 오버 샷(over shot)이라고도 한다.

### 오버랩 overlap (OL)
디졸브(dissolve)라고도 한다. 앞 화면이 서서히 사라지면서 그 화면 위에 겹쳐 다음 화면이 서서히 나타나는 장면전환의 한 기법. 앞 뒤 장면이 서로 연관된 의미를 가지면서 장소의 변화, 동작의 생략, 시간의 경과를 나타내는 영상의 중요한 표현수법이다. 소리의 경우는 먼저 나온 소리를 서서히 지우면서 다음 소리를 겹쳐 차차 크게 해나가는 것이다.
때로는 DIS보다 겹치는 부분이 깊은 것을 O.L 이라고도 한다. 화면의 오버랩보다 소리의 오버랩이 더 먼저 오는 경우가 많다.

### 오토큐 autocue
출연자가 대본을 읽을 수 있게끔 스탠드나 TV카메라 렌즈 앞에 투사시킬 수 있도록 만든 장치의 상표 이름. 이와 유사한 것으로 큐카드와 텔리프롬프터가 있다.

### 오프 스크린 off-screen
스크린이라는 것은 영화나 TV의 화면을 뜻한다. 따라서 오프 스크린이란 출연자의 모습과 얼굴이 화면에 나오지 않는 것을 의미한다. 특히 화면에 나오지는 않지만 아나운스먼트라든가 대사가 소리가 되어 나갈 때에 오프 스크린이라고 한다. 녹화중계나 현장설명의 르포물 중에 해설자나 아나운서가 화면에 얼굴이 나타나지 않을 경우에는 오프 튜브(off tube)라고 한다.

### 오프 씬 off-scene
오프 스테이지와 같은 뜻으로 화면을 벗어난 것. 소리만 들리고 모습은 보이지 않을 때 쓰인다.

### 오프닝 뮤직 opening music
개시음악. 시작할 때 연주하는 음악이라는 뜻으로 오페라나 뮤지컬 등의 서곡도 넓은 의미의 오프닝 뮤직이라고 한다. 방송에서는 드라마 프로그램이나 기타 프로그램의 시작을 알리는 음악이다.

### 오프닝 타이틀 opening title
TV 프로그램이나 영화에 처음으로 나오는 타이틀을 일컫는 것으로 그 영화나 프로그램의 내용을 암시하거나 분위기를 전달하는 것이다. 테마음악이 동시에 흘러나온다. 오프닝 타이틀은 또한 텔레비전 방송이 시작될 때에 방송사명, 콜 사인(call sign), 주파수 등을 알리는 타이틀을 가리키기도 한다.

### 오픈 세트 open set
스튜디오 내에 설치하기 힘든 커다란 세트를 야외에 세우는 것을 오픈 세트라 한다. 고전극이나 시대극 등 색다른 세트가 필요할 경우 특별히 제작해 촬영에 활용한다.

### 온 디 에어 on the air
'디 에어(the air)'란 공중이란 의미이며 '온 디 에어'는 전파가 공중에 흐르고 있다는 뜻으로 라디오나 TV가 현재 방송되고 있는 상태를 말한다. 보통은 온에어(on air)라고 표현한다.

### 옴니버스 omnibus
어떤 하나의 테마를 여러 각도에서 다루어 각기 독립된 줄거리로 엮어서 전체를 일관된 분위기로 나타내도록 구성한 드라마나 쇼. 한 사람이 제작하기도 하고 여러 사람이 분담해서 제작하기도 한다.

### 와이프 wipe
카메라에 잡힌 화면의 일부를 지우면서 새로운 장면을 보여주는 특수효과. 즉 화면을 어떤 한 점, 또는 한쪽에서부터 지워가면서 이어서 다음 화면을 보이게 하는 것으로 영화나 TV에서 행하는 장면전환기법 중의 하나이다.

### 웨이스트 샷 waist shot
인물 촬영시 카메라 사이즈의 하나로, 허리 위쪽을 찍은 화면을 말한다. 주로 상반신의 움직임을 중심으로 할 때 이 크기로 촬영한다. 줄여서 WS라 한다

### 음향효과 sound effect
연극, 영화, TV 드라마 등에서 효과음이나 음악 등을 사용해서 극의 연출효과를 높이는 것. 극장이나 홀의 건축적인 성능이 연주음이나 소리에 미치는 효과. 연주에 좋은 영향을 미치는 경우 건물의 음향효과가 좋다고도 표현한다.

### 음화 negative film
음화영상, 또는 잠상을 포착하기 위해 특별히 제작된 생필름으로 보통 촬영용 원본 필름

또는 음화영상 그 자체. 원본 필름에 맺힌 잠상이 현상 후 본래의 영상과 반대되는 색으로 나타난다.

## 이중노출 double exposure
동일한 원본이 카메라나 인화기를 통해 두 번 노출된 결과, 서로 다른 두 개의 화면이 하나의 필름 단면상에 중첩되도록 포착되는 것. 카메라 내에서 이미 촬영된 부분을 되감아 반복촬영하여 얻어지는 특수화면의 일종으로 디졸브와 동일한 효과로 나타난다.

## 인서트 insert
영화에서는 컷 사이에 글이나 사진 등의 정지화면을 삽입하여, 이야기 줄거리를 전개하거나 이해하기 쉽게 하는 기술을 인서트라 부른다. 또한 이 삽입화면을 인서트 컷(insert cut)이라 한다. TV에서는 스튜디오에서의 생방송 중에 미리 촬영해 둔 필름(인서트 필름)이나 비디오테이프 혹은 생중계 화면을 삽입하여 좁은 스튜디오에서는 표현할 수 없는 교외장면을 보여주거나 속도감을 내기도 해서 프로그램에 변화를 주는데 이용된다.

## 인서트 편집 insert edit
녹화가 끝난 테이프에 어떤 부분을 끼워 넣는 것. 인서트 하려는 영상과 지우려 하는 녹화된 영상의 길이를 정확하게 일치시켜야 한다. 샷을 어떤 순서로도 연결할 수 있기 때문에 앞 뒤 녹화된 부분에 영향을 미치지 않고도 테이프 한 중간에서 삽입할 수도 있다. 영상과 음성을 분리하여 각각 따로 따로 넣을 수 있어 다양한 형태의 편집이 가능하다.

## 인스턴트 리플레이 instant replay
스포츠 중계에서 결정적인 장면을 비디오 저장장치에 저장하였다가 즉시 다시 방송하는 것. 느린 동작으로 보여주거나 설명 도표 등을 첨가하기도 한다. 다른 각도의 카메라에서 잡은 영상을 별도의 녹화기에 수록했다가 사용하기도 한다.

## 자막 title
영사막에 영화제목, 제작진, 출연진 등 각종의 정보를 문자로 표시한 것. 일반적으로 자막은 인화과정 중에 제작되는 합성장면, 미리 준비한 자막판을 직접 촬영한 자막, 그리고 양자를 복합시키는 방식 등으로 나뉜다.

## 잔상 lag
카메라로 들어가는 입사광을 차단해도 상이 남아 있거나 움직이는 물체의 상이 꼬리를 끌거나 하는 현상. 낮은 조명하에서, 특히 밝은 물체가 어두운 배경을 뒤로 해서 움직이거나, 카메라가 어두운 배경을 뒤로 하고 밝은 어떤 물체를 스쳐 지나갈 때 잔상이 생긴다. 눈의 잔상은 빛의 자극을 받고 난 후에도 잠깐 동안 사라지지 않고 남아 있는 눈의 감각. 인간의 눈에 느끼는 잔상현상은 0.05~0.1초 정도 지속된다. 영화나 텔레비전은 이 원리를 이용해서 동작이 연속되는 것 같이 보이도록 한 것이다.

### 잡음 noise
커뮤니케이션 채널에서 나타나는 원치 않는 방해 또는 혼란. 노이즈 신호는 다양한 원인으로 채널에 나타나 수신기나 수상기에서도 듣거나 보게 된다. 어떤 커뮤니케이션 채널도 잡음이 완전 제거된 것은 없으며 채널의 궁극적 유용성은 시그널 강도에 의해서가 아닌 시그널 대 잡음의 비율(SN 비)에 의해 결정된다.

### 재핑 zapping
본래는 녹화된 비디오를 재생할 때 광고 부분을 빨리 돌려 건너뛰는 행위를 뜻하는 말로, 리모컨으로 텔레비전의 채널을 이리저리 바꿔가며 시청하는 행태를 가리킨다.

### 저작권 copyright
정신적 자산에 대한 가치를 인정하는 지적소유권의 한 부분으로 자신이 창조한 저작물에 대한 소유권.

### 조그셔틀 jogshuttle
비디오 화면을 정밀하게 잡아내어 편집을 용이하게 하기 위해 고급 VCR이나 편집용 VCR에 장착된 핸들.

### 조명 lighting
촬영에 있어서 드라마의 필요에 따라 카메라가 피사체에 대하여 '가시성', '명료성', '극적효과'를 얻을 수 있도록 기술적으로 빛을 통제하는 행위이다. 가시성(visibility), 명료성(clarity), 장식적 효과의 세 가지 요소를 충족시키기 위해 '기술적으로 통제된' 조명은 특정 부분을 강조하여 관심을 집중시키기도 하고, 피사체가 놓여 있는 환경이나 공간 안에서의 위치관계, 축척, 원근감을 나타낸다.
또한 장면의 분위기, 시간 등을 통해 피사체의 환경과 성격을 표현하고 이러한 여러 요소들이 지닌 방향성, 시각적 연속성을 유지함으로써 드라마 전체의 균형과 전개에 이바지한다. 조명의 기본원리는 hard light와 soft light의 적절한 조절에 있다.

### 조명효과 lighting effect
조명에 의해 프로그램 내용상의 화면효과를 올리는 것을 말한다. 조명효과는 계절, 시간, 분위기, 심리, 정경 등 프로그램 내용에 따르게 된다. 특수 조명기구를 사용하여 효과를 북돋는 특수 조명효과도 있다.

### 조연출 assistant director(AD)
방송에서 연출자를 보조하는 임무를 띤 스태프. 디렉터의 조수로 디렉터의 지휘 아래 프로그램의 제작, 연출을 보조한다. 제작과정 중에 사무적인 업무를 담당하는 경우가 많다.

### 주사선 scanning line
TV화면을 다수의 화소(picture element)로 분해하고 또 역으로 화소를 조립하여 화면을 재생시키는 작용을 말한다. 이 화소를 조립하는 하나하나의 선을 주사선이라 한다.

### 주제음악 theme song
음악에서 테마는 곡의 주요한 악상을 의미. 주로 영화나 방송 드라마 등에서 그 작품의 이미지를 강조할 목적으로 만들어진 주제가를 뜻한다.

### 주조정실 master control room
프로그램의 제작 · 송출을 지휘 · 관리하는 방송사 시설의 하나. 주조라고도 한다. 프로그램과 프로그램의 전환(단위 프로그램은 원칙적으로 부조정실에서 만들어진다), 프로그램 사이의 토막시간의 방송, 자국 송신기 및 네트워크국으로 프로그램 송출, 국외의 신호를 수신하는 일, 영상 · 음성신호의 최종적인 조정, 또 방송사의 중심이므로 기술 설비 면에서도 동시신호 발생장치, 표준 시계장치 등을 비롯하여 각종 신호 분배용의 설비를 주조정실에 부속시키는 경우가 많다. 최근에는 컴퓨터 제어에 의한 자동송출장치(APM 또는 APC, APS 등이라 칭한다.)를 도입하여 프로그램 전환, 스테이션 브레이크, 필름 프로그램, VTR 프로그램 등을 미리 정한 스케줄에 따라서 자동적으로 방송하고 있다.

### 줌 렌즈 zoom lens
맺히는 상의 위치를 바꾸지 않고 초점거리를 연속적으로 변화시킬 수 있는 특수렌즈. 이 렌즈를 사용함으로써 촬영화상의 크기를 연속적으로 변화시킬 수 있다. 최근에는 렌즈 공학의 발전으로 성능, 즉 밝기 · 해상도 · 범색성 · 주변 광량 등의 특성이 뛰어나며 동시에 줌의 비율(초점거리의 변화비율)이 큰 줌 렌즈가 개발되어서 각종 촬영 카메라에 광범위하게 사용되고 있다. 또한 최근의 TV 카메라, 그 중에서도 컬러TV 카메라는 거의 전부가 줌 렌즈 전용으로 되어 있다.

### 진행자 master of ceremonies(MC)
프로그램의 진행을 맡은 사회자. 아나운서 외에도 DJ, 인터뷰어, 뉴스 캐스터, 나레이터, 스포츠 캐스터, 앵커 등을 모두 포괄하는 의미로 사용된다.

## 징글 jingles
흔히 CM송이라고 하는데 정확한 영어표현으로는 징글 또는 싱잉 커머셜(singing commercial)이라고 해야 한다. 짧은 내용을 반복해서 연속적으로 호소한다든가 또는 노래한다든가 하는 것과 같은 장단을 말한다.

## 촌극 charade
하나의 짤막한 에피소드만으로 구성된 10분 내외의 짧은 극.

## 치프 프로듀서 chief producer
일종의 수석 연출제작자. 한국식 방송용어로서 역사극, 주간극, 공개오락, 시사 토크 프로그램 등 유형이나 성격이 유사한 몇 개의 프로그램을 총괄적으로 관장하는 팀장이나 반장에 준하는 의미로 쓰인다.

## 카메라 camera
텔레비전 카메라는 크게 나누어 렌즈, 뷰파인더 그리고 촬상관으로 구성되어 있다. 렌즈는 촬영하고자 하는 씬(scene)의 일부를 선택할 수 있다. 즉 어떤 장면의 일부를 렌즈를 통해 렌즈 후면에서 프리즘(R.G.B.삼색 컬러로 컨버전 필터가 부착되어 있고, 직광식 분해방식과 반사식 분해방식의 두 종류가 있음) 영상으로 바뀌고, 이 바뀐 영상은 다시 촬상관 또는 CCD를 통해 전기적 신호로 바뀐다. 이 신호는 부조의 모니터나 카메라 뷰파인더에 재현된다. 이 기본적 전자원리는 컬러나 흑백 카메라에 모두 동일하다. 큰 차이는 흑백 카메라는 촬상관이 하나이고, 컬러 카메라는 카메라의 타입(type)과 사용되는 카메라에 따라 1~4개의 촬상관을 가지고 있다는 점이다.

## 카메라 믹싱 camera mixing
기술감독(TD: technical director)이나 비디오 엔지니어가 카메라 체인을 바꾸든가, 카메라의 출력 신호를 혼합하는 조작 또는 조작을 하는 장치. 카메라 영상뿐 아니라 모든 영상신호를 혼합하는 장치이며 비디오 믹싱 유니트(VMU: video mixing unit)라고도 한다.

## 카메라 블로킹 camera blocking
TV의 방송 또는 녹화를 할 때 시전에 디렉터기 자신의 연출 의도에 따라 대본에 키메라 움직임과 포착순서 따위를 소상히 기록하는 일. 대상을 촬영하는 앵글이나 샷 사이즈를 기입하고 나아가 몇 대의 카메라 중 어느 카메라로 촬영할 것인가를 카메라 번호로 기입한 것. 또는 그러한 행위.

### 카메라 앵글 camera angle
사진이나 영화의 촬영에 있어서 촬영자의 의도에 따라 선택된 대상물에 대한 카메라의 각도. 카메라 렌즈의 위치 변화로 여러 가지 앵글이 생기는데 아래에서 위로 향하면 로우 앵글(low angle), 위에서 아래로 보면 하이 앵글(high angle), 우리 눈과 같이 수평으로 보면 정상 앵글, 또는 중간 앵글이 되고 머리 위에서 내려보면 공중 앵글이 되어서 잡히는 샷의 모양과 효과가 서로 다르다.

### 카메오 cameo
평면적인 배경을 써서 촬영하는 TV기법으로 인물이나 소도구만이 조명된다. 세트 비용이 절약된다는 이점이 있다. 영화제작시 깜짝 쇼로 영화에 스타급 연기자가 미미한 역으로 우정 출연하는 경우가 있는데 그 인물을 카메오라고 한다.

### 카피 copy
신문 · 잡지 등의 뉴스 기사의 본문 또는 원고. 방송 프로그램의 대본(script). 광고 메시지의 본문 또는 문자로 된 부분. 서적 · 영화 · 음반 등 어떤 저작물의 원본을 복제하는 것 또는 그 복제물. 원본 필름의 양화 복제물. 컴퓨터 파일(file)의 한 부분을 같은 파일이나 다른 파일의 새로운 위치에 복제하는 것. 16 · 20인치 크기의 낱장 종이 등을 말한다.

### 캐스트 cast
배역, 역할이라는 뜻. 드라마의 경우 배우의 캐릭터에 따라 그 이미지가 문제되는 수가 많다. 이 캐스팅을 잘못한 것을 속칭 '미스 캐스트' 라고 한다.

### 캐스팅 감독 casting director
탤런트를 오디션하고 선발하는 일을 전담하는 사람.

### 캠코더 camcoder
카메라와 레코더의 합성어로 카메라 레코더의 일체형 비디오의 총칭으로 1983년에 판매된 소니의 베타무비가 최초이다.

### 캡셔닝 captioning
시청각 장애자들을 위한 서비스로, 텔레비전 프로그램 화면 아랫부분에 부가되는 설명자막. 오픈 캡션(open captions)과 클로즈드 캡션(closed captions)이 있다. 오픈 캡션은 모든 시청자가 볼 수 있는 것이고, 클로즈드 캡션은 특수한 어댑터를 갖춘 텔레비전 세트를 사용할 경우에만 식별할 수 있다.

## 컷 cut
영화를 촬영할 때, 연출자가 하나의 화면을 다 찍고 카메라맨에게 '여기까지'라는 의미로 신호하는 말. 촬영한 필름에서 필요하지 않은 부분, 바람직하지 않은 부분을 잘라내 버리는 것. 검열에서 가위를 대는 것. TV 방송에서 부조정실의 스위치가 A화면에서 B화면으로 카메라를 바꾸는 것. 테이크(take) 혹은 스위치(switch)라고도 한다. 방송사에서 송신이나 프로그램을 중단하는 것. 연기자의 연기를 멈추는 것. 한정된 방송 시간 내에 프로그램이나 CM을 내보내기 위해 대본의 일부를 생략하는 것. 녹음할 때 연기나 연주, 테이프 수록을 멈추는 것.

## 컷 백 cut back
각기 다른 두 개의 씬을 연속적으로 엇바꾸어 긴장감을 높이는 기법. 같은 시각에 다른 장소에서 일어나는 사건을 보여 주거나 과거 장면과 현재 장면을 대비시키기도 한다.

## 콘솔 console
조정실의 사운드 레코딩과 믹싱 또는 스튜디오의 조명기재 등의 전체적인 조작을 조종하는 데스크.

## 콘티뉴이티 continuity
방송 프로그램이나 영화를 제작하기 전에 연출 대본과 스크립트를 기본으로 해서 출연자의 동작, 대사, 음향, 카메라 앵글, 렌즈의 종류, 조명위치, 기타 연출에 필요한 모든 사항을 상세히 기록하는 연출대본. 보통 콘티라고 줄여서 부른다.

## 큐 cue
방송을 제작할 때의 신호. Q라고도 한다. 연습이 아닌 실제 방송 중에 프로듀서나 디렉터는 스튜디오에서 격리되어 부조정실 안에 있고, 또한 플로어 디렉터도 소리를 내지 못하게 되어 있기 때문에 고안된 약속이다.

## 큐 시트 cue sheet
라디오나 텔레비전 프로그램의 제작에서 연기자, 카메라맨, 기술자들이 해야 할 동작이나 진행순서를 기입한 일람표. 시간이 정해진 음악, 효과 등에 대한 화면 이벤트를 편집자가 구분해 놓은 것.

## 크레인 crane
360도 회전이 가능하고 상하좌우로 움직일 수 있는 커다란 크기의 이동식 촬영대. 부감 장면을 촬영할 때 사용되며 크레인으로 촬영한 샷을 크레인 샷이라고 한다.

## 크로마 키잉 chroma keying
삽입효과를 내는데 색깔(chroma)과 빛의 밝기를 이용하여 특수효과를 내는 기법이다. 기본적으로 크로마 키를 사용할 때는 가장 쉽게 만들 수 있는 R.G.B 삼원색 중의 하나를 쓰는데 일반적으로 푸른색(blue)이 가장 많이 쓰인다. 이 기법은 인물, 화상 등을 다른 화면에 끼워 넣는 화면합성방법으로 색의 3요소 중의 하나인 색상의 차이를 이용하는 것이다.

## 크로스 컷 cross cut
카메라 시점이 서로 비스듬히 교차되는 것. 두 대 이상의 카메라를 설치할 때 서로 다른 방향에 자리하여 촬영상 효율을 가져오게 하는 카메라 배치.

## 클로즈업 샷 closeup shot(CU)
등장인물이나 물건 등 중요한 부분을 크게 잡은 화면. 관객의 주의를 집중시키기 위해 의식적으로 주도하는 방법이다. 인물의 경우 주로 얼굴 부위를 확대해서 강조한다.

## 파일럿 프로그램 pilot program
스폰서 획득을 위해 데몬스트레이션용으로 만드는 일련의 방송 프로그램 견본. 시리즈 물로 방영할 것인가의 여부를 결정하기 위해 첫 에피소드를 필름이나 테이프로 제작한 샘플 프로그램이다. 파일럿에는 등장인물의 성격, 서로의 관계, 상황, 배경 시리즈의 스타일 등이 고루 소개된다.

## 페이드 아웃 fade out (FO)
텔레비전이나 영화의 기술용어로서 화면의 피사체가 차츰 사라져 가는 것을 가리킨다. 상당히 빨리 사라지게 할 수도 있고, 아주 서서히 사라지게도 할 수 있다.

## 페이드 인 fade in (FI)
피사체가 화면에 차츰 모습을 나타내는 것. 급속히 나타나는 일도 있으나 서서히 나타나는 경우가 많다.

## 편성 programming
좁은 의미로는 방송할 여러 프로그램의 시간표를 짜는 것을 뜻하지만, 넓은 뜻으로는 특정 방송사 혹은 그 방송사가 소유하고 있는 특정 매체가 채널의 목적을 수행하기 위하여 제시하는 프로그램 운용 계획과 정책을 가리킨다. 전자의 경우는 프로그램 스케줄링 (program scheduling)이라고도 하며, 후자의 경우는 방송사의 방송행위를 위한 전략적 정책을 위한 구체적인 결과물로서 예산의 규모와 제작조건, 판매와 법률적 제약을 고려하여 언제 어떤 종류의 프로그램을 얼마나, 어떻게 방송할 것인가를 결정하는 일을 중심 과제로 삼는다.

### 편집 editing
녹화나 녹음한 테이프의 불필요한 부분을 삭제하거나 순서를 바꾸는 일. 다른 내용을 삽입하기도 하고 사용목적에 맞도록 내용을 바꾸기도 한다. 인서트 편집과 어셈블리 편집의 두 종류가 있고 또 비디오 소스의 양에 따라 1:1편집, 1:2(A/B)편집 등으로 나눈다.

### 풀샷 full shot
인물의 전신을 화면에 꽉 차게 보여주는 촬영기법. 인물의 전신과 함께 주변 배경을 거리감있게 보여주는 롱샷에 비해 시야가 좁다고 할 수 있다.

### 프레임 frame
영화나 TV 프로그램 등 연속해서 만들어진 화면의 한 컷. 흔히 일본에선 '코마' 라고도 한다. 주사선의 연속으로 보내어지는 하나의 완성된 영상으로 프레임이 형성된다. 그 프레임에서 카메라맨은 구도를 잡아 정적이거나 동적인 화면을 만들어내는 것이다.

### 프레임 아웃 frame out
텔레비전 화면을 틀(프레임)로 보았을 때 거기에서 사라지는, 즉 화면 속에서 밖으로 나가는 것을 프레임 아웃이라 한다.

### 프레임 인 frame in
화면 밖에서 영상이 들어오는 것으로 TV 연출용어다. 프레임 아웃의 반대로, 화면에 등장하는 것을 말하며 줄여서 FrI라 한다.

### 프로듀서 producer
하나 이상의 프로그램의 기획을 총괄하는 사람. 작품, 광고, 텔레비전 시리즈 등에 대해서 궁극적으로 책임을 지는 사람. 우리나라와 같이 방송의 전문성이 부족한 상황에서는 프로듀서, 디렉터, 연출가를 거의 동일시하여 혼용하나, 실제는 엄연히 구별되는 개념들이다. 프로듀서가 제작, 기획을 담당하는 사람이라면, 디렉터는 연출을 담당한다.
PD는 프로듀서와 디렉터의 업무를 겸하고 있을 때 부르는 말이고, 우리나라의 경우, 한 사람의 PD가 기획, 제작, 구성, 연출, 지휘감독 등의 역할을 모두 병행하고 있다. 따라서 현재 영국이나 미국과 같이 방송의 전문성이 확보된 나라에서는 PD란 말은 사용되지 않고 있다. 엄밀한 의미에서 우리나라 PD는 프로듀서라기보다는 디렉터에 더 가깝다.

## 프롤로그 prologue
서론, 또는 서문에 해당하는 부분으로, 본론으로 들어가기 전에 이야기의 내용을 미리 암시해서 흥미를 유발하거나 작가의 의도, 주제와 방향을 제시함으로써, 극의 전개 속도를 높이고, 이해의 폭을 넓히기 위한 기법이다.

## 프롬프터 prompter
진행자가 카메라를 보면서 원고 내용을 읽을 수 있게 해주는 장치. 프로그램을 진행하는 아나운서나 해설자가 원고에 의존함으로써 발생되는 부자연스러운 동작을 해소시키기 위해 카메라에 편광 필터와 문자 디스플레이 모니터를 부착시킨다.
그러면 피사체는 카메라 렌즈를 투과하고, 모니터에 나타난 원고 내용은 거울을 통해 편광필터에 의해 굴절 반사되어 동시에 디스플레이됨으로써 출연자나 해설자, 앵커가 카메라에서 시선을 떼지 않고도 자연스럽게 원고를 읽으며 프로그램을 진행할 수 있도록 돕는다.

## 프리즈 프레임 freeze frame
텔레비전 장면 중에 특정 영상지점을 선정해 정지된 효과를 얻게 하는 것. 프레임 스토리지를 사용해서 1프레임 단위로 정지시킨다.

## 플래시 백 flash back
이야기의 전개가 시간적 진행을 무시한 채 현재로부터 과거로 거슬러 올라가는 것. 회상 장면에 많이 쓰인다.

## 플로어 매니저 floor manager
텔레비전 프로그램 제작과정에서 스튜디오 플로어를 담당하며, 실제 연출을 진행하는 직종. 플로어 디렉터(floor director)와 혼동하는 경우가 적지 않다. 대개 헤드폰으로 조정실과 연결되어 연출자의 지시를 받으며 연출을 진행한다. 극장의 무대감독과 같은 역할이라고 할 수 있다.

## 피드백 feedback
커뮤니케이션 송신자의 의도가 담긴 메시지가 전달되었을 때 그 메시지에 대한 수용자의 반응 또는 그 반응이 송신자에게 전달되는 것. 피드백이란 본래 전기공학상의 용어로 어느 동작의 결과를 원래의 동작으로 되돌려 놓는 것을 뜻한다. 피드백 개념은 방송 프로그램을 위한 제작자의 편성과정에서 중요한 개념이다. 피드백 조사, 즉 시청자 반응을 효과적으로 측정해야만 최대한 시청자의 반응형태에 접근하고 따라서 그에 부응하는 프로그램 제작 및 편성이 가능하기 때문이다. 프로그램뿐만 아니라 광고효과 측정에서도 수용자의 피드백은 중요한 지수가 된다.

### 필드 카메라 field camera
야외용 중계 카메라. 본질적으로 스튜디오 카메라와 다르지 않으나 운반에 편리하도록 소형 경량으로 되어 있다. EFPC(Electronic Field Production) 카메라라고도 한다.

### 해설 narration
화술이나 어법이라는 의미로, 말하는 방법이나 말의 기교를 일컫는다. TV나 영화처럼 눈과 귀에 호소하는 것과, 라디오처럼 귀에만 호소하는 것에는 내레이션 연출에 다소 차이가 있다.

### 효과 effect(E)
시각이나 청각을 통하여 장면의 실감을 자아내려고 곁들이는 소리. 전화벨이나 인터폰 소리 등.

### MD master director
주조정실에 근무하는 방송운행의 책임자. 연주소에서 송출되는 모든 프로그램에 대해 최종적인 내용의 감시와 확인을 하고 프로그램 소재의 흐름에 변경이 생길 때는 적절한 조치를 하는 권한과 책임을 갖고 있다.

### NG no good
영화, 라디오, TV에서 기획, 촬영, 현상, 녹음 등의 과정에서 일어난 기술상 및 연출상의 실패를 일컫는 말.